ON:OFF

Ann-Kristin Gelder, Jahrgang 1981, ist Deutsch- und Musiklehrerin und Sängerin in einer Rockband. Sie lebt mit einem Mann, zwei Katern, drei Kindern und zwölf Musikinstrumenten an der Weinstraße und hat ständig zu viele Pläne und zu wenig Zeit. Wenn sie nicht als Revuegirl oder Nashorn auf der Bühne steht oder sich für irgendein anderes verrücktes Projekt ködern lässt, spielt sie Videogames, geht geocachen und gibt unfassbare Summen für Bücher und Chucks aus.

Mehr über unsere Bücher, Autoren und Illustratoren auf:
www.thienemann.de

Gelder, Ann-Kristin:
ON:OFF
ISBN 978 3 522 20252 7

Umschlaggestaltung: Formlabor
Innentypografie: Kadja Gericke
Reproduktion: DIGIZWO GbR, Stuttgart
Druck und Bindung: CPI Books GmbH, Leck
Dieses Werk wurde vermittelt durch die Montasser Medienagentur, München.

MIX
Papier aus verantwortungsvollen Quellen
FSC® C083411
www.fsc.org

ANN-KRISTIN GELDER

ON OFF

THIENEMANN

Für Jana. Always.

Prolog | Drei Monate zuvor

»Himmel, Prinzessin. Was ist los? Hast du was getrunken?«

Lily kneift die Augen zusammen und schwankt fast unmerklich. Schon zum zweiten Mal umgeben atypische, schwarze Schlieren ihr Gesichtsfeld und sorgen dafür, dass ihr leicht übel wird. Wobei, eigentlich ist es eher ein unterschwelliger Schwindel, als hätte sie sich zu schnell im Kreis gedreht. Dieses Phänomen beunruhigt mich, denn es ist bei meinen letzten Aufträgen nicht aufgetreten. Veränderungen sind selten gut. Das gilt insbesondere dann, wenn alles perfekt läuft.

Nachdem die Benommenheit nachgelassen hat, schließt sie mit wenigen Schritten zu ihren Freunden auf, die bereits am Eingang des Sturmschiffs warten. »Kann losgehen«, verkündet sie knapp. »Vielleicht war die Milch in meinem Cappuccino schlecht. Das wird bestimmt gleich besser.«

»Na also«, dröhnt Devin, legt den Arm um ihre Schultern und zieht sie an sich. Prompt veranstalten die Schmetterlinge in ihrem Bauch eine Pirouette. Zum wiederholten Mal frage ich mich, was sie an ihm findet. Er ist *zu* groß, *zu* muskulös und *zu* laut und hält sich selbst für unglaublich geistreich. Trotzdem ist sie völlig in ihn verschossen, vergöttert ihn geradezu, und ihre Hormone befinden sich in seiner Nähe in höchstem Aufruhr.

Hingerissen lehnt sie den Kopf an seine Schulter und schaut zu ihm auf. Seine Augen haben die Farbe von schlammigen Tümpeln. Er fletscht die Zähne, seine Art des liebevollen Lächelns, und drückt ihr einen Kuss auf die Lippen, der sofort dafür sorgt, dass ihre Knie weich werden.

Direkt neben ihrem Ohr hört sie das genervte Schnauben von Tina, ihrer besten Freundin. In den vergangenen Wochen hat sie viel Zeit mit ihr verbracht und fühlt sich in ihrer Gesellschaft einigermaßen wohl. Allerdings hat sie den – meiner Meinung nach begründeten – Verdacht, dass sich Tina zu sehr für ihren Freund interessiert. Es ist offensichtlich, dass diese auf eine Gelegenheit wartet, sich Devin zu krallen. Auch wenn Lily Tinas Bemühungen nach Kräften ignoriert, hat sich das Verhältnis zwischen den beiden Freundinnen merklich abgekühlt.

Voller Vorfreude beobachtet Lily das riesige Schiff, das vor ihr hin und her schwingt. Nur wenige Besucher befinden sich im Park, lediglich vereinzelte Plätze sind besetzt, und es gibt keine Wartezeiten. Im Gegenteil. Bei der Chaos-Krake durften wir sogar sitzen bleiben und mehrere Runden hintereinander fahren.

Lily hatte daran unfassbar viel Spaß und wäre am liebsten gar nicht mehr ausgestiegen. Emil neben ihr hatte jedoch eine verdächtig grünliche Färbung angenommen, sodass die Gruppe vorsichtshalber zur nächsten Attraktion weiterzog.

Sie fasst Devins Hand und zerrt ihn hinter sich her bis zum vorderen Ende des Wartebereichs, das durch eine dicke, weiße Linie abgetrennt ist. Ziemlich gefährlich, denn es gibt weder ein Geländer noch eine andere Art der Sicherung. Eltern müssen ihre Kinder wirklich gut im Auge behalten. Andererseits ist deutlich zu erkennen, dass die Nutzung des Fahrgeschäfts mindestens eine Größe von 1 Meter 20 voraussetzt.

Wir stehen so nahe an dem einschüchternden Ungetüm, dass Lily bei jedem Vorbeirauschen den scharfen Luftzug auf ihren Wangen spürt. Wieder färbt sich ihr Gesichtsfeld an den Rändern schwarz. Verdammt, was ist das nur? Sie zwinkert und löst ihren Griff um Devins Finger. Völlig unerwartet wirft sie sich mit ganzer Kraft nach vorne, genau in dem Moment, in welchem das Sturmschiff erneut heranrast.

Sekundenbruchteile später wird sie unsanft zurückgerissen.

»Lily!«, herrscht Emil sie an. »Bist du wahnsinnig geworden?« Er ist leichenblass und starrt sie aus weit aufgerissenen Augen an. Mit festem Griff umklammert er ihr Shirt. »Was soll der Scheiß? Willst du dich umbringen?«

»Das war haarscharf!«, stößt Devin hervor. »Fast wärst du von diesem Riesenteil erwischt worden. Das hätte dich glatt zermatscht.«

Lily blinzelt heftig und schüttelt wortlos den Kopf. Desorientiert taumelt sie ein paar Schritte zurück. Nur am Rande nehme ich wahr, dass uns ein aufgeregter Parkmitarbeiter mit harschen Worten verscheucht und im gleichen Atemzug ein Fahrverbot für die Attraktion erteilt.

Zu sehr bin ich mit meinen eigenen Gedanken beschäftigt. Was ist hier gerade geschehen?

Wie betäubt lässt Lily zu, dass Tina ihren Arm ergreift und sich bei ihr unterhakt.

»Geht's?«, will sie wissen. »Ist dir schwindlig? Hast du das Gleichgewicht verloren? Kannst du laufen?«

»Keine Ahnung.« Lily massiert ihre Schläfen. Kein Schwindel, keine Benommenheit. Auch die schwarzen Schleier sind verschwunden.

»Ich habe keine Ahnung, was passiert ist«, wiederholt sie beunruhigt.

Ich merke deutlich, dass sie völlig aufgelöst ist, selbst wenn sie äußerlich gefasst wirkt. Sie ist nur einen Atemzug von einer Panikattacke entfernt, und das will ich wirklich nicht miterleben.

Devin mustert seine Freundin abschätzig. »Echt, Prinzessin«, tadelt er milde und klingt dabei unangenehm überheblich. »Wieder dein Kreislauf? Hast du deine Tage oder was? Wobei, das wüsste ich«, fügt er mit einem schmierigen Grinsen hinzu.

Was für ein Arschloch. Für diesen demütigenden Spruch wird sie ihn hoffentlich in seine Schranken weisen. Tatsächlich fühlt sie einen Anflug von Ärger, den sie jedoch umgehend unterdrückt. Sie ist diesem Idioten restlos verfallen.

Lily bleibt stehen und lässt sich von ihm in eine enge Umarmung ziehen. Dabei schmiegt sie sich vertrauensvoll an ihn. Okay, das ist ihre Angelegenheit. Es steht mir nicht zu, über sie zu urteilen. Abgesehen davon habe ich die Sache in wenigen Tagen überstanden.

»Sollen wir eine kurze Pause einlegen?«, schlägt Emil zögerlich vor. »Bestimmt war das eine Nachwirkung der Chaos-Krake. Kann ich gut verstehen. Die fünf Runden hintereinander waren heftig, vor allem auf leeren Magen. Wir hätten vorher eine Kleinigkeit essen sollen.«

Lily nickt dankbar und lässt sich zu einer Bank führen, auf der sie wie eine Puppe in sich zusammensinkt. Vielleicht wäre es besser, den Ausflug hier abzubrechen, denn sie ist in schlechter Verfassung. Statt ihr Unbehagen zu formulieren, nimmt sie den Cappuccino entgegen, den ihr Tina am nahe gelegenen Imbissstand besorgt hat. Das Getränk ist zwar nicht mein Fall – ich hasse Kaffee in jeglicher Form –, aber Lily liebt es über alles.

»Eine Dosis Koffein hilft immer«, murmelt sie mit einem schwachen Lächeln.

Obwohl die Flüssigkeit ziemlich heiß ist, nimmt sie einen beherzten Schluck und genießt die Geschmacksexplosion von cremiger Milch, herbem Röstaroma und süßem Kakaopulver, die sich auf ihrer Zunge ausbreitet.

Nach wenigen Minuten erinnert nur die leichte Beklommenheit in Lilys Innerm an die riskante Situation am Sturmschiff.

»Vor mir aus können wir weitergehen«, sagt sie gespielt munter und befördert ihren Pappbecher in einen Mülleimer.

»Bist du sicher?« Emil beugt sich vor und wirft ihr einen skeptischen Blick zu. »Wir können nach Hause fahren und an einem anderen Tag herkommen.«

»Und den sauteuren Eintritt in den Wind schießen«, wehrt Lily ungehalten ab. »Bestimmt nicht. Mit mir ist alles super.«

Emil nickt, obwohl er nicht vollständig überzeugt wirkt.

Devin stößt erneut sein dröhnendes Lachen aus und klopft ihr viel zu fest auf die Schulter. »Das ist meine Prinzessin!«

»Wohin jetzt?«, fragt Tina.

Lily zuckt mit den Schultern. »Mir egal. Entscheidet ihr das.«

»Wie wär's mit dem Skytower?«, schlägt Devin vor. »Ich teile mir auch mit dir einen Partnersitz. In achtzig Metern Höhe sind wir garantiert ungestört. Vielleicht kannst du mich von dem Schreck ablenken, den du mir eingejagt hast.« Er setzt ein anzügliches Grinsen auf.

Gott, was für ein Widerling. Gleichzeitig spüre ich, wie sich ein aufgeregtes Kribbeln in Lilys Magen breitmacht. Sie kann es kaum erwarten, mit ihrem Freund alleine zu sein, um seinem befremdlichen Vorschlag nachzukommen. Und ich werde live dabei sein. Mal wieder.

Gemeinsam machen wir uns auf den Weg zum Skytower. Nach dem Schock beim Sturmschiff bemühen sich alle darum, zur ursprünglichen Ausgelassenheit zurückzufinden, sodass die Stimmung in der Gruppe fast überdreht ist.

An der Attraktion angekommen, legt Lily den Kopf in den Nacken und sieht zu dem sternförmigen Karussell empor, das sich in luftiger Höhe um die eigene Achse dreht. An jedem der zwölf Zacken ist ein Doppelsitz angebracht. Umgehend wird sie von Adrenalin gepaart mit unglaublicher Vorfreude durchflutet. Entweder ist der Skytower ihre absolute Lieblingsattraktion oder es ist der Gedanke daran, was sie gleich mit Devin anstellen wird, der diese Euphorie verursacht.

Ungeduldig warten sie an der Absperrung, die auch hier aus nicht mehr als einem weißen Streifen besteht. Als sich das Kettenkarussell abgesenkt hat und schließlich stillsteht, laufen Lily und Devin zusammen zu einem der Doppelsitze.

»Bevorzugst du die rechte oder die linke Hand?«, erkundigt er sich unschuldig.

»Ich bin Rechtshänder. Das müsstest du doch wissen«, erwidert Lily mit einem nervösen Kichern, während ich einfach nicht nachvollziehen kann, weshalb sie auf diese grottenschlechte Anmache eingeht.

»Dann sitzt du außen«, beschließt Devin, was sie mit einem erneuten Kichern bestätigt.

Mit einem metallischen Rattern schiebt Lily den Bügel nach oben und lässt sich auf den linken Sitz gleiten. Sie wartet, bis Devin ebenfalls Platz genommen hat, und zieht die Sicherung wieder vor ihren Körper. Anschließend schlingt sie sich den dunkelgrauen Gurt um den Bauch, der klickend in den Verschluss einrastet. Das rückständige Sicherungssystem zeigt deutlich, dass es sich beim Skytower um eine ältere Attraktion handelt, denn die neuen Fahrgeschäfte besitzen alle automatische Verriegelungen.

Auch Devin hat sich mittlerweile angeschnallt. Er bemerkt ihren interessierten Blick und zwinkert verschwörerisch. »Gleich sind wir allein. Fast zumindest«, verspricht er und zieht vielsagend die Augenbrauen hoch.

Wenig später ertönt der Signalton, der den Beginn der Fahrt ankündigt. Lilys Füße lösen sich vom Boden. Sie lehnt sich entspannt zurück und genießt den frischen Wind, der an ihren Haaren und an der leichten Sommerbluse zerrt. Neben ihr am Mittelpfeiler befindet sich die erste Markierung. 20 Meter Höhe.

»Ich glaube, ich bekomme Angst.« Devin lehnt sich ein wenig zu ihr und fährt aufreizend über ihren Oberschenkel. »Du musst mich ablenken.«

»Wenn wir oben sind«, verspricht sie geziert. »So lange musst du dich wohl gedulden.«

»Ich hoffe, du bist effektiv«, provoziert er. »Ansonsten müssen wir eine zweite Runde fahren, damit du fertig bringen kannst, was du angefangen hast.«

Das ist völlig bizarr. Mit Sicherheit ist die Attraktion videoüberwacht. Lily wird nicht ernsthaft in Erwägung ziehen, diesem Ekel hier oben an die Wäsche zu gehen?

Zumindest für den Moment scheint mein Seelenfrieden eine Schonfrist zu erhalten. Lily streicht sich ein paar Haarsträhnen aus der Stirn und schaut sich um. Ich muss zugeben, dass die Aussicht einfach fantastisch ist. Man kann über den gesamten Park bis hin zu den Ausläufern des Waldes sehen. Es ist ein wundervoller Tag. Der Himmel ist blau und wolkenlos. 60 Meter.

Gleich haben wir die maximale Höhe erreicht, und das

Karussell wird damit beginnen, sich zu drehen. Wir befinden uns weit über den Baumkronen. Die Menschen unten sind zu kleinen Punkten geschrumpft und sehen aus wie Miniaturfiguren in einer Modelllandschaft. Die Luft wirkt hier oben viel reiner und unverbrauchter, und Lily nimmt einen tiefen Atemzug. Besorgt bemerke ich, dass sich am Rande ihres Sichtfeldes erneut schwarzer Nebel gebildet hat. Das gleiche seltsame Phänomen wie vorhin. Zum vierten Mal an diesem Tag.

»Prinzessin?«, meldet sich Devin von der Seite. »Wir sind oben.«

Lily hebt die Hände. Statt zu ihrem Freund hinüberzulangen und seiner unausgesprochenen Aufforderung nachzukommen, greift sie nach dem Verschluss vor ihrem Bauch. Mit einem Klicken öffnet sich ihr Sicherheitsgurt. Gleichzeitig wird sie von einer gigantischen Welle der Angst durchflutet. Ihr Magen verkrampft sich zu einem harten Knoten, und in ihr steigt Übelkeit hoch.

Was tut sie da?

Nein. Nein, nein, nein.

Auch Devin hat erkannt, dass etwas ganz und gar nicht in Ordnung ist. »Prinzessin?«, wiederholt er alarmiert. Seine Stimme klingt bei Weitem nicht mehr so selbstgefällig wie zuvor. »Was zum Teufel machst du da?« Er starrt sie unschlüssig an und scheint zu überlegen, ob er etwas tun soll. Ja, du Idiot. Halt sie fest!

Lily ignoriert Devins Frage, drückt mit dem Zeigefinger den Dorn und löst die Verriegelung. Mit einer kräftigen Bewegung reißt sie den metallenen Bügel nach oben über ihren Kopf und sitzt nun völlig ungesichert in 80 Metern Höhe. In ihr breitet sich eisige Furcht aus, und sie beginnt heftig zu zittern.

Ich will aufwachen.

Ich muss aufwachen.

Irgendetwas läuft gerade unfassbar schief.

Ich kann nicht aufwachen.

Wieso begibt sie sich freiwillig in Lebensgefahr? Ist sie ein Adrenalinjunkie? Ausgeschlossen, das wüsste ich. Ich habe die Akten mehrfach und wie immer äußerst sorgfältig gelesen und auswendig gelernt. Außerdem empfindet sie statt eines reizvollen Kicks lähmendes Entsetzen und alles überschattende Panik. Todesangst.

Sie will das nicht.

Weshalb tut sie es trotzdem?

Der Wind, der Lilys Haut eben noch zart gestreichelt hat, erscheint mir nun gnadenlos und bösartig. Er tastet mit klammen Fingern nach ihr, um sie in die Tiefe zu ziehen.

»Lily!«, brüllt Devin neben ihr und streckt jetzt endlich den Arm nach seiner Freundin aus. Er bekommt den Ärmel ihrer dünnen Sommerbluse zu fassen.

Im selben Moment wirft sich Lily mit Schwung aus dem Doppelsitz.

Oh Gott. Nein.

Sie hat keine Chance.

»Lily!«

Mit einem endgültigen Geräusch reißt der leichte Stoff, den Devin verkrampft umklammert. Erbarmungslos wird Lily fortgerissen und der Erde entgegengeschleudert.

Schon Sekundenbruchteile später höre ich nichts mehr von Devins hysterischen Schreien.

Mit erschreckender Klarheit realisiere ich, dass diese Reise bloß mit dem Tod enden kann. Soeben durchlebe ich die letzten Sekunden dieses Lebens.

Lily stürzt rasend schnell in die Tiefe, kann oben und unten nicht mehr unterscheiden. Der freie Fall ist unermesslich lang und scheint gleichzeitig nur wenige Augenblicke zu dauern. Die letzten Momente ihrer Existenz verbringe ich damit, mich für den Aufprall zu wappnen.

Vergeblich.

Nichts kann mich auf diese Schmerzen vorbereiten. Mit zerstörerischer Wucht schlägt Lily am Boden auf, und ich spüre bei vollem Bewusstsein, wie ihr Körper förmlich in Stücke gerissen wird. Unvorstellbare Qual. Dann wird die Welt endlich schwarz.

1 | Haltung bewahren

Äußerst angespannt betrete ich den Club, in dem später die Band meines Links auftreten wird. Ich kann sämtliche Informationen im Schlaf, bin meine Methodik mehrfach im Kopf durchgegangen und habe Alternativen entwickelt, sollte etwas nicht so laufen wie geplant. Zum ersten Mal dem Auftrag gegenüberzustehen, den man bisher nur aus Akten mit Berichten, Zusammenfassungen und Bildern kennt, ist ein besonderer Moment, auf den wir Regulatoren lange hinarbeiten. Es ist also nicht außergewöhnlich, vor dem Erstkontakt nervös zu sein. Bei mir kommt allerdings noch dazu, dass mein letzter Auftrag in einer Katastrophe geendet hat. Ich kann mir keinen weiteren Fehler leisten. Entschlossen beiße ich die Zähne zusammen und schiebe den Gedanken an Lily weit weg.

Bisher sind erst wenige Leute da. Auch von der Gruppe meiner Mitschüler, mit denen ich mich treffen will, fehlt jede Spur.

Das kommt mir gelegen, denn es ist mein erster Besuch im *Saitensprung*. Mein überpünktliches Erscheinen verschafft mir die Möglichkeit, mich in Ruhe zu orientieren und mir einen ersten Eindruck zu verschaffen, was mir später sicher nützlich sein wird. Ich muss für alle Eventualitäten gerüstet sein.

Als Erstes suche ich die Toiletten auf, wo ich im fleckigen Spiegel mein Aussehen überprüfe. Passend zum Anlass habe ich es mit dem Make-up nicht übertrieben, sondern lediglich meine grauen Augen mit einem dunklen Lidstrich betont und etwas Mascara aufgetragen.

Meine Miene wirkt entspannt, aber mein blasses Gesicht verrät, dass es in meinem Innern ganz anders aussieht. Verärgert kneife ich mir in die Wangen, um etwas Farbe zu bekommen. So ein Mist. Selbstbewusstes Auftreten ist unverzichtbarer Bestandteil meiner Taktik. Unsicherheit könnte die gesamte Strategie ruinieren. Ich drehe am Wasserhahn, halte die Handgelenke unter den kalten Strahl und fahre mir anschließend mit gespreizten Fingern durch meine kinnlangen, kastanienbraunen Locken. Währenddessen konzentriere ich mich auf die von NeuroGaming Systems entworfenen Grundsätze.

Keine Gefühle zeigen.

Haltung bewahren in allen Lebenslagen.

Ich bin perfekt vorbereitet. Es wird alles reibungslos funktionieren.

Im Verlauf der folgenden Viertelstunde schlendere ich scheinbar ziellos durch den Club, sichte in Wirklichkeit aber die Umgebung. Obwohl kaum Gäste da sind, riecht es schal und abgestanden. Trotz des Rauchverbots hängt unterschwellig der Geruch von kaltem Qualm in der Luft. Vor einem langen Tresen, der sich an der rechten Seite des Raumes erstreckt, steht eine Reihe Barhocker. Ansonsten gibt es eine freie Fläche vor der Bühne und einige Tischgruppen an den Wänden. Alles in allem ist der Club eher von der kleineren Sorte, und es ist offensichtlich, dass das *Saitensprung* schon bessere Zeiten gesehen hat. Die Theke weist verschiedene Flecken und Kratzer auf, das Leder der Sitzgelegenheiten ist brüchig, und der Lack an den Tischen ist teilweise abgeplatzt. Die Wände hängen voll mit Plakaten von Bands, die im Verlauf der letzten Jahre – oder besser Jahrzehnte – hier aufgetreten sind. Ob als Hommage an die Musiker oder zur Tarnung von Rissen im Verputz, kann ich nicht sagen. Das einzig Bemerkenswerte sind die zahlreichen Gitarren- und Basssaiten, die den Club schmücken und seinen Namen aufgreifen.

Konzentriert mustere ich den etwas erhöhten Bühnenbereich an der Stirnseite des Raums, auf dem später die Musiker stehen werden. Er ist durch eine improvisierte Metallabsperrung abgetrennt und nur über eine schmale Treppe am rechten Rand zu erreichen. Offenbar existiert kein Backstage-Raum. Hätte mich auch gewundert. Abgesehen davon bezweifle ich, dass die Gage der Musiker aus mehr als Freigetränken besteht.

Die *Black Biscuits*, wie sich die Band meines Links nennt, spielen bereits zum dritten Mal im *Saitensprung*. Das stand in seiner Akte, außerdem erkenne ich in der Masse der Plakate die gekreuzten Sticks unter einem stilisierten Keks, die sich die Musiker als Logo ausgesucht haben.

Nachdem ich mich vergewissert habe, dass es keinen anderen Weg auf die Bühne gibt, stelle ich mich an die Theke und warte.

Meine Freunde erscheinen etwa fünfzehn Minuten später. Ich hebe die Hand, um auf mich aufmerksam zu machen. Glücklicherweise entdecken sie mich und kämpfen sich durch den mittlerweile gut gefüllten Innenraum.

»Nora«, begrüßt mich Alice, die mit ihrem eleganten Kleid eher für ein klassisches Konzert als für einen Abend im Club angezogen ist. »Bist du schon lange da?«

»Es geht«, erwidere ich vage und mustere die anderen. Bastian und Felix tragen beide dunkle Hemden, während sich Marie für eine rote Bluse entschieden hat. Gegen sie wirke ich in meinem mehrfach gewaschenen Bandshirt fast abgerissen. Sehr gut.

Bastian drängt sich neben mich an die Bar, wobei er um ein Haar mit dem Arm meine Bierflasche vom Tresen wischt. Es hat einige Wochen gedauert, mich an den herben Geschmack zu gewöhnen und mir meine Abneigung nicht anmerken zu lassen. Auch die Wahl des Getränks gehört zu dem sorgsam ausgearbeiteten Plan, den ich heute Abend verfolge.

Nachdem er für sich und die anderen Getränke bestellt hat, dreht sich Bastian komplett zu mir um. »Guardian?«, liest er von meinem T-Shirt ab. »Interessante Wahl. Ist das von einem Film? Und seit wann trinkst du Bier?«

»Eine Progressive-Metal-Band«, erkläre ich und übergehe seine zweite Frage.

»War mir nicht klar, dass du solche Musik magst«, mischt sich Marie ein. »Aber von dir bekommt man ohnehin kaum etwas mit.«

»Das stimmt«, bekräftigt Alice. »Seit deiner Aufnahme

in dieses Begabtenförderungsprogramm sieht man wenig von dir. Wir waren total von der Rolle, dass ausgerechnet *du* vorgeschlagen hast, gemeinsam ein Konzert zu besuchen.«

»Umso schöner, dass wir heute etwas zusammen machen«, gebe ich mit einem Lächeln zurück und ignoriere die Spitze in ihrem letzten Satz. Natürlich hat sie recht. Im Verlauf der letzten zwei Jahre haben mich die anderen außerhalb des Unterrichts kaum zu Gesicht bekommen. Ich kann froh sein, dass sie sich überhaupt darauf eingelassen haben, mich in den Club zu begleiten. Die Arbeit für NGS macht einsam und entfremdet mich meinen Freunden immer mehr. Früher war es selbstverständlich, gemeinsam etwas zu unternehmen. Das fehlt mir. Sie fehlen mir.

Mittlerweile hat der Leadgitarrist der *Black Biscuits* die Bühne betreten und fängt an, sein Instrument zu stimmen. Eine Welle der Nervosität überläuft mich. Gleich werde ich meinem Link zum ersten Mal persönlich gegenüberstehen. Ich strecke mich und halte Ausschau nach weiteren Bandmitgliedern, aber bisher ist der Gitarrist alleine. Dafür quetscht sich ein dicker Typ in einem löchrigen Shirt, der das Durchschnittsalter garantiert um die Hälfte hebt, neben mich und bestellt mit einer ausufernden Geste ein Bier. Seiner Fahne nach zu urteilen, hat er bereits mit deutlich härteren Sachen vorgeglüht.

Wieder spähe ich zur Bühne. Inzwischen hat sich auch der Rhythmusgitarrist eingefunden. Hinter der Bass Drum entdecke ich den blonden Schlagzeuger, der an seiner Fußmaschine herumschraubt.

Nach weiteren fünf Minuten, in denen ich mich darauf konzentrieren muss, nicht ungeduldig von einem Fuß auf den anderen zu wippen, betritt endlich mein Link gemeinsam mit dem Sänger die Bühne.

Bei seinem Anblick bleibt mir für einen Moment die Luft weg. Im wahrsten Sinne des Wortes, denn der Kerl mit dem Bier rammt mir mit voller Wucht seinen Ellbogen in den Magen.

»Sorry, Kleine«, lallt er undeutlich, dreht sich um, wobei er einen beträchtlichen Schwung seines Getränks auf dem Boden verteilt, und verschwindet torkelnd in der Menge.

Ich drücke meine Hand auf die schmerzende Stelle und ringe um Atem. Idiot.

»Alles in Ordnung?«, erkundigt sich Felix besorgt.

»Ja«, stoße ich abgehackt hervor und warte darauf, dass das fiese Stechen abklingt. Dann hebe ich erneut den Kopf, um endlich meinen Link ohne unliebsame Ablenkung zu betrachten.

Okay. Er ist … hübsch.

Bereits bei der Durchsicht seiner Akte war mir klar, dass Alex recht ansehnlich ist, aber die Realität übertrifft die Bilder bei Weitem.

Das Grün seiner Augen ist so durchdringend, dass ich es sogar auf die Entfernung erkenne, und seine Haare glänzen im Scheinwerferlicht fast schwarz. Er trägt eine ausgewaschene Jeans, die ihm tief auf den Hüften hängt, darauf ein dunkelgraues Shirt mit einem unauffälligen Druck. Im Gegensatz zu der schlichten Uhr an seinem linken Handgelenk hat er um das rechte mehrere Lederbänder geschlungen, die ein Drittel seines Unterarms bedecken.

Ich muss zugeben, dass er nicht nur hübsch ist, sondern verdammt gut aussieht.

Ohne mir eine Regung anmerken zu lassen, beobachte ich, wie er sich seinen Bass umhängt und mit routinierten Bewegungen die Saiten nachstimmt.

Nacheinander nicken die Musiker dem Schlagzeuger zu, der mittlerweile hinter seinem Set Platz genommen hat. Er gibt vier Schläge vor, und die Band eröffnet ihren ersten Song.

Für einige Minuten erlaube ich mir, einfach zuzuhören und die Musik zu genießen. Eine kurze Auszeit, bevor ich meine Strategie weiterverfolge. Ich war schon ewig nicht mehr zum Spaß unterwegs, geschweige denn auf einem Konzert. Die meisten Abende, die nicht von meiner Arbeit für NeuroGaming Systems in Beschlag genommen werden, verbringe ich mit der Wiederholung des Schulstoffes. Die glänzenden Zukunftsaussichten, die mir NGS nach dem Abi garantiert, nutzen nichts, wenn ich gar nicht bis dahin komme. Immerhin sind gerade Sommerferien, sodass zumindest im schulischen Bereich der Druck etwas nachlässt. Zum Glück, denn mein Job bei NGS wird mir in den kommenden Wochen alles abverlangen.

Resigniert mustere ich die begeisterten Gäste um mich herum, die einen unbeschwerten Abend verbringen, ohne dabei um das Gelingen eines Auftrags bangen zu müssen.

Nach den ersten Songs hat sich die Stimmung im Club deutlich aufgeheizt. Zwar sind nicht wahnsinnig viele Menschen anwesend, aber da der Club nur etwa 300 Personen fasst, ist es trotzdem äußerst voll.

Nach stürmischem Applaus und wildem Gejohle aus der ersten Reihe erklingt das Intro von *Lost Hope*, der Song, den ich mir zur Annäherung auserkoren habe.

Sofort tippe ich Marie auf die Schulter. »Ich würde gerne weiter nach vorne«, brülle ich gegen den dröhnenden Gitarrensound an.

Alice lehnt sich zur Seite und flüstert etwas in Maries Ohr. Diese antwortet umgehend, und beide tauschen einen wissenden Blick.

Ich nehme mir fest vor, dass ich mich nach dem erfolgreich abgeschlossenen Auftrag mehr um das Aufrechterhalten unserer Freundschaft kümmere, obwohl das ziemlich herausfordernd werden dürfte. NGS vereinnahmt mich komplett.

Ohne auf eine Reaktion zu warten, drehe ich mich um und schiebe mich entschlossen durch die Menge. Aus dem Augenwinkel nehme ich wahr, dass mir die Gruppe zögerlich folgt. Dennoch verlangsame ich mein Tempo kaum und bemühe mich um die nötige professionelle Abgeklärtheit. Es macht nichts, wenn ich die vier jetzt verliere. Bloß in den Pausen zwischen den Sets sollte ich nicht alleine herumstehen. Sollte alles nach Plan verlaufen, wird mich Alex irgendwann ansprechen, und es würde seltsam wirken, wenn ich ohne Begleitung unterwegs wäre.

Ich ignoriere das schlechte Gewissen beim Gedanken daran, dass die anderen heute nur als Mittel zum Zweck dienen, und erkämpfe mir unter vollem Einsatz meiner Ellbogen einen Platz mit freiem Blick zur Bühne, ungefähr zwei Meter Luftlinie von meinem Link entfernt. Im selben Moment beginnt das Basssolo. Punktlandung.

Mit geschlossenen Augen spielt Alex den komplizierten Lauf, der alle Bassistenwitze, die ich im Verlauf meiner Vorbereitung gelesen habe, Lügen straft. Lead- und Rhythmusgitarre bilden gemeinsam mit dem Schlagzeug eine Klangfläche, unter welcher der satte Ton des Basses liegt.

Sobald Alex den Kopf hebt, wird sein Blick genau auf mich fallen. Unauffällig ziehe ich mein T-Shirt zurecht, sodass er den Bandschriftzug auf keinen Fall übersehen kann. Nachdem ich einmal tief durchgeatmet habe, hefte ich meine Augen auf ihn. Alex wirkt völlig versunken, als bekäme er nicht das Geringste von seiner Umwelt mit. Als existierten lediglich er und sein Instrument. Sein Ausdruck ist so voller Leidenschaft, dass es mir überhaupt nicht schwerfällt, ihn pausenlos anzustarren. Ganz im Gegenteil.

Zum ersten Mal seitdem mir der Auftrag zugewiesen wurde, überkommt mich Vorfreude. Ich *freue* mich darauf, die Verlinkung mit ihm einzugehen und diese heftigen Emotionen in seinem Bewusstsein mitzuerleben. Es muss ein gigantisches Gefühl sein, sich derart in der Musik zu verlieren. Vielleicht habe ich Glück und kann während der Synchronisierung ein Konzert miterleben. Es ist einfach unglaublich, wie er sich fallen lässt und dabei alles andere vergisst.

Mit sicherem Griff beendet er den Lauf, hebt den Kopf und sieht mir dabei direkt in die Augen. Ich habe meine Position tatsächlich ideal gewählt.

Gelassen erwidere ich seinen Blick und achte darauf, nicht zu lächeln. Seine Pupillen sind geweitet, seine Lippen leicht geöffnet, und es scheint, als würde er nur langsam in der Realität ankommen. Wenn ich nicht in seiner Akte gelesen hätte, dass er Zigaretten und Drogen verabscheut, würde ich sagen, er hat etwas eingeworfen. So weiß ich, dass es die Musik ist, die das mit ihm macht. Für einen Moment sehen wir einander an, dann wandert sein Blick weiter.

Sehr gut. Der erste Kontakt wurde hergestellt.

Während der letzten Takte und auch während des nächsten Titels, in dem er den Gesangspart übernimmt, halte ich die Augen kontinuierlich auf ihn gerichtet. Seine tiefe, leicht heisere Stimme, die perfekt zu dem melancholischen Song passt, führt dazu, dass er kurzzeitig das Interesse des hysterischen Groupiehaufens vor der Bühne auf sich zieht. Erst nachdem er sein Solo unter lautem Gekreische beendet hat, wenden sich alle wieder dem Sänger zu. Alle außer mir. Allmählich müsste es ihm auffallen.

Im Verlauf des nächsten Stückes ist es endlich so weit. Er betrachtet das Publikum, bleibt an meinen Augen hängen, wandert weiter und kehrt Sekundenbruchteile später zu mir zurück. Obwohl der Sänger gerade Anstalten macht, unter hysterischem Quietschen der Fans sein Shirt auszuziehen, fixiere ich Alex, der nachdenklich die Stirn runzelt. An seiner Reaktion erkenne ich, dass wir einen Schlüsselmoment erreicht haben. Wenn ich ihn weiterhin bewegungslos taxiere, wird er mich als unheimlich wahrnehmen und im schlimmsten Fall als Verrückte abtun. Es ist Zeit für den nächsten Schritt.

Während ich ihm weiterhin tief in die Augen schaue, verziehe ich die Lippen zu der Andeutung eines Lächelns. Minimal und lediglich so viel, dass sich mein Ausdruck von Ernsthaftigkeit zu Neugierde ändert, doch so wenig, dass kaum nachvollziehbar ist, von wem die Annäherung ausging. Unzählige Male musste ich diesen Wechsel vor dem Spiegel üben, um ihn perfekt zu beherrschen.

Alex' Miene wandelt sich ebenfalls. Er legt den Kopf schräg und hebt fragend die Brauen. Ich spiegle seine Bewegung, woraufhin er schief grinst. Ohne die Verbindung abreißen zu lassen, setze ich meine Bierflasche an die Lippen und trinke einen Schluck. Er verfolgt aufmerksam die Bewegung und mustert mich derart intensiv, dass mir unwillkürlich ein Schauer den Rücken hinabläuft. Während die Menschenmenge um uns herum weiterhin tobt, befinden wir uns in unserer eigenen Welt, führen einen stummen Dialog aus spärlicher Mimik und Gestik.

Als der Sänger die erste Pause ankündigt und wir gezwungen werden, den Kontakt abzubrechen, bin ich sicher, Alex' Interesse geweckt zu haben. Umso überraschender ist es, dass er sein Instrument zur Seite stellt und gemeinsam mit dem Drummer die Bühne verlässt, ohne mich eines Blickes zu würdigen. Ich unterdrücke ein Seufzen. Offenbar ist er nicht so leicht zu manipulieren, wie ich dachte. Dafür macht er mich deutlich nervöser, als ich dachte.

Scheinbar ungerührt wende ich mich zu meinen Freunden um und lasse mich von ihnen in eine oberflächliche Unterhaltung verstricken. Immer wieder schiele ich auf meine Armbanduhr und warte darauf, dass die Band ihre Pause beendet.

Um heute zu einem nennenswerten Ergebnis zu kommen, muss ich im nächsten Set offensiver werden. Ärgerlich und ziemlich seltsam. Ich hätte wetten können, dass Alex auf meine Provokation angesprungen ist. Immerhin hatte er während der letzten Songs ausschließlich mich angeschaut. Seine volle Aufmerksamkeit lag auf mir. Alles ist optimal gelaufen. Ich beiße mir auf die Lippen und dränge die aufsteigende Panik zurück. Wenn diese Annäherung schiefgeht, stecke ich in heftigen Schwierigkeiten.

Mit Verspätung bemerke ich, dass die Diskussion der anderen verstummt ist. Alle fixieren einen Punkt hinter mir.

»Nora?«, fragt Bastian und deutet mit dem Kinn an mir vorbei.

Irritiert drehe ich mich um und sehe direkt in ein Paar grüner Augen. Alex. Er hat sich auf die mittlere Stufe der Bühnentreppe gekniet und starrt mich wortlos an. Das ist vermutlich die Revanche für meine Herausforderung im ersten Set. Ich hätte nicht damit gerechnet, dass er auf

Konfrontationskurs geht. Anscheinend will er es auf ein Kräftemessen anlegen. Kann er haben.

Innerhalb von Sekundenbruchteilen habe ich mich der neuen Situation angepasst und erwidere seinen Blick, ohne mit der Wimper zu zucken. Keiner von uns beiden gibt einen Ton von sich.

Zugegebenermaßen beeindruckt mich seine Reaktion. Bisher ist es keinem meiner Links gelungen, mich zu überraschen. Immerhin bereite ich mich auf jeden Einsatz gewissenhaft vor und kann die Verhaltensweisen meiner Aufträge mit fast hundertprozentiger Trefferquote vorhersagen. Außer bei Alex.

Hinter mir höre ich Marie und Alice kichern. Das kann ich ihnen nicht verdenken, denn mittlerweile ist bestimmt eine Minute vergangen. Alex und ich mustern uns weiterhin bewegungslos.

Das Grün seiner Augen ist von winzigen, goldenen Sprenkeln durchsetzt, die wirken, als würden sie im Licht flirren. Seine Wimpern sind unglaublich dicht und lang. Aus den zahlreichen Nahaufnahmen in seiner Akte ging das nicht hervor, und ich erkenne es nur, weil unsere Gesichter lediglich wenige Zentimeter voneinander entfernt sind. Ich lese in seiner Miene Belustigung, leisen Spott, aber auch unverhohlene Sympathie.

Gespannt warte ich darauf, wie sich die Situation weiterentwickelt. Gleichzeitig spüre ich, wie sich in meinem Magen ein Kribbeln ausbreitet. Für einige Sekunden vergesse ich, dass wir uns inmitten einer Menschenmenge befinden, und schaue wie hypnotisiert in seine Augen, während sich mein Herzschlag fast unmerklich beschleunigt.

»Wir machen weiter«, informiert plötzlich eine Stimme durchs Mikrofon. »Würde sich der Playboy am Bass von seiner neuen Bekanntschaft losreißen und auf die Bühne kommen?«

Ich lande unsanft wieder in der Realität, und auch Alex hebt bedauernd die Schultern. Dann nickt er und senkt den Kopf, um etwas aus seiner Hosentasche zu holen.

Einen Filzstift.

Ohne ein Wort deutet er auf meinen linken Arm und streckt die Hand aus. Offensichtlich will er mir seine Nummer geben.

Umgehend leiste ich seiner Aufforderung Folge, woraufhin er mein Gelenk mit den Fingern umschließt. Sie sind erstaunlich kühl und schicken ein Summen meinen Arm empor. Ich umfasse die Bierflasche fester, die ich noch immer in der rechten Hand halte.

Mit den Zähnen entfernt er die Kappe des Stiftes und beugt sich nach vorne. Erleichterung durchflutet mich, und ich verberge mein unbeabsichtigtes Aufatmen hinter einem ironischen Grinsen. Ich werde bei meinem NGS-Bericht morgen früh ein Ergebnis vorweisen können.

Natürlich ist seine Nummer in den Akten vermerkt, und ich kann sie längst auswendig, doch wenn er sie mir offiziell gibt, hat er den ersten Schritt getan und bietet mir damit eine Kontaktaufnahme an.

Alex drückt konzentriert die Spitze des Stifts auf meine Haut. Er ist mir so nah, dass ich trotz der stickigen Luft des Clubs sein Rasierwasser riechen kann. Herb und fruchtig.

Dann beginnt er langsam zu schreiben, wobei ein Lächeln um seine Mundwinkel zuckt.

Nachdem er fertig ist, streicht er mit den Fingerspitzen über meinen Unterarm, was das Kribbeln in meinem Magen schlagartig verstärkt. Er drückt die Kappe auf den Stift, legt mir diesen in die Hand und schließt meine Finger darum.

Ich inspiziere den Schriftzug und kann mit Mühe ein Ächzen unterdrücken. Entgeistert schaue ich zu Alex, auf meinen Unterarm und danach wieder zu ihm.

Er nickt mir freundlich zu, dreht sich um und verschwindet mit einem leisen Lachen auf die Bühne.

Während ich ihm fassungslos hinterherstarre, werden mir zwei Dinge klar:

Er hat mir gerade nicht seine Nummer, sondern ein Autogramm gegeben.

Und dieser Auftrag wird bei Weitem nicht so einfach, wie ich mir das vorgestellt habe, denn ich fürchte, was Gerissenheit angeht, ist er mir ebenbürtig.

2 | Prinzessin

»Nora?« Alice kichert aufgeregt. »Was war das denn? Hat der dir gerade ein Autogramm gegeben?«

»Offensichtlich«, erwidere ich mit einem gezwungenen Grinsen, um mir meine Irritation nicht anmerken zu lassen. Verärgert stecke ich den Stift, den er mir in die Hand gedrückt hat, in meine Hosentasche. Verdammter Mist. Das ist richtig schlecht gelaufen.

»Kennt ihr euch?«, hakt Marie nach.

»Wieso habt ihr euch so lange angeschaut?«, fragt Bastian gleichzeitig.

»Ich kenne ihn nicht, und ich weiß auch nicht, was das sollte«, erkläre ich knapp. »Ich habe einfach mitgemacht.«

»Zumindest war es eine außergewöhnliche Art, dir sein Interesse zu bekunden«, stellt Marie fest.

Ich verzichte auf den Hinweis, dass Alex' scheinbare Initiative eher als Reaktion auf meinen Starrangriff oder sogar als offene Provokation zu verstehen ist. Abgesehen davon ist es unangenehm, dass die ganze Gruppe Zeuge meiner Niederlage geworden ist, selbst wenn sie diese nicht als solche erkannt haben.

»Ich fand's seltsam«, sagt Felix schulterzuckend und wendet sich der Bühne zu, auf der die *Black Biscuits* gerade ins zweite Set starten.

Alex ist mit seinem Instrument beschäftigt und wirkt so neutral, als wäre zwischen uns nicht das Geringste passiert. Er sieht nicht mal ansatzweise in meine Richtung. Scheiße.

Angespannt denke ich über mein weiteres Vorgehen nach. Jetzt ist auf jeden Fall eine Veränderung angebracht. Nach diesem Misserfolg muss ich von meinem ursprünglichen Plan, erneuten Blickkontakt aufzunehmen, abweichen. Das wäre nach seiner Aktion ein Rückschritt und zudem total lächerlich. Er hat garantiert bemerkt, dass er mich für einige Sekunden aus dem Konzept gebracht hat. Gereizt stoße ich die Luft durch die Nase aus. Ich werde wohl doch die Initiative ergreifen müssen, um nicht ohne Ergebnis dazustehen. Ich will mir gar nicht vorstellen, was die Chefs von NGS dazu sagen würden.

Nachdem sich die Aufmerksamkeit der Gäste der Bühne zugewandt hat, beschließe ich, mir fürs zweite Set ein neues Getränk zu holen. Vielleicht zur Abwechslung etwas, das mir wirklich schmeckt. Meine Taktik, seine Vorlieben zu imitieren und dadurch seine Sympathie zu erlangen, scheint wenig zu nützen.

»Gleich wieder da«, schreie ich in Maries Ohr und halte die leere Flasche hoch. Sie dreht sich halb um und nickt. Ohne Alex weiter zu beachten, schiebe ich mich durch die Menge Richtung Bar. Dort angekommen muss ich feststellen, dass diese entgegen meiner Erwartung gut besucht ist. Am anderen Ende des Tresens entdecke ich eine Lücke, die ich umgehend ansteuere. Dabei kreisen meine Gedanken kontinuierlich um Alex und um die

Möglichkeit eines neuen Annäherungsversuchs. Kurz bevor ich mein Ziel erreiche, stolpere ich über ein Stuhlbein, eine Unebenheit im Boden oder über einen Fuß – genau kann ich das im Dämmerlicht nicht ausmachen. Ich fange mich mit einem Ausfallschritt, stoße allerdings ziemlich heftig an einen Typ im dunkelgrünen Muskelshirt.

»Sorr-« Die Entschuldigung bleibt mir im Hals stecken, als ich mich umdrehe und wahrnehme, wem ich fast die Flasche aus der Hand geschlagen hätte.

»Devin?«, rutscht es mir unüberlegt heraus. Sofort beiße ich mir auf die Zunge, aber es ist zu spät. Unprofessionell. Das kann nur an der vorangegangenen Pleite mit Alex liegen, die mich völlig durcheinandergebracht hat. Mein amateurhaftes Verhalten ist jedoch mein geringstes Problem. Der Anblick des muskulösen, etwas grobschlächtigen Kerls stößt die Tür in meinem Gedächtnis wieder auf, die ich in den vergangenen drei Monaten sorgsam verschlossen gehalten hatte. Schonungslos fluten die Erinnerungen an die letzte Bewusstseinssynchronisierung meine Wahrnehmung. Devin und Lily auf dem Küchentisch. Devin und Lily auf der Couch. Auf der Treppe. Im Auto. Oh mein Gott.

Nachdem ich ihm heute im eigenen statt in Lilys Körper gegenüberstehe, spüre ich statt überschwänglicher Gefühle lediglich Abneigung gepaart mit unterschwelliger Angst. Devin, der sie ungläubig anstarrt. Devin, der den Ärmel ihrer Bluse krampfhaft umklammert, während sie sich in den Tod stürzt. Der Ausdruck namenlosen Entsetzens auf seinem Gesicht.

Ich blinzle und dränge die verstörenden Bilder gewaltsam zurück.

»Kennst du die Kleine?«

Erst jetzt realisiere ich die Blondine in einem tief ausgeschnittenen Top, die an Devins Arm hängt und mit rot lackierten Fingernägeln seinen Nacken streichelt. Tina. Ich wusste es. Sie hat vermutlich bei der ersten Gelegenheit ihre Klauen in ihn geschlagen.

Während ich von regelmäßigen Albträumen heimgesucht werde, hat sich der Arsch also mit Lilys angeblich *bester* Freundin getröstet. Er scheint ja von ihrem Verlust zutiefst getroffen zu sein.

Devin hebt unentschlossen die Schultern. »Glaube nicht.« Er starrt mich an und sucht offenbar nach Anhaltspunkten.

»Mir ist, als hätte ich sie schon einmal irgendwo gesehen«, behauptet Tina. »Vielleicht eine dieser armseligen Stalkerinnen aus der Mittelstufe, die dir überall hinterherrennen?«

Devin glotzt mich weiterhin an. Dabei spiegelt sich seine begrenzte Denkfähigkeit deutlich in seiner Miene wider. Trottel.

»Nee«, entscheidet er, aber ich höre an seinem Tonfall, dass er selbst an seinen Worten zweifelt. »Kenn ich nicht.«

Ich unterdrücke ein erleichtertes Aufatmen. Glück gehabt.

Jetzt sollte ich schnell aus seiner Reichweite verschwinden, bevor ihm klar wird, dass ich doch keine gänzlich

Unbekannte bin. Immerhin hatte ich mich in den Wochen vor der Verlinkung ständig in Lilys Nähe aufgehalten, um ihr Vertrauen zu gewinnen. Obwohl ich darauf geachtet hatte, so wenig Freunde wie möglich zu treffen, ließ es sich nicht komplett umgehen. Insbesondere Devin ist andauernd um sie herumgeschwirrt und hat versucht, sie mit seinem fragwürdigen Charme zu beeindrucken. Mit Erfolg.

Er darf auf keinen Fall die Brücke von Lily zu mir schlagen, denn das könnte Aufmerksamkeit auf NGS lenken. Sichtbare Verbindungen zwischen Regulator und Firma sind unfassbar riskant. Die Chefs legen größten Wert darauf, im Verborgenen zu agieren.

Ich muss dringend hier weg. Wenn mich Alex mit seiner blöden Aktion nicht verunsichert hätte, wäre mir der Schnitzer mit Devins Namen garantiert nicht unterlaufen.

»Da hörst du's.« Tina grinst träge. »Keine Ahnung, wer du bist. Gib's auf, Kleine. Du spielst nicht in seiner Liga.«

Devin hat sich von meinem unverhofften Angriff erholt und zieht seine *neue* Freundin an sich. »Wollen wir nach vorne, Prinzessin?«

Prinzessin.

So hat er Lily auch immer genannt.

Der Kosename löst einen erneuten Ansturm von Erinnerungen aus. Es fühlt sich an, als hätte mir Devin ein Messer in den Magen gerammt.

Unzählige Male habe ich mit Lennard darüber geredet, um die Tragödie irgendwie zu verarbeiten. In den Wochen nach Lilys Tod war ich fast täglich in seinem

Büro, wo wir stundenlange Gespräche geführt haben. Allen gemeinsam war die daraus resultierende Erkenntnis, dass mir ein schrecklicher Fehler unterlaufen ist, der Lily das Leben gekostet hat. Als könnte ich das jemals vergessen. Als könnte ich mir mein Versagen bei dieser Synchro verzeihen. Wenn ich aufgewacht wäre …

Ich balle die Hände zu Fäusten, sodass sich meine Fingernägel in die Handflächen bohren. Der Schmerz holt mich zurück in die Wirklichkeit.

»Hör auf, ihn anzuschmachten, du blödes Huhn«, fährt mich Tina an.

Bevor ich mich verteidigen kann, ist sie bereits einen Schritt auf mich zugetreten. Dadurch habe ich nicht nur weitgehend freien Blick auf ihre beträchtliche Oberweite, sondern kann zusätzlich ihr aufdringliches Parfum riechen.

»Hast du's nicht kapiert, Kleine? Vergiss es. Devin will nichts von billigen Schlampen wie dir.«

Billige Schlampen wie mir? Die Art, wie sie besitzergreifend über seinen Oberschenkel fährt, weist eher darauf hin, dass *sie* die Schlampe ist. Wenn die wüsste, dass ich als Lily schon alles von ihrem Angebeteten gesehen habe …

Die beiden sind erst kurz vor der Synchro ein Paar geworden, was ihr Schlafverhalten extrem durcheinandergebracht hat. Es war anstrengend, sich ihrem Rhythmus anzupassen, insbesondere weil die beiden die Osterferien dazu genutzt hatten, in sämtlichen Zimmern des Hauses aktiv zu sein. Und Devin wohnt in einer Villa.

Während Tina darauf lauert, dass ich aufgrund ihrer Gehässigkeit in Tränen ausbreche, entscheide ich mich, ihr etwas zum Nachdenken mitzugeben. Ich beuge mich ein wenig zu ihr. »Hat er dir schon seinen Anker gezeigt, *Prinzessin*?«

Für einen Moment bleibt Tina der Mund offen stehen. Dann wendet sie sich empört Devin zu, der wiederum mich anstarrt.

»Woher weiß sie von deinem Tattoo?«, fragt sie schrill. Leider bekomme ich Devins Antwort nicht mehr mit, denn ich mache mich auf dem schnellsten Weg zum Ausgang.

Die Genugtuung hält nicht einmal zwei Minuten. Bereits als ich die Straße erreiche, steigt Frustration in mir empor. Dieser Abend war in jeder Hinsicht ein Reinfall. Alex, der sich – statt in die Falle zu gehen – über mich lustig gemacht hat, und direkt im Anschluss der grobe Fehler bei Devin, der dazu führte, dass ich das Konzert verlassen muss, bevor er sich an mich erinnert.

Haltung bewahren in allen Lebenslagen.

Eigene und virtuelle Kontakte trennen.

Keine Affekthandlungen, die die Mission gefährden könnten.

Ich habe gleich drei von NGS' goldenen Regeln gebrochen, ganz abgesehen davon, dass ich bei Alex wieder von vorne beginnen muss.

Leise schließe ich die Haustür auf. Es ist erst kurz vor zehn, ich bin deutlich früher zu Hause als erwartet – und erhofft.

»Eleonor? Bist du das?«, erklingt die gedämpfte Stimme meiner Mutter aus dem Wohnzimmer. Sie thront im Schneidersitz auf einer flauschigen Matte und hat die Handflächen über ihrem Kopf aneinandergelegt. Offensichtlich eine ihrer üblichen Yogapositionen.

»Ja, ich –«, setze ich zu einer Ausrede an.

»Warst du in diesen Kleidern unterwegs?«, fragt sie tadelnd. Obwohl ihre Worte vor Missbilligung triefen, ist ihre Miene absolut reglos. Jedes Stirnrunzeln, jede Gefühlsregung könnte zu einer unerwünschten Falte führen. Das will sie auf keinen Fall riskieren.

Ich nicke stumm, denn jede weitere Reaktion wäre verschwendet.

»Du bist zeitig zurück«, bemerkt sie.

»Die Band war schlecht«, erwidere ich mit einem Schulterzucken.

»Schade«, sagt sie gleichgültig.

»Ich werde ein wenig lesen und dann ins Bett gehen«, informiere ich. »Gute Nacht.«

Da sie nicht den Eindruck macht, als würde sie das interessieren, verlasse ich das Wohnzimmer und schließe die Tür hinter mir.

Auf dem Weg nach oben tippe ich eine Nachricht an Marie, um mich zu entschuldigen und meinen überstürzten Aufbruch mit plötzlichem Kopfweh zu begründen. Tatsächlich muss ich dafür gar nicht lügen, denn hinter meiner Stirn hat sich ein unterschwelliges Stechen ausgebreitet. Nach den letzten Stunden ist das kein Wunder.

Im Bad putze ich die Zähne, schäle mich aus meinen Kleidern und werfe diese achtlos in die Ecke. Als ich mich unter die Dusche stelle, fällt mein Blick auf den geschwungenen Schriftzug, der meinen Unterarm ziert.

Alexander Theel

Ich seufze resigniert und versuche, zumindest für ein paar Minuten nicht über den vergangenen Fehlschlag und die daraus resultierenden Folgen nachzudenken. Erschöpft drehe ich das Wasser auf und genieße die angenehm warme Temperatur. Beim Verteilen des Schaums berühre ich mit den Fingerspitzen die leichte Erhebung in meinem Nacken. Dort sitzt das Regulator-Implantat mit dem Partnerchip, der als Gegenstück zu Alex' Nanochip gefertigt wurde, den dieser ohne sein Wissen unter der Haut trägt.

Alex. Gnadenlos holt mich die Realität ein. Morgen um zehn Uhr muss ich mich für meinen Bericht bei NGS einfinden. Natürlich bei André. Er wird mich für das doppelte Scheitern ungespitzt in den Boden rammen. Zuerst Alex, anschließend Devin. Dieser Abend war eine Katastrophe. Trotz meiner umfassenden Vorbereitung hat rein gar nichts funktioniert wie geplant. Und das, nachdem die Chefs deutlich gemacht haben, dass ich mich momentan auf dem Prüfstand befinde.

Nach einer Viertelstunde fruchtloser Grübeleien verlasse ich die Dusche, trockne mich ab und schlüpfe in meinen Schlafanzug, bestehend aus XL-Shirt und Shorts.

Als ich im Bett liege, wandern meine Gedanken fast unmittelbar zu Alex. Die Wärme, die mich bei seiner Berührung durchflutet hat. Das Flattern in meinem Magen bei unserem Blickkontakt.

Entschlossen schiebe ich alle Überlegungen zur Seite und konzentriere mich darauf, meinen Verstand zu leeren. Dank des strengen Trainings von NGS brauche ich nur wenige Minuten, um in den Schlaf zu finden. Allerdings ist er nicht erholsam, und immer wieder muss ich mich fokussieren, um die Albträume zu vertreiben, die ausnahmslos alle Lily, mein Versagen und das bevorstehende Gespräch bei NGS zum Inhalt haben.

Am nächsten Morgen fühle ich mich wie zerschlagen. Der Badezimmerspiegel zeigt erbarmungslos die Spuren einer unruhigen Nacht. Schnell mache ich mich fertig, bin mir jedoch bewusst, dass auch Tonnen von Schminke meine geröteten Augen nicht verbergen können. Selbst wenn ich heute eine schauspielerische Höchstleistung ablege, genügt ein aufmerksamer Blick, um zu sehen, dass der gestrige Abend nicht von Erfolg gekrönt war.

Nachdem ich mich gezwungen habe, zum Frühstück zweimal von einem trockenen Brötchen abzubeißen, nehme ich um kurz nach neun den Zug zum NGS-Gelände. Der Gebäudekomplex befindet sich im Industriegebiet weit vor der Stadt, wodurch ich, je nach Verbindung, bis zu einer halben Stunde unterwegs bin.

Als ich an der Haltestelle vor der Firma aussteige, prüfe ich als Erstes die Uhrzeit. Mir bleibt eine Gnadenfrist von zwanzig Minuten, also mache ich mich nach der Sicherheitskontrolle am Eingang auf den Weg zur Cafeteria.

Das gesamte Gebäudeinnere ist in hellen Cremetönen gehalten, auf dem Boden befindet sich ein dichter Teppich, und an den Wänden hängen abstrakte Gemälde in Pastellfarben, die sich perfekt in das Konzept einfügen. Da ich das alles schon so oft gesehen habe, kann ich mich nicht mehr an der stimmigen Einrichtung erfreuen. Ohne auf meine Umgebung zu achten, steuere ich den Automaten an und drücke auf die passende Taste für eine heiße Schokolade.

Ich weiß zwar jetzt schon, dass ich kaum einen Schluck hinunterkriegen werde, aber zumindest habe ich etwas zu tun – und wenn es nur Warten auf ein Heißgetränk ist. Die Chefs müssen nicht auch noch auf den Videobändern sehen, wie nervös ich vor dem Termin bei André war.

Wenig später sitze ich mit untergeschlagenen Beinen auf einem bequemen Ledersessel und wärme meine kalten Finger am Pappbecher.

»Nora?«

Die unerwartete Ansprache lässt mich zusammenzucken, wodurch ich um ein Haar die Schokolade auf meinem Shirt verteile.

»Ich wollte dich nicht erschrecken«, entschuldigt sich Tess und lässt sich auf den Sessel gegenüber fallen. Sie lehnt sich entspannt zurück und schüttelt ihre rote Lockenmähne aus, deren Farbe sich furchtbar mit ihrer über und über mit pinken Pailletten bedeckten Handtasche beißt.

»Kein Problem«, erwidere ich, und erst jetzt bemerke ich, was es bedeutet, sie hier zu sehen. »Na los, erzähl mir von deiner ersten Synchro!«

»Es war total krass.« Tess atmet einmal tief durch, sichtlich überwältigt von ihren Eindrücken. »Dieses Gefühl, plötzlich jemand anderes zu sein ... unbeschreiblich. Natürlich hat man keine Handlungsmöglichkeiten, aber das sorgt dafür, dass man alles noch intensiver wahrnimmt. Mein Link kann windsurfen und hatte dabei riesigen Spaß. Kein Wunder, dass NGS Unmengen an Geld in dieses Konzept steckt. Die Kunden werden ihnen irgendwann die Tür einrennen.«

Ihre Augen leuchten vor Begeisterung. Obwohl Tess bereits 21 ist, also vier Jahre älter als ich, wirkt sie in diesem Moment deutlich jünger.

Ich lächle, während ich mir insgeheim wünsche, dass ihre Erfahrungen so positiv bleiben. »Freut mich, dass es dir gefallen hat. Die Vorbereitungen sind langwierig und anstrengend, doch dafür ist die Synchrophase echt spannend.«

»Das Einzige, was ich grauenvoll fand, war der Blackout am Ende.« Tess ächzt. »Es ist ekelhaft, eine Synchro auf diese Art zu beenden. Man befindet sich in absoluter Schwärze. Für mehrere Stunden. Nichts sehen, nichts hören, nichts fühlen. Als wäre man lebendig begraben. Ich wusste zwar aus den Seminaren, was auf mich zukommt, aber ich hatte es mir weniger schlimm vorgestellt. Ich war unfassbar erleichtert, als ich endlich in meinem eigenen Körper wieder aufgewacht bin.«

Ich mustere sie mit gemischten Gefühlen. Seit Lilys Tod weiß ich, dass ich der einzige Regulator bei NGS bin, der keine Blackouts bei der Trennung hat. Eine Anomalie, die eher von Nachteil ist, denn der Blackout hätte mir zumindest die schrecklichste Erinnerung meines Lebens erspart.

Tess betrachtet mich forschend, und an ihrem Gesichtsausdruck erkenne ich, dass sie ahnt, was in mir vorgeht.

»Die Sache mit Lily lässt dich nicht los, oder?«, fragt sie. »Kein Wunder.«

»Seit drei Monaten hacken die Chefs darauf herum. Immer wieder.« Ich seufze. »Ganz NGS weiß Bescheid, obwohl keiner offen darüber redet. Die Blicke der anderen Regs sprechen Bände. Das hat sich verbreitet wie ein Lauffeuer. Wahrscheinlich gerade *weil* es geheim gehalten werden sollte.«

»Es war nicht deine Schuld«, äußert Tess eine Überzeugung, die ich trotz unzähliger Versicherungen nicht glauben kann. Das liegt nicht zuletzt daran, dass André, Lennard und Tom die Verantwortung eindeutig bei mir sehen.

»Ich hätte frühzeitig erkennen müssen, dass etwas nicht stimmt«, widerspreche ich resigniert. »Und ich hätte reagieren müssen, als ich realisiert habe, was sie im Begriff ist zu tun. Dann wäre das einzige Problem gewesen, die schlafende Lily vom Kettenkarussell zu bekommen. Ein harmloser, fast witziger Vorfall. Um Längen besser als das, was wirklich geschehen ist.« Ich schließe für einen Moment die Augen. »Wenn es mir gelungen wäre, aufzuwachen, hätte sie überlebt. Trotz Training und bis dahin tadelloser Schlafkontrolle konnte ich es nicht. Das ist mir noch nie so gegangen. In keiner Übungseinheit. Bei keiner Synchro. Es ging einfach nicht.«

Tess beugt sich ein wenig nach vorne und streift mit den Fingerspitzen mein Bein. Obwohl die Berührung minimal ist, spendet sie mir Trost. »Das hätte jedem von uns passieren können«, versichert sie mir. »Du musst die Schuldgefühle loswerden. Du hast genug durchgemacht.«

»Es war das Schlimmste, was ich je erlebt habe«, gestehe ich. »Umso wichtiger ist es, dass ich mir jetzt keine weiteren Fehler leiste«, füge ich bemüht gelassen hinzu, kann jedoch nicht verhindern, dass meine Stimme zittert. »Gestern Abend habe ich eine doppelte Niederlage kassiert. Der Erstkontakt ist vollkommen schiefgegangen. André wird mich fertigmachen. Ich habe gleich einen Termin zum Synchro-Bericht.«

»Das wird er wohl«, räumt Tess mitleidig ein. »Er kann vermutlich gar nicht nett sein. Aber das ist mir lieber als Lennard mit seiner aufgesetzten Freundlichkeit und seinem seichten Gequatsche. Bei ihm habe ich ständig den Eindruck, er wolle mich analysieren und in jede staubige Ecke meines Gehirns leuchten. Der geborene Psychologe. Er ekelt mich an.«

»Ich mag ihn auch nicht besonders«, gebe ich ihr recht.

»Wen magst du nicht besonders?«, fragt eine männliche Stimme.

Prompt fühle ich mich, als habe man uns bei etwas Verbotenem erwischt. Generell wird es nicht gern gesehen, wenn Regs über Firmeninterna plaudern. Lästereien über die Chefs fallen wohl in denselben Bereich.

»Geheimnisse unter Frauen«, erwidert Tess mit einem fröhlichen Lachen. Ihr schauspielerisches Talent ist wirklich beeindruckend. »Hallo Lennard.«

»Guten Morgen«, grüße ich ebenfalls und setze ein verbindliches Lächeln auf.

»Was macht ihr beiden hier?«, will er scheinbar unbekümmert wissen. Durch die leicht unordentlichen dunkelblonden Haare und die tiefbraunen Augen, die hinter seiner Brille amüsiert funkeln, wirkt er jung und arglos. Alles Fassade. »Ein Mädelsfrühstück? Braucht ihr Prosecco oder Lachshäppchen?«

»Ich habe um zehn einen Termin bei André«, erinnere ich. Das weiß er ganz genau.

»Und ich war um acht bei Tom zum Softwarecheck«, antwortet Tess und streicht sich eine Strähne aus dem Gesicht. Irritiert registriere ich die stark gerötete Schramme, die sich von ihrer Schläfe bis zur Wange zieht. Sie sieht aus, als sei sie gegen eine Tür gelaufen. Tess deutet meinen Blick richtig, und sie lässt eilig ihr Haar wieder nach vorne fallen.

»Es ist Sonntag«, sagt Lennard leichthin und ignoriert den stummen Austausch zwischen uns. »Heute finden keine Seminare statt. Du hast sicher Besseres zu tun, als hier herumzulungern.«

Tess akzeptiert die unverhohlene Aufforderung und

steht auf. »Stimmt«, bestätigt sie schnell. »Ich wollte ohnehin gerade gehen. Bis dann.«

Mit einem Winken verlässt sie die Cafeteria.

Ich trinke meine heiße Schokolade aus und erhebe mich ebenfalls. Bevor ich mich jedoch von Lennard verabschieden kann, ergreift dieser meinen Arm und schiebt mich Richtung Flur.

»Ich begleite dich zu André«, beschließt er und schiebt die Ärmel seines Pullovers hoch. »Deine Kontaktaufnahme von gestern Abend interessiert mich.«

Ich unterdrücke ein Ächzen und mache mich flankiert von Lennard auf den Weg zu Andrés Büro. Viel schlimmer kann es nicht mehr kommen.

3 | Wir tun, was nötig ist

Während ich hinter Lennard durch die Gänge laufe, gebe ich mein Bestes, um die bei jedem Schritt zunehmende Panik zu ignorieren. Was das Trainieren von selbstbewusstem und kontrolliertem Auftreten angeht, sind die Besuche bei den Chefs mehr wert als sämtliche simulierte Übungseinheiten.

Zum wiederholten Mal an diesem Tag ziehe ich in Erwägung, die Wahrheit zu verschweigen, und zum ebenso vielten Mal verwerfe ich den Gedanken wieder. Lügen kommen immer ans Licht, insbesondere im Zusammenhang mit NGS. Es würde alles weiter verschlimmern – sollte das möglich sein.

Als wir vor Andrés Tür angelangt sind, straffe ich unwillkürlich die Schultern.

Haltung bewahren in allen Lebenslagen.

Keine Gefühle zeigen.

Gestern ist es mir nicht gelungen. Heute werde ich es besser machen, selbst wenn es mir alles abverlangt.

André sitzt hinter seinem Schreibtisch in dem karg eingerichteten Raum, blättert in irgendwelchen Dokumenten und lässt mit keiner Regung erkennen, dass er uns bemerkt hat. Wie immer trägt er ein weißes Hemd mit hochgekrempelten Ärmeln, das seine Haare in noch tieferem Schwarz erscheinen lässt. Er sieht gut aus, auf eine harte und distanzierte Art.

»Hallo André«, grüße ich höflich.

Er sieht auf und betrachtet mich über den Rand der Akte. »Eleonor«, sagt er ohne einen Funken von Freundlichkeit.

Eleonor. Ich hasse es. André ist neben meinen Eltern der Einzige, der sich standhaft weigert, meinen Spitznamen zu akzeptieren.

Während ich wie ein Angeklagter vor dem Schreibtisch stehe, setzt sich Lennard entspannt auf einen der Stühle an der Seite und schlägt die Beine übereinander.

Einige Minuten vergehen, in denen sich André weiter mit seinen Papieren beschäftigt. Obwohl ich innerlich knapp vor dem Durchdrehen bin, bleibe ich ruhig. Es ist eine seiner bevorzugten Taktiken, durch unnötige Warterei zusätzlichen Druck zu erzeugen.

Ich zucke um ein Haar zusammen, als er die Mappe plötzlich mit einem Knall schließt und seine stechend blauen Augen auf mich richtet. Durch den intensiven Farbton seiner Iris ist sein Blick scharf und intelligent. Allem an ihm, von seiner ausgewählten Kleidung bis zu der aufrechten Körperhaltung, ist deutlich anzusehen, dass er gewohnt ist, Befehle zu geben und nicht entgegenzunehmen.

»Fang an«, fordert er schroff.

Ich räuspere mich und beginne mit einer Kurzversion meiner Vorbereitungen der letzten Wochen. Obwohl die Chefs meine Strategie bereits kennen, weiß ich, dass sie

Wert darauf legen, Planung und Umsetzung zu vergleichen.

André lauscht mit undurchdringlicher Miene meinem Bericht. »Was ist mit den Ergebnissen?«, fragt er nach einer kurzen Pause. »Du hast uns jetzt erschöpfend deine Überlegungen präsentiert. Komm auf den Punkt.«

Lennard brummt zustimmend, lehnt sich zurück und beginnt, seine Brille zu putzen.

Ich ignoriere die unverhohlene Kritik und wappne mich mental für die Reaktionen, die meine nächsten Worte auslösen werden. Den harmlosen Abschnitt des Gesprächs habe ich hinter mir, nun wird es unangenehm. Keine Schwäche zeigen. Fassung wahren. Je professioneller ich damit umgehe, desto schneller ist es vorbei.

Scheinbar gelassen schildere ich meinen misslungenen Annäherungsversuch, bei dem mich Alex knallhart abblitzen ließ.

»Du hast also nicht das Geringste erreicht?« Andrés Stimme klingt gefährlich ruhig, und sein Ausdruck hat sich im Verlauf der letzten Minuten merklich verdüstert.

Ich nicke stumm.

»Danach hast du den Club verlassen in dem Glauben, kein Resultat erzielt zu haben.« Er mustert mich aus schmalen Augen. »Weshalb hast du nicht nachgesetzt?«

Obwohl ich mit dieser Frage gerechnet und beschlossen habe, auch in diesem Aspekt ehrlich zu sein, verkrampft sich mein Inneres, und ich muss mich konzentrieren, um die Angst zu verbergen. André wirkt bereits aufgebracht. Ich kann mir denken, wie er reagiert, wenn er hört, dass ich eine der wichtigsten Regeln von NGS verletzt habe.

»Ich bin auf den Freund eines vergangenen Links getroffen«, offenbare ich äußerlich ungerührt und richte mich ein wenig auf, um zu zeigen, dass ich für mein Handeln die volle Verantwortung übernehme. »Ich habe ihn mit Namen angesprochen, obwohl ich ihn lediglich durch die Synchro kannte.«

Für einige Sekunden herrscht Totenstille im Raum. Dann beugt sich André nach vorne. »Du hast dich verraten?«, vergewissert er sich ungläubig.

»Ja«, entgegne ich fest.

»Wie konnte dir das passieren?«, mischt sich Lennard von der Seite ein. Anscheinend ist er so schockiert, dass er es nicht einmal schafft, seinen üblichen jovialen Tonfall beizubehalten.

»Es war der Freund von Lilian.«

Schlagartig ändert sich die Atmosphäre. War sie vorher schon unangenehm, ist sie nun zum Zerreißen gespannt.

»Unprofessionell«, murmelt Lennard leise.

»Verantwortungslos«, zischt André zur selben Zeit.

Erneut breitet sich bleiernes Schweigen aus, während ich mich um eine gleichmäßige Atmung bemühe. Keine Gefühle zeigen. Mit gesenktem Blick warte ich auf die unweigerlich folgende Zurechtweisung.

»Es ist ein zentrales Prinzip von NGS, eigene und virtuelle Kontakte zu trennen«, beginnt André nach einer vermeintlichen Ewigkeit. »Muss ich dir wirklich erklären, wie verheerend es wäre, wenn nur die geringste Verbindung zwischen einem Regulator und einem Link bekannt würde? Solange sich die Bewusstseinssynchronisierung in der Testphase befindet, ist der Erfolg von NGS davon abhängig, dass wir unsere Technik ungestört weiterentwickeln können. Das hast du mit deiner leichtsinnigen Aktion maßgeblich gefährdet.« Er steht auf und stützt sich mit beiden Handflächen auf der Tischplatte ab. »Eleonor, dein letzter Link hat sich umgebracht, weil du es nicht geschafft hast, im entscheidenden Moment aufzuwachen. Weil du die Suizidabsichten nicht erkannt hast. Jetzt unterläuft ausgerechnet *dir* ein solcher Fehler in der Gesprächsführung? Gerade in diesem speziellen Fall wäre eine offengelegte Verbindung zu NGS viel riskanter als bei anderen Regulatoren.«

Ich beiße mir auf die Lippen und ärgere mich umgehend über meine Reaktion. »Ich weiß.«

André schüttelt missbilligend den Kopf. »Seit Wochen erhältst du zusätzliche Trainingseinheiten, um deine Schlafkontrolle zu verbessern. Dir müsste klar sein, dass diese Synchro deine letzte Chance ist.«

Bevor ich etwas entgegnen kann, schaltet sich Lennard ein. »Du solltest dringend beweisen, dass sich NGS nicht in dir getäuscht hat. Wenn du so weitermachst, wird es unvermeidbar sein, dass wir deine Privilegien empfindlich einschränken.«

Eine Mischung aus Beklommenheit und Zorn erfüllt mich.

»Ihr wollt mir auch das letzte bisschen freie Zeit nehmen?«, stoße ich mit mühsam unterdrückter Wut hervor. »NGS hat ohnehin überall seine Finger im Spiel.«

Lennard fixiert mich über den Rand seiner Brille. »Du dramatisierst die Situation unnötig, Nora. Du darfst das nicht als Bestrafung sehen, es ist vielmehr eine Chance. Immerhin geht es darum, dich weiterzubilden und effektiver zu machen.«

Ich presse verärgert die Zähne aufeinander, bleibe jedoch stumm.

»Das zusätzliche Training ist für uns mit beträchtlichem Aufwand verknüpft«, informiert André ungerührt. »Aber wir tun, was nötig ist.« Er verschränkt die Arme. »Ich muss dich nicht daran erinnern, dass du zu strengem Stillschweigen über die Sache verpflichtet bist. Bei Redebedarf kannst du zusätzliche Termine bei Lennard vereinbaren. Ich bin mir sicher, dass er dir eine optimale psychologische Betreuung zukommen lassen wird.« Er mustert mich kühl, während Lennard aufmunternd nickt. »Sollte ich den leisesten Zweifel an deiner Professionalität oder an deiner Loyalität hegen, wird das unschöne Konsequenzen haben.«

»Das wird nicht der Fall sein«, erwidere ich fest, obwohl ich nicht halb so zuversichtlich bin, wie es den Anschein erweckt.

»Das hoffe ich für dich«, versetzt André hart. »Ansonsten wird es unangenehm. Für alle Beteiligten.«

Nachdem ich die Tür hinter mir geschlossen habe, lehne ich mich an die Wand vor Andrés Büro und atme einige Male tief ein und aus. Ich hatte damit gerechnet, dass es übel werden würde, aber auf dieses erbarmungslose Kreuzverhör war ich nicht gefasst.

Resigniert mache ich mich auf den Heimweg und suche dabei verzweifelt nach Möglichkeiten, erfolgreich Kontakt zu Alex aufzunehmen. Die Chefs haben es mehr als deutlich gemacht: Beim nächsten Fehlschlag bin ich geliefert.

Zu Hause angekommen spiele ich mit dem Gedanken, mich einfach wieder ins Bett zu legen, die Decke über den Kopf zu ziehen und den Rest des Tages zu verschlafen. Leider ist mir schmerzlich bewusst, dass ich einen neuen Schlachtplan entwickeln muss.

Dabei steckten im gestrigen Abend so viel Mühe und Denkarbeit – alles umsonst. Eine klassische Annäherung wäre um Längen unkomplizierter gewesen. Ich hätte ihn einfach in der Pause ansprechen oder ihm einen Drink überkippen können. Jedoch wäre in diesem Fall die Initiative von mir ausgegangen. Ich hätte mich um seine Aufmerksamkeit bemüht, nicht umgekehrt. Die Kontaktaufnahme wird beschleunigt, wenn der Link den Eindruck hat, aus eigenem Willen gehandelt zu haben. Das kann ich jetzt vergessen. Nach diesem Fiasko bleibt mir nichts anderes übrig, als mich in die unterlegene Position zu begeben.

Deprimiert gehe ins Bad, um meine Kleider aufzuräumen, die ich am Vorabend liegen gelassen hatte. Ein Wunder, dass meine Mutter noch keinen Alarm geschlagen hat.

Beim Einsammeln fällt Alex' Stift aus der Hosentasche und rollt unter den Badschrank. Ich stöhne entnervt, lasse mich unwillig auf die Knie sinken und taste auf dem Boden herum. Klar, dass dieses Mistding in der hintersten Ecke gelandet ist. Immerhin findet sich keine einzige Fussel. Die Putzfrau, die zweimal in der Woche kommt, macht einen guten Job. Wie jeder, der für meine Eltern arbeitet, sonst wird er unverzüglich gefeuert.

Wenige Sekunden später richte ich mich auf, das Teil, mit dem mich Alex verhöhnt hat, in der Hand. Ein hellgrauer Filzstift mit dicker, schwarzer Mine. An der Seite entdecke ich eine Zahlenkette, die zu unordentlich aussieht, um aufgedruckt zu sein. Diese stammt mit Sicherheit nicht vom Hersteller.

Ich brauche einige Sekunden, um zu verstehen, was los ist. Der Abend war doch kein kompletter Reinfall. Alex hat eine Telefonnummer auf den Stift geschrieben. *Seine* Telefonnummer.

Für einen Moment wird mir fast schwindlig vor Erleichterung. Er signalisiert Interesse, wenn auch auf eine unkonventionelle Art und Weise. Das könnte mir tatsächlich die Haut retten.

Gegen 17 Uhr beschließe ich, lange genug gewartet zu haben. Ich hole das Handy hervor, das mir NGS extra für die Kommunikation mit meinem Link besorgt hat, und tippe seine Nummer ein.

Angespannt lausche ich dem Freizeichen. Ich muss dringend Ergebnisse bringen. Sollte er mich erneut abblitzen lassen –

»Ja?«, reißt mich Alex' Stimme aus den Überlegungen. Ihr rauer Klang erzeugt ein leichtes Kribbeln in meinem Magen, und ich runzle gereizt die Stirn. Ruhig bleiben.

»Du willst sicher deinen Stift zurück«, beginne ich in geschäftsmäßigem Tonfall, ohne mich mit einer Begrüßung aufzuhalten.

»Ach, du bist es.« Er lacht. »Nachdem du verschwunden bist, hatte ich befürchtet, den Stift für immer verloren zu haben.«

»Ich dachte mir schon, dass du an ihm hängst, weil du extra deine Nummer darauf geschrieben hast«, erwidere ich trocken.

»Das stimmt«, bestätigt er und macht eine kurze Pause. »Wann findet die Übergabe statt?«, erkundigt er sich dann. »Verlangst du Lösegeld?«

»Wenn du deinen Stift lebend wiedersehen willst, sei morgen um 17 Uhr im *Café Winzig*«, fordere ich scherzhaft. »Und keine Polizei.«

»Du bittest mich um ein Date?«, fragt er plötzlich ernst. Umgehend spüre ich, wie sich mein Puls beschleunigt. Er dreht es so, als sei ich es, die ihn treffen möchte, obwohl der Gedanke von ihm stammt. Eigentlich hätte das umgekehrt laufen sollen. Seine Gesprächsführung ist tatsächlich bewundernswert.

»Das kommt darauf an, wie wichtig dir die Geisel ist«, gebe ich zurück, um ihm nicht komplett das Feld zu überlassen. »Ansonsten verleibe ich ihn gerne meiner Stiftsammlung ein. Deine Entscheidung.«

Alex lacht erneut. »Mein Verantwortungsbewusstsein

lässt mir keine Wahl. Das Schicksal als einer von vielen hat der Stift nicht verdient. Ich werde da sein.«

Bevor ich etwas entgegnen kann, hat er aufgelegt. Sprachlos starre ich auf das Telefon in meiner Hand. Er hat mich überrumpelt und dann abserviert.

Unwillkürlich muss ich grinsen. Er ist schlagfertig und hat Humor, und das gefällt mir so gut, dass ich mich regelrecht auf unsere Verabredung freue.

4 | Zwölf Euro und zwanzig Cent

Am Montagmorgen erwache ich voller Tatendrang und würde am liebsten sofort alles dafür tun, meine Pleite auszumerzen. Leider liegt ein schier endloser Tag zwischen mir und dem Treffen im Café. Zumindest gibt mir André nach einem kurzen und unerfreulichen Telefonat den Tag frei, damit ich mich auf mein *Date* vorbereiten kann. Trotz seiner üblichen Distanziertheit wirkt er halbwegs angetan von meinen Fortschritten und rät mir eindringlich, es *dieses Mal nicht zu versauen*.

Die Aussicht, mal einen Tag nicht im Firmengebäude erscheinen zu müssen, hebt meine Laune beträchtlich. Da ich nicht die geringste Lust verspüre, mich erneut mit dem Schulstoff zu beschäftigen – immerhin sind Sommerferien – beschließe ich, mich um ein anderes Versäumnis zu kümmern, das mir am Samstag bewusst wurde. Das Pflegen von Freundschaften außerhalb von NGS.

Nach einem emsigen Austausch von Nachrichten haben mir sowohl Marie als auch Alice mein plötzliches Untertauchen am Samstagabend verziehen und zugesagt, im Lauf der Ferien noch mal gemeinsam etwas zu unternehmen. Leider habe ich weder Bastians noch Felix' Nummer, sodass ich ihnen meine Entschuldigung nicht persönlich übermitteln kann. Tatsächlich war es kein guter Stil, die anderen einfach im Club sitzen zu lassen, aber nach dem Zusammentreffen mit Devin war Flucht definitiv die richtige Entscheidung.

Gegen 13 Uhr treffe ich mich mit meiner Mutter zum gemeinsamen Mittagessen. Das übliche Ritual, wenn sich mein Vater mal wieder auf Geschäftsreise befindet. Sie erkundigt sich nach meinen weiteren Plänen, verliert jedoch das Interesse, bevor ich den ersten Satz beendet habe.

Den Nachmittag nutze ich, um mich sorgfältig zu schminken und mich gefühlte zwanzig Mal umzuziehen, wobei ich alle zehn Minuten auf meine Armbanduhr schaue.

Ich bin unglaublich nervös, und als gegen 16 Uhr mein Handy klingelt, brauche ich drei Anläufe, um die richtige Taste zur Annahme des Gesprächs zu drücken.

»Hi Tess«, melde ich mich atemlos, während mir gleichzeitig einfällt, dass ich vollkommen vergessen hatte, meiner Freundin von den neusten Ereignissen zu berichten.

»Ich wollte wissen, wie es dir geht«, eröffnet Tess sofort, ohne eine Begrüßung. »Ich habe dauernd an dich gedacht und gehofft, du würdest dich melden. Aber ich wollte nicht nerven. Wie war das Gespräch mit den Chefs gestern?«

»Grauenvoll«, gebe ich zu und spreche schnell weiter, damit sie sich nicht unnötig sorgt. »Jetzt ist alles in Ordnung. Ich konnte es retten und bin nachher zum Kaffeetrinken mit meinem Link verabredet.«

Tess gibt einen Laut der Erleichterung von sich. »Ein Glück. Wie hast du das hingekriegt?«

Schnell setze ich sie über meine verspätete Entdeckung der Telefonnummer in Kenntnis, woraufhin sie mitleidig schnaubt.

»Schade, dass du es nicht früher gemerkt hast. Das hätte dir das Inquisitionsgericht erspart.«

»Tja«, entgegne ich vage und schaue auf die Uhr. In einer guten halben Stunde fährt mein Bus in die Innenstadt.

»Hast du noch einen Moment?«, fragt Tess, als habe sie meine Gedanken gelesen.

»Natürlich«, versichere ich sofort und bemühe mich, Alex aus meinem Gehirn zu verbannen.

»Ich war doch gestern beim Softwarecheck«, beginnt Tess zögerlich. »Dabei ist etwas vorgefallen … mit Tom. Ich wollte es dir eigentlich schon in der Cafeteria erzählen. Dummerweise ist Lennard aufgetaucht und hat uns unterbrochen.«

Unwillkürlich erinnere ich mich an die Schramme, die ich gestern bemerkt hatte, kurz bevor mich Lennard zu André geschleppt hat.

»Hat der Zustand deiner rechten Gesichtshälfte etwas damit zu tun?«, hake ich vorsichtig nach.

Tess schweigt für einige Sekunden. »Es ging um Rebecca«, sagt sie dann.

Ich stoße die Luft aus. »Tess. Was hast du getan?«

»Nichts Schlimmes«, wehrt sie ab. »Ich wollte lediglich einen Blick auf sie werfen. Tom saß an einem seiner Rechner, und die Tür zu ihrem Zimmer stand offen. Bevor ich reingehen konnte, ist er so plötzlich aufgesprungen, dass sein Stuhl nach hinten umkippte. Er hat sich förmlich auf mich gestürzt und mich weggestoßen, so heftig, dass ich mit dem Gesicht an den Türrahmen geknallt bin.«

»Das ist … krass. Sowohl deine Aktion als auch seine Reaktion darauf.«

»Komm schon, Nora«, verteidigt sie sich. »Findest du es nicht auch seltsam, dass er im Firmengebäude wohnt und eine Komapatientin pflegt? Er hat nie eine Auszeit. Weder von der Arbeit noch von Rebecca.«

»Trotzdem ist das seine Sache«, beharre ich.

»Du musst zugeben, dass es merkwürdig ist. Wie so einiges bei NGS.«

Ich kaue nachdenklich auf meiner Unterlippe herum. Tom ist ganz anders als die beiden anderen Chefs. Ich habe ihn bisher ausnahmslos freundlich und geduldig erlebt. Gut, er hat einige sonderbare Eigenarten, wirkt manchmal geradezu neurotisch, aber er ist garantiert nicht aggressiv oder gar gewalttätig.

»Stimmt schon«, murmle ich.

»Anschließend hat er die Tür hinter sich zugeworfen«, greift Tess ihren Bericht wieder auf. »Ich saß vollkommen verunsichert auf der Liege und wusste nicht, ob ich warten sollte oder nicht. Nach etwa zehn Minuten kam er aus ihrem Zimmer und tat, als wäre nichts geschehen. Er hat mich ans Ladegerät gehängt, die Software überprüft und währenddessen betont unbekümmert auf mich eingeredet. Der totale Gegensatz zu seinem vorigen Ausraster. Das war echt unheimlich. Und seine nervösen Ticks werden immer schlimmer.«

»Er war früher anders«, erinnere ich mich.

»Ja?«, vergewissert sich Tess.

»Offen, voller Leidenschaft für seine Arbeit, manchmal sogar witzig«, zähle ich auf. »Vor allem hat er sich manchmal freigenommen und war nicht rund um die Uhr im Gebäude. Nach dieser verhängnisvollen Klettertour hat er die Arbeit und die Pflege Rebeccas zu seinem Lebensinhalt gemacht. Ich würde wahrscheinlich auch durchdrehen, wenn ich nur in der Firma hocken würde, die Grausamkeit des Schicksals konstant vor Augen. Ich glaube, er hat Rebecca wirklich geliebt.« Ich stocke. »Ich glaube, er liebt sie wirklich«, verbessere ich mich. »Ansonsten würde er das kaum auf sich nehmen. Der Pflegedienst kommt zwar täglich, um die grundsätzliche Versorgung zu gewährleisten, aber alles Weitere bleibt an ihm hängen. Jedenfalls halte ich es für keine gute Idee, ihn in die Enge zu treiben. Wenn er Besucher von ihr fernhalten will, sollten wir das respektieren.«

»Aber ...«

»Tess«, unterbreche ich sie. »Du arbeitest erst seit sechs Monaten für NGS und hast in dieser kurzen Zeit mehr unbequeme Fragen gestellt als ich in zwei Jahren. Lass es gut sein. Du weißt, wie streng die Chefs sind. Ich habe Angst, dass du in Schwierigkeiten gerätst.«

»Wie du meinst«, stimmt Tess zu und seufzt. »Erzähl mir von deinem Link.«

Bereitwillig komme ich ihrer Aufforderung nach und fasse in den folgenden zehn Minuten meine Taktik für den heutigen Abend zusammen.

Nach Beendigung des Telefonats überprüfe ich ein letztes Mal mein Make-up, dann mache ich mich auf den Weg zur Bushaltestelle.

Eine Viertelstunde vor der verabredeten Zeit betrete ich das *Café Winzig*, wie immer viel zu früh, um mir einen Überblick zu verschaffen. Ich nehme an einem Ecktisch Platz und ziehe den Fantasy-Wälzer aus der Tasche, um dort weiterzulesen, wo ich mich gestern Abend mühsam losgerissen habe. Ich muss zugeben, dass mich die Story fesselt. Sobald Alex meine Buchauswahl registriert, wird das erste Gesprächsthema gesichert sein. Eigentlich freue ich mich schon darauf, mit ihm über das durchdachte Magiesystem zu diskutieren.

Die folgenden fünfzehn Minuten verbringe ich mit einer Mischung aus halbherzigem Lesen und bangem Warten. Kurz vor fünf bestelle ich eine heiße Schokolade und bezahle gleich, um später nicht Gefahr zu laufen, von Alex eingeladen zu werden. Ich will ihm nicht zu Dank verpflichtet sein. Als ich die Glocken des nahe gelegenen Kirchturms höre, werde ich langsam unruhig.

17 Uhr und keine Spur von Alex.

Er machte auf mich nicht den Eindruck, als sei er jemand, der sich häufig verspätet. Auch in der Akte wird seine Zuverlässigkeit hervorgehoben. Unauffällig schiele ich auf mein Handy. Weder eine Nachricht noch ein verpasster Anruf. Ich beiße mir auf die Innenseite meiner Wangen und gebe vor, in das Buch vertieft zu sein, während meine Gedanken rasen. Hat er mich versetzt? Bei dieser Kontaktaufnahme scheint wirklich alles schiefzugehen.

Unvermittelt fällt ein Schatten auf mich. Erleichtert atme ich auf, hebe den Kopf und stocke.

Die Person vor mir ist nicht Alex, aber trotzdem kein Unbekannter. Vor mir steht Benjamin, Alex' bester Freund und gleichzeitig Schlagzeuger der *Black Biscuits*. Ich kenne sein Gesicht also nicht nur von Bildern aus Alex' Akte, sondern ebenfalls vom Konzert am Samstagabend.

Benjamin zieht den Stuhl zurück und setzt sich wie selbstverständlich zu mir an den Tisch.

»Hi«, grüßt er knapp.

»Hey?«, gebe ich mit fragendem Unterton zurück.

Benjamin erwidert nichts. Stattdessen mustert er mich so ernst, dass es fast feindselig wirkt. Beklommen überlege ich, welches Problem er mit mir haben könnte. Gerade für die Annäherungsphase ist die Sympathie der Freunde wichtig. Benjamin sieht eher aus, als würde er das Gegenteil empfinden.

Warum wurde er von Alex geschickt? Wird er mir jetzt befehlen, dass ich die Finger von seinem Freund lassen soll? Oder wird er mir schreckliche Konsequenzen androhen, wenn ich Alex das Herz breche? Es wäre wohl zu viel verlangt, dass nur ein einziges Treffen so verläuft, wie von mir geplant.

»Geht es ihm gut?«, durchbricht Benjamin forsch das unangenehme Schweigen.

Okay, ich habe keine Ahnung, wovon er spricht. Also

hebe ich lediglich die Schultern und sehe ihn mit hochgezogenen Augenbrauen an.

»Du hast eine Geisel genommen«, erinnert Benjamin und verzieht dabei keine Miene. »Ich bin hier, um mich von ihrer Unversehrtheit zu überzeugen.«

Oh Gott. Er spricht tatsächlich von dem Stift. Ist das sein Ernst? Was soll der Blödsinn? Dieser Typ ist genauso verrückt wie Alex.

Seufzend suche ich in meiner Tasche, die an der Stuhllehne hängt, nach dem Stift mit Alex' Telefonnummer.

Als ich ihn vor mich auf den Tisch lege, atmet Benjamin hörbar auf. Er schenkt dem Stift ein liebevolles Lächeln, dann steht er abrupt auf.

Ich verfolge sein seltsames Verhalten mit zunehmender Skepsis und versuche zu ergründen, was dieses Theater soll.

Benjamin greift in seine Hosentasche und befördert einen Haufen Kleingeld auf den Tisch. Anschließend beugt er sich ein wenig nach vorne und schiebt mit der Handkante die Münzen zu mir.

»Das Lösegeld«, raunt er verschwörerisch. »Zwölf Euro und zwanzig Cent. Reicht genau für eine mittlere Pizza und ein Bier beim Italiener schräg gegenüber. Zehn Prozent Trinkgeld sind natürlich eingerechnet.«

Bevor ich etwas entgegnen kann, dreht er sich um und verlässt leise lachend das Café.

Fassungslos betrachte ich die Münzen vor mir.

Das gibt's doch nicht. Was jetzt?

Mit dem *Lösegeld* abzuhauen, kommt nicht infrage.

Zu allem Übel hat Benjamin den Stift nicht mitgenommen. Außerdem will, nein, *muss* ich Alex treffen. Die Zeit drängt. Mir bleibt keine Wahl. Ich muss nach seinen Regeln spielen und mich auf seine Herausforderung einlassen. Schon wieder.

Zähneknirschend klaube ich das Kleingeld vom Tisch, tatsächlich genau zwölf Euro zwanzig, und nehme meine Sachen. Mit einem verlegenen Nicken in Richtung der Kellnerin, die Benjamins Auftritt irritiert beobachtet hat, verlasse ich das Café.

Ich stopfe mein neues Kapital in die Hosentasche und überquere die Straße. Im Innern der Pizzeria ist es schummrig, sodass meine Augen einige Sekunden brauchen, um sich an die veränderten Lichtverhältnisse zu gewöhnen. Blinzelnd schaue ich mich um.

Die Einrichtung besteht größtenteils aus rustikalen Holztischen und dazu passenden Stühlen. Direkt neben der Tür schließt sich ein Tresen an, vor dem vereinzelte Barhocker stehen.

An einem kleinen Tisch in der Ecke sitzt Alex. Er hat die Arme locker vor der Brust verschränkt und sieht mir mit einem verschmitzten Lächeln entgegen.

Kurz bevor ich den Platz erreicht habe, steht Alex auf und rückt mir den Stuhl zurecht. Mit Höflichkeit hätte ich nach seinen bisherigen Sticheleien absolut nicht gerechnet. Ich setze mich, ziehe den Stift aus der Tasche und lege ihn vor uns auf den Tisch. Alex schenkt ihm nicht die geringste Beachtung. Stattdessen blickt er mir geradewegs ins Gesicht. Sofort macht sich ein leichtes Kribbeln in meinem Magen breit, das ich entschlossen zurückdränge.

Um nicht wie am Samstag in seinen Augen zu versinken und um einen erneuten Starr-Wettkampf zu vermeiden, entscheide ich mich, das Schweigen zu brechen. »Keine Lust auf Kaffee«, stelle ich lapidar fest.

»Es ist fast Zeit fürs Abendessen.« Er deutet auf die große Uhr, die über der Theke hängt. »Außerdem schließt das Café bald.«

Genau das war neben der zentralen Lage einer der Gründe für meine Ortswahl, denn wir hätten bloß eine Stunde für unser Treffen zur Verfügung gehabt. Das hätte das Risiko peinlicher Stille minimiert, sollten wider Erwarten die Themen ausgehen. Zudem wäre es ein Anlass für ein weiteres Date gewesen, um unser Gespräch fortzusetzen.

Gespräch ... Mir wird klar, dass ich noch immer in Alex' Augen starre. Schöne Augen mit beneidenswerten Wimpern. Allmählich sollte ich etwas sagen. Zum Glück habe ich im Verlauf meiner Vorbereitungen verschiedene Themen zusammengestellt, auf die ich zurückgreifen kann.

»Euer Auftritt am Samstag war klasse«, bemerke ich, woraufhin Alex eine Braue hebt. Seinem Mienenspiel ist deutlich zu entnehmen, dass er ein derartiges Lob nicht zum ersten Mal bekommt und dass er sich wohl etwas Kreativeres erhofft hat. Darauf bin ich vorbereitet. Das allgemeine Kompliment zu einem besonderen machen. »Du hast in einigen Songs sogar geslappt, oder?«, erkundige ich mich.

»Ja.« Alex' Ausdruck wandelt sich von Belustigung zu überraschter Anerkennung. »Ich habe lange gebraucht, um die Technik sauber zu lernen«, erklärt er. »Es war harte Arbeit, die anderen davon zu überzeugen, dass ein Stilmix manchmal eine Bereicherung sein kann. Spielst du auch?«

»Nein«, wehre ich ab. »Ich höre nur gerne Musik und lese viel über meine Lieblingsbands. Eventuell lerne ich irgendwann ein Instrument. Momentan fehlt mir die Zeit.«

»Welche Hobbys hast du?«, will Alex wissen.

»Ich liebe Bücher und meine Konsole, außerdem gehe ich regelmäßig joggen«, zähle ich Aspekte auf, die seinen Geschmack treffen dürften. »Der größte Zeitfresser ist die Schule. Trotz Sommerferien gibt es einiges zu tun, weil ich im Lauf der sechs Wochen nicht alles vergessen will. Wie kriegst du das mit der Band auf die Reihe?«

»Ich habe gerade frei«, erwidert Alex. »Abi gemacht, Studium beginnt erst Anfang Oktober. Obwohl ich jobbe, habe ich viel Zeit, um an meinem Rechner herumzuschrauben oder um Musik zu machen.«

Neugierig lehne ich mich nach vorne, obgleich diese Information nicht neu für mich ist. »Wo arbeitest du?«

»Bisher habe ich gekellnert«, erzählt er, »ab morgen kann ich im Fantasia Funpark anfangen.«

Lediglich dem harten Training von NGS ist es zu verdanken, dass ich bei seinen Worten nicht zusammenzucke.

»Echt cool«, bringe ich hervor.

Alex runzelt die Stirn. »Benny, unser Schlagzeuger, ist

schon seit ein paar Monaten im Park beschäftigt und bekniet mich regelmäßig, ihm Gesellschaft zu leisen. Zuerst war ich skeptisch. Im März hat sich dort ein Mädchen umgebracht. Irgendwie ist dieser Gedanke unheimlich. Unfälle passieren, aber ein Selbstmord? Andererseits ist der Zeitpunkt für eine Bewerbung günstig. Der Park sucht aktuell händeringend nach Leuten. Anscheinend sind einige Mitarbeiter nach dem Vorfall abgesprungen. Hast du das mitbekommen? Die Sache ging groß durch die Medien.«

Er wirft einen Blick auf mein bemüht neutrales Gesicht und stockt. »Sorry«, entschuldigt er sich peinlich berührt. »Kein gutes Thema für unser erstes Treffen. Auf jeden Fall habe ich momentan Zeit im Überfluss«, schließt er.

»Die du damit verbringst, dir solch kreativen Blödsinn wie die Stiftaktion einfallen zu lassen«, stichle ich.

»Du musst zugeben, dass dieser *kreative Blödsinn* erfolgreich war«, entgegnet er mit einem Grinsen. »Da fällt mir ein, dass du mir gegenüber im Vorteil bist. Du kennst meinen Vor- und Nachnamen, meine Band und meinen neuen Arbeitsplatz, während ich nur deine Handynummer habe.«

Ich erwidere sein Lächeln. »Nora«, stelle ich mich dann vor. »Nora Neufeldt.«

»Nora Neufeldt?«, wiederholt er belustigt und betont dabei jeweils den Anfangsbuchstaben. »Deine Eltern haben ein Faible für Alliterationen?«

»Eigentlich heiße ich Eleonor«, gestehe ich. »Zum Glück nennt mich kein Mensch so.«

Die Unterhaltung wird vom Kellner unterbrochen, der

die Speisekarte vor uns auf den Tisch legt. Dankbar für die Atempause studiere ich das Angebot, obwohl meine Wahl bereits feststeht. Alex liebt Pizza Diavolo mit Jalapeños, also werde ich diese heute Abend ebenfalls bestellen. Natürlich vor ihm, damit er nicht denkt, ich würde ihn kopieren. Unauffällig prüfe ich die Preise. Sieben Euro neunzig für eine Pizza mittlerer Größe. Ein Pils kostet drei Euro zwanzig; das sind zusammen elf Euro zehn. Zuzüglich zehn Prozent Trinkgeld ergibt das genau die *Lösegeld*-Summe. Die beiden Jungs sind echte Freaks.

»Wollt ihr sofort bestellen oder soll ich gleich wiederkommen?«, fragt der Kellner.

»Ich bin so weit«, antworte ich, woraufhin auch Alex bestätigend nickt.

»Eine mittlere Diavolo«, sage ich zum Kellner. »Und ein Pils, bitte.«

Für einen Moment starrt mich Alex perplex an. »Für mich dasselbe«, entscheidet er dann, und seiner Stimme ist die Verwunderung deutlich anzuhören. Endlich ein Punkt für mich. Langsam spiele ich mich ein und gewinne an Sicherheit.

»Ihr seid ja mutig«, bemerkt der Kellner mit einem Zwinkern.

Sobald er verschwunden ist, beugt sich Alex etwas nach vorne. »Ich muss dich warnen«, sagt er spöttisch. »Die Jalapeños auf der Diavolo sind ziemlich heftig.«

»Macht nichts«, winke ich lässig ab, obwohl mir innerlich der Schweiß ausbricht. »Ich bin da nicht empfindlich.«

Knappe zehn Minuten später serviert der Kellner sowohl Essen als auch Getränke. Klar, es ist nicht einmal sechs Uhr und außer einem einsamen Gast an der Theke befindet sich keine Kundschaft in der Pizzeria.

Er setzt die dampfenden Pizzen vor uns ab und zückt seinen Geldbeutel. »Wir kassieren immer sofort, um die Übersicht zu behalten. Erfahrungsgemäß wird es bald ziemlich voll. Getrennt oder zusammen?«

»Getrennt«, beschließt Alex und wirft mir einen amüsierten Blick zu. »Ich würde dich einladen, aber das habe ich ja schon getan«, fügt er leise an mich gewandt hinzu.

Ich lächle gezwungen, fische die Münzen aus meiner Tasche und überreiche sie dem Kellner. »Stimmt so. Sorry für das Kleingeld.«

»Kein Problem. Kann ich gut gebrauchen«, erwidert dieser, während er Alex' Zwanzigeuroschein entgegennimmt, der die Summe ebenfalls auf zwölf Euro zwanzig aufgerundet hat.

Ich mustere Alex mit widerwilliger Bewunderung. Er hat es nach nicht einmal einer Viertelstunde geschafft, dass ich in seiner Schuld stehe. Von ihm kann ich tatsächlich noch etwas lernen.

Beiläufig greife ich nach meinem Glas und setze es an die Lippen. Das Bier rinnt kühl und bitter meine Kehle herab. Für einen Moment ziehen sich meine Geschmacksnerven zusammen. Der erste Schluck ist immer der schlimmste, anschließend habe ich mich einigermaßen daran gewöhnt.

»Weshalb trinkst du Bier, wenn es dir gar nicht schmeckt?«, erkundigt sich Alex irritiert.

»Wie kommst du darauf, es würde mir nicht schmecken?«, gebe ich zurück, um Zeit zu gewinnen. Er ist zu aufmerksam. Ihm entgeht nichts.

»Ich weiß, wie jemand aussieht, der den ersten Schluck genießt. Definitiv nicht so wie du«, erklärt er, hebt dann aber die Schultern. »Deine Sache.«

Ich stelle mein Glas wieder auf den Tisch, nehme eins der bereits vorgeschnittenen Pizzateile und beiße todesmutig hinein. Was die Jalapeños betrifft, hat Alex recht. Die Mistdinger sind tatsächlich höllisch scharf.

Da mir klar ist, dass er mich mit Argusaugen beobachtet, schaffe ich es dieses Mal, mir nicht das Geringste anmerken zu lassen. Trotzdem fühlt es sich an, als breite sich flüssiges Feuer in meiner Speiseröhre aus. Das grenzt an Folter.

»Ich bin beeindruckt«, gesteht Alex unvermittelt, nachdem er, ohne mit der Wimper zu zucken, ein Stück mit zwei Jalapeños verzehrt hat. »Ich war lange mit niemandem mehr unterwegs, der sich trotz Warnung an die Diavolo herangewagt hat. Das gefällt mir. *Du* gefällst mir. Auch wenn du dich manchmal ziemlich seltsam benimmst.«

Obwohl die verfluchten Jalapeños abartig brennen, freue ich mich über sein Kompliment; und das sogar, ohne dabei an das Gelingen meines Auftrags zu denken. Da ich den Mund voll habe, kann ich nichts entgegnen. Stattdessen grinse ich schief und kaue weiter.

Je länger ich mit ihm zusammensitze, desto faszinierender finde ich ihn. Alex' Mischung aus Interesse, Direktheit und Provokation gefällt mir. Schade, dass wir uns nicht ohne den Druck von NGS kennenlernen können. Andererseits verspricht die Synchro äußerst unterhaltsam zu werden. Ich bin gespannt, ob er tatsächlich so ruhig und abgeklärt ist oder ob er sich nur gut verstellen kann. Seine Gefühle werden das verraten.

»Du meintest, du hörst gerne Musik«, nimmt er das Gespräch wieder auf, nachdem wir einige Minuten schweigend unsere Pizza genossen oder vielmehr ertragen haben. »Am Samstag hast du ein Shirt von *Guardian* angehabt.«

»Oh, das ist dir aufgefallen?«, wundere ich mich, obwohl genau das der Plan war.

»*Guardian* ist meine Lieblingsband«, offenbart er.

»Das ist ja ein witziger Zufall«, sage ich scheinbar erstaunt. »Die sind großartig. Besonders mag ich die atypischen Abläufe ihrer Songs. Man muss ständig aufpassen, um nicht den Anschluss zu verlieren. Bei jedem Hören entdeckt man etwas Neues.«

Alex nickt und schenkt mir ein Lächeln, was umgehend für ein warmes Gefühl in meinem Bauch sorgt. »Da gebe ich dir recht. Hast du schon das aktuelle Album?«

»Klar«, bestätige ich. »Ich konnte die Veröffentlichung kaum erwarten. Wobei ich beichten muss, dass ich die letzte Platte besser fand. Einige Nummern wirken einfach zu gefällig. Da vermisse ich die Originalität und den Mut zu außergewöhnlichen Melodielinien.«

»Absolut. Das sehe ich genauso«, stimmt Alex zu.

Nicht überraschend, denn etwas Vergleichbares hat er

in seiner Rezension für ein Onlineportal geschrieben, die in seiner Akte vermerkt war. Ich habe seine Kritik lediglich ein wenig umformuliert.

Im Verlauf der nächsten zwanzig Minuten diskutieren wir ausgiebig über Vor- und Nachteile komplexer Songs und erweitern das Thema schließlich auf die verschiedenen Rollen, welche die einzelnen Musiker einer Band haben. Mit Alex zu reden macht so viel Spaß, dass mein eigentlicher Auftrag immer weiter in den Hintergrund rückt.

5 | Die echte Nora

Gerade als wir uns darauf geeinigt haben, von Bier auf Cola umzusteigen, klingelt mein Handy. Vielleicht einer der Chefs? Da ich den Großteil meiner Zeit bei NGS verbringe, erhalte ich wenig Anrufe, die nichts mit meiner Arbeit zu tun haben.

Ich beginne hektisch in meiner Tasche zu wühlen und muss mir gleichzeitig eingestehen, eindeutig zu viel Kram eingepackt zu haben. Kurz entschlossen leere ich den gesamten Inhalt, bestehend aus Geldbeutel, Buch, Linkhandy, Stiften, Kopfhörern und Kaugummi, auf den Tisch. Aufatmend angle ich mein privates Telefon aus dem Haufen, das natürlich ganz zuunterst liegt.

Ein Blick auf das Display zeigt, dass es sich bei dem Anrufer um Tess handelt. Sofort durchflutet mich Erleichterung, dass ich kein Gespräch mit André führen muss.

Während ich mit der einen Hand meine Habseligkeiten wieder in die Tasche stopfe, hebe ich mit der anderen das Telefon an mein Ohr.

»Sorry«, forme ich mit den Lippen und nehme das Gespräch an.

Alex nickt verständnisvoll.

»Hi«, melde ich mich und verlasse im Laufschritt die Pizzeria.

»Ich wollte mich vergewissern, dass alles geklappt hat«, erklärt Tess übergangslos. »Ist er aufgetaucht? Wie ist die Lage?«

»Bisher ganz gut.« Für einen Moment lehne ich mich an die kühle Steinmauer des Gebäudes. »Aber der Gesprächsverlauf ist vollkommen unberechenbar. Ich muss mich auf jedes Wort konzentrieren, gerade nach dem holprigen Start am Samstag. Mein Link ist recht …« Anziehend. Gut aussehend. Interessant. »… anstrengend.«

»Denkst du, es könnte heute zu einer Synchro kommen?«, erkundigt sie sich aufgeregt.

Ich stoße unentschlossen die Luft aus. »Eher nicht«, erwidere ich nach kurzer Überlegung und will gerade eine Begründung vorbringen, als bei Tess plötzlich eine Tür knallt.

»Gott, Nele. Du bist wirklich abartig laut«, beklagt sie sich. »Sorry. Mitbewohnerin stresst, weil wir zusammen kochen wollen«, sagt sie dann zu mir. »Alleine zu wohnen war doch nicht so übel. Ich muss Schluss machen.«

»Viel Spaß«, entgegne ich belustigt, woraufhin wir uns verabschieden und auflegen.

Für einige Sekunden lasse ich meinen Gedanken freien Lauf. Obwohl bisher alles wie geplant funktioniert, zumindest einigermaßen, ist es mir schleierhaft, wie ich neben Alex einschlafen soll. Die Synchro wird nur aktiv, wenn sich beide Parteien in der REM-Phase und zusätzlich in direkter Nähe zueinander befinden. Der heutige Abend dient dem Kennenlernen, beim nächsten Treffen muss ich unbedingt eine Strategie für die weitere Annäherung haben.

Ich seufze. Das war mit meinen bisher ausschließlich weiblichen Links viel einfacher zu bewerkstelligen. Bei Alex ist alles komplizierter. Und genau aus diesem Grund sollte ich aufhören zu grübeln und endlich weiter meinen Plan verfolgen.

Entschlossen stoße ich mich von der Wand ab, atme mehrmals tief durch und mache mich auf den Weg zurück in die Pizzeria.

Alex wirkt völlig entspannt. Er hat die Ellbogen locker auf die Tischplatte gestützt und wartet geduldig auf meine Rückkehr. Vor ihm steht eine Cola sowie eine Schale mit Erdnüssen. An meinem Platz entdecke ich ebenfalls ein frisches Getränk.

»Danke für die Coke«, sage ich und bemühe mich um einen lässigen Tonfall. Trotz des Trainings fällt es mir in diesem Moment schwer, meine Resignation darüber zu verbergen, dass er erneut bezahlt hat.

»Wichtig und geheim, ja?«, erkundigt sich Alex spöttisch und deutet auf mein Handy.

»Wichtig, aber nicht geheim«, widerspreche ich mit einem entschuldigenden Lächeln. »War meine beste Freundin. Liebeskummer.«

»Immerhin so geheim, dass du dafür ein zweites Handy brauchst«, bemerkt Alex plötzlich ernst.

Verdammt. Natürlich hat er vorhin das zweite Telefon gesehen, das lediglich dem Kontakt mit ihm vorbehalten ist.

»Das ist mein altes«, lüge ich. »Ich soll es für meine Mutter einrichten.«

Alex' Gesichtsausdruck ist unergründlich. »Ach so.«

Das folgende Schweigen ist extrem unangenehm, und ich zerbreche mir verzweifelt den Kopf, wie ich die Atmosphäre entkrampfen kann.

»Du liest Fantasy?«, durchbricht Alex die angespannte Stille. Innerlich atme ich auf. Er hat das Gespräch wieder auf weniger gefährliches Terrain gebracht. Eigentlich wollte ich das Buch gar nicht erwähnen. Wir haben selbst ohne Hilfsmittel genügend Gemeinsamkeiten, auf deren Basis man eine Unterhaltung am Laufen halten kann.

»Ich mag Fantasy«, erwidere ich dennoch. »Und du?«

Alex mustert mich nachdenklich. »Wie gefällt es dir bisher?«, will er wissen, ohne auf meine Frage einzugehen.

»Ziemlich gut«, gebe ich zu. »Spannend ab der ersten Seite. Und absolut unvorhersehbar. Teilweise verstörend. Die anderen Bücher des Autors sind ebenfalls –«

»Die kenne ich nicht«, unterbricht mich Alex unerwartet, was mich perplex innehalten lässt. Nicht nur aus der Akte, sondern auch aus seinen Social-Media-Kanälen geht deutlich hervor, dass er den Autor geradezu vergöttert und sämtliche Werke von ihm gelesen hat.

»Tatsächlich?«, vergewissere ich mich.

»Ich kann mit Büchern nichts anfangen. Konnte ich noch nie. Langweiliges Zeug. Vor allem Fantasy. Diese Geschichten über Elfen und Vampire sind alle gleich und außerdem an den Haaren herbeigezogen.« Er schnaubt verächtlich. »Comics sind einigermaßen akzeptabel.«

Ich verstecke meine Überraschung hinter einem unverbindlichen Lächeln. Offensichtlich ist der Inhalt von Alex' Akte fehlerhaft. Komisch. Bisher waren alle Informationen korrekt.

Abgelenkt nehme ich einen Schluck meiner Cola und überlege, wie ich ein anderes Thema anschneiden kann. Bücher waren also eine Pleite. Schade. Ich hatte mich darauf gefreut, mit ihm darüber zu diskutieren.

»Was machst du sonst in deiner Freizeit? Abgesehen von Musik?«, erkundige ich mich, obwohl ich die Antwort kenne.

»Essen. Schlafen. Fernsehen«, zählt er schulterzuckend auf.

»Sport?«, ergänze ich die nichtssagende Liste um eine Info aus seiner Akte. Er spielt Handball und, wenn man dem Bericht glauben kann, sogar ziemlich gut.

»Nein«, wehrt Alex ab. »Gar nicht. In meiner Freizeit will ich keinen Stress. Da liege ich lieber auf der Couch herum.«

»Kann auch entspannend sein«, bekräftige ich, um meinen Fehltritt wieder geradezubiegen. »Was siehst du dir an?«

»Was gefällt *dir*?«, gibt er zurück.

»Ich mag außergewöhnliche Charaktere und eine temporeiche Handlung«, umschreibe ich vage, um sein bevorzugtes Genre nicht zu auffällig zu benennen.

»Ich glaube, wir haben wenig gemeinsam«, stellt er gleichgültig fest, woraufhin ich irritiert die Stirn runzle. »Ich schaue mir gerne Wrestling-Kämpfe an. Oder diese japanischen Spielshows.« Er lacht. »Kennst du wahrscheinlich alles gar nicht.«

Ich zögere mit meiner Antwort, denn ich habe tatsächlich keine Ahnung, wovon er spricht. Natürlich weiß ich, worum es sich dabei handelt, doch ich hatte nie das Verlangen, es mir anzusehen.

Verflucht. Weshalb läuft dieses Gespräch dermaßen schief? Wie konnten die Spürhunde von André eine so schlechte Recherche abliefern? Und vor allem: Wie soll ich unter diesen Umständen erfolgreich die Annäherungsphase bewältigen? Ich muss die Chefs unbedingt bei der nächsten Gelegenheit darauf hinweisen. Die ganze Unterhaltung ist eine Katastrophe.

Alex beobachtet meinen inneren Kampf mit unverhohlenem Interesse. Ich muss irgendwie reagieren. Mir bleibt nur die Flucht nach vorne. Scheiß auf meine Vorbereitung, ich muss improvisieren.

»Nein, da kann ich wirklich nicht mitreden«, gestehe ich mit etwas Verspätung. »Ich mag es nicht, wenn in Shows Menschen vorgeführt werden. Ich kann diesen seichten Formaten nichts abgewinnen. Einen Wrestling-Kampf habe ich noch nie gesehen, kann mir aber schwer vorstellen, dass es spannend ist, zwei halbnackten Kerlen beim Ringen zuzuschauen. Tut mir leid.«

Frustriert drehe ich die Handflächen nach oben und warte beklommen auf Alex' Rückmeldung. Hoffentlich habe ich mit meiner Offenheit nicht alles ruiniert. Das Konzept *Sympathie durch Ähnlichkeit* ist soeben gescheitert.

»Wow«, entgegnet Alex gespielt anerkennend. »Ich glaube, du warst gerade zum ersten Mal wirklich ehrlich.«

»Bitte was? Wie kommst du auf den Schwachsinn?«

»Du hast gerade zum ersten Mal etwas gesagt, bei dem ich nicht den Eindruck hatte, du erzählst es bloß, weil ich es hören will«, konkretisiert er, ohne sich von meiner abweisenden Reaktion irritieren zu lassen.

Fassungslos starre ich ihn an. Dieser Typ ist echt gefährlich.

»Ich will aufrichtig sein«, spricht er weiter. »Du gefällst mir. Ich finde dich interessant, und ich schätze deine Schlagfertigkeit. Außerdem bewundere ich, dass du dich nicht aus der Ruhe bringen lässt. Trotzdem habe ich den Verdacht, dass du etwas vor mir verbirgst.« Er hebt abwehrend die Hände, als wolle er meine Einwände im Keim ersticken. »Schon klar, wir wissen überhaupt nichts voneinander, wir kennen uns ja kaum. Jedoch werde ich das Gefühl nicht los, dass es mit mir zu tun hat.«

Mit aller Kraft unterdrücke ich den Impuls, mir auf die Lippe zu beißen. Ich darf mir auf keinen Fall anmerken lassen, dass er absolut ins Schwarze getroffen hat.

»Nimmst du dich nicht ein wenig zu wichtig?«, versuche ich, die heikle Situation mit Sarkasmus zu entschärfen.

Alex geht nicht darauf ein. »Jedes Wort von dir ist durchdacht und wohl gesetzt«, fährt er fort. »Jeder deiner Sätze wirkt, als wolltest du mich manipulieren. Du scheinst irgendeine Taktik zu verfolgen, aber mir ist nicht klar, was du damit bezweckst. Du bist nicht ehrlich, und das macht das Zusammensein mit dir … anstrengend. Sorry, das kann ich nicht schonender ausdrücken.«

»Das ist absurd«, murmle ich, obwohl er recht hat. *Natürlich* hat er recht.

»Ich denke nicht, dass das *absurd* ist«, widerspricht Alex. »Du hast durch den Blickkontakt meine Aufmerksamkeit auf dich gezogen. Außerdem hast du ein Shirt meiner Lieblingsband getragen und Bier getrunken, das dir gar nicht schmeckt. Du bestellst die gleiche Pizza wie ich und stirbst fast an den Jalapeños. Du kennst dich mit Slapping aus, hast scheinbar einen identischen Musikgeschmack, und dann taucht ein Buch meines Lieblingsautors in deiner Tasche auf. Das sind mir einfach zu viele Zufälle.«

»Hast du nicht vorhin erzählt, du würdest nicht lesen?«, wende ich ein, um Zeit zu gewinnen.

»Ich wollte testen, wie du reagierst«, erklärt Alex. »Du hast geschickt das Thema gewechselt, verschiedene Bereiche ausgelotet und eine Anspielung auf Sport gemacht. Vermutlich weißt du längst, dass ich Handball spiele. Ich sag dir was. Du bist vorbereitet. Du hast es zwar aussehen lassen, als sei das Treffen von mir ausgegangen, aber in Wirklichkeit hast du alles geplant.«

Verdammt. Er hat mich durchschaut und knallhart auflaufen lassen. Jetzt hilft nur noch Ehrlichkeit. Allerdings in modifizierter Form. *Ich arbeite für einen Technologiekonzern, der mich in dein Bewusstsein einklinken will* wäre garantiert nicht zielführend.

»Du hast recht«, gebe ich zu, woraufhin Alex erstaunt den Kopf hebt. »Ich habe recherchiert. Ich wollte dir sympathisch sein. Deshalb habe ich so viele Infos wie möglich gesammelt.«

Alex betrachtet mich schweigend.

»Du hast mir Gemeinsamkeiten vorgespiegelt?«, vergewissert er sich nach einigen Sekunden, die sich in meiner Wahrnehmung zu einer Ewigkeit dehnen.

»Die meisten«, gestehe ich zähneknirschend, nachdem mir ohnehin nichts anderes übrig bleibt. »Wobei sowohl deine Buchauswahl als auch dein Musikgeschmack in Ordnung ist. Ehrlich gesagt hätte ich nicht erwartet, dass mich *Guardian* so mitreißt. Aber Bier werde ich dir zuliebe nicht mehr trinken.«

»Weshalb, um Himmels willen, nimmst du derartige Mühe auf dich?«, stößt Alex entgeistert hervor. »Du musst dich ja wochenlang vorbereitet haben. Das ist unfassbar gruselig.«

»Du bist mir schon länger aufgefallen«, beginne ich widerstrebend und winde mich innerlich, dass solch peinliche Bekenntnisse nötig sind, um meinen Auftrag zu retten. Nicht zum ersten Mal bedaure ich, dass wir uns nicht ohne den Einfluss von NGS begegnet sind. Vielleicht hätte ich ihm ein solches Geständnis irgendwann machen können, ohne damit eine Strategie zu verfolgen. »Seit ich dich vor ein paar Wochen auf einem Konzert gesehen habe, gehst du mir nicht mehr aus dem Kopf. Ich wollte dich kennenlernen, und ich wollte unbedingt, dass du mich magst. Ich dachte, das würde bei vielen Gemeinsamkeiten eher funktionieren.« Gott, ich klinge völlig vernarrt und unglaublich naiv. Da muss ich jetzt durch, nachdem mein Plan derart missglückt ist.

»Du hast das alles arrangiert, um meine Sympathie zu

wecken?«, fragt er ungläubig. »Hast du so geringes Vertrauen in dich selbst? Hältst du dich für so wenig liebenswert?«

»Ähm …« Ich zucke hilflos mit den Schultern.

»Du hast keinen Grund dich zu verstellen. Ich sehe immer wieder dein wahres Ich hervor blitzen. Und es gefällt mir, was da durchschimmert. Auch wenn du kein biertrinkender Metalhead mit einem Faible für Fantasyromane bist.«

Er greift über den Tisch und tippt mit den Fingerspitzen auf meinen Handrücken.

Ich halte unwillkürlich die Luft an und ärgere mich prompt über meine Reaktion.

»Lass deine Maske fallen und gehe das Risiko ein«, sagt er leise. »Zeig mir die echte Nora hinter der Fassade und nicht die Kreation, von der du annimmst, ich würde sie mögen.«

Ich mustere ihn stumm, während sich ein Kribbeln in meinem Magen ausbreitet. Seine Worte sind einfach perfekt. Oder sie wären es, wenn ich ehrliches Interesse an ihm hätte.

»Wir fangen von vorne an«, schlägt er vor. »Vergiss alle Vorbereitungen und lass dich darauf ein. Wir werden herausfinden, ob es bei uns passt oder nicht. Man kann nicht alles im Leben kontrollieren.«

»Aber man kann es versuchen«, erwidere ich mit einem schiefen Grinsen.

Er lacht und lehnt sich zurück. »Erzähl mir etwas von dir. Eine Information, die sonst keiner weiß.«

Ich überlege kurz. Dann winke ich ihn zur mir, beuge mich über die Tischplatte nach vorne und bringe meinen Mund direkt an sein Ohr.

»Ich liebe Zimt.«

Alex zieht eine Braue hoch. »Ein solch privates Detail wäre mir nie in den Sinn gekommen«, kommentiert er ironisch.

»Nein?«

»Irgendwie hatte ich auf ein weniger konkretes Bekenntnis gehofft«, gibt er amüsiert zu. »Ein allgemeiner Aspekt, woraus ein fesselndes Gespräch entsteht …«

»Tut mir leid, diese Aufforderung ist einfach blödsinnig«, wehre ich ab. »Damit gehst du davon aus, jeder würde einen Berg Geheimnisse mit sich herumtragen. Und selbst wenn das der Fall wäre, würde ich sicherlich nicht ausgerechnet diese Gelegenheit zum Anlass nehmen, um damit herauszuplatzen.«

»Okay.« Alex hebt beschwichtigend die Hände. »Bisher erschien mir diese Art der Annäherung recht kreativ und Erfolg versprechend. Du hast mir die Illusion genommen.«

Ich schnaube belustigt. »Sei froh, dass ich dich vor weiteren Pleiten bewahre.«

Im Verlauf des Abends vertiefen wir uns in angeregte Gespräche, die erst ein Ende finden, als uns der Kellner aus der Diskussion über den ertragreichsten Nebenjob reißt.

»Entschuldigt, aber wir würden gerne schließen«, sagt er und fühlt sich dabei sichtlich unwohl.

Ich schaue verwundert auf meine Armbanduhr. Es ist nach zehn. Wir sitzen seit über vier Stunden in dieser Pizzeria und haben völlig die Zeit vergessen.

Alex wirkt ebenfalls überrascht. »Die Zeit verging schnell«, bemerkt er, als habe er meine Gedanken gelesen.

»Sehen wir uns wieder, auch ohne dass ich dich mit einer Geisel erpresse?«, frage ich scherzhaft.

Alex schiebt den Stift, der den ganzen Abend über zwischen uns lag, zu mir. »Nimm ihn einfach mit. So verliere ich nicht das Gesicht, weil ich dich um ein weiteres Treffen bitte. Wobei, eigentlich bist *du* ja diejenige, die hinter *mir* her ist«, fügt er mit einem provozierenden Grinsen hinzu.

Ich verdrehe die Augen. »Ist klar. Das hast du mir mittlerweile mehrfach aufs Brot geschmiert.«

»Hast du morgen etwas vor?«, erkundigt er sich. »Ich habe meine erste Schicht und bin um fünf fertig. Du könntest mich abholen, hättest freien Eintritt, und wir könnten gemeinsam durch den Park schlendern. Sofern du möchtest.«

Ich schlucke. Der Fantasia Funpark ist Hauptschauplatz meiner Albträume. Mit ihm sind meine schlimmsten Erinnerungen verknüpft, und ich hatte nicht vor, ihn irgendwann nochmals zu betreten. Andererseits wäre es unglaublich dumm, mir nur wegen meines Unbehagens diese Chance entgehen zu lassen. Außerdem muss ich mir eingestehen, dass ich Alex tatsächlich gerne möglichst bald wiedersehen möchte. Unabhängig von den

Erwartungen der Chefs, der Synchro, die mir im Nacken sitzt, und allem anderen Mist. Obwohl der Abend katastrophal begonnen hat, waren insbesondere die letzten Stunden schön. Sehr schön.

»Das klingt super«, stimme ich zu, ergreife den Stift und stecke ihn in meine Handtasche. »Vielleicht kriegst du die Geisel dann zurück.«

6 | Ohne Risiko und Verantwortung

Am nächsten Morgen erwache ich genauso verwirrt, wie ich am Abend zuvor eingeschlafen bin. Während ich mich aus dem Bett quäle, versuche ich, meine Gefühlsmischung zu ergründen. Erleichterung über die gelungene Annäherung, die direkt zu einer weiteren Verabredung geführt hat. Beklommenheit gemischt mit Vorfreude beim Gedanken an das Treffen im Freizeitpark. Sympathie für Alex und die unterschwellige Angst, es könne mehr daraus werden. Der Typ bringt mich gewaltig aus dem Konzept.

Es hat mich gestern größte Mühe gekostet, ihn davon zu überzeugen, dass es nicht nötig ist, mich nach Hause zu fahren. Ansonsten hätte er meine Adresse, und der Link soll so wenig Informationen über den Reg haben wie möglich. Stattdessen hat er mit mir gewartet, bis das bestellte Taxi endlich aufgetaucht ist.

In meine Überlegungen vertieft mache ich mich fertig und gehe nach unten, wo ich einen großen Bogen um meine Mutter mache, die mit einem grünen Smoothie im Wohnzimmer sitzt. Von meinem Vater fehlt wie immer jede Spur. Ich weiß nicht einmal, wann er von seiner Geschäftsreise zurückkehrt.

Aus dem Brotkorb in der Küche schnappe ich mir ein

trockenes Brötchen, denn die große Uhr über der Tür zeigt, dass ich ohnehin keine Zeit für ein Frühstück habe, wenn ich den Zug noch bekommen möchte.

Auf dem Weg zur Haustür gibt mein Linkhandy einen leisen Summton von sich. Schlagartig werde ich nervös und durchsuche mit fahrigen Bewegungen meine Tasche. Wenige Sekunden später ziehe ich das Gerät heraus und schaue mit mühevoller Gelassenheit auf das Display.

Ich freue mich auf heute Abend.

Ich beiße mir auf die Lippen, um nicht zu lächeln. Das geht mir genauso.

Nach der halbstündigen Zugfahrt, in deren Verlauf ich zweimal fast eingeschlafen wäre, betrete ich das NGS-Gelände. In gut zwei Stunden habe ich die Quälerei überstanden. Wobei es heute bestimmt nicht so schlimm wird wie beim letzten Mal, schließlich habe ich beträchtliche Erfolge erzielt – wenn auch etwas anders als geplant. Aber das müssen die Chefs ja nicht erfahren.

Zuerst steht ein Termin zur Softwareüberprüfung bei Tom an, ganz klar das angenehmere der beiden Treffen. Im Vergleich zu André und Lennard ist der technische Leiter ein wahrer Sonnenschein.

Trotzdem schaffe ich es nicht, das unterschwellig mulmige Gefühl zu verdrängen, das sich seit Tess' Erzählung eingenistet hat. Ob ich ihn darauf ansprechen soll?

Zögerlich klopfe ich an Toms Wohnungstür. Er öffnet so unmittelbar, dass man fast annehmen könnte, er habe im Flur auf mich gewartet.

»Nora«, sagt er mit einem Lächeln und fordert mich auf, ihm in seinen Arbeitsbereich zu folgen.

Ich laufe ihm hinterher und stelle meinen Rucksack auf einer der Liegen ab, die neben dem großen Schreibtisch in der Zimmermitte und zahlreichen Hochleistungscomputern die Haupteinrichtung des Raums bilden. Obwohl die Möblierung nüchtern und zweckmäßig ist, sind die Wände in einem hellen Lavendelton gestrichen, der farblich auf die Vorhänge der beiden kleinen Fenster abgestimmt ist. Unwillkürlich frage ich mich, ob Rebecca damals an der Gestaltung beteiligt war.

»Hallo Tom«, grüße ich freundlich und mustere ihn aufmerksam. »Wie läuft's?«

Seine dunklen Haare sind strähnig, und sein ohnehin schon schmales Gesicht scheint eingefallen. Er wirkt erschöpft und ausgezehrt. Wie immer schafft er es nicht einmal, eine Sekunde lang bewegungslos zu sein und wippt fast unmerklich auf den Fußballen, als würde er ungeduldig auf etwas warten.

»Alles im Lot«, erwidert er, lässt sich auf einem Drehhocker nieder und kontrolliert seinen Bildschirm, auf dem sich ein kompliziert aussehendes Diagramm befindet.

Ich setze mich auf den Rand meiner Liege und wische mir fahrig eine meiner dunklen Locken aus dem Gesicht.

»Müde?«, erkundigt er sich mitfühlend und nimmt einen Schluck Kaffee aus seinem Thermosbecher.

»Die Kontaktaufnahme läuft nicht in allen Teilen wie geplant«, gestehe ich. »Ich bin nervös, weil ich die Erwartungen nicht enttäuschen möchte.«

Tom schweigt für einige Sekunden. »Momentan sind alle extrem angespannt«, erklärt er dann versöhnlich. »Wir stehen kurz vor einem Durchbruch. Da kann schon mal ein etwas rauerer Umgangston angeschlagen werden.«

Ich nicke nachdenklich.

»Das grundlegende Potenzial des Synchro-Konzepts ist so aussichtsreich«, fährt Tom fort. »Ein Erlebnis, bei dem der Kunde die Welt in einem anderen Körper wahrnehmen kann. Das Geschlecht wechseln, ein Rockkonzert geben, von einer Klippe ins Meer springen. Alles fühlen, aber ohne Risiko oder Verantwortung.« Sein Blick wandert in die Ferne. »Das ist das Endziel von NGS. Stell dir vor, wir hätten irgendwann eine große Auswahl an Links mit nutzbaren Nanochips. Jeder Kunde, der über eins unserer Implantate verfügt, könnte nur durch das Einsetzen des entsprechenden Partnerchips mit seinem Wunschkörper synchronisiert werden. Begreifst du, wie viele Möglichkeiten das eröffnen würde?«

»Und wie viel Geld das einbrächte«, ergänze ich bitter, drehe mich auf die Seite und lege meine Haare nach vorne.

Tom hebt die Schultern. »Ich kann nicht leugnen, dass dies ein wichtiger Grund ist. Die Forschung kostet Geld. Es lediglich auf den Gedanken, der Menschheit Gutes zu tun, zu reduzieren, wäre naiv«, gibt er zu, während er mit kühlen Fingern meinen Nacken abtastet und mein Implantat scannt.

»Irgendwelche Schwierigkeiten mit der Hardware?«, wechselt er das Thema. »Irgendetwas Ungewöhnliches?«

»Nichts«, erwidere ich.

»Das ist gut«, stellt Tom fest und beginnt, im Höchsttempo auf seine Tastatur einzutippen. Ich drehe mich auf den Rücken und verschränke die Arme unter dem Kopf. Da ich diese Prozedur schon unzählige Male mitgemacht habe, kenne ich die einzelnen Schritte genau. Die Hardware wurde gecheckt, jetzt ist der Software-Abgleich dran, danach folgt der etwa einstündige Ladevorgang.

»Wie fühlst du dich?«, erkundigt er sich und startet das Testprogramm. »Bereit für die Synchro?«

»Ich habe Angst«, gebe ich zu. »Egal, wie oft ich mit Lennard darüber spreche, ich werde die Bilder von Lilys Tod nicht los. Sollte es erneut geschehen, ohne dass ich etwas dagegen tun kann …« Ich verstumme hilflos.

»Ich kann dich gut verstehen«, offenbart Tom, woraufhin ich ihn überrascht ansehe. »Das Gefühl der Ohnmacht, wenn man sehenden Auges in die Katastrophe läuft und keine Möglichkeit zum Handeln hat.«

»Du besitzt auch ein Implantat?«, frage ich ungläubig.

»André und Lennard ebenfalls«, entgegnet er und wertet die Statusmeldungen auf dem Monitor aus. »Was meinst du, wer die ersten Testdurchläufe absolviert hat, als das Verfahren in der Rohform war? Irgendwann mussten wir von Ratten auf Menschen wechseln, um die Wirksamkeit zu prüfen. Wir hätten niemals andere diesem Risiko ausgesetzt.«

»Führt ihr auch Synchros durch?«, will ich wissen. »Seid ihr auch als Regs tätig?«

»Lass uns das Thema wechseln«, bittet er statt einer Antwort. »Ich hätte dir gar nicht so viel erzählen sollen.«

»Entschuldige«, murmle ich halbherzig. »Ich sollte nicht so neugierig sein.«

Er lächelt und tippt erneut einige Befehle ein. »Schon gut. Ich kann nachvollziehen, dass du beunruhigt bist. Wir tun unser Bestes.«

Die nächsten Minuten verbringen wir schweigend, bis er von seinem Hauptmonitor zurück tritt.

»Fertig.« Er schnaubt zufrieden. »Deine Software ist auf dem neusten Stand, und dein Partnerchip ist bereit zur Synchro. Jetzt bloß noch der Ladeprozess, damit du für den Ernstfall gerüstet bist. Mach es dir bequem.«

Ich drehe mich mit dem Gesicht zur Wand. Tom legt mir das Plastikband um den Hals, sodass sich der Metalleinsatz direkt auf meinem Implantat befindet. An dem leisen Klicken erkenne ich, dass er das Ladegerät mit dem Kabel verbunden hat. Fast unmittelbar erwärmt sich mein Nacken.

Ich schließe die Augen und nehme nur am Rande wahr, dass sich Tom auf den Rollhocker neben mich setzt. Er trinkt einen weiteren Schluck und stellt den Becher ab.

Für einige Minuten herrscht Stille, aber ich spüre an der leichten Vibration der Liege, dass er das rastlose Wippen seines Beins wieder aufgenommen hat. Tess hat recht. Er wirkt tatsächlich noch nervöser als sonst, was ihn irgendwie menschlich macht.

»Tom«, sage ich zögerlich zu der Wand vor mir. »Kann ich dich etwas fragen?«

Die unterschwellige Bewegung erstirbt fast sofort.

»Sicher«, erwidert er. Seine Stimme klingt angespannt.

»Denkst du, dass Lilys Selbstmord in irgendeinem Zusammenhang mit der Synchro gestanden haben könnte?«, formuliere ich den Verdacht, der mich seit Wochen beschäftigt und den André und Lennard bisher im Keim erstickt haben.

Zuerst scheint Tom überhaupt nicht zu reagieren. Dann stößt er missmutig die Luft aus.

»Das solltest du mit Lennard erörtern«, weicht er aus. Es ist offensichtlich, dass er sich dazu nicht äußern will. Obwohl ich damit gerechnet hatte, macht sich leichte Enttäuschung in mir breit. Für einen Moment hatte ich gehofft, von Tom eine ehrliche Einschätzung zu erhalten, die nicht in Schuldzuweisungen endet.

»Du hast die Suizidabsichten nicht erkannt«, rettet er sich in die üblichen Floskeln der Chefs. »Lily war psychisch labil.«

»Das war sie nicht«, widerspreche ich fast unhörbar. »Sie war in einer glücklichen Beziehung, mit sich selbst und ihrem Leben zufrieden. Ich habe es *gespürt*. Warum wollt ihr nicht in Erwägung ziehen, dass die Synchro möglicherweise doch eine Rolle gespielt hat? Warum sind alle so scharf darauf, mir die Schuld daran zu geben?«

Tom seufzt. »Niemand gibt dir die Schuld, Nora«, sagt er, und wir wissen beide, dass er lügt. »Du kannst mir glauben, dass gerade ich größtes Interesse daran habe, alle Risikofaktoren auszuschalten. Die Synchro hat damit nichts zu tun. Deine Gedanken laufen in eine ungute

Richtung. Hör auf, nach Gründen zu suchen und dich deshalb verrückt zu machen.«

Ich verzichte auf eine Antwort und fixiere stattdessen die hell gestrichene Wand vor mir. Es war ein Fehler, dieses Thema überhaupt anzuschneiden.

7 | Alles Psychopathen

Etwa eine Stunde später verlasse ich Toms Wohnung und mache mich auf den Weg zur Cafeteria, wo ich die Wartezeit bis zu meinem Synchro-Bericht mit einer heißen Schokolade überbrücke. Dabei bin ich tief in Gedanken versunken. Insbesondere ein Satz geht mir nicht mehr aus dem Sinn.

Du kannst mir glauben, dass gerade ich größtes Interesse daran habe, alle Risikofaktoren auszuschalten.

Gerade er? Bezieht er das auf seine Aufgaben als technischer Leiter, der die Verantwortung dafür trägt, dass alles rundläuft? Aber weshalb diese seltsame Formulierung? Was unterscheidet *gerade ihn* von den beiden anderen?

Nachdem ich mich am Automaten bedient habe, setze ich mich auf einen der cremefarbenen Ledersessel. Gerade will ich den ersten Schluck nehmen, da lässt mich lautstarkes Geschrei innehalten.

»Ich hasse dich, Lennard! Du bist so ein verdammtes Arschloch.«

Bevor ich aufspringen kann, um nachzusehen, stürmt Tess in die Cafeteria. Ihr Gesicht ist tränenüberströmt, und sie wirkt völlig aufgelöst.

»Reiß dich zusammen«, ruft ihr Lennard hinterher, der

ihr in geringem Abstand folgt. »Denke an die Konsequenzen und behalte das für dich.«

Dann fällt sein Blick auf mich. Er verstummt und dreht frustriert die Handflächen nach oben. »Zehn Minuten«, sagt er über eine Schulter und verschwindet wieder im Gang.

Ich stehe auf und ziehe Tess in eine feste Umarmung. »Was ist passiert?«

Meine Freundin zittert so heftig, dass sie erst nach einigen Sekunden zu einer Erwiderung in der Lage ist.

»Ärger mit den Chefs«, murmelt sie erstickt. »Sie sind der Meinung, ich würde meine Nase in Angelegenheiten stecken, die mich nichts angehen.« Gehetzt sieht sie sich um. »Sie haben mich unter Druck gesetzt«, fügt sie fast unhörbar hinzu. »Nora, das sind alles Psychopathen.«

Ich beiße mir auf die Unterlippe, entgegne jedoch nichts. Nur allzu gut habe ich Lennards Worte in Erinnerung. *Denke an die Konsequenzen und behalte das für dich.*

Für einige Minuten herrscht unangenehmes Schweigen.

»Ich war eben bei Tom«, starte ich einen zaghaften Ablenkungsversuch und werfe Tess einen prüfenden Blick zu. Ihr Gesicht ist leichenblass, aber sie scheint sich halbwegs gefangen zu haben. Ich drücke sie an den Schultern auf einen Sessel und nehme ebenfalls wieder Platz.

»Er war total fahrig, wie üblich. Gleichzeitig erschöpft und rastlos. Als hätte er seit Tagen nicht geschlafen«, spreche ich weiter und nehme einen Schluck meiner heißen Schokolade. In diesem Moment überfällt mich eine Erkenntnis so unvorbereitet, dass ich mich fast an meinem Getränk verschlucke.

»Tom befindet sich in einer Synchro«, stoße ich hervor und bemühe mich, meine rasenden Gedanken zu gliedern. »Ist dir noch nicht aufgefallen, dass man ihn zu jeder Tages- und Nachtzeit hier antrifft? Bisher dachte ich, es sei Zufall. Das ist es nicht! Weil Rebecca dauerhaft schläft, hat er keine Gelegenheit zur Regeneration. Wie wirkt sich das auf seinen Verstand aus? Er muss vollkommen überreizt sein. Deshalb ist er so zerstreut! Deshalb werden seine nervösen Ticks immer schlimmer! Weil er keinen Regulator hat, der ihm einen Schlafrhythmus aufzwingt. Er *kann* also nicht schlafen.«

Tess mustert mich ausdruckslos. »Und?«

»Wenn er sich mit ihr verlinkt hat, könnte sie zumindest die Imitation eines normalen Lebens führen«, setze ich trotz ihres Desinteresses meine Überlegungen fort. »Bestimmt erfüllender als ihr Zustand ohne Synchro. Wahrscheinlich hast du ihn beim Aufladen oder beim Updaten von Rebeccas Implantat gestört. Durch das Entdecken des Kabels wäre sein Geheimnis sofort aufgeflogen.«

»Es wird noch mehr auffliegen in dieser verdammten Firma«, verkündet Tess düster und ignoriert meine Spekulationen vollständig. »Dafür sorge ich.«

»Wie meinst du das?«, hake ich beklommen nach.

»Ich werde einen Keylogger anbringen«, teilt sie mir

mit. »In Kürze habe ich Zugriff auf Lennards komplettes Postfach.«

»Nicht dein Ernst.« Ich starre sie fassungslos an. »Wie kommst du auf diese blöde Idee?«

»Er hat's verdient«, erklärt Tess und klingt dabei so unerbittlich, dass es mir einen Schauer über den Rücken jagt.

»Weshalb?«, frage ich resigniert. »Tess, was war das eben? Wovor hat dich Lennard gewarnt?«

»Kann ich dir nicht sagen«, wehrt sie ab, während ihr erneut Tränen in die Augen steigen. »Wenn du das wüsstest, wärst du in Gefahr. Nur so viel: Wir sollten NGS schnellstmöglich den Rücken kehren, bevor es zu spät ist.«

»Lass die Finger davon«, beschwöre ich sie. »Was passiert, wenn es auffällt? Ist das nicht irgendwie zurückverfolgbar?«

»Bloß bei einem gezielten Verdacht«, widerspricht sie. »Dafür müsste er in die Zugriffslogs schauen und sich zusätzlich daran erinnern, dass er sich zum entsprechenden Zeitpunkt nicht angemeldet hat. Das ist denkbar unwahrscheinlich bei dem Idioten.«

»Aber …«

»Du hast keine Ahnung, womit wir es hier zu tun haben, also misch dich nicht ein«, unterbricht sie mich. »Die Chefs sind heute Nachmittag alle im Meeting. Keiner wird etwas merken, das garantiere ich dir.«

»Vergiss den Scheiß!«, versuche ich, sie etwas aggressiver zur Vernunft zu bringen. »Kein Wunder, dass man dir vorwirft, du würdest deine Nase in fremde Angelegenheiten stecken.«

»Hast du nicht einen Termin bei deinen Lieblingen?«, fragt sie zynisch, woraufhin ich automatisch auf die Uhr blicke. Scheiße. Ich bin schon fast zu spät.

»Damit wollte ich nicht –«, beginne ich.

»Spar dir die Mühe.« Ihre Stimme klingt völlig emotionslos. »Ich werde das durchziehen, egal, was du davon hältst.«

Wenige Minuten später betrete ich Lennards Büro.

»Wie fühlst du dich nach dem zweiten Treffen mit deinem Link?«

Er fixiert mich aufmerksam. In seinem Gesicht lese ich wohlwollendes Interesse. Wie immer wirkt er harmlos und vertrauenerweckend. Ich weiß es besser, insbesondere, da er sich eben bei der Auseinandersetzung mit Tess von einer ganz anderen Seite gezeigt hat.

»Ich bin ziemlich unsicher«, gestehe ich.

Lennard hebt eine Augenbraue. »Weshalb?«

»Dafür gibt es verschiedene Gründe«, weiche ich aus, obwohl die Erinnerung an das Kribbeln bei Alex' Berührung wie ein Leuchtschild aufflammt.

»Möchtest du mir etwas darüber erzählen?«

»Mein Link – Alex – ist nett«, beginne ich umständlich. »Meine bisherigen Aufträge konnte ich auch gut leiden, doch bei ihm ist es … anders.«

»Vielleicht liegt es nur daran, dass es ein Mann ist?«, vermutet Lennard.

»Kann sein.« Ich zucke gespielt locker mit den Schultern.

»Denkst du, die Gefahr besteht, dass sich Gefühle entwickeln könnten?«, will Lennard wissen. Seine Frage sorgt für ein unmittelbares Flattern in meinem Magen. Die Gefahr besteht definitiv.

»Ich weiß es nicht«, erwidere ich vage. »Meine anderen Links fand ich sympathisch, aber bei Alex … da ist es mehr. Ich mag ihn. Er ist … attraktiv.«

Lennard mustert mich mit schräg gelegtem Kopf und scheint nachzudenken. »Dir ist bewusst, dass nach der Synchronisierung jeglicher Kontakt strengstens verboten ist«, sagt er bedauernd und schafft es sogar, in seine Augen einen mitleidigen Ausdruck zu zaubern. Die scheinbare Anteilnahme, die er mir vorspielt, ist nicht echt. Wie so vieles bei NGS.

»Das ist mir klar«, versichere ich. »Es ist unglaublich schwierig, Sympathie, Nähe und Vertrauen aufzubauen und dabei nicht zu viel zu investieren. Ich hätte nie erwartet, dass es bei einem männlichen Link ganz anders sein würde.«

»Empfindet er ähnlich?«

Ich schweige für einen Moment, während ich Alex' Verhalten abschätze.

Ich freue mich auf heute Abend.

Ich verkneife mir ein Lächeln. Es ist offensichtlich, dass er zumindest nicht uninteressiert ist.

»Ich denke schon«, bestätige ich.

»In diesem Fall gibt es eine Alternative«, sagt Lennard

langsam. »Hast du schon daran gedacht, deine Möglichkeiten als Frau zu nutzen?«

»Was?« Ich starre ihn an. Obwohl ich selbst bereits auf diesen Gedanken gekommen bin – *natürlich* bin ich das, immerhin wurde diese Taktik in diversen Seminaren angesprochen –, ist es unangenehm, dass es ausgerechnet Lennard laut ausspricht.

»Ist das dein Ernst?«

Lennard hebt die Hände. »Es war lediglich eine Anregung. Du meintest selbst, du fändest ihn *nett*, *mehr als sympathisch* und *attraktiv*«, zählt er auf und nutzt dabei absichtlich meine Worte. »Solltest du die Sorge haben, dich emotional zu tief zu involvieren, dann beschleunige die Dinge.«

»Du schlägst mir vor, mit ihm ins Bett zu gehen, um die Synchro schneller herbeizuführen?«, vergewissere ich mich und bemühe mich, mir meine Verlegenheit nicht anmerken zu lassen.

»Ich sage lediglich, dass du diesen Ansatz in Erwägung ziehen solltest«, besänftigt mich Lennard. »Was du letztendlich tust, bleibt absolut dir selbst überlassen. Zu einem solchen Schritt würden wir dich niemals drängen. Das müsstest du wissen.«

»Und wenn ich mich dadurch noch stärker an ihn binde?«, frage ich leise.

»Nora.« Lennard seufzt und beugt sich nach vorne. »Von Anfang an hast du mich mit deiner Professionalität beeindruckt. Die Tragödie mit Lilian hat leider gezeigt, dass du doch nicht so souverän agierst wie erhofft. Jetzt erhältst du eine erneute Chance. Das ist dein erster Link anderen Geschlechts. Es ist eine Probe, ein Test, bei dem du zeigen kannst, wie tough du wirklich bist. Du wirst es schaffen, dich emotional zu distanzieren, das weiß ich. Verbringe die Nacht mit ihm. Aber halte deine Gefühle im Zaum.«

»Ich –«

»Du hast selbst gesagt, dass du unsicher bist«, unterbricht er mich. »Es ist nicht zu spät. Steigere dich einfach nicht zu sehr in die Sache hinein. Genieße die Zeit, schalte deine Gedanken für den Abend aus und lass das auf dich zukommen.«

Ich nicke unentschlossen, während ich über seinen Vorschlag nachdenke.

»Gestern hatte sich nichts Entsprechendes angedeutet?«, unternimmt Lennard einen weiteren Vorstoß.

»Es war unser erstes Date, und ich bin kein männermordender Vamp, Lennard«, erwidere ich mit einem gereizten Unterton. NGS will mich nicht drängen. Von wegen.

Bevor er etwas entgegnen kann, öffnet sich die Tür seines Büros, und André tritt über die Schwelle, wie immer gekleidet in Hemd und schmal geschnittener Jeans.

»Wie kam es zu dem Treffen mit deinem Link?«, fragt er ohne Einleitung und lehnt sich locker mit der Hüfte gegen Lennards Schreibtisch. »Deine telefonischen Andeutungen gestern waren mehr als mager.«

Ich verzichte ebenfalls auf einen Gruß und erläutere knapp das Stift-Missverständnis.

»Dir ist erst einen Tag später aufgefallen, dass er dir seine Nummer gegeben hat?« André stößt ungläubig die Luft aus. »So unaufmerksam kenne ich dich nicht.« Er verschränkt die Arme und mustert mich eisig. »Es wird Zeit, dass du dich zusammenreißt. Du warst bis zu dem Vorfall mit Lilian ein tadelloser Regulator. Aber du wirst zunehmend unberechenbar. Sieh zu, dass du die Synchro auf die Reihe kriegst, und fall nicht mehr negativ auf.«

»Du darfst dich nicht hängen lassen und musst deine Konzentration bündeln«, springt ihm Lennard bei. »Anscheinend hast du noch einiges aufzuarbeiten, was dein Erlebnis mit Lilian angeht. Gesteh dir endlich ein, dass dir ein Fehler unterlaufen ist. Es hat sich eben gezeigt, dass der Ernstfall nicht mit den Trainingssimulationen gleichzusetzen ist. Du hattest dein Erwachen nicht unter Kontrolle und konntest deshalb Lilians Tod nicht verhindern.«

Ich senke den Kopf und bewundere insgeheim die geschickte Gesprächsführung, die dafür sorgt, dass unmittelbar wieder Schuldgefühle in mir aufsteigen.

»In Ordnung«, akzeptiere ich die Kritik. »Ich sollte mich meinem Auftrag widmen.«

»Ich weiß, dass es schwierig ist, mit diesen Selbstvorwürfen zu leben«, versichert Lennard scheinbar teilnahmsvoll. »Keinem ist damit geholfen, wenn du durchdrehst. NGS bewegt sich in einer Grauzone. Das ist uns allen klar. Es steht in den Sternen, wann unsere neue Technologie legal nutzbar sein wird. Gerade deshalb ist es nötig, unauffällig zu bleiben. Wir müssen zusammenhalten und an das Gelingen unserer Sache glauben.«

»Ja«, bestätige ich. »Das sehe ich ein.«

»Schön«, befindet Lennard und blickt demonstrativ auf seine Armbanduhr. »Viel Spaß heute Abend und sieh zu, dass du Ergebnisse bringst.«

8 | Ausschließlich die Wahrheit

Nach meinen Gesprächen in der Firma reicht die Zeit gerade noch für einen Abstecher nach Hause, um zu duschen und ein wenig Make-up aufzulegen.

Wie immer eine knappe Viertelstunde vor der verabredeten Uhrzeit stehe ich in Jeansshorts und Turnschuhen am Mitarbeitereingang des Fantasia Funparks. Das rote Shirt bildet einen farblichen Kontrast zu meinen dunkelbraunen Locken, und ich hoffe, die richtige Mischung aus sportlich und feminin getroffen zu haben.

Alex wartet bereits jenseits des Zauns und winkt mir lächelnd zu. Er trägt dunkelblaue Stoffhosen und ein weißes Poloshirt mit ebenfalls blauen Streifen am Kragen. Ich muss zugeben, dass ihm die Arbeitskleidung ausgesprochen gut steht. Als ich näher komme, macht er eine abwehrende Geste und hebt sein Handy.

Verwundert krame ich mein eigenes Gerät aus der Tasche und prüfe das Display. Eine Nachricht von ihm selbst, die ich mit zunehmender Skepsis lese.

Der Mitarbeitereingang ist kameraüberwacht. Es gibt einen toten Winkel. Nähere dich von links der Tür. Du darfst nicht über Hüfthöhe kommen.

Das klingt wie aus einem schlechten Actionfilm. Ich schnaube und schaue ungläubig zu Alex, der ein verlegenes Grinsen aufgesetzt hat und hilflos die Schultern hebt.

Sein Ernst? Ich soll in den Park einbrechen? Da hätte ich lieber wie ein normaler Besucher Eintritt bezahlt. Weil mich Alex jedoch erwartungsvoll mustert, bleibt mir nichts anderes übrig, als das zu tun, was er vorgibt. Allmählich wird das zur Gewohnheit, und ehrlich gesagt macht es irgendwie Spaß, sich auf seine Ideen einzulassen.

Ich drehe mich einmal um die eigene Achse, um sicherzugehen, dass sich keine Zeugen in Sichtweite befinden. Mit einem tiefen Seufzer sinke ich auf die Knie und beginne, zum Eingang zu robben. Alex beobachtet meine Bemühungen mit unergründlicher Miene, sieht aber immer wieder besorgt nach rechts und links. Wenn jetzt jemand kommt, bin ich nicht nur ein staubiger, sondern auch ein ziemlich lächerlicher Einbrecher.

Konzentriert schiebe ich mich weiter nach vorne und versuche dabei, meine Kleidung nicht komplett zu ruinieren. Zum Glück ist es trocken, sodass zumindest die Chance besteht, diese sportliche Einlage ohne größere Flecken zu bewältigen. Ich hätte *wirklich gerne* bezahlt, um mir diese Aktion zu ersparen.

Nach einer gefühlten Ewigkeit habe ich die Tür passiert und richte mich neben Alex auf. Als ich ihn anschaue, erstarre ich. Er beißt sich auf die Lippen, und seine Augen funkeln vor unterdrücktem Gelächter.

»Du hast mich reingelegt«, spreche ich das Offensichtliche aus.

Er nickt, während sich ein Grinsen auf seinem Gesicht

ausbreitet. »Ich habe dich bei meinem Chef angemeldet.«

»Du bist ein Arsch«, stelle ich fest und suche nach einer passenden Reaktion. Fürs Erste beschließe ich, ihn unsanft gegen die Schulter zu boxen.

Alex reibt sich lachend den Oberarm. »Der Anblick, dich auf Knien vor mir zu sehen, hat mich ausreichend entlohnt.«

Sofort nutze ich die Chance für die erste Flirtattacke des Abends. »Wenn du das willst, hättest du es bloß zu sagen brauchen«, informiere ich trocken.

Die Kombination aus leichtem Spott und unverhohlener Anmache bringt Alex zumindest für einige Sekundenbruchteile aus dem Konzept. Und mich auch. Was habe ich mir dabei bitte gedacht?

»Ich komme gerne darauf zurück.« Er mustert mich so intensiv, dass sich mein Herzschlag spontan verdoppelt. »Lass uns das auf nachher verschieben«, fährt er fort und prüft seine Armbanduhr. »Der Park hat noch knappe zwei Stunden geöffnet. Zeit genug, um zumindest einigen Fahrgeschäften einen Besuch abzustatten. Ich ziehe mich schnell um. Warte eben.«

Während sich mein Puls langsam beruhigt, schaue ich zu, wie Alex im angrenzenden Stahlcontainer verschwindet und wenig später in Jeans und hellgrauem T-Shirt, das einen reizvollen Kontrast zu seinem fast schwarzen Haar bildet, wieder auftaucht. Kurz bevor er bei mir ist, ertönt ein Klingeln aus meiner Handtasche. Ich unterdrücke ein Seufzen. Wie immer im perfekten Moment.

»Sorry, da sollte ich rangehen«, entschuldige ich mich bei Alex.

»Kein Problem«, winkt dieser ab und beginnt, die Arbeitskleidung in seinen Rucksack zu packen.

»Ja?«, nehme ich Tess' Anruf entgegen.

»Ich muss mit dir reden«, beginnt sie übergangslos.

»Geht's um heute Mittag?«, umschreibe ich vage, da mir unangenehm bewusst ist, dass Alex jede Silbe hört.

»Ich habe es hinbekommen, eine Kopie von Lennards Postfach mitgehen zu lassen«, eröffnet sie. »Bisher konnte ich nicht alles sichten, aber was ich gefunden habe … Scheiße, Nora, wir stecken in großen Schwierigkeiten.«

Bei ihren Worten überläuft mich eine Gänsehaut, und ich überlege krampfhaft, wie ich nachfragen kann, ohne Alex' Misstrauen weiter zu schüren. Kurz entschlossen entferne ich mich einige Schritte. »Was hast du entdeckt?«

»Es ist noch schlimmer, als ich dachte.« Die Angst in ihrer Stimme ist nicht zu überhören.

»Verflucht, Tess!«, zische ich. »Du kannst hier nicht anrufen, wilde Andeutungen machen und dann nichts verraten! Ich bin mitten in der Annäherungsphase.«

Für einige Sekunden ist es still in der Leitung.

»Ich kann dir das nicht am Telefon erzählen«, sagt sie angespannt. »Bisher weiß ich zu wenig. Sei um Himmels willen vorsichtig. Und versuche, die Synchro irgendwie zu vermeiden, bis du die Details kennst.«

»Vermeiden? Bist du verrückt gew–«

»Können wir uns morgen treffen?«, unterbricht sie

mich. »Bis dahin habe ich das gesamte Material gesichtet. Wann passt dir?«

»Morgen nach meinem Termin bei André«, erwidere ich resigniert, während ich mich langsam Alex nähere. Ihn weiter warten zu lassen, wäre äußerst unhöflich. »Am Bahnhof. Um 18 Uhr kommt mein Zug auf Gleis 3 an.«

»Ich hol dich ab«, beschließt Tess und beendet das Gespräch.

Wie ernst zu nehmend sind ihre Bedenken? Ist dieser Kreuzzug gegen NGS gerechtfertigt? Klar, die Chefs sind unangenehm, aber von einer Bedrohung zu sprechen, ist übertrieben. Wenn sich die Gelegenheit zur Synchro bietet, werde ich sie nutzen.

»Tut mir leid«, wende ich mich an Alex, der sich mittlerweile an die Wand gelehnt hat und auf seinem Handy herumtippt. »Das ist aktuell etwas schwierig.«

Er nickt lächelnd, doch in seinen Augen erkenne ich leichte Irritation.

»Was möchtest du machen?«, erkundigt er sich. »Ich arbeite im Parkbetrieb und wechsle zwischen zwei Fahrgeschäften hin und her. Wir könnten zum Skytower –«

»Nein«, falle ich ihm ins Wort, deutlich lauter als beabsichtigt. »Ich habe Höhenangst«, füge ich hinzu und versuche, die verstörenden Bilder aus meinem Kopf zu vertreiben, die bei seinem Vorschlag unmittelbar aufgeblitzt sind.

Alex reagiert sofort. »Kein Problem. Lass uns zum Superwirbel gehen, da hat Benny heute die Spätschicht. Du warst mit ihm im *Café Winzig.*« Er grinst vielsagend.

»Der Lösegeldüberbringer«, erinnere ich mich. »Klingt gut.«

Alex ergreift seinen Rucksack und wirft ihn über die rechte Schulter. »Wann warst du zuletzt hier?«, fragt er.

»Das ist bestimmt drei Jahre her«, erkläre ich. »Schulausflug in der siebten Klasse. Davon im Gedächtnis geblieben ist mir nur noch, wie einer der *coolen* Jungs kotzend im Gebüsch hängt. Dem vorangegangen ist eine Wette, wer den Superwirbel am häufigsten direkt hintereinander fahren kann.«

»Mein unfreiwilliger Rekord liegt bei acht Mal«, sagt Alex düster. »Ich war als Besucher hier, aber Benny arbeitet schon länger beim Superwirbel und hat sich geweigert, die Sicherheitsbügel zu öffnen. Dann kam zum Glück sein Chef vorbei, und Benny musste mich rauslassen.«

Während wir nebeneinander durch den Park laufen, betrachte ich Alex von der Seite. Es ist nicht zu leugnen, dass er verdammt gut aussieht. Wiederholt fängt er meinen Blick auf und lächelt, was auf der Stelle zu dem üblichen warmen Kribbeln in meinem Bauch führt.

Auf einem weitläufigen Platz mit Essensständen, von dem sternförmig sechs Wege abgehen, legen wir einen kurzen Zwischenstopp ein.

»Möchtest du auch einen Fischburger?«, bietet Alex an. »Die schmecken großartig! Erwartet man gar nicht von einem Freizeitpark.«

»Bloß nicht«, wehre ich ab. »Mal abgesehen von den horrenden Preisen hier hasse ich Fisch bis auf Blut.«

Alex zieht eine Augenbraue hoch. »Das klingt nach einer ernst zu nehmenden Feindschaft«, bemerkt er belustigt.

»Allerdings.« Ich nicke entschieden. »Allein der Geruch sorgt dafür, dass mir sofort schlecht wird.«

»Nicht jeder Fisch ist gleich«, wendet er ein. »Vielleicht –«

»Alex«, unterbreche ich ihn. »Ich habe seit Jahren keinen Fisch mehr gegessen, und das wird sich heute nicht ändern. Das schwöre ich dir. Bring mir einfach eine Portion Pommes mit.«

Alex hebt kapitulierend die Hände. »Schon gut.«

Er nimmt das Fischbrötchen entgegen und steckt seinen Geldbeutel zurück in die Tasche. Unterdessen schlendere ich bereits ein paar Schritte den Weg entlang.

»Meintest du nicht, es sei drei Jahre her, dass du hier warst?«, fragt er, nachdem er mich eingeholt hat, und reicht mir die Pommes.

»Ja«, erwidere ich. »Wieso?«

Alex mustert mich aus schmalen Augen. »Weil du automatisch die passende Richtung eingeschlagen hast.«

»Ich bin einem Wegweiser gefolgt«, improvisiere ich.

»Das kann nicht sein«, widerspricht er. »Benny erzählt regelmäßig von stressigen Besuchern, die am Superwirbel herumirren, obwohl sie zum Wildwasserfluss wollen. Die fehlende Beschilderung auf diesem Platz treibt alle in den Wahnsinn.«

»Dann war es vermutlich Zufall«, tue ich seinen Einwand mit einem Schulterzucken ab, während ich innerlich fluche.

»Ja«, murmelt er. »Ganz bestimmt. Zufall.«

Für einige Minuten widmen wir uns schweigend dem Essen.

»Ist das wieder so ein Manipulationsding?«, durchbricht Alex die Stille. »Täuschst du vor, du würdest dich nicht auskennen, damit ich die Gelegenheit habe, dir alles zeigen zu können?«

Trotz der widerwilligen Bewunderung für Alex, der die NGS-Taktiken durchschaut, ohne sich dessen bewusst zu sein, gelingt mir ein spöttisches Lachen. »Du spinnst. Warum sollte ich das tun?«

»Um mir ein Gefühl von Überlegenheit zu vermitteln?«, gibt Alex zurück.

»Was hätte ich davon?«, erkundige ich mich scheinbar verwirrt.

»Ich weiß es nicht«, sagt Alex und bleibt stehen. Abrupt dreht er sich zu mir um und fixiert mich durchdringend. »Verrat du es mir. Was willst du?«

Ich zögere. Mir ist vollkommen klar, dass von meiner nächsten Antwort der weitere Gesprächsverlauf abhängt. Ich muss etwas riskieren, sonst verliere ich ihn.

Entschlossen trete ich einen Schritt auf Alex zu und lege eine Hand in seinen Nacken. Dann stelle ich mich auf die Zehenspitzen, ziehe ihn ein wenig zu mir heran und drücke mich eng an ihn.

»Nichts, was du nicht auch willst«, wispere ich in sein Ohr.

Er stößt heftig die Luft aus und weicht zurück. Allerdings nicht schnell genug, dass mir der Schauer entgehen würde, der ihn bei meiner Fast-Berührung überläuft.

Es ist offensichtlich, dass er sich zu mir hingezogen fühlt und dass ihn meine Annäherung nervös macht. Ich bin mir sicher, dass eine Umsetzung von Lennards *Vorschlag* problemlos möglich wäre.

Morgen um diese Zeit könnten sich die Schwierigkeiten mit NGS bereits in Luft aufgelöst haben.

Morgen um diese Zeit könnte die Synchro bereits aktiv sein.

Obwohl es das ist, worauf mein gesamtes Handeln abzielt, erfüllt mich der Gedanke mit Bedauern. Sobald ich in Alex' Bewusstsein stecke, wird meine Sympathie auf eine harte Probe gestellt werden. In einer Synchro erfährt der Regulator alles von seinem Link. Sämtliche Empfindungen, positiv wie negativ, werden gnadenlos offengelegt. Keine gute Basis für eine anschließende Freundschaft, die darüber hinaus von NGS ohnehin nicht geduldet würde.

Davon abgesehen geht der Synchro etwas voraus, was mich in heftige Unruhe versetzt: das gemeinsame Einschlafen. Und um das zu erreichen, muss ich zuvor …

Ich dränge die aufsteigende Panik zurück und konzentriere mich auf Alex, der mich weiterhin wortlos anstarrt.

»Wollten wir nicht zu Benny?«, frage ich unschuldig und werfe die leere Pommesschale in den nächsten Mülleimer.

»Du bist echt unberechenbar«, stellt er kopfschüttelnd fest und nimmt meine Hand. Als sich unsere Finger berühren, scheint in meinem Magen eine Horde von Schmetterlingen zu erwachen. Seine Nähe fühlt sich viel zu gut an.

Wenig später erreichen wir den Superwirbel. Aufgrund der fortgeschrittenen Uhrzeit ist kaum Betrieb, sodass wir direkt zum Einstieg gehen können.

Benny, der für die Kontrolle der Sicherheitsbügel zuständig ist, wirft einen Blick auf unsere verschränkten Hände.

»Das ging schnell.«

»Sie hat sogar schon vor mir gekniet«, informiert Alex mit einem anzüglichen Grinsen, woraufhin Benny ein Stöhnen von sich gibt.

»So genau wollte ich das gar nicht wissen«, wehrt er gespielt verzweifelt ab, aber seine blauen Augen glitzern belustigt. Mit einem Nicken deutet er auf den Wagen vor uns. »Na los«, fordert er uns auf. »Steigt ein.«

Wir folgen seiner Anweisung und lassen uns nebeneinander in die Plastikschalen sinken.

Kurz darauf setzt sich die Achterbahn in Bewegung. Unter lautem Geratter werden die Wägen nach oben gezogen. Meine Aufmerksamkeit liegt jedoch auf Alex, dessen Nähe mich mehr aufwühlt, als ich mir eingestehen möchte.

Er mustert mich von der Seite. »Alles okay?«, will er wissen.

»Klar«, erwidere ich locker und beiße mir gleichzeitig

auf die Zunge. Verflucht. Ich hatte ihm vorhin erzählt, ich hätte Höhenangst. Und jetzt sitze ich völlig entspannt neben ihm, obwohl wir uns ungefähr 40 Meter über dem Erdboden befinden. Was macht dieser Kerl mit mir, dass ich mir einen Fehler nach dem anderen leiste?

»Keine Höhenangst«, bemerkt Alex knapp.

Ich werde einer Antwort enthoben, weil unser Wagen den Scheitelpunkt erreicht hat und nun mit unfassbarer Geschwindigkeit in die Tiefe stürzt.

Während meiner Gnadenfrist beschließe ich, möglichst nahe an der Wahrheit zu bleiben. Alex hat die Gabe, meine Lügen intuitiv zu durchschauen.

»Es liegt an dem Selbstmord, der hier vor einigen Monaten geschehen ist«, gestehe ich, als wir in die letzte Kurve gehen. »Ich hatte davon gehört, schon bevor du ihn am Montag angesprochen hast. Seitdem ist es mir extrem unheimlich, nur an den Skytower zu denken.«

»Ich wünschte, du wärst direkt ehrlich gewesen.« Alex seufzt. »Das muss dir nicht peinlich sein. Mir ist auch nicht wohl dabei. Wusstest du, dass der Tower für mehrere Wochen geschlossen war, weil das Sicherungssystem auf den neusten Stand gebracht wurde? Das hat bis vor Kurzem noch manuell funktioniert.«

Als ich nichts entgegne, zuckt er mit den Schultern. »Ich dachte, du hättest vielleicht Spaß daran, deshalb habe ich es vorgeschlagen.«

»Tut mir leid«, entschuldige ich mich.

»Ab sofort ausschließlich die Wahrheit«, entscheidet Alex. »Abgemacht?«

»Abgemacht«, bestätige ich und nehme mir in diesem Moment vor, alles dafür zu tun, dieses Versprechen nicht zu brechen.

Als hätte er meine Aufrichtigkeit gespürt, greift Alex kurz nach meiner Hand und drückt sie, zieht seine Finger jedoch zurück, als die Bahn zum Stehen kommt.

»Heute sind Testkunden unterwegs«, sagt Benny bedauernd, als er unsere Verriegelung löst.

»Testkunden?«, wende ich mich an Alex.

»Besucher, die freien Eintritt erhalten und dafür Aspekte wie Hilfsbereitschaft und Freundlichkeit des Personals, Zustand der Attraktionen, Sauberkeit der Anlage und so weiter überprüfen«, erklärt er.

»Wieso sagt er uns das jetzt?«, hake ich nach, während ich mich aus dem Sitz hieve und dankbar Alex' Hand ergreife.

»Weil ich euch ansonsten für die nächsten zehn Runden festgesetzt hätte«, wirft Benny von der Seite ein.

»Sei lieber ruhig, sonst positioniere ich beim nächsten Gig das Bier außerhalb deiner Reichweite«, droht Alex und zieht mich Richtung Ausgang. »Dann sitzt du hinter deinem Schlagzeug auf dem Trockenen.«

»Das wäre sogar für dich zu grausam. Nora, überleg dir gut, ob du mit diesem Fiesling etwas anfangen willst«, warnt mich Benny, woraufhin ich lachend die Augen verdrehe.

»Nichts geht über Freunde, die einem in den Rücken fallen«, murmelt Alex amüsiert. »Lass uns verschwinden.«

Benny winkt uns zu. »Habt einen schönen Abend. Ich

wünsche euch noch viel Spaß bei sämtlichen Aktionen – ähm – Attraktionen.«

Im Verlauf der nächsten Stunde spazieren wir durch den Park, unterhalten uns angeregt und machen diverse Fahrgeschäfte unsicher. Lediglich vom Skytower halten wir in stummem Einvernehmen Abstand.

Je weiter der Abend voranschreitet, desto deutlicher zeigt sich die Wirkung, die Alex auf mich ausübt – und ich auf ihn. Die Luft zwischen uns ist wie aufgeladen, und die Spannung scheint sich kontinuierlich zu steigern. Kurz bevor der Park schließt, erreicht meine Nervosität einen ungeahnten Höhepunkt. Die Entscheidung rückt immer näher, und es wird immer klarer, wo das heutige Treffen enden könnte.

Egal wie nüchtern meine Planung ist und unabhängig davon, mit wie vielen Typen meine Links während der Synchros zusammen waren: Streng genommen ist mein eigener Körper noch Jungfrau. Ich habe die große Liebe, zahlreiche One-Night-Stands und leider auch schon schlechten Sex miterlebt. Nur ich selbst habe es noch nie getan. Bei der Vorstellung, mit Alex mein erstes Mal zu erleben, beschleunigt sich mein Herzschlag. Sicherlich wäre er einfühlsam und zärt–

»Woran denkst du?«, reißt er mich aus meinen Überlegungen.

Unmittelbar schießt mir das Blut in die Wangen. Ich werde flammend rot und bin gleichzeitig erschüttert von der verräterischen Reaktion meines Körpers. Seit Jahren trainiere ich Selbstbeherrschung, und Alex benötigt genau eine Frage im falschen Moment, um alles zum Einsturz zu bringen.

»Verflucht«, knurre ich zwischen zusammengebissenen Zähnen. »Das gibt's einfach nicht.«

»Wie niedlich«, zieht mich Alex auf. »Du bist verlegen. Da scheine ich ja einen perfekten Zeitpunkt erwischt zu haben. Hattest du etwa nicht jugendfreie Gedanken? Komm, verrate mir, was du dir gerade vorgestellt hast.«

»Ich hatte nur darüber nachgedacht, wie wir den Abend verbringen könnten«, entgegne ich ausweichend und kämpfe um Fassung.

»Da würde mir einiges einfallen«, murmelt er rau, was meinen Puls weiter nach oben treibt.

Er wirft mir einen Blick von der Seite zu, verstärkt den Griff um meine Hand und zieht mich zu einer Bank am Rand des Weges.

Nachdem er sich gesetzt hat, legt er einen Arm um meine Taille und zieht mich an sich heran.

»Ich wollte dich nicht überfordern«, sagt er leise. »Ich weiß, dass du nicht so abgeklärt bist, wie du tust.«

Ich lehne meinen Kopf an seine Schulter und genieße für einen Moment das Gefühl der Geborgenheit, das seine Worte in mir auslösen. Dann realisiere ich, dass ich mir keine Schwäche leisten kann. NGS erwartet Ergebnisse, und diese kann ich nur bringen, wenn ich mich nicht auf Alex einlasse. Ich muss emotionale Distanz wahren. Er ist ein Auftrag. Lediglich ein Auftrag.

»Wollen wir irgendwo etwas essen gehen?«, schlage

ich betont gleichmütig vor, um zu beweisen, wie gelassen ich bin. »Und dabei über deine Ideen für den heutigen Abend sprechen?«

»Wir könnten ...«, fängt Alex an und verstummt.

»Wir könnten?«, wiederhole ich auffordernd.

»Wir könnten zu mir fahren«, beendet Alex seinen Satz. »Es ist niemand zu Hause, und ich habe Zutaten für Wraps im Kühlschrank. Du hast am Montag erzählt, dass du die magst.« Er blickt mir offen ins Gesicht, was einen erneuten Schmetterlingsangriff auf meinen Magen zur Folge hat. »Und dann könnten wir die Ideen nicht nur besprechen, sondern auch umsetzen.«

»Klingt gut«, erwidere ich und verschränke meine Finger mit seinen.

9 | Nichts Neues

Im Verlauf der Fahrt sitze ich bemüht gelassen auf dem Beifahrersitz von Alex' anthrazitfarbenem Audi, während ich innerlich kurz vor dem Durchdrehen bin. Einerseits freue ich mich auf den vor uns liegenden Abend, andererseits bin ich unglaublich aufgeregt.

Nach etwa einer Stunde erreichen wir das Stadtviertel, in dem Alex wohnt. Schon von Weitem erkenne ich das schmiedeeiserne Tor mit den gewellten Spitzen, das das Grundstück der Familie Theel von der Straße abtrennt und das noch imposanter wirkt als auf den Bildern in der Akte.

Wenig später fahren wir die Allee entlang, an deren Ende sich das schneeweiß gestrichene Haus befindet, das aus zwei symmetrischen Flügeln zusammengesetzt ist. Der weitläufige Garten besteht größtenteils aus einer gepflegten Grünfläche, auf der sorgfältig gestutzte Buchsbäume und einige Steinstatuen verteilt sind. Die Wege, die den Rasen umsäumen, sind von hellen Kieseln bedeckt.

»War dieser Buchs geschnitten wie ein Flamingo?«, vergewissere ich mich ungläubig, als wir an einer besonders auffälligen Skulptur vorbeikommen.

»Ja«, erwidert Alex knapp. Er wirkt nicht, als wolle er mir eine weitere Erklärung dazu geben.

Trotz der umfassenden Informationen in der Akte, aus der hervorgeht, dass Alex' Eltern mit großem Erfolg ihre eigene Kanzlei betreiben, wird mir erst jetzt klar, wie viel Geld die Familie Theel besitzen muss. Die zahlreichen Fotos, die Andrés Spürhunde aufgenommen haben, um mir die Vorbereitung zu erleichtern, geben nicht einmal ansatzweise das wahre Ausmaß wieder.

Alex parkt den Wagen in der Einfahrt und mustert mich von der Seite.

»Ihr seid reich«, bemerke ich neutral. Immerhin hatten wir abgesprochen, bei der Wahrheit zu bleiben, und mein Gesichtsausdruck verrät meine Gedanken sowieso.

»Meine Eltern sind reich«, verbessert er mich. »Es ist *ihr* Vermögen, das sie mit harter Arbeit angehäuft haben. Ich habe nichts dafür getan, außer in die richtige Familie hineingeboren zu werden.«

»Deshalb arbeitest du«, vermute ich.

Alex stellt jäh den Motor ab. Die folgende Stille ist erdrückend. Ohne ein Wort steigt er aus und geht um das Auto herum, um meine Tür zu öffnen. »Du denkst, ich sei ein verzogenes Einzelkind, das aus Spaß einen Job annimmt«, fragt er heftig. »Stimmt's?«

»Blödsinn«, wehre ich ab. »Ich habe auch keine Geschwister, und meine Eltern sind ebenfalls nicht gerade arm. Sei nicht so empfindlich.«

»Ich arbeite, seit ich 16 bin«, erklärt Alex in versöhnlichem Ton, während ich mich abschnalle. »Zuerst habe ich mich als Babysitter versucht, aber das war eine Katastrophe. Ich stand kurz vor dem Nervenzusammenbruch – nach einer halben Stunde. Anschließend habe ich Verwaltungsaufgaben in der Kanzlei meiner Eltern übernommen. Die Arbeit war in Ordnung, mein Vater nicht. Sosehr ich ihn mag, als Vorgesetzter ist er ein Albtraum. Außerdem ließen alle dem Sohn des Chefs eine Sonderbehandlung zukommen.«

Wie selbstverständlich ergreift er meine Hand und führt mich vom Auto zur Eingangstür.

»Im vergangenen Jahr habe ich an den Wochenenden gekellnert. Das war extrem schwierig für die Band, weil wir wegen mir einige Auftritte absagen mussten. Erst kurz vor den Abiprüfungen habe ich aufgehört. Meine Eltern zahlen zwar die Wohnung, wenn ich im Herbst an die Uni gehe, doch alle anderen Kosten will ich selbst tragen. Schlimm genug, dass ich in der Stadt bleibe. Meinen Wunschstudiengang, Musikinformatik, gibt es nur an wenigen Hochschulen. Mich mit etwas anderem zufriedenzugeben, um mich von meinen Eltern zu distanzieren, wäre blödsinnig.«

»Verständlich«, werfe ich ein.

»Hast du dir schon überlegt, was du nach der Schule tun willst?«, erkundigt er sich, während er die Haustür aufschließt.

»Ein duales Studium in Wirtschaftspsychologie«, offenbare ich, ohne zu zögern.

»Beeindruckend«, stellt Alex fest und deutet einladend ins Innere des Hauses. »Du hast konkrete Pläne. Das gefällt mir. Wie alt bist du überhaupt?«

»Siebzehn«, entgegne ich und betrete den großzügigen Eingangsbereich, von dem aus breite Treppenstufen nach oben führen.

Ohne auf seine Aufforderung zu warten, folge ich seinem Beispiel und ziehe meine Schuhe aus. Hinter Alex steige ich die Treppe hinauf und bewundere abwechselnd die surrealistischen Gemälde an den Wänden, garantiert alles Originale, und Alex' gut definierte Rückseite. Oben angekommen öffnet er eine Tür, die den Blick auf ein großes Wohnzimmer freigibt, auf dessen gegenüberliegender Seite sich eine moderne Küchenzeile anschließt, die von einer breiten Theke abgetrennt ist.

Alex wirft seinen Rucksack in eine Ecke und zeigt auf die hellgraue Couchlandschaft. »Setz dich, ich hole uns etwas zu essen.«

Ich lege meine Tasche auf den Boden und lasse mich vorsichtig auf der Kante nieder. Der Bezug wirkt so edel, dass ich mich scheue, ihm meine Jeansshorts zuzumuten. Immerhin bin ich wenige Stunden zuvor im staubigen Sand des Funparks herumgerutscht.

Während ich die willkommene Verschnaufpause nutze, um mich zumindest etwas zu beruhigen, werkelt Alex in der Küche herum. Nach zehn Minuten kehrt er mit einem voll beladenen Tablett und einer Packung Pfirsich-Eistee mit zwei Gläsern zurück. Er platziert alles vor mir auf den Wohnzimmertisch und setzt sich neben mich auf die Couch. In einer fast eleganten Bewegung lässt er sich in den Schneidersitz sinken.

Sein ungezwungenes Verhalten sorgt dafür, dass ich

mich traue, meine steife Position etwas zu verlagern. Dabei berühre ich ihn mit dem Ellbogen und zucke zusammen. Die Reaktionen, die er in mir hervorruft, sind echt bemerkenswert.

Alex ist meine Anspannung natürlich nicht entgangen. »Du musst nicht nervös sein«, sagt er mit der für ihn typischen Einfühlsamkeit, und mir wird klar, dass ich endlich eine Entscheidung treffen muss.

Ich sollte dringend damit aufhören, solch widersprüchliche Signale auszusenden. Einerseits bin ich selbstbewusst und gebe vor, genau zu wissen, wo dieser Abend hinführen soll. Andererseits bin ich eben doch nur eine verunsicherte Siebzehnjährige, die großen Respekt vor ihrem ersten Mal hat. Die Erfahrungen aus den Synchros genügen nicht, um die Realität zu meistern. Aber bleibt mir eine andere Wahl?

Ich nehme meinen Mut zusammen, lehne mich zu Alex und streiche leicht über die Innenseite seines Oberschenkels. Er hält unwillkürlich die Luft an. Plötzlich wirkt er bei Weitem nicht mehr so gelassen wie zuvor, was wiederum mich beruhigt. Er ist ebenfalls aufgeregt, selbst wenn er es besser verbirgt als ich.

»Essen«, stößt er hervor. »Wir wollten essen.«

Mit einem Schmunzeln ziehe ich meine Hand zurück und widme mich stattdessen den frischen Wraps vor uns auf dem Tisch. Als erste Annäherung war das ziemlich gut, obwohl mein Herz gerade schlägt, als hätte ich einen Marathon absolviert.

Nach einer guten Stunde haben wir nicht nur restlos alles aufgegessen, sondern auch über eine unfassbare Menge an Themen diskutiert. Wenn Alex nicht mein Link wäre, könnte ich mir tatsächlich vorstellen, mit ihm befreundet zu sein. Oder mehr.

Nein.

Energisch verbiete ich mir diese Gedanken, die meine gesamte NGS-Karriere gefährden könnten. Trotzdem scheint bei diesem Typ einfach alles zu stimmen. Er ist witzig und schlagfertig, und er fürchtet sich nicht davor, seine Gefühle preiszugeben und dadurch das Gesicht zu verlieren. Zudem ist er klug, vielseitig interessiert und kann gut zuhören. Und abgesehen von allen inneren Werten ist er wahnsinnig gut aussehend, das ist nicht zu leugnen. Hoffentlich tauchen im Verlauf der Synchro einige schlechte Eigenschaften auf, ansonsten bin ich hoffnungslos verloren. Schon jetzt hat er meinen Seelenfrieden gründlich aus dem Gleichgewicht gebracht.

Nachdem wir den Eistee bis auf den letzten Tropfen geleert haben, prüft Alex seine Armbanduhr. »Wollen wir fernsehen?«, fragt er. »Oder möchtest du nach Hause? Dann bringe ich dich natürlich heim.«

»Das klingt super«, stimme ich zu. »Allerdings bloß, wenn es sich dabei nicht um Wrestling oder eine japanische Spielshow handelt.«

»Keine Angst.« Alex lacht. »In der Pizzeria hast du davon gesprochen, dass du außergewöhnliche Charaktere und eine temporeiche Handlung schätzt«, erinnert er sich. »War das … echt?«

Ich nicke lächelnd.

»In diesem Fall wüsste ich einen Film, der dir gefallen könnte. Noch etwas trinken?«

Ich bejahe, woraufhin er eine weitere Packung Eistee aus der Küche holt. Nachdem er sich wieder gesetzt hat, ergreift er die Fernbedienung, die neben dem Tablett auf dem Wohnzimmertisch liegt, und startet den Film über einen Streaming-Dienst. Anschließend lehnt er sich zurück und verschränkt locker die Arme.

»Wo sind deine Eltern?«, will ich wissen, während der Vorspann über den riesigen Flatscreen flimmert.

»Mein Vater ist bis Sonntag geschäftlich unterwegs. Meine Mutter ist bis morgen bei meinem Onkel und hilft ihm beim Umzug.« Seine Augen glitzern amüsiert. »Du musst keine Angst haben, dass uns jemand beim *Fernsehen* stört.«

Es dauert keine Viertelstunde, bis ich mich nicht mehr auf den Film konzentrieren kann. Alex' unmittelbare Nähe bringt mich völlig aus dem Konzept. Mit jeder Sekunde verstärkt sich die Anziehungskraft, die er auf mich ausübt, insbesondere, da ich irgendwann damit beginnen muss, mein Vorhaben in die Tat umzusetzen.

Ich drehe den Kopf und betrachte ihn ganz offen. Die leicht chaotischen Haare. Die grünen Augen mit dem spöttischen Glitzern. Den Schwung seiner Lippen. Mein Blick gleitet tiefer und ruht nun auf seinem Oberkörper. Sichtbar sportlich, aber nicht zu muskulös.

Fast unmerklich verändert sich die Atmosphäre. Nach

wie vor weiß ich nicht, ob seine Anzüglichkeiten lediglich Spielerei oder tatsächlich ernst gemeint waren. Er selbst wird keinen Annäherungsversuch unternehmen, da er meine Zweifel gespürt hat. Also muss ich den ersten Schritt wagen.

Ich wende mich wieder dem Fernseher zu und gebe vor, mich auf die Handlung zu konzentrieren. Währenddessen überlege ich fieberhaft, wie ich anfangen soll. Bei meinen Links wirkten derartige Aktionen immer ganz einfach.

Ich kann das auch. Zumal mir Alex mehr als sympathisch ist.

Als er die Position wechselt und einen Arm auf der Rückenlehne ablegt, rutsche ich ein wenig enger an ihn heran. Ich ignoriere meinen rasenden Puls und schmiege meinen Kopf in seine Halsbeuge.

Alex weicht um eine Winzigkeit zurück und mustert mich aufmerksam. Er versucht, mein Verhalten einzuordnen, und ich weiß, dass ich jetzt aufs Ganze gehen und sämtliche Scheu ablegen muss.

Ich erwidere seinen Blick unter halb gesenkten Lidern und streife mit den Lippen die warme Haut unterhalb seines Ohrs, worauf Alex hörbar ausatmet.

»Wir …« Er bricht ab und räuspert sich. »Wir haben Zeit«, versichert er, woraufhin ich ein trauriges Lächeln unterdrücken muss. Leider trifft das auf mich nicht zu.

Statt einer Antwort schiebe ich meine Hand unter sein Shirt und erschauere, als ich seine glatte Haut unter meinen Fingerspitzen fühle.

Als ich erneut seinen Hals küsse, geht eine Wandlung mit ihm vor. Anscheinend hat er begriffen, dass ich eine Entscheidung getroffen habe.

Er umfasst meine Taille und setzt mich auf seinen Schoß. Am schnellen Heben und Senken seines Brustkorbs merke ich, dass er ebenso aufgewühlt ist wie ich.

Ich beuge mich ein wenig nach vorne und fahre vom Nacken beginnend durch sein dichtes Haar. Sein leises Seufzen entfacht ein Feuerwerk in meinem Innern, und in diesem Moment realisiere ich, dass es kein Opfer ist, mich ihm hinzugeben. Ganz im Gegenteil.

Ich lasse zu, dass meine Instinkte übernehmen, greife nach dem Saum seines Shirts und ziehe es ihm mit einem Ruck über den Kopf.

Er atmet hörbar aus, nutzt aber die Gelegenheit, mich ebenfalls von meinem Oberteil zu befreien. Geschickt gleitet er mit den Fingerspitzen unter meinen BH und beginnt, mich zu streicheln und die Haut um den Stoff herum zu küssen.

Von seinen Vorbehalten ist nichts mehr zu bemerken, und ich bin dankbar dafür, dass er die Initiative übernimmt.

Für einige Sekunden genieße ich seine zärtlichen Berührungen, dann neige ich mich nach vorne und schmiege mich an ihn. Alex fixiert mit einer Hand meine Hüfte. Mit der anderen folgt er dem Schwung meiner Wirbelsäule, öffnet meinen BH und lässt ihn achtlos zu Boden fallen. Ich verschränke die Hände in seinem Nacken und ziehe ihn zu mir heran. Statt ihn zu küssen, halte ich inne und wahre Abstand; so gering, dass ich seinen Atem auf meinen Lippen spüren kann. Eine Winzigkeit fehlt zum wirklichen Kontakt. Die Spannung ist fast unerträglich. Der erste Kuss soll etwas ganz Besonderes sein.

Schon seit Längerem habe ich vergessen, dass ich eigentlich ein bestimmtes Ziel verfolge. Stattdessen genieße ich unser Zusammensein mit jeder Faser. Seine überwältigende Nähe, die trägen Bewegungen und die wachsende Sehnsucht nach seinen Lippen.

Er hebt mich von seinem Schoß und steht mit mir gemeinsam auf. Mit einem knappen Schwung dreht er mich, sodass er sich von hinten an mich drücken kann. Ausgehend vom Schlüsselbein streicht er über meine Brust bis zu meinem Bauch und knöpft meine Hose auf. Seine von den Basssaiten rauen Fingerspitzen bilden einen Kontrast zu seinen sanften Berührungen. Als er den Bund meines Slips erreicht, atme ich zittrig aus. Er legt den linken Arm um meinen Oberkörper und stützt mich, während er mit der rechten Hand dafür sorgt, dass meine Knie immer weicher werden. Gleichzeitig küsst er von der Schulter beginnend meinen Hals empor bis zum Ohr. Mittlerweile sind sämtliche Zweifel erloschen. Selbst ohne die Erfüllung eines Auftrags gibt es keinen Ort der Welt, an dem ich lieber wäre als hier, gemeinsam mit Alex.

Spontan drehe ich mich wieder um und sehe ihm ins Gesicht. Seine Augen sind dunkel vor Erregung. Er fixiert mich verlangend, was einen erneuten Stromstoß durch meinen Körper jagt, und sinkt vor mir auf die Knie. Dabei streift er meine Hose samt Slip und Socken über die

Knöchel. Anschließend richtet er sich langsam auf und bedeckt jeden Zentimeter meiner Haut mit Küssen. Ich klammere mich an seinen Schultern fest, um nicht umzukippen.

Als ich den Eindruck habe, es keine Sekunde länger mehr auszuhalten, hebt er mich hoch und legt mich wieder auf die Couch. So mühelos, als würde ich nichts wiegen.

Lässig streift er sich seine Jeans über die Hüfte und befördert sie samt Socken zu Boden. Bevor er zu mir zurückkehrt, hält er inne und sieht mich an. Mein Herz zieht sich bei seinem fast liebevollen Ausdruck schmerzhaft zusammen.

Noch immer haben wir uns nicht geküsst, und der Wunsch, endlich seine Lippen zu schmecken, wächst ins Unermessliche.

Er kniet sich neben mich, und ich beginne, vorsichtig seinen Körper zu erkunden. Über seine Brust, abwärts über die harten Bauchmuskeln und weiter hinunter. Alex stöhnt verhalten. Er legt den Kopf in den Nacken und schließt die Augen, während sich sein Atem beschleunigt.

Als ich ihm ein wenig Erholung gönne, weicht er ein Stück zurück und befreit sich von den überflüssigen Shorts, die er zu seinen restlichen Kleidern wirft. Bei seiner Rückkehr hält er ein Kondom in der Hand, das er wie selbstverständlich öffnet und überstreift.

Er ergreift mich an den Schultern und drückt mich sanft in die Polster, bevor er mit seinen Berührungen erneut meinen Puls in die Höhe treibt.

Erst als ich vor sehnsüchtiger Ungeduld bebe, legt er sich zwischen meine Beine. Obwohl meine Wahl feststeht, nimmt meine Nervosität schlagartig zu.

Statt jedoch den letzten Schritt zu machen, sucht er meinen Blick und überwindet die wenigen Zentimeter, die unsere Gesichter trennen. Als er meine Lippen mit seinen verschließt, erfüllt mich Wärme. Atemlos verharre ich in diesem intimen Moment, den ich am liebsten für immer bewahren würde. Es ist perfekt. Ich streichle Alex' Wange, und er schließt die Augen. Dann geben wir endlich dem lodernden Verlangen nach und intensivieren unseren Kuss. Er schmeckt unglaublich gut, einfach nach Alex – mit einem Hauch Pfirsich-Eistee.

Schon nach kürzester Zeit bin ich ihm endgültig verfallen, kann keinen klaren Gedanken mehr fassen, ergebe mich dem mitreißenden Ansturm der Empfindungen.

Alex wirkt ebenfalls nicht, als könne er noch länger warten. »Okay?«, murmelt er gegen meine Lippen.

Ich nicke lediglich und dränge sämtliche Unsicherheit in den Hintergrund. Ich will mit ihm schlafen. Ich will ihn ganz.

Es besteht kein Grund zur Beunruhigung. Ich habe das alles mehrfach mitgemacht. Die Erfahrung im Körper meines Links war so unverfälscht, als wäre ich es selbst gewesen. Es ist nichts Neues.

Alex umfasst meine Hüften, positioniert sich entsprechend und dringt langsam in mich ein.

Es ist etwas komplett Neues.

Ich schnappe nach Luft, als mein Widerstand nachgibt

und mich ein scharfes Stechen durchzuckt. Nur meinem Training zur Selbstkontrolle ist es zu verdanken, dass ich nicht aufschreie. Sekunden später ist der Schmerz einem schwachen Brennen gewichen, das kurz darauf ganz verschwunden ist.

Bevor ich mich ihm völlig hingeben kann, fühle ich, wie Alex erstarrt.

»Oh Gott«, bringt er erstickt hervor. »Du bist noch Jungfrau?«

»Ich *war* noch Jungfrau«, verbessere ich.

»Wenn … also …« Er löst die Hand von meiner Seite und fährt sich durch die Haare. »Ich wäre viel vorsichtiger vorgegangen. Ich hätte dich nicht einfach … Nicht *so*.«

»Meinst du nicht, ich hätte mich gewehrt, wenn du mir zu grob gewesen wärst?«, versuche ich, ihn zu besänftigen.

»Ich … ich weiß nicht«, stammelt er. »Zuerst dachte ich, du hättest Zweifel. Aber dann warst du so selbstbewusst. Deine Berührungen … Ich wäre nie auf den Gedanken gekommen, dass du bisher … Es tut mir leid. Ich hätte viel zärtlich-« Seine Entschuldigung geht in einem Stöhnen unter, als ich ihn an der Hüfte packe und zu mir ziehe.

»Alex, es ist okay«, beteure ich. »Wirklich. Ich will das so. Ich will dich.«

Weiterhin verharrt er reglos. Auf seinem Gesicht ist deutlich der Zwiespalt zu erkennen, in dem er sich befindet. Heftige Zuneigung steigt in mir empor. Es ist so liebenswert, dass ihm mein Wohlergehen dermaßen wichtig ist. Hinter der selbstsicheren Fassade ist er viel einfühlsamer, als er zugeben möchte.

Während er mit seinem schlechten Gewissen kämpft, richte ich mich ein wenig auf, um ihn erneut zu küssen. Alex mustert mich aufmerksam. Erst als er in meinen Augen die gesuchte Bestätigung sieht, lässt er zu, dass ich seine Lippen erneut mit meinen verschließe. Als ich mit der Zunge über seine Unterlippe streiche, schlägt die Stimmung erneut um. Alex macht ein Geräusch, das irgendwo zwischen einem Knurren und einem Stöhnen liegt. Er erwidert meinen Kuss, lässt eine Hand zwischen meine Beine gleiten und beginnt gleichzeitig, sich langsam in mir zu bewegen. Unwillkürlich seufze ich auf und biege mich ihm entgegen. Meine Reaktion lässt ihn sämtliche Bedenken vergessen. Mit jedem Mal werden seine Stöße entschlossener und tiefer, sodass es nicht lange dauert, bis aus meiner anfänglichen Zurückhaltung überwältigende Leidenschaft geworden ist. Mein gesamter Körper ist in Aufruhr, und ich zittere vor Erregung. Meine Wahrnehmung beschränkt sich auf Alex und den Rausch an Emotionen, den er in mir weckt.

Erst eine Ewigkeit später schaffen wir es, die Finger voneinander zu lassen. Völlig erschöpft liegen wir in enger Umarmung auf der Couch.

»Ich hatte ja einige Ideen für den heutigen Abend«, erinnert sich Alex, während er mit einer meiner Haarsträhnen spielt. »Aber diese wurden von der Realität um Längen geschlagen.«

Ich lächle lediglich. Für alles Weitere bin ich zu müde.

»Möchtest du …« Er räuspert sich. »Möchtest du bleiben?«

Ich nicke und schmiege mich an ihn.

»Gott sei Dank«, murmelt er. »Ich weiß nicht, ob ich noch in der Lage gewesen wäre, zu fahren. Eher nicht. Ich hoffe, es ist okay, dass ich innerhalb von Sekunden einschlafe.«

Er umfasst mich fester und schließt die Augen. Ich betrachte ihn mit einer Mischung aus Zärtlichkeit und Wehmut. Letztendlich habe ich es doch geschafft, sein Vertrauen zu erlangen. Sein Vertrauen, das ich ausnutzen werde.

Ich kuschle mich in Alex' Arme und lasse zu, dass sich mein Körper entspannt. In Kürze werde ich ihm in den Schlaf folgen. Wenn ich aufwache, wird die Synchro aktiv sein.

10 | Gravierende Konsequenzen

Es dauert etwa zwei Stunden, bis ich mir eingestehen muss, dass es nicht funktioniert. Eigentlich bin ich dank NGS in der Lage, innerhalb von Minuten einzuschlafen, was schon oft sehr nützlich war. Insbesondere um düstere Grübeleien zu beenden oder wild kreiselnde Gedankenkarusselle zu stoppen.

Aber nicht heute.

Nachdenklich betrachte ich Alex, der völlig entspannt neben mir liegt. Sein Oberkörper hebt und senkt sich im Rhythmus seiner Atemzüge. Es wäre so leicht, mich an ihn zu schmiegen, die Augen zu schließen und in den Schlaf hinüberzugleiten. Weshalb kann ich es nicht?

In dieser Planung steckt so wahnsinnig viel Arbeit. Die ausgiebige Vorbereitung. Das Auswendiglernen der Informationen. Die Wahl der passenden Taktik. Die fieberhafte Suche nach Alternativen, nachdem Alex immer wieder alles zunichtegemacht hat. Alles zu dem Zweck, ausreichendes Vertrauen zu schaffen, um neben ihm einschlafen zu dürfen.

Jetzt bin ich dem Ziel zum Greifen nahe, doch ich schaffe es nicht.

Weil er mehr ist als nur ein Auftrag. Weil er sich die Mühe macht, hinter meine Fassade zu blicken. Weil er nicht aus Bequemlichkeit meine Lügen glaubt. Weil er nicht davor zurückschreckt, unbequeme Wahrheiten auszusprechen. Weil er etwas Besonderes ist. Weil ihm mein Wohlergehen wichtig ist. Weil mir diese eine Nacht nicht ausreicht. Ich will das Vertrauen, das mir Alex geschenkt hat, nicht missbrauchen. Ich will nicht für die nächsten zwei Wochen als blinder Passagier in seinem Kopf mitreisen und ihm jegliche Geheimnisse rauben.

Ich seufze. Offensichtlich hat mein Unterbewusstsein längst eine Entscheidung getroffen und fordert diese nun ein. Vielleicht sollte ich einfach akzeptieren, dass mein Auftrag gescheitert ist, selbst wenn mich das in ernste Schwierigkeiten bringen wird. Sobald NGS mitbekommt, dass ich die Gelegenheit zur Synchro hatte und diese absichtlich verstreichen ließ, gibt es Ärger. Heftigen Ärger. André wird mich zusammenfalten, und Lennard, vielleicht sogar Tom, werden ihm dabei helfen. Ist es das wirklich wert?

Ich schaue auf mein Handy. Drei Uhr. Er schläft schon seit zwei Stunden. Ich sollte auch schlafen.

Ich habe einiges investiert, um an diesen Punkt zu gelangen. Ich habe sogar meine Jungfräulichkeit geopfert. Unwillkürlich muss ich grinsen. Nein, wie ein Opfer haben sich die vergangenen Stunden nicht angefühlt. Keine Sekunde bereue ich, mein erstes Mal mit Alex erlebt zu haben.

Dabei ging es nicht um das Gelingen irgendeines Plans. Es ging lediglich um uns. Um Alex und mich. Nicht um NGS.

Ich greife mir mit der Hand in den Nacken und taste nach dem Implantat, in dem sich das Gegenstück zu Alex' Chip befindet. Was wird es NGS kosten, diesen einem anderen Reg einsetzen zu müssen? Am liebsten wäre es mir, er würde komplett aus dem Link-Pool entfernt und somit aus den Fängen der Firma befreit werden. Ich will nicht, dass sich ein anderer Regulator in Alex' Bewusstsein einklinkt und ihn zu einem Produkt macht. NGS soll ihn einfach in Ruhe lassen.

Erneut mustere ich sein Gesicht, das im Schlaf weich und verletzlich wirkt. Auch wenn mir das Eingeständnis schwerfällt; er hat es in Rekordzeit geschafft, sich in mein Herz zu schleichen. Obwohl mir klar ist, dass man sich nicht innerhalb weniger Tage verlieben kann, bin ich doch kurz davor.

Ich streiche Alex sanft mit der Hand über die Wange, dann erhebe ich mich von der Couch. Leise ziehe ich meine Kleider an, die wild im Raum verteilt sind, und schleiche mich aus dem Wohnzimmer. Ich schließe die Tür hinter mir, ohne einen letzten Blick auf Alex zu werfen. Zu sehr würde ich es bedauern, ihn zurückzulassen. Es ist nur zu seinem Besten.

Auf Zehenspitzen gehe ich über die Treppe hinunter in den Eingangsbereich, wo ich schnell in meine Schuhe schlüpfe. Als ich die Haustür hinter mir ins Schloss gezogen habe, atme ich auf. Zum Glück wurde die Alarmanlage nicht aktiviert, sonst wäre meine Flucht schneller beendet, als sie begonnen hat.

Gegen halb fünf komme ich zu Hause an. Erwartungsgemäß sind alle Fenster dunkel. Natürlich interessiert sich niemand dafür, wie spät ich auftauche. Hätte mich auch gewundert. Meiner Mutter wäre es vermutlich ebenso egal, wenn ich gar nicht erscheinen würde. Genau das wäre bei einer Einleitung der Synchro der Fall gewesen. Dann wäre ich jetzt auf dem Weg zu NGS, um dort mein Regulator-Zimmer zu beziehen. Meine Eltern würden lediglich einen Anruf von André erhalten, der meine Abwesenheit mit der plötzlichen Ankunft des Gastdozenten begründet und um Verständnis bittet.

Bereits auf der Taxifahrt wurde mir klar, dass es keine Option ist, bei NGS zu bleiben. Ich bin nicht bereit, diesen Auftrag auszuführen, und die Chefs werden im Gegenzug nicht bereit sein, einfach aufzugeben und das investierte Geld zum Fenster hinauszuschmeißen. Das wird in einem Eklat enden.

Als ich in meinem Zimmer sitze und verzweifelt versuche, mich mit einem Kapitel des Fantasy-Romans abzulenken, vibriert mein Linkhandy.

Alex. Ihm ist natürlich nicht klar, welche Bedeutung mein Verschwinden hat. Er wird es garantiert als Rückzieher betrachten und annehmen, ich sei nur auf etwas Spaß aus gewesen. Mit schlechtem Gewissen ignoriere ich seinen Anruf und schiebe das Gerät aus meiner Reichweite. Stattdessen ergreife ich mein privates Telefon und wähle Tess' Name aus der Kontaktliste aus. Nachdem es zehn Mal geklingelt hat, lege ich seufzend auf.

Auch im Verlauf des weiteren Vormittags habe ich kein Glück. Wahrscheinlich hat sie ihr Handy auf lautlos geschaltet.

Gegen 13 Uhr mache ich mich auf den Weg zum NGS-Gelände. Ich bin früh genug, dass ich vor meinem Termin einen kurzen Zwischenstopp in der Cafeteria einlegen kann. Mit einem unguten Gefühl schaue ich auf das Display meines Linkhandys, das ich den Vormittag über mit größter Mühe ignoriert habe.

Ein weiterer Anruf, außerdem zwei Nachrichten. Ebenfalls von Alex.

Wo bist du? und *Verdammt, Nora! Ist das dein Ernst?*

Ich schlucke, während sich ein schmerzhaftes Ziehen in meiner Brust ausbreitet. Das hat sich Lennard mit Sicherheit anders vorgestellt. Die Nacht mit Alex hatte den denkbar schlimmsten Effekt. Zumindest für NGS. Auf jeden Fall muss ich Abstand zu ihm halten, bis ich meine Angelegenheiten geklärt habe und vermutlich darüber hinaus. Bestimmt ist er extrem sauer auf mich. Mit gutem Grund.

»Was soll das heißen, du kündigst?«, fragt André. Seine Stimme klingt gefährlich leise, und ich ahne, dass es sich lediglich um die Ruhe vor dem Sturm handelt.

Ich widerstehe dem Wunsch, mich auf meinem Stuhl ganz klein zu machen und schaue ihm stattdessen offen ins Gesicht. Sein Ausdruck ist derart kalt und kompromisslos, dass ich meine gesamte Selbstbeherrschung brauche, um nicht den Kopf zu senken.

»Ist dir klar, wie viele Gelder in die Vorbereitung der Synchronisierung fließen? Wie viele Stunden Arbeit investiert wurden?«, fährt er fort. »Hast du nur den Hauch einer Ahnung, was NeuroGaming Systems ein Regulator kostet, der aus heiterem Himmel beschließt, einfach auszusteigen?«

Ich erwidere schweigend seinen Blick.

»Also nicht«, stellt er spöttisch fest. »Du hast keinen Schimmer, um welche Summen es hier geht.«

Lennard, der sich das Verhör natürlich nicht entgehen lässt, mustert mich nachdenklich.

»Nora«, beginnt er versöhnlich. Ich unterdrücke den Impuls, die Augen zu verdrehen. Die *good cop, bad cop* Methode gehört zu den Basisinhalten unserer Ausbildung. »Du hast alles gegeben, um den Vorfall mit deinem letzten Link zu verarbeiten. Wir alle waren angetan und beeindruckt von deinem Durchhaltevermögen und deinem Wunsch nach Professionalität. Davon können sich andere eine Scheibe abschneiden.«

Ach ja. Auf einmal.

»Wir waren sicher, dass du diese zweite Chance, die dir NGS gibt, nutzen würdest. Was, um Himmels willen, hat dich so irritiert, dass du kündigen willst, ohne vorher nach einer Lösung zu suchen?«

Meint er diese Frage ernst? Er weiß ganz genau, wozu er mir geraten hat, und ebenfalls, wo ich am vergangenen Abend war.

Die Chefs können sich an einer Hand abzählen, was der Grund für meine *Irritation* ist, wie es Lennard charmant ausgedrückt hat.

»Ich habe mit meinem Link geschlafen«, sage ich trotzdem.

»Und?«, mischt sich André ein. »Das ist fast die Regel, wenn eine Synchro zwischen Partnern unterschiedlichen Geschlechts durchgeführt wird. Wir begrüßen diese Taktik sogar, weil sie schnell zum Ziel führt. Eine Bagatelle.«

»Für mich war es keine Bagatelle«, gestehe ich leise.

»Du glaubst, Gefühle für deinen Link zu haben.« André seufzt. »Auch das ist nicht außergewöhnlich. Bisher kam allerdings niemand auf die Idee, deshalb seinen Auftrag zu gefährden oder sogar eine Kündigung in Erwägung zu ziehen. Vergiss nicht, dass er dich erst seit wenigen Tagen kennt. Du hast dich über Wochen hinweg mit ihm beschäftigt, aber für ihn bist du quasi eine Fremde. Ich bezweifle, dass von seiner Seite aus Gefühle im Spiel sind. Wahrscheinlich hat er die Gelegenheit ergriffen, um sich auszutoben.«

Ich presse die Lippen aufeinander und nicke. Gerade weil Andrés nüchterne Worte zutreffen könnten, tun sie besonders weh. Dennoch ist sein gleichgültiger und mitleidloser Umgang mit der Situation verstörend. Die Chefs sind über alle wesentlichen Aspekte meines Lebens informiert. Sie wissen also genau, dass Alex mein erster Mann war. Und es ist ihnen völlig egal.

»Nora«, reißt mich Lennard aus meinen Überlegungen. »Was du tust, um das Vertrauen deines Links zu erlangen, ist deine Sache. Wir mischen uns nicht ein, und wir urteilen nicht. Unsere Aufgabe ist es lediglich, deinen Erfolg im Auge zu behalten. Und du bist im Begriff, diesen maßgeblich zu gefährden. Du hättest die Möglichkeit nutzen sollen, um die Synchro aktiv zu schalten, statt zu flüchten.«

»Deshalb will ich kündigen«, beharre ich. »Ich kann diese Synchro nicht eingehen.«

»Aber du denkst, du kannst kündigen?«, fragt André hart. »Bist du dir über die Folgen im Klaren? Mit einer Kündigung verzichtest du nicht nur auf dein bisher verdientes Gehalt. Du zahlst zusätzlich eine beträchtliche Abfindung an NGS. Kannst du dir das überhaupt leisten?«

Ich erwidere nichts.

»Das dachte ich mir«, bemerkt er eisig. »Hast du dir überlegt, wie deine Eltern reagieren werden, wenn du aus dem *Begabtenförderungsprogramm* ausgeschlossen wirst? Deinen Studienplatz wirst du natürlich auch verlieren. Ebenso wie den Anspruch auf eine Anstellung bei NGS. Willst du wirklich deine Zukunft aufs Spiel setzen wegen einer albernen Schwärmerei?«

»Ich habe meine Wahl getroffen«, halte ich an meiner Entscheidung fest, obwohl mich Andrés Ansprache gründlich verunsichert hat.

Die beiden Chefs tauschen einen Blick. Unmittelbar breitet sich Beklommenheit in mir aus.

»Ich hätte nicht erwartet, dass du NGS und vor allem André derart schnell den Rücken kehren würdest«, sagt Lennard betont harmlos.

Ich blinzle verwirrt.

»Wie lange hast du ihn in deiner Anfangszeit bei NGS angehimmelt? Bestimmt ein paar Wochen, oder? Damals warst du sicher genauso von deinen *innigen Gefühlen* überzeugt, wie es jetzt bei deinem Link der Fall ist«, vermutet er spöttisch.

Ich starre ihn fassungslos an. Das ist zwei Jahre her. Tatsächlich hatte ich eine Schwäche für André. Er ist ausgesprochen attraktiv, solange er nicht den Mund aufmacht, und meinem fünfzehnjährigen Ich war nicht klar, was für ein Arschloch er ist. Wenige Wochen später war ich von dieser lächerlichen Schwärmerei gründlich geheilt.

Lennard schaut zu André und kneift gespielt nachdenklich die Augen zusammen.

»Du scheinst einen gewissen Männertyp zu bevorzugen«, stellt er fest. »Hat Alex nicht auch dunkle Haare, auffallende Augen und ist recht groß? Sie sehen sich ähnlich, selbst mit zehn Jahren Altersunterschied.«

Meine Kehle schnürt sich zusammen, und ich bemühe mich trotz Lennards erbarmungsloser Bloßstellung um eine ausdruckslose Miene.

»Jedes Mal, wenn er dich angesprochen hat, beschleunigte sich dein Herzschlag, du bekamst feuchte Hände, und dir wurde warm«, berichtet er weiter. »Es war geradezu rührend, wie aufgeregt du vor den Meetings warst.«

Konzentriert atme ich gegen die brennende Scham an, die sich in mir ausbreitet. Woher weiß er das? Woher, verdammt noch mal, weiß er das? Ich habe mit niemandem darüber gesprochen. Das ist unmöglich. Das *kann* nicht sein. Er blufft doch. Es sei denn …

»Jemand war in meinem Bewusstsein«, flüstere ich mit schrecklicher Gewissheit. »Von mir existieren Chips.«

André ächzt erleichtert. »Na endlich.«

»Aber … wie?«

»Unbemerkt per Injektion wie bei den anderen auch«, erwidert er knapp. »Die dreitägige Aufnahmeprüfung, für deren Dauer du hier übernachtet hast. Dein Bett stand in der Ecke, und die Wände sind dünn.«

»Wer?«, stoße ich hervor, während ich glühend hoffe, dass es nur einer der anderen Regs war.

»Ist dir nicht aufgefallen, dass Lennard nicht anwesend war?«, fragt André ungerührt.

»Er war auf Geschäftsreise«, erinnere ich mich, obwohl ich allmählich ahne, was wirklich Sache war.

»Er war mit dir in einer Synchro«, widerspricht André, woraufhin mir unmittelbar schlecht wird. Verkrampft schlucke ich gegen die Magensäure an, die in meinem Hals brennt. »Wie lange?«

»Einige Tage«, entgegnet Lennard vage. Ich fixiere den grau melierten Teppichboden vor meinen Füßen. Im Moment ist es ausgeschlossen, in Lennards Gesicht zu schauen. Ich bezweifle, dass ich überhaupt noch mal in der Lage dazu sein werde. Meine intimsten Gefühle lagen vor ihm offen. Er hat *alles* von mir gesehen. Oh mein Gott.

»Wir erzählen dir das nicht ohne Grund«, fährt André nach einer kurzen Pause fort. »Wir teilen dir das mit, um dir begreiflich zu machen, welch gravierende Konsequenzen eine Trennung von NGS für dich haben könnte.« Er lächelt freudlos. »Jeder unserer Regulatoren trägt ebenso wie die Links einen Nanochip unter der Haut, dessen Partnerchip wir für den Ernstfall aufbewahren. Wie gefällt dir der Gedanke, dass deiner jederzeit wieder zum Einsatz kommen könnte? Unbemerkt?«

Mein Entsetzen scheint wirkungslos an ihm abzuprallen.

»Du weißt, dass wir den Partnerchip in ein beliebiges Implantat einsetzen und mit seinem Gegenstück gleichschalten können. Dafür ist kein erneuter gemeinsamer REM-Schlaf nötig.«

Getroffen senke ich den Blick, während ich mich an Tess' Worte erinnere. *Wir stecken in großen Schwierigkeiten.*

Verdammte Scheiße. Deshalb war sie dermaßen aufgelöst. Und ich war der Meinung, sie würde übertreiben.

»Solltest du uns den geringsten Anlass zur Sorge geben, leiten wir eine weitere Synchro ein. Und dann wird in deinem Kopf kein Stein auf dem anderen bleiben.«

Ich akzeptiere stumm seine Worte, zutiefst gedemütigt von der Wahrheit, die er mir vor die Füße geschmettert hat, und gleichzeitig vollkommen verstört von der überraschenden Enthüllung.

Ein Nanochip. Das setzt mich unter enormen Druck.

André beugt sich ein wenig vor und sieht mir direkt in die Augen. »Ich verspreche dir Folgendes: Du hast nichts zu befürchten – sofern du kooperierst. Wäge Vor- und Nachteile ab und triff eine kluge Entscheidung. Man verlässt NGS nicht einfach so.«

»Das klingt wie eine Drohung«, stelle ich heiser fest.

»Ist es auch«, bestätigt André schlicht.

Gleichzeitig öffnet sich die Tür, und Tom betritt den Raum.

Er wirft ein verbindliches Lächeln in die Runde. »Morgen.«

»Hallo Tom«, murmle ich, während die beiden anderen seinen Gruß ignorieren. Irgendetwas scheint zwischen den Chefs vorgefallen zu sein, denn die Atmosphäre ist mehr als frostig. Ich muss zugeben, dass ich ziemlich froh darüber bin. Immerhin hat mich Toms Auftauchen zumindest für einige Sekunden aus dem Fokus genommen.

»Tess ist nicht zum Softwarecheck erschienen«, äußert er unvermittelt, lehnt sich gegen die Wand und nimmt einen Schluck aus seinem Thermosbecher. »Und an ihr Handy geht sie nicht.«

Ich mustere ihn schweigend.

»Das ist ungewöhnlich«, fährt er fort, nachdem von mir keine Antwort kommt. »Sie war bisher sehr zuverlässig.«

Ich versuche, die Schwierigkeiten, in denen ich stecke, auszublenden und runzle die Stirn. Garantiert hat ihr Verschwinden etwas mit den Infos zu tun, die sie gefunden hat.

»Du hast sie gestern in der Cafeteria gesehen«, wirft Lennard ein. »Sie war in einem besorgniserregenden Zustand.«

Ja, dank euch.

»Hast du danach noch mal mit ihr gesprochen?«, will André wissen.

»Gestern kurz nach fünf, allerdings nicht lange«, erwidere ich. »Wir treffen uns heute Abend am Bahnhof. Ich richte ihr aus, dass sie sich sofort bei euch melden soll.«

»Das ist nett«, bedankt sich Tom.

Ich lächle ihm verkrampft zu und will gerade aufstehen, da lässt mich Andrés spröde Stimme innehalten.

»Wir sind noch nicht fertig.«

Gehorsam sinke ich auf die Sitzfläche zurück. Was kommt jetzt? Gibt es überhaupt eine Steigerung zu den letzten Minuten?

»Du hast gestern einen ziemlich interessanten Verdacht geäußert«, eröffnet André in geschäftsmäßigem Tonfall.

Ohne eine Regung zu zeigen, grüble ich darüber nach, worauf er sich bezieht. In unserem gestrigen Gespräch ging es lediglich darum, wie ich am schnellsten einen Erfolg bei Alex erzielen könnte. Ich habe keine Ahnung, von welchem *interessanten Verdacht* er spricht.

André stößt zischend die Luft aus. Er schafft es, gereizt zu wirken, ohne eine Miene zu verziehen.

»Die Cafeteria ist videoüberwacht«, bemerkt er scheinbar zusammenhanglos. In der gleichen Sekunde dämmert mir, worauf er hinauswill. Es geht um die Unterhaltung zwischen Tess und mir – und um die Vermutung, die ich laut ausgesprochen hatte. Es ist offensichtlich, dass es sich hierbei um eine heikle Information handelt, die mich in große Schwierigkeiten bringen könnte – wobei ich fürchte, dass dies ohnehin bereits der Fall ist. Anscheinend erwartet André, dass ich die Bombe selbst zünde.

»Du kannst dir meine Überraschung vorstellen, als ich beim Sichten der Überwachungsbänder die Aufzeichnung angehalten habe, weil ich überprüfen wollte, wie Tess den Termin verkraftet hat. Erstaunlicherweise hat sie dir nichts verraten. Stattdessen habt ihr äußerst brisante Themen angeschnitten«, berichtet er.

Währenddessen sieht Lennard kontinuierlich zu Tom, um nichts von seiner Reaktion zu verpassen. Verdammt. Anscheinend wussten André und Lennard nichts von der Synchro – zumindest bisher. Und Tom wiederum ahnt nichts davon, dass sein größtes Geheimnis dicht vor der Enthüllung steht.

»Eleonor?«, drängt mich André mit leisem Spott. »Wir warten auf dein Statement.«

Ich werfe Tom einen entschuldigenden Blick zu. Eine Weigerung würde ohnehin nichts bringen, schließlich weiß André genau, was Sache ist.

»Ich hatte in Erwägung gezogen, dass sich Tom mit Rebecca in einer Synchro befindet«, murmle ich undeutlich in die angespannte Stille.

Tom stößt einen erstickten Laut aus.

»Nun, Tom«, beginnt André nach ein paar Augenblicken, die sich in meiner Wahrnehmung zu einer Ewigkeit dehnen. »Liegt Eleonor richtig mit ihrer Vermutung?«

Tom fährt sich müde über das Gesicht. Er ist leichenblass. Die plötzliche Konfrontation hat ihn so kalt erwischt, dass jeglicher Widerspruch unglaubwürdig wäre. Ein geschickter Schachzug von Lennard und André, mein scheinbares Kreuzverhör zu nutzen, um ihn zu überfallen.

»Deshalb hast du darauf bestanden, Rebecca zu Hause zu pflegen«, überlegt André, als sei diese Erkenntnis neu für ihn. »Dadurch hattest du die Möglichkeit, ihr in aller Ruhe ein Implantat einzusetzen. Wie lange schon, Tom? Wie lange kannst du nicht mehr einschlafen, weil dir dein Regulator keinen Rhythmus vorgibt?«

Tom entgegnet nichts. Er wirkt dermaßen erschüttert, dass mich mein schlechtes Gewissen förmlich auffrisst. Er ist mit Abstand der Netteste der drei, und ich habe ihn verraten – zwar nicht absichtlich, aber das spielt keine Rolle. Sowohl Tess als auch ich selbst hatten die Existenz der Kameras vollkommen vergessen. Wie konnte ich so nachlässig sein?

Ganz abgesehen davon war Tom nicht das einzige *brisante Thema* der Diskussion. Nach dem Sichten der Videobänder wissen die Chefs über Tess' Spionageangriff Bescheid. Ich muss sie warnen.

Was hatte sie gesagt?

Lennard müsste in die Zugriffslogs schauen und sich daran erinnern, dass er sich zum entsprechenden Zeitpunkt nicht angemeldet hat. Mit dieser Ankündigung ist es ein Leichtes, den Login nachzuvollziehen. Verdammter Mist.

»Das wäre dann alles, Eleonor«, reißt mich André aus meinen Gedanken. »Du kannst gehen.«

Ich nicke fügsam und stehe auf. Während ich die Tür ansteuere, nehmen die Chefs ihre Unterhaltung wieder auf.

»Wir trennen mit einem Disruptor«, entscheidet André, woraufhin Tom heftig zusammenzuckt.

»Das könnt ihr nicht machen«, protestiert er entsetzt. »Die Suizid-« Er verstummt schlagartig, als er bemerkt, dass ich mich noch im Zimmer befinde. Sofort wendet sich die Aufmerksamkeit mir zu.

»Eleonor?«, fragt André und klingt dabei so kalt, dass ich fast hektisch den Raum verlasse.

Mit zitternden Knien laufe ich den Flur entlang. Von meiner selbstsicheren Fassade ist nichts mehr übrig. Das Gespräch hat mir den Boden unter den Füßen weggezogen und den letzten Funken Energie geraubt. Wie werden die Chefs mit Tess' Offensive umgehen? Zu welchen Taten sind sie fähig? Schwebt meine beste Freundin in Gefahr?

Zum wiederholten Mal versuche ich, sie zu erreichen. Zum wiederholten Mal bleibt mein Anruf unbeantwortet.

Nervlich völlig am Ende flüchte ich so schnell vom Firmengelände, dass ich bereits deutlich vor der vereinbarten Zeit am Treffpunkt bin. Statt eine halbe Stunde am Gleis herumzustehen und auf Tess zu warten, beschließe ich, mir eine heiße Schokolade im Bahnhofscafé zu holen.

Wenig später sitze ich mit dem Pappbecher auf einer Bank im Eingangsbereich. Ich trinke einen Schluck der warmen Flüssigkeit und sinke kraftlos gegen die unbequeme Rückenlehne. Von dem Adrenalin, das während des Gesprächs mit den Chefs meinen Kreislauf geflutet hat, ist nichts mehr übrig. Müde schaue ich auf meine Armbanduhr. Eine gute Viertelstunde bis zum Treffen mit Tess, danach kann ich endlich in mein Bett. Ich brauche dringend Schlaf.

»Nora.«

Ich zucke zusammen und reiße panisch die Augen auf. Bevor ich widersprechen kann, lässt sich Alex neben mich auf die Bank fallen. Schlagartig bin ich wieder hellwach und überlege hektisch, wie ich die Situation entschärfen könnte. Der hat mir gerade noch gefehlt. Als hätte ich heute nicht genügend unangenehme Gespräche hinter mir. Gleichzeitig breitet sich ein Kribbeln in meinem Magen aus, denn mein verräterischer Körper freut sich natürlich darüber, ihn zu sehen.

»Wieso bist du … Ich meine, woher hast du …« Ich atme tief durch. Auf diese Weise wird das nichts. »Wie hast du mich gefunden?«

»Ja, das ist dumm gelaufen, nicht?«, versetzt er hart. In seiner Stimme ist nicht die geringste Wärme zu erkennen. »Immerhin hast du meine Anrufe ignoriert und auch meine Nachrichten nicht beantwortet. Als ich heute Morgen alleine aufgewacht bin, wurde mir klar, dass du mir extrem wenig über deine Lebensumstände verraten hast. Ich weiß nicht einmal, ob du hier in der Stadt wohnst. Im Telefonbuch gab es so viele Neufeldts, dass ich sie unmöglich alle abklappern konnte.«

»Wie hast du mich gefunden?«, wiederhole ich.

»Ich stand gestern daneben, als du dich am Telefon mit deiner Freundin verabredet hast. Da du im Café bereits eine Viertelstunde zu früh erschienen bist und ebenso im Park, bestand die realistische Chance, dass du es erneut tun würdest. Und tatsächlich.«

»Ich …«, fange ich an und verstumme ratlos. Alex' Auftauchen überfordert mich total. Da hilft das beste Kommunikationstraining nichts mehr. Abgesehen davon lässt seine Nähe die Erinnerung an gestern Nacht emporsteigen. Seine leidenschaftlichen Küsse, seine liebevollen Berührungen, die Zärtlichkeit in seinem Blick. Oh Mann. Ich bin ihm völlig verfallen. Leider befreit mich das nicht aus der katastrophalen Lage.

Alex mustert mich abwartend und schüttelt schließlich den Kopf. »Schon klar. Du hattest nicht damit gerechnet, mich wiederzusehen«, stellt er kühl fest. »Wie unbequem, dass der Typ dermaßen anhänglich sein muss.«

»Nein«, protestiere ich. »So ist es nicht. Ich …« Mit einem mulmigen Gefühl erinnere ich mich an meinen Vorsatz, ehrlich zu sein. »Das ist kompliziert. Ich darf nicht darüber sprechen.« Bereits während die letzten Silben meine Lippen verlassen, ist mir klar, wie bescheuert meine Worte klingen. Das würde ich mir selbst auch nicht glauben. *Ich darf nicht darüber sprechen.* Aber sicher.

Alex starrt mich voller Geringschätzung an. »Du hättest mir sagen können, dass ich für dich nur ein One-Night-Stand war«, stößt er nach einer längeren Pause bitter hervor. »Stattdessen flüchtest du dich in weitere Lügen. Zuerst diese gruselige Stalking-Aktion und die vorgespiegelten Ähnlichkeiten, nicht zu vergessen die Sache im Funpark mit deiner angeblichen Höhenangst. Jetzt erzählst du mir, du dürftest nicht darüber sprechen? Ein größeres Klischee hast du nicht auf Lager? Lass mich raten: Du arbeitest sicher für einen Geheimdienst und müsstest mich töten, solltest du dich dazu entschließen, mich einzuweihen.« Er lacht verächtlich. »Wenn dir die letzte Nacht nicht gefallen hat, kannst du es ruhig zugeben. Wobei ich den Eindruck hatte, als seist du auf deine Kosten *gekommen*. Mehrfach.«

Ich beiße mir auf die Lippen. Diese Spitze habe ich mehr als verdient. Unsere Situation ist komplett verfahren. Keine Ahnung, wie ich das geradebiegen soll.

»Vermutlich war es auch gelogen, als du behauptet hast, ich sei dein Erster, oder?«, fragt er. »Wahrscheinlich habe ich mir deine Anspannung in diesem Moment nur eingebildet. Das erklärt zumindest die vielen Widersprüche. Ich hatte mich schon gewundert, wie deine Annäherungen mit deiner scheinbaren Unerfahrenheit zusammenpassen. Alles gespielt. Mal wieder.«

Er steht auf und fährt sich erschöpft durch die Haare. Es ist offensichtlich, dass ich ihn verletzt habe. »Ich habe mit aller Macht gehofft, es gäbe einen anderen Grund für dein Verhalten«, sagt er leise. »Aber ich muss endlich der Wahrheit ins Auge sehen. Du bist manipulativ und eiskalt. Du warst lediglich auf Spaß aus. Und ich war dumm genug, auf dich reinzufallen, obwohl sich das von Anfang an abgezeichnet hat.«

Verzweifelt suche ich nach einer Erklärung. Nach einem Gegenargument. Nach irgendetwas, das ihn davon überzeugt, dass ich nicht so gefühllos bin, wie er annimmt. Vergeblich.

Das zwischen uns war echt. Meine Gefühle für ihn sind echt, doch ich kann ihm dies nicht anvertrauen, ohne ihn in Gefahr zu bringen.

Bevor er meine aufsteigenden Tränen sieht, springe ich auf und ergreife meinen Rucksack. Wortlos wende ich mich ab und gehe.

Alex folgt mir nicht.

11 | Lost Hope

Als ich mich wenige Minuten nach 18 Uhr dem Treffpunkt nähere, fällt mir direkt die Menschenmenge auf, die sich auf dem Bahnsteig gebildet hat. Irritiert schiebe ich mich zwischen den dicht gedrängt stehenden Körpern hindurch. Einzelne Gesprächsfetzen dringen an mein Ohr.

… tragischer Unfall …

… muss das Gleichgewicht verloren haben und vor den einfahrenden Zug gestürzt sein …

… noch so jung …

Erfüllt von einer furchtbaren Vorahnung erkämpfe ich mir rücksichtslos den Weg zum Gleis. Dabei wandert mein Blick gehetzt von einem Gesicht zum nächsten, während ich mit verzweifelter Kraft darauf hoffe, unter den Fremden meine Freundin auszumachen. Sie müsste längst da sein. Sie müsste hier stehen und auf mich warten. Doch sosehr ich mich auch anstrenge, so intensiv ich auch suche, von Tess fehlt jede Spur.

In vorderster Reihe angekommen packe ich eine ältere Dame am Jackenärmel.

»Wer liegt unter dem Zug?«, stoße ich fast hysterisch hervor.

»Eine junge Frau«, antwortet diese mit Tränen in den Augen.

»Wie sah sie aus?«

»Hübsch. Lange rote Haare. Mehr konnte ich nicht erkennen.« Ihre Stimme bricht. »Es ging zu schnell.«

Rote Haare.

Tess.

Ich gehe einen zögerlichen Schritt nach vorne, bis ich vor der Fensterfront des Zuges stehe, und blicke zu Boden. Bereits nach wenigen Sekunden nehme ich ein Glitzern wahr, etwa zwei Meter entfernt. Halb unter dem Zug verborgen liegt eine pinke Tasche mit Paillettenapplikation.

Tess' Tasche.

Die Vorahnung wird zu schrecklicher Gewissheit.

Mit einem Stöhnen taumle ich zurück, unfähig, irgendetwas zu empfinden außer lähmendem Entsetzen.

Das sind alles Psychopathen.

Wir stecken in großen Schwierigkeiten.

Es ist noch schlimmer, als ich dachte.

Völlig erschüttert stehe ich inmitten des Gedränges und starre ins Leere.

Eine Berührung an der Schulter holt mich wieder in die Wirklichkeit. Ich schaue auf und sehe in Alex' grüne Augen.

»Das war meine Freundin«, bringe ich erstickt hervor.

Ohne zu zögern, zieht er mich in eine feste Umarmung.

Die folgende halbe Stunde erlebe ich wie in Trance. Das Personal räumt den Bahnsteig, die Polizei beginnt mit der Befragung, Sanitäter kümmern sich um Augenzeugen, die den Schock nicht verkraftet haben. In dem ganzen Chaos aus Blaulicht, Sirenen und hysterischem Weinen steht Alex an meiner Seite und passt auf mich auf.

Nur am Rande nehme ich wahr, wie er mich zu seinem Auto führt. Mit einer Hand öffnet er die Beifahrertür und schiebt mich auf den Sitz. Anschließend greift er über mich und schnallt mich sorgfältig an. Mit wenigen Schritten umrundet er den Wagen und setzt sich hinter das Steuer.

»Lass mich einfach an der nächsten Bushaltestelle raus«, flüstere ich. Meine Kehle fühlt sich an wie zugeschnürt, und meine Augen brennen. Trotzdem habe ich keine einzige Träne geweint.

Alex umfasst das Lenkrad so fest, dass seine Knöchel weiß hervortreten. »Nein«, lehnt er ab. »Ich lasse dich jetzt nicht allein. Entweder nennst du mir deine Adresse, damit ich dich nach Hause bringen kann, oder du kommst mit zu mir.«

»Zu dir«, stoße ich erschöpft hervor und lasse mich im Sitz zusammensinken. Ich bin nicht in der Lage, eine weitere Diskussion zu bestreiten.

Alex nickt und fährt umgehend los.

Die Autofahrt verbringen wir schweigend, doch ich kann immer wieder Alex' besorgte Blicke auf mir fühlen. Wie nicht einmal 24 Stunden zuvor parkt er in der Einfahrt und öffnet mir die Autotür. Er fasst mich sanft am Arm und dirigiert mich ins Innere des Hauses. Anders als gestern führt er mich nicht in den offenen Wohnbereich, sondern eine weitere Treppe hinauf. Mit dem Ellbogen öffnet er eine der Türen, die von dem weitläufigen Flur abgehen.

»Mein Zimmer«, erklärt er. Als ich nicht reagiere, greift er sich verlegen in den Nacken. »Meine Mutter ist zu Hause«, fügt er entschuldigend hinzu.

Ich betrachte teilnahmslos den hellen Teppich unter meinen Füßen. Meine Augen sind so trocken, dass sie schmerzen.

Alex schiebt mich zu einer kleinen Couch, die vor dem Fenster steht, und drückt mich an den Schultern auf das weiche Polster. Ich lasse es willenlos geschehen.

»Gleich wieder da«, verspricht er, während er mir eine Decke umlegt. Ich erwidere nichts und kämpfe mit dem Bild der pink-glitzernden Tasche, das sich hinter meinen Lidern eingebrannt hat.

Kurz darauf kehrt Alex zurück und stellt eine dampfende Tasse vor mir auf den Tisch. Er setzt sich neben mich auf die Couch, ohne mich dabei zu berühren.

»Wie konnte das nur geschehen«, murmle ich. Meine Stimme klingt zittrig und dünn. Alex bleibt still, rutscht jedoch ein wenig näher und legt einen Arm um mich. Dankbar lehne ich mich an ihn.

»Sie wollte mich abholen«, erzähle ich dumpf. »Aber ich hatte einen früheren Zug genommen, deshalb war ich zuerst da.«

Nach wie vor bleibt Alex stumm und streicht zart über meinen Rücken.

»Wenn ich mir diese heiße Schokolade nicht gekauft hätte, wäre ich früher als sie am Bahnsteig gewesen.

Wenn ich auf sie gewartet hätte, wäre sie bei der Einfahrt des Zuges gar nicht in der Nähe des Gleises gewesen. Sie wäre jetzt noch am Leben«, formuliere ich erstickt die Worte, die seit der Katastrophe in meinem Kopf kreisen. Sie laut ausgesprochen zu hören sorgt dafür, dass ich von solchen Schuldgefühlen erfüllt werde, dass für nichts anderes mehr Raum bleibt. Trauer, Wut und Fassungslosigkeit stauen sich immer weiter an, bis ich den Eindruck habe, nicht mehr atmen zu können. Dann kommen endlich die Tränen.

Zum ersten Mal seit Lilys Tod breche ich vollständig zusammen. Alex weicht nicht von meiner Seite. Er umarmt mich, während mein Körper von verzweifelten Schluchzern geschüttelt wird, er hält mich fest, als ich das Gefühl habe, innerlich zu zerbrechen, und er ist auch noch da, als mein Wimmern schließlich von einem geräuschlosen Weinen abgelöst wird.

Vorsichtig bettet er meinen Kopf in seinen Schoß und streicht mir die Haare aus dem Gesicht. Hinter meiner Stirn hat sich ein qualvolles Stechen ausgebreitet, mein Hals fühlt sich rau an, und meine Augen tun so weh, dass ich Mühe habe, sie offen zu halten. Ich bin völlig am Ende.

»Schlaf ein wenig«, fordert Alex sanft.

Seine Worte wirken auf mich wie eine kalte Dusche. Ich zucke zusammen und richte mich auf. Verunsichert ziehe ich mich in die entgegengesetzte Ecke der Couch zurück und umschlinge die Knie mit den Armen. Alex beobachtet verständnislos meine Reaktion.

Ich schließe für einen Moment die Lider. Mein Zusammenbruch hat mir die letzte Kraft geraubt, aber gleichzeitig fühle ich mich irgendwie befreit. Ich kann wieder klar denken und treffe eine Entscheidung.

»Alex«, beginne ich heiser und sehe ihn direkt an. »Ich muss dir etwas sagen. Bitte unterbrich mich nicht, egal wie schräg es klingt.«

Alex legt die Hände in den Schoß und gibt mir mit einem knappen Nicken zu verstehen, dass er bereit ist, zuzuhören.

Zögerlich berichte ich von meinem ersten Kontakt mit NGS, damals vor zweieinhalb Jahren, als ich mich auf eine ihrer Anzeigen meldete. Anschließend schildere ich die Einstellungstests und benenne Voraussetzungen, die ein optimaler Reg erfüllen sollte und die alle auf mich zutreffen. Einzelkind, gleichgültige Eltern, kleiner Freundeskreis, tadellose Noten, hohe Intelligenz, körperliche Leistungsfähigkeit. Dann widme ich mich den Inhalten der Ausbildung. Kommunikations- und Manipulationsstrategien, Übungseinheiten zur Selbstkontrolle, Schlaftraining, Lesen und bewusstes Einsetzen von Körpersprache – alles lege ich vor Alex offen.

Ich erzähle von den Chefs, von der ständigen Überwachung und von den mehrmals wöchentlich stattfindenden Terminen, in denen ich Rede und Antwort stehen muss. Sogar meine letzten Aufträge und das schreckliche Erlebnis mit Lily lasse ich nicht aus.

Die Bewusstseinssynchronisierung bildet den ausführlichsten Teil meines Berichts. Der Plan von NGS, das Konzept so weit zu perfektionieren, um es als Produkt anbieten zu können. Die Vision des vollständigen Eintauchens in einen fremden Körper. Außergewöhnliche Erlebnisse ungefiltert erfahren, ohne Risiken oder Konsequenzen.

Ich beschreibe, wie André im Vorfeld mit seinem Team aus Privatdetektiven alles über einen potenziellen Link herausfindet. Wie er Profile von Schulen prüft und nach Jugendlichen mit robuster Gesundheit, tadellosem Körperbau und außergewöhnlichen Hobbys sucht. Wie den ausgewählten Links unbemerkt der Nanochip injiziert wird. Wie jeder Regulator ein Implantat im Nacken erhält, das bei einem neuen Auftrag um einen kleinen Chip ergänzt wird, der das Gegenstück zu dem Nanochip des entsprechenden Links bildet. Wie die Technik allmählich die Bewusstseinswellen des Regs verändert, damit sie sich an die des Links angleichen. Die Aufgabe des Regs, sich über Wochen auf den neuen Auftrag vorzubereiten und Taktiken zu entwickeln, um das Vertrauen des Links zu erlangen. So viel Vertrauen, dass er letztendlich neben ihm einschlafen kann, da nur während der REM-Phase die Gleichschaltung der beiden Chips und somit die endgültige Bewusstseinssynchronisierung stattfinden kann. Die sich anschließende Testphase, um zu gewährleisten, dass der Lebensstil des Links tatsächlich den Angaben in den Akten entspricht und sich mit den Vorstellungen des Endkunden deckt.

Je länger ich spreche, desto leichter fällt es mir. Nach den anfänglichen Zweifeln genieße ich es sogar, mir endlich all das von der Seele reden zu können, worüber ich so lange Zeit geschwiegen habe. Die Termine bei Lennard sind kein Vergleich zu Alex' Fähigkeit, zuzuhören. Er hat die Augen konzentriert auf mich gerichtet und unterbricht mich kein einziges Mal. Seine Miene ist neutral, obwohl es auf ihn wirken muss, als sei ich völlig durchgeknallt. Lediglich als ich ihm offenbare, dass er bereits vor Monaten als Link ausgewählt wurde, woraufhin NGS eine umfassende Recherche über ihn angestellt und sein Leben komplett durchleuchtet hat, flackert sein Blick.

Als ich nach über einer Stunde meinen Monolog beende, fühle ich mich total leer. Alex weiß nun über alles Bescheid. Weder die Unsicherheit nach unserer gemeinsamen Nacht noch meinen Kündigungswunsch und die daraus resultierenden Drohungen habe ich verschwiegen, ebenso wenig wie den Ärger, den ich Tom durch die Aufdeckung seiner Synchro bereitet habe. Ich erzähle selbst von Tess' Spionageangriff und meiner Vermutung, ihr *Unfall* könne damit zusammenhängen.

»Danke, dass du mir zugehört hast«, durchbreche ich nach einigen Minuten die Stille, die sich über den Raum gesenkt hat. »Mir ist durchaus bewusst, wie verrückt das alles klingt.«

Alex kaut nachdenklich auf seiner Unterlippe herum. »Das ist zu weit hergeholt«, sagt er schließlich bedauernd. »Ich kann das nicht glauben.«

In mir breitet sich Resignation aus. »Nachvollziehbar«, erwidere ich. »Ging mir ähnlich, als ich zum ersten Mal davon gehört habe.«

Alex beugt sich ein wenig nach vorne und nimmt meine Hand. »Ich könnte aber so *tun*, als würde ich dir glauben«, bietet er an und verschränkt seine Finger mit meinen.

Ich nicke stumm. Das ist mehr, als ich mir erhofft hätte. Es wäre nicht verwunderlich gewesen, wenn er mir stattdessen einen Nervenzusammenbruch unterstellt und die Psychiatrie verständigt hätte.

»Diese Geschichte ist tatsächlich verrückt«, formuliert er eine Antwort auf meine Gedanken. »Du selbst allerdings machst auf mich keinen verrückten Eindruck.« Er mustert mich prüfend. »Es wäre zumindest eine Begründung für dein seltsames Verhalten …«

Er greift in meinen Nacken und tastet nach der leichten Erhebung unter meiner Haut. Anschließend fährt er mit den Fingerspitzen über seinen Hals.

Ich weiß genau, wie er sich fühlt. Hilflos, verunsichert, ohnmächtig. Mir geht es nicht anders, immerhin habe ich erst heute Morgen erfahren, dass sich in meinem Körper ebenfalls ein Nanochip befindet.

»Ich erinnere mich nicht einmal daran«, murmelt er.

»Vermutlich hast du es als Insektenstich abgetan und wieder vergessen«, erkläre ich. »In einer Menschenmenge kann man den Chip unauffällig injizieren, ohne Aufmerksamkeit zu erregen.«

Alex runzelt die Stirn. »Klingt nicht, als würdest du in dieses Umfeld passen.«

»Ich habe mich seit Beginn meiner NGS-Zeit stark verändert«, vertraue ich ihm an. »Zuerst fiel es mir unglaublich schwer, meine Zweifel aus der Sache herauszuhalten. Keine Ahnung, weshalb sie mich trotzdem als

Regulator haben wollten. Wahrscheinlich wegen meiner Anomalie. Meine Schlafkontrolle war von Anfang an außergewöhnlich, und die Tests von NGS haben ergeben, dass mein Gehirn jenseits des Wachzustands weiterhin starke Aktivität aufweist. Dennoch bin ich zu weich und zu wenig skrupellos für NGS. Es hat lange gedauert, bis es geklappt hat, die Taktiken ohne schlechtes Gewissen anzuwenden, und selbst jetzt fällt es mir oft schwer. Mittlerweile gelingt es mir, in eine Art Arbeitsmodus zu wechseln, in dem ich mich vollständig auf das Ziel konzentriere und alles andere ausblende. Nur in deiner Nähe funktioniert das nicht.«

Erneut herrscht Schweigen, während ich ihn nervös mustere.

»Unabhängig von dieser ganzen Geschichte um deine Firma will ich eines loswerden«, sagt er nach einer kurzen Pause. »Du kannst nichts für den Tod deiner Freundin.«

Unwillkürlich versteife ich mich, entgegne jedoch nichts.

»Vielleicht hättest du es verhindern können. Vielleicht auch nicht. Das weiß keiner, und das wird nie jemand erfahren«, fährt er fort. »Du bist nicht schuld daran, Nora.«

Seine Worte sorgen dafür, dass mir erneut Tränen in die Augen treten. Der Kloß in meinem Hals ist so groß, dass keine Silbe vorbeipasst. Alex erkennt meine Überforderung und drückt meine Hand.

»Darf ich einige Fragen zu diesem Technologiekonzern stellen?«, erkundigt er sich, woraufhin ich erleichtert nicke.

In der folgenden halben Stunde quetscht er mich über meine Arbeit bei NGS aus, und ich versuche, so genau und wahrheitsgetreu wie möglich zu antworten und gleichzeitig die Erinnerung an den zurückliegenden Vorfall zu verdrängen. Mir ist klar, dass er mir noch immer nicht glaubt, trotzdem bin ich dankbar für die Ablenkung. Das Gespräch mit Alex benötigt meine gesamte Aufmerksamkeit, sodass ich nicht ins Grübeln gerate. Doch sobald ich die Augen schließe, sehe ich die pinke Tasche vor mir, und ich fürchte den Moment, in dem ich alleine mit mir und meinen dunklen Gedanken bin.

Alex scheint das zu spüren, denn als er aufsteht, um in der Küche eine Kleinigkeit zu essen zu holen, drückt er mir seinen E-Bass in die Hand.

»Ich bin gleich zurück«, kündigt er an. »Wenn du es bis dahin geschafft hast, den Anfang von *Lost Hope* hinzukriegen, darfst du über den Verstärker spielen. Müsstest du ja im Ohr haben, so gründlich wie du dich auf mich vorbereitet hast.«

Als er knappe fünf Minuten später mit einem Tablett das Zimmer betritt, habe ich tatsächlich die ersten vier Töne des Songs gefunden. Oder zumindest Töne, die mit viel gutem Willen eine gewisse Ähnlichkeit aufweisen.

Alex schiebt mit dem Fuß die Tür hinter sich zu und stellt das Essen auf den kleinen Couchtisch. Anschließend nimmt er ein ordentlich aufgerolltes Kabel und schließt den Bass, den ich weiterhin auf meinem Schoß balanciere, an den Verstärker an. Er drückt einen Schalter, und der große, schwarze Kasten erwacht mit einem fast unmerklichen Summen zum Leben.

»So«, sagt er. »Jetzt noch mal.«

Testweise schlage ich die verschiedenen Saiten an und merke, wie sich die Härchen auf meinen Armen aufrichten, als der klare Sound durchs Zimmer dröhnt. Besonders die tiefen Töne vibrieren so stark, dass sich der Klang bis in meinen Bauch fortsetzt.

»Wow«, hauche ich und versuche mich erneut am Intro von *Lost Hope*, der Song, bei dem sich unsere Blicke zum ersten Mal getroffen haben.

Alex beobachtet mich mit einem Lächeln.

»Spiel du«, bitte ich und beuge mich zur Seite, um ihm das Instrument zu geben.

Statt den Bass entgegenzunehmen, steigt Alex über mich und rutscht an der Rückenlehne hinunter, sodass ich zwischen seinen Beinen sitze. Mit den Armen greift er um mich herum und legt seine Finger auf die Saiten. Während er blind den Basslauf von *Lost Hope* spielt, spüre ich seinen Atem an meinem Hals. Durch die Wärme von Alex' Körper und die Geborgenheit seiner Umarmung schaffe ich es allmählich, mich zu entspannen. Am liebsten würde ich ewig so sitzen bleiben und seinem Spiel lauschen, das nun zu einer melancholischen Melodie wechselt.

»Wir kriegen das hin«, flüstert er in mein Ohr, während der letzte Ton verklingt.

Als er mit der Nase den Schwung meines Halses nachfährt, unterdrücke ich ein Seufzen. Erschöpft lasse ich meinen Kopf gegen seine Schulter sinken.

»Angenommen, diese abgefahrene NGS-Geschichte entspricht tatsächlich der Wahrheit; dann bist du letzte Nacht gegangen, damit diese Synchro nicht aktiv wird. Du bist gegangen, um mich zu schützen«, stellt Alex nach einiger Zeit fest.

»Ja«, erwidere ich schlicht.

»Du willst lieber enormen Ärger riskieren, als mich mit hineinzuziehen?«, vergewissert er sich.

»Ja«, entgegne ich erneut. Nach dem heutigen Abend bin ich mir sicherer als je zuvor.

Alex dreht wortlos am Regler des Basses. Anschließend streckt er sich zur Seite und schaltet den Verstärker aus. Vorsichtig lege ich das Instrument auf dem weichen Teppich ab. Als ich aufstehen will, um mich neben ihn auf die Couch zu setzen, schlingt er von hinten die Arme um mich. Ich schmiege mich bereitwillig an ihn. Langsam spüre ich, wie die Müdigkeit weiter Besitz von mir ergreift. Ich bin seit über 36 Stunden auf den Beinen, in denen ich nicht nur mein erstes Mal erlebt habe, sondern auch eine grauenvolle Offenbarung und den Tod einer Freundin ertragen musste. Ich bin am Ende.

»Du könntest diese Synchro durchziehen«, bemerkt Alex plötzlich. Sein Vorschlag müsste mich mit Entsetzen erfüllen, doch ich bin zu fertig, um irgendetwas zu spüren.

»Wenn wir wieder getrennt sind, könnten wir noch einmal von vorne anfangen.«

»Jeglicher Kontakt mit dem Link ist danach verboten«, erinnere ich und fühle, wie meine Lider immer schwerer werden.

Alex schnaubt. »Darum kümmern wir uns, wenn es so weit ist.«

»Nach der Trennung wird dein Partnerchip aus meinem Implantat entfernt und in die Datenbank aufgenommen, sodass dein Bewusstsein potenziellen Kunden zur Verfügung steht«, wende ich schleppend ein.

»Wir werden einen Weg finden«, sagt Alex so leise, dass ich nicht sicher bin, ob ich es tatsächlich gehört habe.

»Tu's nicht«, murmle ich undeutlich, während ich den Kampf aufgebe und die Augen schließe.

12 | **ON**: Nur ein Betthäschen

Beim Aufwachen denke ich für einige wunderbare Sekunden an gar nichts. Verwirrt blinzle ich in die mich umgebende Dunkelheit. Sowohl bei mir zu Hause als auch in meinem Reg-Zimmer bei NGS habe ich ein Nachtlicht. Das bedeutet, ich bin …

Oh mein Gott. Ich bin bei Alex.

Vorsichtig strecke ich die Hand aus und zucke zusammen, als ich die Wärme seines Körpers neben mir wahrnehme. Ich befinde mich in seinem Bett, und er liegt ruhig schlafend neben mir.

Scheiße.

Ohne Vorwarnung brechen die restlichen Erinnerungen an den gestrigen Tag über mich herein.

Die Drohungen der Chefs. Tess' Tod. Ihre Warnung, keine Synchro einzugehen.

Ich schlucke heftig, kann aber nicht verhindern, dass mir die Tränen in die Augen steigen. Gestern war ich zu erschöpft, um den Schmerz zu spüren, doch heute erwischt er mich mit erbarmungsloser Stärke. Mein Brustkorb schnürt sich zusammen, und für einige Sekunden habe ich das Gefühl, nicht mehr atmen zu können.

Mit ist vollkommen klar, dass es sich am Bahnhof nicht um einen Unfall gehandelt hat. Irgendjemand muss Tess gestoßen haben. Irgendjemand, der von NGS geschickt wurde, da bin ich sicher.

Meine Freundin musste sterben, weil sie im Besitz gefährlicher Informationen war. Hätte ich das irgendwie verhindern können? Hätte ich ihr die Keylogger-Sache ausreden können? Ich hätte ihren Anruf ernster nehmen müssen. Ich hätte sie am Gleis abfangen müssen, statt mit Alex zu reden.

Zu viele *hätte*.

Wir *haben* unüberlegt gehandelt, und das hat Tess das Leben gekostet. Sie hatte keine Ahnung, dass NGS über ihren Spionageangriff Bescheid wusste. Keine von uns beiden hatte an die Videoaufzeichnungen gedacht. Wir waren solche Idioten, diese heiklen Themen ausgerechnet in der Cafeteria zu besprechen.

Mittlerweile laufen mir die Tränen über die Wangen, während ich weiterhin in die Finsternis starre.

Die Finsternis von Alex' Zimmer.

Entschlossen dränge ich Schuldgefühle und Schmerz zurück. Es wird einen Zeitpunkt zum Trauern geben, doch zuvor muss ich die kommenden Tage irgendwie durchstehen.

Abrupt richte ich mich auf und taste blind am Kopfende des Bettes herum, wo ich den Nachttisch vermute. Wenn mich mein Gedächtnis nicht trügt, befindet sich dort eine kleine Lampe.

Wenig später ist der Raum in weiches Licht getaucht. Alex gibt erwartungsgemäß keinen Ton von sich. Er wird erst aufwachen, sobald ich einschlafe. Ich hätte mir denken können, dass er sich über meine Warnung hinweggesetzt. Es war klar, dass er mir keinen Glauben schenken würde. Ich hatte auch nicht ernsthaft damit gerechnet, dass er die Nacht durchmacht, bloß weil ich ihm eine haarsträubende Geschichte über eine fiese Firma erzähle, die Bewusstseinsverlinkungen durchführt.

Niedergeschlagen betrachte ich den schlafenden Alex. Sein Haar ist völlig zerzaust, und einige weiche Strähnen fallen in sein Gesicht. Er trägt ein schwarzes *Guardian*-Bandshirt, was mich unwillkürlich zum Lächeln bringt. Um mir ausreichend Platz zu lassen, liegt er auf der Seite, die Bettdecke halb unter sich begraben, wodurch ich einen perfekten Blick auf seine dunkelblauen Boxershorts habe. Hastig verbanne ich die aufsteigenden Gedanken an die gemeinsame Nacht, die gerade alles andere als angebracht sind. Genau *das hier* wollte ich um jeden Preis vermeiden. Es war verantwortungslos, in seiner Nähe auch nur die Augen zu schließen. Obwohl ich weiß, dass es vergeblich ist, streichle ich seine Wange.

»Alex«, rufe ich halblaut. »Wach auf.«

Keine Reaktion. Natürlich nicht.

Trotzdem packe ich ihn an der Schulter und schüttle ihn etwas heftiger. Als das keinen Erfolg zeigt, berühre ich mit den Fingerspitzen seine Wimpern. Sollte er lediglich vortäuschen, würden sich seine Lider bewegen. Nichts. Alex schläft genauso tief wie zuvor. Die Synchro ist aktiv.

Resigniert lasse ich mich vom Bett rutschen und schaue mich im Zimmer um. Gestern Abend habe ich keinen Blick an die Einrichtung verschwendet. Die Wände sind in einem hellen Blau- oder Grauton gestrichen, genau kann ich das im schwachen Licht der Nachttischlampe nicht erkennen. An der Wand gegenüber der großen Fensterfront, vor der sich Couch und Verstärker befinden, steht ein Kleiderschrank mit verspiegelten Schwebetüren. Daneben schließt sich ein gut gefülltes Bücherregal an, das über ein Eckelement mit einem überraschend aufgeräumten Schreibtisch verbunden ist. Nicht verwunderlich. Alex hat das Abi hinter sich und beginnt erst in einigen Monaten mit dem Studium. Beneidenswert. Seit der Eskalation bei NGS bin ich unschlüssig, wie meine Zukunft aussehen wird. Die Chefs werden mir die Zweifel verzeihen, weil ich die Synchro nun doch eingeleitet habe. Dennoch kann ich auf keinen Fall weiter für den Konzern arbeiten, insbesondere nicht nach der Katastrophe mit Tess. Außerdem setzt mir die Information, dass sich Lennard in mein Bewusstsein eingeklinkt hatte, mehr zu als erwartet. Allein der Gedanke daran bereitet mir eine Gänsehaut. Ich fühle mich ausspioniert und irgendwie schmutzig. Fast schmerzhaft spüre ich die Existenz des Nanochips irgendwo unter meiner Haut. Das Konzept der Synchro empfand ich schon immer als fragwürdig, aber bisher wurde ich nie derart schonungslos damit konfrontiert. Diese Verbindung ist nicht in Ordnung, selbst wenn der Link nichts davon ahnt.

Widerwillig schaue ich auf mein Handgelenk. 3:30 Uhr. Ich sollte schnellstmöglich zu NGS aufbrechen, um Alex' Zeitplan nicht komplett durcheinanderzubringen, indem ich ihn ewig schlafen lasse.

Ich seufze. Am liebsten würde ich mich neben ihn ins Bett kuscheln, die Augen schließen und die gesamte Katastrophe vergessen. Die fünf Stunden Erholung haben bei Weitem nicht ausgereicht. Ich fühle mich wie erschlagen.

Als ich nach meinem Rucksack greife, fällt ein Umschlag zu Boden. Ich hebe ihn auf und drehe ihn um. Er ist an mich adressiert. Irritiert falte ich den Bogen auseinander, der mit Alex' geschwungener Handschrift, die ich bereits von seinem Autogramm kenne, gefüllt ist.

Nora,
falls du mich verarscht hast: meine Hochachtung.
Eine so kreative und ausgeschmückte Täuschung habe ich noch nie erlebt. Bitte lass uns in dem Fall tun, als hättest du diesen Brief nie erhalten.
Obwohl deine Geschichte unglaubwürdig und völlig abwegig klingt, zieht einer kleiner Teil von mir (ein wirklich winziger!) in Erwägung, dass sie doch der Wahrheit entspricht.
Vielleicht sind daran die Momente schuld, in denen ich den Eindruck hatte, hinter deine Fassade zu sehen.
Möglicherweise liegt es auch an der vergangenen Nacht, die sich einfach nicht nach einer Lüge angefühlt hat.
Außerdem fällt mir nicht die geringste Erklärung dafür ein, weshalb du mir solchen Blödsinn auftischen solltest.
Das ist sogar für dich zu schräg.
Wenn du ehrlich warst, werden wir die nächsten Tage

keine Gelegenheit haben, miteinander zu sprechen. Auf dem Nachttisch findest du die Nummer von Benjamin. Er ist mein bester Freund, du kennst ihn aus dem Café und aus dem Funpark. Er wird dir garantiert nicht glauben, aber er ist absolut vertrauenswürdig. Nimm Kontakt zu ihm auf, solltest du jemanden zum Reden brauchen.
Gerade sitze ich neben dir und beobachte dich beim Schlafen. Keine Angst. Ich habe nichts Verwerfliches mit dir angestellt, sondern dich lediglich in mein Bett getragen, damit du nicht mit einem steifen Nacken aufwachst. Im Schlaf wirkst du so friedlich und sorglos. Ohne die Anspannung und das misstrauische Funkeln in deinen Augen.
Ich werde mich jetzt zu dir legen und einschlafen. Das ist meine freie Entscheidung trotz deiner Warnungen. Also wage es nicht, dir Vorwürfe zu machen. Geh zurück in die Firma und ziehe diese Synchronisierung durch.
Gleich werde ich wehrlos vor dir liegen. Ich hoffe, du nutzt diese Gelegenheit nicht aus, um mir heimlich an die Wäsche zu gehen. Wenn wir das nächste Mal irgendwelche Ideen in die Tat umsetzen, möchte ich jede Sekunde miterleben.

Ich hoffe, du verschwindest nicht erneut.

Alex

Lächelnd fahre ich mit den Fingerspitzen über seine Unterschrift. Dieser Brief hat genau die richtige Mischung aus Gefühl und Humor. Natürlich fehlen auch die für Alex typischen Anzüglichkeiten nicht. Allein beim Gedanken daran, nachher in seinem Bewusstsein zu erwachen, seinen Körper zu spüren, wird mir warm.

Schnell speichere ich Benjamins Nummer ab, suche nach einem Stift und formuliere eine Antwort auf der Rückseite von Alex' Schreiben. Als ich den Füller wieder in mein Mäppchen schiebe, fällt mein Blick auf den Filzstift mit der Telefonnummer, den ich noch immer als Geisel halte. Ich entferne die Kappe und beuge mich über den schlafenden Alex. Vorsichtig zeichne ich ein Herz unterhalb seines rechten Auges, direkt auf seinen Wangenknochen, und fahre die Linie mehrfach nach. Wehmütig betrachte ich mein Kunstwerk, dann lege ich den Stift auf den Nachttisch und wende mich ab. Bevor ich das Zimmer verlasse, nehme ich mir vom Tablett zwei Brötchen als Proviant mit.

Die zweite Nacht in Folge schleiche ich mich heimlich von Alex' Anwesen. Erst als ich den schmiedeeisernen Zaun überwunden habe, gestatte ich mir, aufzuatmen. Sofort krame ich mein Handy hervor, um ein Taxi zu rufen. Hoffentlich handelt es sich nicht um den gleichen Fahrer, der mich bereits gestern hier eingesammelt hat. Während ich langsam die Straße entlangschlendere, verspeise ich die beiden Brötchenhälften und versuche, dabei an gar nichts zu denken. Insbesondere nicht daran, dass ich mich in wenigen Stunden in Alex' Bewusstsein befinden werde.

Nachdem mein Hunger zumindest halbwegs gestillt ist, wähle ich die Nummer von Benjamin. Angespannt lausche ich dem Freizeichen. Einmal. Zweimal. Dreimal.

Los doch, Benny, heb ab. Das ist meine letzte Möglichkeit, ein längeres Gespräch zu führen.

Als ich schon nicht mehr damit rechne und gerade auflegen will, höre ich plötzlich seine Stimme.

»Wer auch immer du bist, der mich um diese gottverdammte Uhrzeit anruft, ich hoffe, du hast einen guten Grund.«

»Benny.« Ich atme einmal durch. »Ein Glück, dass ich dich erreiche. Hier ist Nora.«

»Cora?«, wiederholt Benny alarmiert. Die Müdigkeit scheint schlagartig von ihm abgefallen zu sein. »Hör zu, es tut mir leid, dass ich mich nach der Party nicht gemeldet habe. Ich hatte einfach zu viel um die Ohren.«

»Das ist okay«, erwidere ich und verkneife mir ein Grinsen. »Ich wollte dir sowieso nur mitteilen, dass ich das Kind alleine aufziehen werde.«

Für einen Moment ist es still in der Leitung.

»Du bist gar nicht Cora«, stellt Benny dann fest.

»Nein. Ich bin Nora«, verbessere ich mit einer deutlichen Betonung auf dem ersten Buchstaben meines Namens. »Die …«

Ja, was bin ich eigentlich?

»… die Nora von Alex«, schließe ich unbeholfen.

»Oh«, macht Benny mit offenkundiger Erleichterung.

»Die Nora von Alex. Die unverfrorene Geiselnehmerin, die beim zweiten Date schon vor ihm kniete.«

»Genau die«, bestätige ich, während ich innerlich die Augen verdrehe.

»Die ihn nach dem Sex sitzen gelassen hat«, fügt Benny merklich kühler hinzu.

»Das haben wir geklärt«, versichere ich.

»Aha«, murmelt Benny, klingt aber nicht überzeugt. »Falls du so etwas wie eine schwarze Witwe bist, die nun ihr nächstes Opfer zum Flachlegen sucht – vergiss es. Kein Interesse. Wobei …«

»Alex meinte, du wärst vertrauenswürdig«, würge ich seine dubiosen Ausführungen ab. »Versprich mir, dass alles, was ich dir erzähle, unter uns bleibt.«

Benny schnaubt. »Wie geheimnisvoll. In Ordnung. Ich verspreche es.«

Ich hole tief Luft und feuere eine Informationsflut auf ihn ab. Ungeachtet seiner zahlreichen Unterbrechungsversuche setze ich ihn über alles Wesentliche in Kenntnis und verstumme erst, als ich sämtliche Details losgeworden bin.

Während meines Berichts wird Benny zunehmend einsilbiger. »Ist das eines dieser Live-Rollenspiele, die sich Alex immer im Internet anschaut?«, fragt er schließlich.

Ich seufze. »Ist mir klar, dass das etwas unglaubwürdig wirkt.«

»*Etwas unglaubwürdig*?«, japst Benny. »Das ist total absurd! Du erwartest nicht im Ernst, dass ich euch das abkaufe.«

»Es ist mir völlig egal, ob du uns das *abkaufst* oder nicht«, wehre ich ab. »Mir geht es lediglich darum, dass du Alex im Auge behältst, während die Synchro aktiv ist. Ich hatte noch nie einen Link, der darüber Bescheid wusste. Ich weiß nicht, wie er damit umgeht.«

»Das ist doch kompletter Schwach–«

»Ist es nicht«, widerspreche ich. »Rede morgen mit Alex darüber. Pass auf ihn auf. Und ruf mich bloß nicht an. Ich melde mich bei dir, wenn ich unbeobachtet bin.«

»Nora«, beginnt Benny erneut. »Echt. Du spinnst. Wieso –«

»Benny. Bitte«, dränge ich ihn. »Ich muss auflegen. Ich habe keine Zeit mehr.«

»Okay«, gibt er nach, obwohl er offensichtlich kein Wort glaubt. »Ich verspreche dir hiermit feierlich, Alex im Auge zu behalten. Bekloppt seid ihr trotzdem.«

»Danke«, sage ich und ignoriere seinen letzten Kommentar. »Wir hören uns.«

Ich beende das Gespräch und stecke das Telefon in meinen Rucksack. Umgehend ziehe ich mein privates Gerät hervor. Am liebsten würde ich den Anruf weiter aufschieben, aber das Taxi müsste jeden Moment hier sein. Was ich zu melden habe, ist nicht für fremde Ohren bestimmt.

Eilig wähle ich die Notfallnummer von NGS aus, die rund um die Uhr erreichbar ist.

Bereits nach dem zweiten Klingeln meldet sich André. War ja klar, dass ausgerechnet *er* das Handy bei sich hat.

»Eleonor?«, vergewissert er sich. Ich habe ihn garantiert aus dem Schlaf gerissen, trotzdem ist seiner Stimme nicht die geringste Müdigkeit anzuhören.

»Die Synchro ist aktiv«, eröffne ich, ohne mich mit einer Begrüßung aufzuhalten.

Wenn André überrascht ist, lässt er es sich nicht anmerken. »Gut«, erwidert er. »Wo bist du?«

»Vor Alex' Haus. Das Taxi wird gleich eintreffen. In etwa einer halben Stunde bin ich bei euch.«

»Gut«, sagt André erneut. »Wir bereiten alles vor.«

Anderthalb Stunden später bin ich nicht nur im Firmengebäude angekommen, sondern habe außerdem endlich eine warme Mahlzeit und mehrere Gläser Wasser, versetzt mit Magnesium, und verschiedene Vitaminpillen im Magen. Da ich in Kürze sechzehn bis achtzehn Stunden schlafen werde, ist es wichtig, dass ich mit ausreichend Nährstoffen versorgt bin.

Natürlich war es Tom, der mich in Empfang genommen und in mein Zimmer gebracht hat, das mir für die Dauer der Synchro zur Verfügung gestellt wird. Als technischer Leiter von NGS ist es seine Aufgabe, die letzten Einstellungen vorzunehmen und den ersten Phasenwechsel zu überwachen.

»Du hast dich richtig entschieden«, bemerkt er neutral, während er eine Ziffernkolonne in einen der Rechner neben meinem Bett tippt. Wie immer wirken seine Bewegungen leicht unkoordiniert und rastlos.

Ich nicke stumm. Mein unabsichtlicher Verrat nagt an mir, und ich weiß nicht, wie ich mich Tom gegenüber verhalten soll. Dazu kommt die Sache mit Tess, bei der er sicher ebenfalls seine Finger im Spiel hatte …

»Bisher hast du alles hingekriegt. Du wirst diese Synchro ebenfalls überstehen«, sagt er ermutigend. Nichts an ihm erinnert an den verstörten Menschen, der gestern vor André und Lennard stand. Sind sie zu einer Einigung gelangt?

»Hoffentlich«, murmle ich und gebe mir keine Mühe, meine Anspannung zu verbergen. Nach meinem Kündigungsversuch wäre es einfach lächerlich, jetzt die Abgeklärte zu geben.

»Wie kam es zu der Synchro?«, will Tom wissen.

Fieberhaft suche ich nach einer Erklärung, die nicht beinhaltet, dass ich zusammengebrochen bin und Alex in sämtliche Geheimnisse von NGS eingeweiht habe.

»Du musst mir das nicht erzählen«, beruhigt mich Tom und mustert mich besorgt.

Ich richte mich ein wenig auf. Zusammenreißen.

»Alex sieht in mir nur ein Betthäschen«, gestehe ich tonlos und schaue dabei in die andere Richtung. »Das hat er mir heute Nacht ziemlich deutlich zu verstehen gegeben, nachdem er bekommen hatte, was er wollte.«

»Das ist schade.« Tom legt mir seine Hand auf die Schulter. »Es ist ein schwacher Trost, aber immerhin hast du es rechtzeitig erkannt, um deine Arbeit für NGS nicht zu gefährden, hm?«

»Immerhin ist es überhaupt ein Trost«, stimme ich mit einem gezwungenen Lächeln zu, dankbar für den Versuch, mich aufzumuntern. »Ich bin froh, dass ihr bereit wart, mir noch eine Chance zu geben. Ich hätte gleich auf André hören sollen.«

»Wenn du jemanden brauchst, mit dem du reden kannst, dann –«

»– gehe ich zu Lennard«, beende ich seinen Satz. »Ist klar.«

»Eigentlich wollte ich anbieten, dass du jederzeit zu mir kommen kannst«, entgegnet Tom leicht irritiert. Ist er tatsächlich bereit, mir zu verzeihen, dass ich ihn ans Messer geliefert habe?

»Selbstverständlich steht Lennard auch zu deiner Verfügung«, ergänzt er spitz.

Peinlich berührt schaue ich zu Boden. »Sorry, Tom. Danke für dein Angebot. Ich komme gerne darauf zurück.«

»Schon in Ordnung«, winkt Tom ab und startet die letzte Softwarediagnose. Gleichzeitig tippt er mit den Fingern der linken Hand einen schnellen Rhythmus auf sein Knie.

»Es tut mir sehr leid, wie es gestern gelaufen ist«, entschuldige ich mich spontan. »Es war dumm und unüberlegt, dass ich diesen Verdacht mitten in der Cafeteria geäußert habe.«

Tom seufzt. »Es wäre besser gewesen, mich persönlich darauf anzusprechen.«

»Was ist damals genau geschehen?«, hake ich nach.

Tom erwidert meinen Blick und schweigt für einige Sekunden. »Wir befanden uns auf einem Firmenausflug«, beginnt er und trinkt einen Schluck seines Kaffees. »Rebecca und ich hatten uns wenige Tage zuvor verlobt, und wir wollten es am Ende der Klettertour bekannt geben.« Er schließt für einen Moment die Augen. Als er weiterspricht, klingt seine Stimme heiser. »Beim Anlegen des Sicherungsgurtes muss Rebecca ein Fehler unterlaufen sein. Sie hatte die Kante fast erreicht, da rutschte sie ab. Weder André, der schon oben war, noch ich, der direkt unter ihr kletterte, konnten etwas tun. Ich musste tatenlos zusehen, wie ihr Sturz erst vom Seil aufgefangen wurde, sie dann aber die restlichen zehn Meter in die Tiefe fiel, weil sich ihr Gurt gelöst hatte.« Er atmet einmal zittrig durch. »Seitdem liegt sie im Wachkoma. Sie wird niemals wieder laufen können – selbst wenn sie sich nicht im gegenwärtigen Zustand befände. Natürlich habe ich sie, ohne zu zögern, zu mir geholt. Undenkbar, mich von ihr loszusagen, nur weil sie nicht mehr die Frau war, in die ich mich … egal.« Unvermittelt springt er auf und läuft fahrig im Raum umher. »Ich hatte die Hoffnung, dass sie die Synchro dem Wachkoma entreißen würde«, offenbart er, ohne mich anzusehen. »Immerhin ist es ein Verfahren, das sowohl Reg als auch Link zum Bewusstsein zwingen kann. Es hat nicht funktioniert. Nichtsdestotrotz hat sie in meinem Körper ein besseres Leben, als es ohne Synchro jemals wieder der Fall sein könnte.«

Betroffen senke ich den Kopf. Es ist viel schlimmer, als ich angenommen hatte. Und ich Idiotin habe ihn an die anderen beiden Chefs verraten, die ihn nun unter Druck setzen. Bevor ich mich danach erkundigen kann, wechselt Tom das Thema.

»Sag mal, Nora«, fängt er zögerlich an. »Hast du … das von Tess gehört?«

»Ich kam unmittelbar nach dem Unglück am Gleis an«, berichte ich und kneife kurz die Lider zusammen. Eine pink-glitzernde Tasche.

»Das hatte ich befürchtet«, stellt er nach einer kurzen Pause fest. »Ihr wart verabredet. Ausgerechnet …« Er verstummt unbehaglich.

Ich schlucke, während ich verzweifelt versuche, herauszufinden, ob seine Anteilnahme gespielt ist oder ob ihm Tess' Tod tatsächlich nahegeht. Handelte es sich womöglich doch um einen Unfall?

»Sie war deine Freundin«, erinnert sich Tom mitfühlend.

Ich nicke bedrückt.

»Wie geht es dir jetzt?«, fragt er.

»Nicht gut«, offenbare ich aufrichtig. »Ich kann nicht fassen, was geschehen ist. Und es ist beklemmend zu wissen, dass ich im Verlauf der Synchro kaum um sie trauern werde, weil ich einen Großteil der Zeit in Alex' Bewusstsein verbringen werde.«

»Im Bewusstsein deines *Links*«, verbessert mich Tom, woraufhin ich unwillkürlich die Schultern straffe. Er ist eben doch einer der Chefs, das darf ich nicht vergessen, egal, wie vertraut wir gerade miteinander umgegangen sind.

»Natürlich«, bestätige ich.

»Wann planst du den Phasenwechsel?«, erkundigt er sich.

»Gegen 6 Uhr 30«, antworte ich. »Er geht jeden Morgen joggen. Ich bin nicht sicher, ob er einen Wecker gestellt hat, daher lasse ich ihn lieber früher aufwachen.«

»Das ist sinnvoll«, lobt Tom. »Besser kein Risiko eingehen.«

Er speichert die Diagnosedaten ab, dann steht er auf. »Hard- und Software funktionieren einwandfrei. Dein Implantat samt Partnerchip ist eingestimmt und hat die Bewusstseinswellen deines Links perfekt übernommen. Es ist alles startklar. Ich bin in einer halben Stunde wieder bei dir, um den Phasenwechsel zu begleiten.«

»In Ordnung«, sage ich scheinbar gelassen, während die Nervosität in meinem Innern schlagartig zunimmt.

Nachdem Tom mein Zimmer verlassen hat, gehe ich ins angrenzende Bad, nehme eine Dusche und putze meine Zähne. Danach werfe ich einen prüfenden Blick in meinen Schrank, in dem Kleider für die kommenden Tage oder Wochen bereitliegen. Aus dem Fach ganz rechts nehme ich einen bequemen Trainingsanzug und ein dunkelblaues T-Shirt mit aufgesticktem Firmenlogo in Rot, das anzeigt, dass ich mich in einer aktiven Synchro befinde. Anschließend fasse ich mein noch feuchtes Haar zu einem lockeren Pferdeschwanz zusammen.

Um kurz nach sechs lege ich mich ins Bett und ziehe die Decke zurecht. Die Zeit bis zu Toms Erscheinen nutze ich, um mich mit Entspannungs- und Atemübungen zu beruhigen. Der Gedanke an die Synchro sorgt dafür, dass mein Herz so heftig schlägt, als würde es jeden Moment aus meiner Brust springen.

Als Tom um Punkt 6 Uhr 15 an meine Zimmertür klopft, habe ich es geschafft, meinen Puls in einen normalen Bereich zu senken.

»Du bist blass«, stellt er fest, während er die Elektroden auf meiner Haut anbringt.

»Eine neue Synchro ist immer aufregend«, tue ich seine Sorge ab. »Dieses Mal ganz besonders.«

»Da hast du recht«, stimmt er zu. »Ich wünsche dir viel Erfolg.« Er schaltet die Monitore aus. »Deine Vitalfunktionen werden kontrolliert. Alles ist bereit. Schlaf gut.«

Ich atme noch einmal tief ein, dann schließe ich die Lider und leere meinen Verstand. Wenn ich erwache, werde ich in Alex sein.

13 | Ein abstruses Märchen

Noch bevor er die Augen aufschlägt, ahne ich, dass diese Verbindung *anders* ist. Es ist ein wesentlicher Aspekt der Synchro, sich währenddessen völlig auf den Link einzulassen und seine Entscheidungen nicht zu hinterfragen. *Der Regulator ist ein Teil des Links, aber er urteilt nicht.* Bis auf die Festlegung des Schlafrhythmus hat er keinen Einfluss und muss im Gegenzug keine Verantwortung übernehmen.

Bei Alex gelingt es mir nicht einmal ansatzweise, diese Einheit zu bilden. Ich bin mir mit jeder Faser meines Verstandes darüber bewusst, dass es sein Körper ist, den ich spüre, seine Brust, die sich im Takt der Atemzüge hebt und senkt und sein … Oh mein Gott. Es ist unmöglich, *das* als Teil von mir zu betrachten!

Alex öffnet die Augen und bemerkt sofort, dass das Bett neben ihm leer ist. Resigniert fasst er auf die andere Seite und prüft die Temperatur. Das Laken fühlt sich unter seinen warmen Handflächen kühl an. Ihm muss klar sein, dass ich bereits seit Stunden weg bin. Er unterdrückt ein Gähnen und wischt sich erschöpft übers Gesicht. Seiner Müdigkeit nach zu urteilen, hat ihn mein Bericht lange wach gehalten.

Wenige Sekunden später entdeckt er auf dem Nachttisch meinen Brief, woraufhin er nervös schluckt.

Ha. Völlig kalt lasse ich ihn also nicht, wenn er auf diese Weise reagiert.

Deutlich wacher richtet er sich auf und greift nach dem Umschlag. Als sein Blick auf den Geiselstift fällt, kann er ein Lächeln nicht unterdrücken. Er fährt mit den Fingerspitzen über das Papier und beißt sich kurz auf die Unterlippe. In seinem Innern nehme ich einen Anflug von Unsicherheit wahr. Dann durchflutet ihn eine Welle von Entschlossenheit. Energisch entfaltet er den Papierbogen und beginnt zu lesen.

Alex, du Idiot.
Ich hatte dich gebeten, es nicht zu tun. Dir ist klar, dass ich gerade jedes Wort sehe, das du liest? Jede Bewegung miterlebe, die du machst? Jede Empfindung spüre, die du fühlst?
Es ist nett von dir, dich darauf einzulassen. Hast du dir das gut überlegt? In den nächsten Tagen gibt es keine Geheimnisse zwischen uns.

Er schnaubt und schüttelt ungläubig den Kopf. Dennoch vertieft er sich wieder in meinen Brief. Er liest schnell, aber das ist nicht weiter verwunderlich. Wesentlich beeindruckender ist, dass er meine krakelige Schrift ohne die geringsten Probleme entziffern kann.

Okay, deine Gedanken gehören dir. Wenn du mir also etwas mitteilen willst, musst du es laut aussprechen. Andererseits ist es wohl am besten, dass du alles vergisst,

was ich dir erzählt habe. Verhalte dich einfach normal, sofern das in deinen Möglichkeiten liegt. Wobei, könntest du mir einen Gefallen tun und dich nicht zu eingängig vor dem Spiegel betrachten?
Danke für die Handynummer. Ich werde Kontakt zu Benny aufnehmen. Sicher wird er mich verfluchen, dass ich ihn mitten in der Nacht anrufe, aber ich habe keine Wahl. Meine Schlafphasen verbringe ich im NGS-Gebäude, wo alle Daten aufgezeichnet und meine Vitalfunktionen überwacht werden. Und da du offensichtlich auf Klischees stehst:
Vernichte diesen Brief, nachdem du ihn gelesen hast. Wenn ihn die falsche Person findet, stecke ich in großen Schwierigkeiten.
Verlass dich drauf; solltest du meiner Bitte nicht nachkommen, werde ich es wissen. ;)
Bleib anständig!
Nora
PS: Nette Boxershorts. Das Dunkelblau betont deine schönen Augen.

Alex lacht leise und wirft einen Blick auf seine tatsächlich dunkelblauen Boxershorts, unter denen sich etwas abzeichnet, womit ich mich im Moment nicht auseinandersetzen kann. Argh. Daran hatte ich bei meiner Stichelei nicht gedacht.

Während ich mich von dem Resultat meiner Provokation erhole, steht Alex auf und streckt sich. Im Gegensatz zu meinem Körper, der noch eine halbe Stunde nach dem Aufstehen steif und verspannt ist, sind Alex' Muskeln warm und geschmeidig. Er zieht seine Bettdecke glatt, geht ins Bad und klappt den Toilettendeckel hoch. Innerhalb der nächsten Minute bin ich damit beschäftigt, abwechselnd krampfhaft Gedichte zu zitieren und Alex' zu beschwören, nicht nach unten zu schauen.

Erst als er die Spülung betätigt und seine Hände wäscht, atme ich auf – im übertragenen Sinn. Ich muss unbedingt daran arbeiten, zu einem Teil von ihm zu werden und seinen Körper als selbstverständlich anzunehmen. Den Körper, der gerade im Badspiegel in voller Pracht zu sehen ist. Kerl, zieh dir ein Shirt an.

Glücklicherweise schenkt Alex seinem Anblick nur wenig Beachtung und beginnt stattdessen, seine Zähne zu putzen. Dabei wirken seine Bewegungen leicht fahrig und abgelenkt. Vermutlich geht er im Geiste seine Pläne für den heutigen Tag durch.

Ob er überhaupt in Erwägung zieht, dass ich bei ihm bin?

Als er in den Spiegel sieht, um sich zu rasieren, bemerkt er das Herz, mit dem ich gestern Nacht seine Wange verziert habe. Er hält inne und berührt mein Kunstwerk mit den Fingerspitzen.

Wenn ich könnte, würde ich die Luft anhalten, doch Alex atmet ruhig weiter. Aus unmittelbarer Distanz fixieren mich seine grünen Augen mit den unfassbar dichten Wimpern. Er ist so nah, dass ich wieder die goldenen Sprenkel in seiner Iris erkennen kann.

»Nora?«, fragt er zögerlich und mustert mich beziehungsweise sich selbst, als würde er eine Antwort erwarten. »Bist du da wirklich drin?«

Gereizt stößt er die Luft aus, während ihn Skepsis und Resignation erfüllen. »Was für ein Blödsinn«, knurrt er und wendet sich ab. Aggressiv streift er Jogginghose, Shirt und Turnschuhe über und verlässt wenig später das Haus.

Nachdem er eine Dreiviertelstunde lang wie ein Irrer durch die Gegend gerannt ist, fühlt er sich endlich ausgepowert genug, um den Heimweg anzutreten. Angesichts seiner sportlichen Leistung schwanke ich zwischen Bewunderung und Neid. Alex' Bewegungen sind kraftvoll. Er atmet ruhig und regelmäßig, selbst nachdem er eine heftige Steigung erklommen hat. Vermutlich wäre ich bereits nach zehn Minuten in diesem Tempo ein Fall für den Notarzt. Bisher dachte ich eigentlich, ich sei ganz gut in Form. Er ist zwar völlig durchgeschwitzt, aber nicht im Mindesten erschöpft. Im Gegenteil; er ist voller Adrenalin und Energie. So ist es also, wenn man trainiert ist und Spaß an der Sache hat. Widerstrebend gelobe ich mir, in Zukunft mehr Sport zu machen.

Wieder daheim angekommen geht er direkt nach oben in sein Bad, wo er aus den Kleidern schlüpft. Ich habe es befürchtet. Ich muss mit unter die Dusche.

Schon nach kurzer Zeit stelle ich fest, dass es weniger schlimm ist als erwartet. Tatsächlich beginne ich es zu genießen, wie sich Alex' Körper unter seinen Händen anfühlt. Die seidige Haut über den festen Muskeln, dazu das warme Wasser und der fruchtige Duft des Schaums. Viel zu schnell ist er fertig und trocknet sich ab.

Nachdem er frische Kleider angezogen hat, nimmt er den Brief mit ins Bad. Dort hält er ihn unter den Wasserhahn, sodass die Tinte auf beiden Seiten verläuft. Nachdem nur noch verschwommene Umrisse zu sehen sind, zerreißt er das Papier und knüllt es anschließend zu einer nassen Kugel zusammen.

»Für den unwahrscheinlichen Fall, dass du doch da bist«, murmelt er, als er die tropfenden Überreste in den Mülleimer wirft.

Wenige Minuten später betritt er den Wohnbereich. Hinter der Küchentheke hantiert seine Mutter mit der Kaffeemaschine. Sie ist ein gutes Stück kleiner als Alex, hat ebenfalls dunkelbraunes Haar, und in ihren Augen entdecke ich das gleiche Funkeln wie in denen ihres Sohnes.

»Morgen«, begrüßt sie ihn, während sie eine Kanne emporhält. »Kaffee?«

Alex ist mit wenigen Schritten bei seiner Mutter und drückt sie kurz an sich. Dem warmen Gefühl in seinem Innern entnehme ich, dass sie sich sehr nahestehen.

»Morgen«, erwidert er mit einem Lächeln, holt eine Tasse aus dem Schrank und lässt sich Kaffee einschenken.

»Was hast du heute vor?«, erkundigt sich seine Mutter, während die beiden entspannt nebeneinander an der

Theke lehnen. »Süßes Herzchen«, fügt sie amüsiert hinzu und berührt kurz seine Wange.

»Nachher schmeiße ich Benjamin aus dem Bett«, entgegnet Alex, ohne auf ihre Bemerkung einzugehen, und nimmt den ersten Schluck seines Kaffees. Ich spüre fasziniert dem intensiven und leicht nussigen Geschmack nach, der eine bittere Note auf seiner Zunge hinterlässt. Es ist unglaublich spannend, wie die Wahrnehmung verschiedener Links von meiner eigenen abweicht, insbesondere wenn es sich um etwas handelt, das ich aus ganzer Seele verabscheue. »Er hat heute auch frei. Wir wollen einige Taktwechsel proben, um beim Gig heute Abend nicht die ganze Band damit rauszuhauen.«

»Dann wünsche ich dir viel Spaß«, sagt Alex' Mutter. »Mein Flieger geht am frühen Nachmittag. Wir sehen uns wohl nicht mehr vorher?«

In Alex steigt Bedauern hoch. »Ich kann daheimbleiben und dich zum Flughafen bringen«, bietet er an.

»Nicht nötig«, wehrt Alex' Mutter ab und streicht ihm über den Oberarm. »Ich habe schon ein Taxi bestellt. Macht euch einen schönen Tag. Ich melde mich, sobald ich gelandet bin.«

Zurück im Zimmer sortiert Alex verschiedene Notenblätter und packt seinen Bass sowie einige Kabel in die Gigbag. Danach verabschiedet er sich von seiner Mutter und lädt Instrument samt Verstärker in sein Auto.

Gegen halb elf klingelt er an einem Mehrfamilienhaus, ohne auf das Schild zu schauen. Seine Bewegungen sind so routiniert, dass ich fest davon ausgehe, dass es Benjamin ist, vor dessen Tür er steht.

Der Summer ertönt, und Alex joggt die drei Stockwerke nach oben. Dort wird er bereits von seinem besten Freund erwartet. Benny trägt lediglich Boxershorts und seine dunkelblonden Haare stehen in alle Richtungen. Es ist offensichtlich, dass er gerade aus dem Bett geklingelt wurde. Ohne zu zögern, schiebt sich Alex an ihm vorbei in den Flur, biegt rechts in ein völlig chaotisches Zimmer ab und stellt vorsichtig seinen Bass in eine Ecke. Dann lässt er sich in einen zerschlissenen Sessel fallen. Mich persönlich würde Bennys Einrichtung interessieren, doch Alex war offenbar schon oft hier, weshalb er diese keines Blickes würdigt.

Benny schließt die Tür hinter sich und beginnt, in seinem Schrank nach einem frischen Shirt zu suchen. Anschließend schlüpft er in seine Jeans und macht es sich auf dem anderen Sessel bequem. Sein ungezwungenes Benehmen zeigt deutlich, dass er mir keinen Glauben geschenkt hat.

Alex verfolgt wortlos Bennys Tun und wirkt dabei zunehmend angespannt.

»Hat dich Nora angerufen?«, durchbricht er irgendwann die Stille.

Benny starrt ihn ausdruckslos an. »Ja«, äußert er gedehnt. »Mitten in der Nacht.«

»Was hat sie dir erzählt?«, fragt Alex drängend, und ich spüre seine Nervosität.

»Ach, komm.« Benny schnaubt abfällig. »Jetzt tu nicht

so. Ihr habt das garantiert vorher besprochen und geplant.«

Als Alex stumm bleibt, stößt er einen tiefen Seufzer aus.

»Also gut. Sie hat mir ein abstruses Märchen von einer Firma aufgetischt, die irgendwelche Bewusstseinsströme miteinander verbindet. Und sie hat behauptet, dass dies bei euch stattgefunden hat.«

»Was sagst du dazu?«, hakt Alex nach.

»Willst du diesen Witz echt weiterführen?« Benny gähnt herzhaft, ohne sich dabei die Hand vor den Mund zu halten.

»Wenn es sich um einen Witz handelt, bin ich genauso Opfer wie du«, gesteht Alex leise, woraufhin Benny die Stirn runzelt.

»Ihr beide nehmt mich doch auf den Arm«, unterstellt er ihm kopfschüttelnd. »Ist das die Rache für den Berg Kleingeld bei der Geiselnahme? Immerhin habe ich dir geholfen, Mann. Und was soll dieses seltsame Herzchen auf deiner Backe? Du siehst aus wie ein Clown.«

»Könntest du für einen Moment deine Klappe halten und es zumindest in Erwägung ziehen?«, fährt ihn Alex gereizt an. »Mir ist auch klar, wie bescheuert das klingt.« Er stützt die Ellbogen auf die Knie und vergräbt das Gesicht in den Handflächen.

Benny boxt Alex aufmunternd gegen den Oberarm. »Wie würdest du denn an meiner Stelle reagieren?«, fragt er.

»Keine Ahnung. Ganz ehrlich. Ich weiß überhaupt

nicht mehr, was ich denken soll«, entgegnet Alex dumpf. »Noras gesamte Geschichte ist verrückt, darüber müssen wir nicht diskutieren. Trotzdem …«

Benny mustert ihn skeptisch. »Okay«, sagt er, nachdem er für einige Sekunden geschwiegen hat. »Ich glaube dir. Nicht, dass diese Firma existiert, und sicher nicht, dass sich Nora in deinem Körper befindet. Aber ich glaube dir, dass du mit der Sache nichts zu tun hast.«

Alex nickt dankbar.

»Und jetzt erzähl mir alles«, fordert Benny und streckt sich auf dem Sessel aus.

Alex strafft entschlossen die Schultern und gibt seinem Freund eine komplette Zusammenfassung, ergänzt um seine eigene Wahrnehmung. Als er den gestrigen Unfall erwähnt, zieht Benny scharf die Luft ein.

»Scheiße«, flucht er. »Das habe ich in den Nachrichten gesehen. Eine junge Frau, die von einem einfahrenden Zug erfasst wurde. Das war eine Freundin von Nora?«

Alex brummt bestätigend.

»Tut mir leid«, sagt Benny betroffen. »Das ist echt übel. Die Nachrichten waren voll davon. Das muss furchtbar gewesen sein.« Er beugt sich ein wenig nach vorne. »Arbeitete sie ebenfalls für diese dubiose Firma?«

»Ja«, erwidert Alex. »Sie hatte anscheinend einen riesigen Hass auf die Chefs und wollte sich rächen, indem sie nach irgendwelchen Druckmitteln suchte. Nora vermutet, dass es kein Unfall war.«

Während Benny erschüttert schweigt, überschlagen sich meine Gedanken. Alex' Worte erinnern mich an mein letztes Telefonat mit Tess. Das Telefonat, in dem sie mich davor warnte, die Synchro einzugehen. Sie muss Details gefunden haben, die NGS um jeden Preis geheim halten will.

Vielleicht hat sie eine Sicherheitskopie erstellt? Alles, was sie bei sich trug, ist für uns verloren, doch was ist mit ihrem Rechner zu Hause?

Das muss ich dringend herausfinden … besser gesagt muss es Alex herausfinden, da mir in meinem Raum bei NGS die Hände gebunden sind. Es ist fast unmöglich, die Firma unbemerkt zu verlassen. Insbesondere tagsüber darf ich mich nicht blicken lassen, denn ein Reg in einer aktiven Synchro sollte zu dieser Zeit eigentlich schlafen.

Armer Alex. Ein ungeplanter Phasenwechsel ist für den Link ziemlich unangenehm, aber gerade ist es meine einzige Chance, die Jungs zeitnah auf die Beschaffung der Infos anzusetzen. NGS wird mit Sicherheit ebenfalls Tess' Wohnung überprüfen. Immerhin wird sich Benny davon überzeugen können, dass ich ihnen keine Lügengeschichte präsentiert habe.

Eilig vergewissere ich mich, dass Alex weiterhin auf dem Sessel sitzt, sodass er sich gleich nicht verletzen wird. Seine Position ist nicht optimal, doch es muss gehen. Selbst wenn er sich unglücklich dreht, wird er nicht tief fallen. In Gedanken entschuldige ich mich bei ihm, dann wache ich auf.

14 | Phasenwechsel

Statt gleich die Lider aufzuschlagen, stelle ich mich schlafend und lausche in die Stille meines Zimmers, die nur vom leisen Summen des Kühlsystems gestört wird. Nach etwa zwei Minuten wage ich es, die Augen zu öffnen.

Ich bin allein.

Hektisch löse ich die Elektroden von meiner Haut. Dann springe ich vom Bett, ignoriere den Schwindel, der durch das plötzliche Aufrichten emporsteigt, und laufe vorsichtig zur Tür. Ich drücke zögerlich die Klinke hinunter und spähe durch einen schmalen Spalt nach draußen.

Sehr gut, niemand in der Nähe.

Schnell werfe ich meinen Rucksack über die Schulter und verlasse den Raum. Seit dem gestrigen Gespräch habe ich den Eindruck, im Firmengebäude keinen unbeobachteten Schritt tun zu können. Ich hoffe, dass zumindest die Personaltoilette nicht kameraüberwacht ist. Es ist zwar völliger Irrsinn, durch die Flure zu laufen, aber trotzdem weniger riskant, als ein komplettes Telefonat aufzeichnen zu lassen. Und der Anruf ist notwendig.

Während ich in höchster Alarmbereitschaft durch die Gänge haste und dabei ständig damit rechne, dass ein Mitarbeiter von NGS um die Ecke biegt, bemühe ich mich um eine neutrale Einschätzung der Situation.

Noch könnte ich vorgeben, keinen Verdacht geschöpft zu haben, nicht an der Echtheit von Tess' Unfall zu zweifeln. Ich könnte einfach in mein Zimmer zurückkehren, den Phasenwechsel vornehmen und die ganze Sache ruhen lassen. Vermutlich wäre damit das geringste Risiko verbunden.

Jedoch würde ich damit den Tod meiner besten Freundin billigen. Wenn sie etwas herausgefunden hat, muss ich das wissen. Die Chefs sind zu weit gegangen. Ich brauche Gewissheit, ob sie tatsächlich so skrupellos sind, wie es den Anschein hat.

Zurück in meinem eigenen Körper, spüre ich die mittlerweile schon vertraue Mischung aus Trauer und unterschwelliger Schuld. Es wird lange dauern, bis ich den Tod von Tess verarbeitet habe, sollte das überhaupt jemals der Fall sein. Dazu kommt die Angst vor den Drohungen der Chefs und davor, was die Synchro mit Alex anstellen wird. Der Gedanke, dass ihn das gleiche Schicksal wie Lily ereilen könnte, lauert dicht unter der Oberfläche und treibt mich schier in den Wahnsinn. Alleine um das zu verhindern, ist es nötig, sämtliche Informationen zusammenzutragen. Ich erinnere mich sehr gut an Toms abwehrende Reaktion, als ich den Verdacht geäußert hatte, dass Synchro und Selbstmord zusammenhängen könnten. Ich werde um Alex' Wohlergehen fürchten, solange diese Verbindung nicht eindeutig ausgeschlossen wurde.

Nachdem ich es geschafft habe, unbehelligt die Personaltoilette zu erreichen, ziehe ich fahrig das Linkhandy aus dem Rucksack. Ich darf keine Zeit verlieren. Dass ich ausgerechnet hier herumgeistere, obwohl jedes Reg-Zimmer ein eigenes Bad hat, ist schon seltsam genug. Wenn mich jemand mit dem Telefon sieht, würde mich das in zusätzliche Erklärungsnot bringen.

Angespannt wähle ich Bennys Nummer und warte darauf, dass er den Anruf entgegennimmt.

Bereits nach dem zweiten Klingeln hebt er ab. »Verflucht, Nora«, fährt er mich statt einer Begrüßung an. »Was soll der Mist?«

»Alles in Ordnung mit Alex?«, frage ich gedämpft.

»Er hat das Bewusstsein verloren und ist wie ein Stein vom Sessel gekippt.«

Ich schlucke. »Mist. Tut mir leid. Ich dachte, er –«

»Hört endlich auf mit dem Scheiß!«, verlangt Benny und wird dabei kontinuierlich lauter. »Es war weder witzig, als du mich heute Nacht aus dem Schlaf gerissen hast, noch ist es jetzt witzig, dass mir Alex zuerst eine haarsträubende Story erzählt und dann eine Ohnmacht vortäuscht. Ich kann eurem verdammten Humor überhaupt nichts abgewinnen!«, brüllt er ins Telefon. »Das. Ist. Nicht. Komisch.«

Ich stoppe ihn, bevor er zur nächsten Schimpftirade ansetzen kann.

»Krieg dich mal wieder ein und hör zu«, weise ich ihn so scharf zurecht, dass er überrascht innehält.

»Egal, was du tust. Du wirst Alex nicht wach bekommen«, spreche ich mit gesenkter Stimme weiter. Mein Versteck nutzt nichts, wenn man mich bis auf den Flur hören kann. »Das liegt daran, dass die *haarsträubende Story*, wie du sie nennst, der Wahrheit entspricht.«

»Beweise es«, fordert Benny knapp.

»Frag mich etwas«, biete ich an. »Irgendetwas zu dem, was Alex seit heute Morgen um halb sieben getan hat. Zu dieser Uhrzeit ist er nämlich aufgewacht.«

»Okay«, sagt Benny. »Moment.«

Für einige Sekunden ist es still in der Leitung.

»Was hatte ich heute Morgen an, als Alex an meiner Tür geklopft hat?«, will er dann wissen.

»Ein Hinweis: Ich sehe nur das, was Alex sieht«, stelle ich klar. »Erwarte also nicht, dass ich es registriere, solltest du hinter ihm irgendwelchen Blödsinn machen.«

»Okay, wenn du es nicht –«

»Lediglich ein paar dunkle Boxershorts«, unterbreche ich ihn. »Sei froh, dass ich die genaue Farbe nicht kenne, sonst würde das bedeuten, dass dir Alex eindeutig zu lange auf den Hintern gestarrt hat. Du sitzt in Jeans und einem weinroten Shirt in deinem Sessel, sofern du nicht aufgestanden bist, um nach Alex zu schauen. Allerdings trägst du keine Socken. Davon abgesehen hat er geklingelt, nicht geklopft.«

Erneut herrscht Schweigen.

»Das könnten auch Zufallstreffer sein«, wendet Benny zögerlich ein. »Beschreibe, was Alex heute Morgen erlebt hat.«

Ich unterdrücke ein Seufzen. Bennys Misstrauen ist durchaus nachvollziehbar.

»Er ist aufgewacht und hat meinen Brief gelesen«, leite

ich ein. »Er ist ins Bad gegangen, war auf der Toilette, hat die Zähne geputzt, sich rasiert und das Herz auf der Backe entdeckt. Er hat sich im Spiegel betrachtet und kurz das Wort an mich gerichtet, sich aber gleichzeitig für bescheuert gehalten. Er war joggen, ohne Musik, und duschen, mit Grapefruit-Shampoo. Er hat sich angezogen und meinen Brief vernichtet, indem er ihn zuerst in Wasser eingeweicht und dann zerfetzt in den Müll geworfen hat. Er hat sich mit seiner Mutter unterhalten, eine Tasse Kaffee getrunken, danach hat er den Bass geholt und sich auf den Weg zu dir gemacht. Reicht das?«, beende ich atemlos meine Aufzählung.

»Ich werde Alex fragen«, erwidert Benny ungerührt. »Diese Unmenge an Infos könnt ihr unmöglich abgesprochen haben. Wenn sich sein Bericht mit deinem deckt – und das bezweifle ich – werde ich es zumindest versuchen, euch zu glauben.«

»Ich brauche einen Vertrauensvorschuss«, erkläre ich und beginne umgehend damit, ihm sämtliche Zusammenhänge zu schildern, die in den Verdacht münden, NGS könne etwas mit dem Unfall zu haben.

Benny lauscht stumm meinen Ausführungen und stößt anschließend ein ungläubiges Ächzen aus.

»Alex hatte das schon angedeutet. Was willst du jetzt von *mir*?«, erkundigt er sich bemüht neutral, doch seine Skepsis ist deutlich zu hören.

»Ihr müsst in Tess' Zimmer, um ihren Computer zu checken«, eröffne ich. »Sollte es eine Kopie geben, befindet sie sich dort.«

»Kannst du nicht warten, bis dieses Synchrodings zu Ende ist?« Bennys Tonfall klingt zunehmend gereizt.

»Das kann bis zu zwei Wochen dauern. Solange sitze ich hier fest«, erinnere ich ungeduldig. »Der Vorfall ist keine vierundzwanzig Stunden her. Noch haben wir die Chance, ihren Rechner zu untersuchen. Wenn wir nicht sofort reagieren, wird uns NGS zuvorkommen und sich das Teil schnappen. Oder die Polizei wird es konfiszieren, weil sie feststellt, dass eine Fremdeinwirkung nicht ausgeschlossen ist. Keine Ahnung. Deshalb müsst ihr euch beeilen.«

»Ist dir bewusst, was du da verlangst?«, ächzt Benny. »Wir haben heute Abend einen Gig und wollten eigentlich –«

»– einige Taktwechsel proben. Ist klar«, beende ich seinen Satz. »Ihr seid eh super. Benny, bitte. Ich kann das nicht selbst erledigen. Irgendetwas scheint bei NGS nicht zu stimmen. Sollte das zutreffen, hängt Alex genauso mit drin.«

»In Ordnung«, willigt Benny ein. »Ich kümmere mich darum – falls du die Wahrheit sagst. Sollte es sich doch um einen miesen Witz handeln, könnt ihr euch auf etwas gefasst machen.«

»Danke«, stoße ich erleichtert hervor und nenne Benny die genaue Adresse.

»In welchem Stadtteil ist das?«, hakt er nach.

»Direkt beim Universitätsgelände. Also etwas außerhalb.« Ich ignoriere Bennys resigniertes Stöhnen und spreche unbeirrt weiter. »Tess' voller Name lautet … lautete Teresa Schildberg. Sie studiert an der dualen Hochschule und ist vor Kurzem mit einer neuen Mitbewohnerin namens Nele zusammengezogen, die nicht für NGS arbeitet.«

»Das ist echt eine dämliche Idee«, knurrt Benny.

»Alex soll sich alles genau anschauen, selbst wenn er auf Aspekte stößt, mit denen er nichts anfangen kann«, fordere ich, ohne auf seine Beschwerde einzugehen. »Es ist jetzt 11:35 Uhr. Ich werde ihn in exakt zehn Minuten, also um Viertel vor zwölf, aufwachen lassen. Grüß ihn von mir.«

Nachdem ich mich von Benny verabschiedet habe, starre ich für einige Sekunden unschlüssig auf mein Handy. Dann entscheide ich mich dafür, das Gerät in meiner hinteren Hosentasche, nicht in meinem Rucksack, zu verstauen und mache mich auf den Weg zu meinem Zimmer. Währenddessen zerbreche ich mir den Kopf darüber, welche Information so explosiv sein könnte, dass sie NGS um jeden Preis verbergen möchte.

Ich bin nicht weit gekommen, als ich unverhofft von der Seite angesprochen werde.

»Nora?«

Verdammt. Ausgerechnet Lennard, dem ich seit der demütigenden Offenbarung ohnehin nicht mehr in die Augen sehen kann und der bei Tess' Tod mit Sicherheit die Finger im Spiel hatte. Und wie bereits am Sonntagmorgen im absolut passenden Moment. Hat er nichts anderes zu tun, als durch die Flure zu schleichen und unvermittelt irgendwo aufzutauchen?

»Ist etwas mit deiner Synchro nicht in Ordnung?«, fragt er irritiert.

Nichts anmerken lassen.

»Alles bestens«, besänftige ich und suche gleichzeitig fieberhaft nach einer Ausrede, die ich ihm präsentieren kann. Seinem Gesicht nach zu urteilen, sollte sie echt gut sein.

»Mein Link hat sich hingelegt«, informiere ich vage.

»Jetzt?« Lennard blickt mit hochgezogenen Brauen auf seine Armbanduhr. »Es ist kurz vor zwölf.«

»Wir waren gestern Nacht ziemlich lange ... aktiv, bevor ich die Synchro eingeleitet habe. Er war dermaßen übermüdet, dass er eben fast vom Stuhl gekippt ist«, improvisiere ich. »Deshalb hat er beschlossen, sich kurz auszuruhen. Er hat heute frei.«

»Und weshalb finde ich dich mehrere Gänge entfernt von deinem Zimmer?«, erkundigt sich Lennard skeptisch. »Ich dachte eigentlich, ihr wärt mit allem ausgerüstet, was ihr braucht.«

Gespielt verlegen fixiere ich meine Fußspitzen, um meinem scheinbaren Geständnis mehr Glaubwürdigkeit zu verleihen.

»Ich wollte mir am Automaten in der Cafeteria einen Schokoriegel holen«, gebe ich zu.

Lennard mustert mich stumm.

»Ich weiß, dass wir in einer aktiven Synchro keinen Süßkram zu uns nehmen sollen, aber ich konnte nicht widerstehen.«

Lennard runzelt die Stirn. Er wirkt nicht im Geringsten überzeugt. »Und deinen Rucksack brauchst du, weil …«

»… ich ihn aus einem Reflex heraus mitgenommen habe«, falle ich ihm ins Wort und hoffe glühend, dass er keine weiteren Nachfragen stellt.

»Schon okay.« Er seufzt. »Hol dir das Zeug. Anschließend bringe ich dich in dein Zimmer zurück.«

Während ich flankiert von Lennard zur Cafeteria laufe und mir dort einen Schokoriegel aus dem Automaten ziehe, ärgere ich mich über mich selbst.

Wie dämlich von mir, völlig in Gedanken versunken durch die Flure zu eiern und dabei überhaupt nicht auf die Umgebung zu achten. Ich hätte mir zumindest irgendeine bessere Ausrede ausdenken können, weshalb ich meinen Rucksack dabeihabe.

Unauffällig spähe ich auf meine Armbanduhr und kann gerade so einen Fluch unterdrücken. Durch den Umweg zum Snackautomaten habe ich viel zu viel Zeit verloren. Es sind lediglich wenige Minuten bis Viertel vor zwölf. Wenn Alex nicht zum angekündigten Zeitpunkt aufwacht, wird dies Bennys mühsam aufgebautes Vertrauen direkt wieder erschüttern. Ich muss schnellstmöglich zurück.

Auf dem Weg zu meinem Zimmer inhaliere ich den Schokoriegel in unfassbarem Tempo. Vermutlich wurde noch nie derart eilig eine Süßigkeit verzehrt. Lennard registriert schweigend meine Betriebsamkeit. Seinem Ausdruck ist deutlich zu entnehmen, dass sein Misstrauen geweckt ist – wobei das zuvor sicher auch schon der Fall war.

Als ich mich um 11:44 Uhr auf mein Bett fallen lasse, steht Lennard mit verschränkten Armen im Türrahmen. Er beobachtet mit undurchdringlicher Miene, wie ich die Elektroden auf meiner Haut befestige.

»Ich hoffe für dich, dass du die Wahrheit sagst«, murmelt er, während ich die Augen schließe, mich entspanne und in den Schlaf hinübergleite. »Denn wenn du etwas verbirgst, werden wir es herausfinden.«

15 | Herausforderung akzeptiert

Das Erste, was Alex bei seinem Erwachen wahrnimmt, ist ein Brennen an seiner Schläfe. Er berührt mit den Fingerspitzen seine Stirn und zuckt zusammen. Verdammt. Ich hatte gehofft, Benny habe übertrieben, aber offenbar saß Alex nicht so sicher auf dem Sessel wie gedacht.

Zögerlich öffnet er die Augen und dreht sich zur Seite. Seine Wange reibt über den kratzigen Teppichboden. Er stemmt die Handflächen auf den rauen Untergrund und richtet sich langsam auf. Neben Fassungslosigkeit spüre ich vor allem Verwirrung und Ratlosigkeit in seinen Empfindungen. Verständlich. Es war das erste Mal, dass ich einen Phasenwechsel vorgenommen habe, ohne dass der Link schlafen wollte. In den Seminaren wurde diese Erfahrung zwar angesprochen, doch die Realität ist weitaus unangenehmer als erwartet. Die Theorie bereitet eben nur bedingt auf die Praxis vor. Wenn es nach mir geht, werde ich einen solchen Wechsel nicht erneut durchführen, denn Alex fühlt sich gerade echt beschissen – und ich fühle mit ihm, leider nicht bloß im übertragenen Sinn.

Alex greift mit einer Hand nach der Sessellehne und zieht sich daran empor. Für einen Moment erstarrt er zur Bewegungslosigkeit, da ihn heftiger Schwindel erfasst.

Sein Mund ist wie ausgetrocknet, und hinter seiner Stirn hat sich ein stechender Schmerz ausgebreitet.

»Kann ich etwas zu trinken haben?«, fragt er Benny, der ihn mit unergründlicher Miene beobachtet hat.

»Sicher«, erwidert dieser knapp. Nicht einmal eine halbe Minute später ist er mit einem Glas Wasser zurück, das Alex in einem Zug hinunterstürzt.

»Was ist passiert?«, erkundigt er sich, nachdem sich das flaue Kribbeln in seinem Magen halbwegs gelegt hat. »Bin ich ohnmächtig geworden?«

»Du bist eingeschlafen«, eröffnet Benny mit gereiztem Unterton. »Zumindest wenn man Nora Glauben schenkt, die eben hier angerufen hat.«

Alex reibt sich die Augen. Er ist völlig überfordert. Benny scheint es nicht besser zu gehen. Die beiden mustern sich stumm.

»Das ist total schräg«, stellt Alex irgendwann fest.

Benny hebt eine Braue. »Ich dachte, du seist schon die ganze Zeit von dieser Verbindung überzeugt? Immerhin hast du heute Morgen schon vor dem Spiegel versucht, mit ihr zu sprechen.«

Alex zuckt zusammen. Seine Verlegenheit ist offensichtlich.

»Woher weißt du das?«, hakt er peinlich berührt nach.

»Sie hat's mir erzählt«, entgegnet Benny. »Sie hat alles gehört.«

Erneut verfallen beide in Schweigen. Der Mix an Emotionen, der in Alex wütet, ist bemerkenswert. Irritation, Sorge, Aufregung, Scham, Angst. Der Arme ist komplett durch den Wind, und ich kann nichts tun, um ihm die Situation zu erleichtern. Ich erinnere mich genau an den Moment, in welchem ich in die Geheimnisse und Möglichkeiten von NGS eingeweiht wurde. Ich konnte es auch nicht fassen und war völlig neben der Spur. Wirklich real wurde es erst, als ich im Körper eines anderen Menschen aufgewacht bin.

»Weshalb hat sie angerufen?«, will Alex mit rauer Stimme wissen.

Mit wenigen Worten legt Benny den Inhalt unseres Gesprächs dar. »Sie meinte, du würdest um Viertel vor zwölf aufwachen. Und hier bist du«, beendet er seinen Bericht.

»Also …« Alex fährt sich hilflos durch die Haare. »Also glaubst du ihr?«

»Glaubst *du* ihr denn?«, fragt Benny zurück.

Alex seufzt. »Ich habe sogar in Erwägung gezogen, dass sie eine Kamera bei mir installiert oder mich anderweitig überwacht hat. Aber das erklärt nicht mein plötzliches Zusammenklappen. Ob das Zufall war? Ich bin noch ziemlich müde.«

»Alex«, beginnt Benny eindringlich. »Du warst vollständig weggetreten. Ich habe dich nicht mehr wach bekommen. Ich habe sogar nach Tipps gegoogelt, wie man testet, ob eine Person wirklich schläft. Die Hand aus geringer Höhe auf die Backe fallen lassen. An die Wange schnipsen. Das Brustbein mit den Knöcheln reiben.«

»Deshalb tut es da weh.« Alex fährt sich über den Oberkörper, wo er tatsächlich einen leichten Druck fühlt. »Und die Schramme am Kopf?«

»Das war der Sturz«, informiert Benny trocken. »Du bist vom Sessel gekippt und hast dabei meine Lampe erwischt.«

»Ach so«, sagt Alex ungerührt.

Benny beugt sich ein wenig nach vorne. »Meiner Meinung nach gibt es genau zwei Möglichkeiten. Entweder habt ihr beide die krasseste Täuschung aller Zeiten eingefädelt. Oder Noras Story, so abwegig sie ist, trifft zu. Und mittlerweile halte ich die zweite Variante für wahrscheinlicher.«

Alex beißt sich angespannt auf die Unterlippe. »Das würde heißen, dass sie tatsächlich alles mitbekommt, was wir tun.«

»Was *du* tust«, korrigiert Benny mit unverhohlener Belustigung. »Lass mich da raus. Ich habe mit der ganzen Sache nichts zu schaffen. Du hattest den – ich zitiere – *besten Sex deines Lebens*, jetzt kannst du –«

»Halt die Klappe«, zischt Alex, während ich entzückt registriere, dass Hitze in seine Wange steigt. Bestimmt wird er gerade glühend rot. »Wenn du meine privaten Details ausplauderst, kann ich ihr nie wieder in die Augen schauen. Das wird mir sowieso schon schwerfallen beim Gedanken daran, dass sie alles von mir sieht.«

»Dann darfst du eben nicht hinsehen«, zieht ihn Benny auf.

»Das bedeutet, dass einige Herausforderungen auf mich zukommen«, überlegt Alex beklommen.

»Das bedeutet vor allem, dass wir endlich anfangen sollten, die Wohnung dieser Teresa zu finden«, stoppt

Benny Alex' Grübeleien. »Denn das habe ich Nora versprochen.«

Ohne auf eine Entgegnung zu warten, springt Benny auf und läuft zu seinem Computer. Alex' folgt ihm sofort. Auf dem Monitor ist noch das Ergebnis von Bennys Recherche (*feststellen, ob jemand wirklich schläft*) zu sehen. Außerdem befindet sich an der rechten Seite das Werbebanner einer fragwürdigen Seite mit leicht bekleideten Frauen, das Alex gar nicht wahrzunehmen scheint. Ich jedoch schon. Interessant.

Benny schließt alle Tabs bis auf eins und tippt Tess' Adresse in die Suchmaske. Wenig später hat er den kürzesten Weg in Erfahrung gebracht und klappt zufrieden den Laptop zu.

Während sich die beiden in Bennys Küche mit staubtrockenen Brezeln und Kaffee stärken, entwerfen sie einen derart abstrusen Plan, dass es ein Wunder wäre, sollte dieser funktionieren. Leider bin ich zum Zuschauen verdammt und kann weder meine Meinung noch meinen gesunden Menschenverstand einbringen. Die Diskussion verläuft so hitzig, dass ich fast den Eindruck habe, sie würden diese Mission genießen. Mein Verdacht bestätigt sich, als Alex etwas empfindet, was sich verdächtig nach Vorfreude anfühlt. Für die beiden wirkt alles wie ein großes Spiel. Vielleicht ist das nicht die schlechteste Möglichkeit, damit umzugehen. Besser als wenn Alex durchdrehen würde, weil er nicht damit klarkommt, dass jemand in seinem Körper steckt und er keine Sekunde für sich ist. Wobei im Moment beide wirken, als hätten sie meine Anwesenheit komplett vergessen oder beschlossen, diese zu ignorieren.

Nachdem die Jungs ihr *grandioses* Vorhaben mehrfach durchgegangen sind, druckt Benny diverse Formulare aus, während Alex in einem Werkzeugkasten herumwühlt und schließlich zufrieden ein Schraubendreherset zutage befördert.

Etwa eine Stunde später stehen sie endlich vor dem großen Appartementkomplex, in dem sich Tess' Wohnung befindet.

In den Händen halten sie die Papierbögen und geben vor, sich in einer angeregten Diskussion zu befinden, aber eigentlich warten sie darauf, unauffällig ins Gebäude eindringen zu können.

Als eine alte Dame das Haus verlässt, setzen sie sich unbeschwert redend in Bewegung. Sie grüßen freundlich und wirken dabei so unschuldig und arglos, dass selbst ein Blinder Verdacht schöpfen würde.

Im Treppenhaus angekommen, erklimmen sie die fünf Stockwerke bis zu Tess' Wohnung. Voller Neid registriere ich, dass Alex' Atem nicht einmal ansatzweise schneller geht.

Vor dem Appartement halten sie inne und tauschen einen Blick. Alex nickt, und Benny betätigt die Klingel.

»Hoffentlich ist überhaupt jemand zu Hause«, murmelt er. Im selben Moment öffnet sich die Tür. Vor den beiden steht eine hübsche junge Frau mit langen, blonden Haaren und strahlend blauen Augen. Das muss Tess' Mitbewohnerin Nele sein. Während Benny ein ersticktes Geräusch von sich gibt, das eindeutig Bewunderung ausdrückt, lässt ihr Äußeres Alex völlig kalt. Sein Glück.

»Ja?«, äußert sie zögerlich, schließt die Tür bis auf eine kleine Lücke und schiebt den Fuß dahinter. Anscheinend wirkt bei ihr der Charme der beiden Jungs nur bedingt.

»Hi«, grüßt Benny mit einem strahlenden Lächeln. »Ich bin Benjamin, das ist Alex. Wir gehen hier auf die Uni und schreiben aktuell an unserer Seminararbeit. Wärst du bereit, einen Fragebogen zum Thema Internetnutzung auszufüllen?«

»Ich weiß nicht«, erwidert Nele unschlüssig, vergrößert aber den Türspalt. Dem Ausdruck auf ihrem Gesicht ist deutlich zu entnehmen, dass Benny ihr gefällt. Ich muss zugeben, dass er attraktiv ist mit seinem unverschämten Grinsen und dem frechen Funkeln in seinen Augen. Trotzdem kein Vergleich zu Alex.

»Es ist für die Wissenschaft!«, sagt Benny salbungsvoll, dem ihr Blick ebenfalls nicht entgangen ist.

Nele zuckt mit den Schultern. »Na gut. Kommt rein.«

Direkt hinter ihr betreten die beiden die Wohnung. Alex mustert Benny von der Seite und seufzt unhörbar, als er bemerkt, dass dessen Augen an Neles Rückansicht kleben.

Im Gegensatz zu seinem Freund schaut er sich aufmerksam um. Ein schmaler Flur, der voller Schuhe steht. Ein Zimmer, vermutlich Neles, ist offen. Die Tür daneben ist zwar geschlossen, jedoch ist sie mit einem WC-Schild versehen. Gegenüber befindet sich die große Wohnküche, in die Benny und Nele gerade verschwunden sind. Also kommt als Tess' Zimmer lediglich die Tür links vom Eingang infrage. An Alex' leichtem Nicken erkenne ich, dass er ebenfalls die richtigen Schlüsse gezogen hat. Nele wirkt ausgesprochen gut gelaunt, und ich überlege unwillkürlich, ob sie aus irgendwelchen Gründen noch nichts vom Tod ihrer Mitbewohnerin gehört hat. Hoffentlich schneiden die beiden den Unfall nicht an.

Sie deutet auf den großen Küchentisch, woraufhin Benny damit beginnt, umständlich die Unterlagen auszubreiten.

»Was studiert ihr?«, erkundigt sich Nele, während sie die Fragen überfliegt.

»Angewandte Informatik«, erwidert Alex.

»Psychologie«, sagt Benny gleichzeitig. Beide verstummen und mustern sich erschrocken. Auffälliger geht's wohl nicht mehr.

»Was denn jetzt?«, hakt Nele nach und sieht misstrauisch vom einen zum anderen.

»Er studiert Psychologie, ich Informatik«, versucht Alex, die Situation zu retten. »Es handelt sich um ein gemeinschaftliches Projekt, das beide Bereiche miteinander vereint.«

»Klar«, murmelt Nele, wirkt allerdings nicht komplett überzeugt. »Erzählt mal was über euch«, fordert sie an Benny gewandt. »Das Psychologiestudium interessiert mich. In welchem Semester bist du? Hast du schon Statistik belegt?«

Benny lässt das Fragefeuerwerk widerwillig über sich ergehen und bemüht sich um halbwegs glaubwürdige Antworten. Natürlich hat er keinen Schimmer von den Inhalten. Wieso hat der Schwachkopf nicht etwas ausgesucht, wovon er Ahnung hat?

In Alex' Magen breitet sich ein ungutes Gefühl aus. Dem kann ich nur zustimmen. Ihr bescheuerter Plan geht natürlich nicht auf, dazu ist er viel zu wenig durchdacht. Früher oder später wird diese dämliche Täuschung auffallen, und die beiden werden hochkant aus der Wohnung fliegen.

Zum Glück erkennt auch Benny die drohende Gefahr. Zwar mit Verspätung, aber immerhin.

»Machen wir einen Deal«, schlägt er vor. »Eine Frage für eine Frage.«

Nele runzelt die Stirn. »Na gut.«

»Ich habe dir verraten, was ich studiere. Somit darf ich eröffnen.«

»Von mir aus«, akzeptiert Nele scheinbar gleichgültig, lehnt sich jedoch um eine Winzigkeit nach vorne und signalisiert damit unbewusst ihr Interesse.

»Hast du einen Freund?«, geht Benny zum Angriff über. Ich spüre, wie Alex Mühe hat, bei dieser unverhohlenen Anmache nicht loszulachen. Er presst die Lippen aufeinander und starrt konzentriert auf den Fragebogen.

»Nein«, gibt Nele zu, nachdem sie sich von Bennys überraschendem Anschlag erholt hat.

»Gut zu wissen.« Benny grinst. »Du bist dran«, stellt er unschuldig fest.

Neles Reaktion wird zeigen, ob Bennys Ablenkung funktioniert oder ob ihnen das ganze Konstrukt um die Ohren fliegt. Alex scheint das ebenfalls bewusst zu sein, denn er verkrampft fast unmerklich die Schulterpartie.

»Bist du vergeben?«, fragt sie zurück, woraufhin sich Alex etwas entspannt.

»Bin ich nicht«, antwortet Benny und sieht ihr tief in die Augen.

Alex räuspert sich und klopft ungeduldig mit dem Kuli auf den Fragebogen, obwohl er in Wirklichkeit äußerst dankbar für die Initiative seines Freundes ist.

Benny rückt währenddessen unauffällig zu Nele auf.

»Hast du schon mal jemanden geküsst, den du erst seit zehn Minuten kanntest?«, will er wissen.

Nele schnaubt. »Warum sollte ich dir das erzählen?«

»Ist das deine nächste Frage?«, gibt Benny zurück.

»Ich verrate es dir, wenn du vorlegst«, bietet Nele an. Sie scheint voll auf seine Provokationen anzuspringen.

Benny streckt sich, wobei sein Knie Neles Oberschenkel berührt. Das war garantiert Absicht. »Herausforderung akzeptiert.«

»Okay«, sagt Alex, wobei seine Stimme erstaunlich genervt klingt. »Diese Geschichte kenne ich bereits und will sie definitiv nicht erneut hören. Darf ich kurz euer Bad benutzen?«

»Die Tür mit dem Schild«, informiert Nele abgelenkt, die offensichtlich nur Augen für Benny hat, der mittlerweile noch näher gerückt ist.

»Bin gleich wieder da«, verkündet Alex, steht auf, verlässt die Küche und schließt die Tür hinter sich. Geschickt eingefädelt, denn sein Verschwinden wirkt eher wie eine Flucht als wie ein Trick, um sich ungestört in der Wohnung umzusehen. Allmählich nehmen sie an Fahrt auf. Höchste Zeit.

Im Flur hält er inne und lauscht auf die Geräusche aus der Küche. Als er sicher ist, dass Benny Neles Aufmerksamkeit mit seiner Erzählung fesselt, öffnet er vorsichtig die Tür zu Tess' Zimmer.

Die Wände sind in einem freundlichen Hellgelb gestrichen, und es wirkt, als könne sie jeden Moment zurückkehren. Bisher wurde nichts ausgeräumt, nichts zusammengepackt.

»Sorry, dass ich so pragmatisch vorgehen muss«, entschuldigt sich Alex fast unhörbar. »Es ist bestimmt nicht leicht, hier zu sein.«

Er verstummt und ich spüre, wie lächerlich ihm sein Selbstgespräch erscheint.

Mit wenigen Schritten durchquert er den Raum und schaltet den Computer an, der an der gegenüberliegenden Wand auf einem kleinen Schreibtisch steht. Mit geübten Handgriffen stöpselt er die Lautsprecherboxen aus.

Während der Rechner hochfährt, blickt er prüfend im Zimmer umher, entdeckt jedoch nichts, das nach Ausdrucken von NGS aussieht.

»Wenn sie einen Passwortschutz hat, wird die Zeit unmöglich reichen«, sagt Alex leise.

Diesen Gedanken hatte ich auch schon. Allerdings ist

mir keine Lösung eingefallen. Ich kannte Tess gut, aber leider nicht gut genug, um ihr Passwort zu erraten.

Kurz darauf stößt Alex resigniert die Luft aus. »Mist. Das war zu erwarten.«

Eilig tippt er einige Buchstaben und Ziffern in das Eingabefeld. Dabei fliegen seine Finger dermaßen schnell über die Tastatur, dass ich kaum wahrnehmen kann, welche Kombinationen er ausprobiert.

»Nein«, stößt er schließlich hervor. »So wird das nichts.«

Gehetzt schaut er auf seine Armbanduhr. Fünf Minuten sind schon vergangen, und er hat noch nichts erreicht. Wir können nur hoffen, dass Benny Nele *wirklich* gut ablenkt.

»Okay, dann eben anders«, murmelt Alex. Anscheinend gewöhnt er sich langsam daran, Selbstgespräche zu führen. Oder er hat es zuvor schon getan, und macht es gar nicht für mich. In einer fließenden Bewegung lässt er sich auf die Knie sinken und stöpselt alle Kabel ab.

»Damit nichts vom Tisch rutscht, wenn ich irgendwo hängen bleiben sollte«, erklärt er mir. Danach zieht er das Gehäuse nach vorne und entfernt die Seitenwand. Unter der Abdeckung befinden sich eine Menge Drähte und metallische Scheiben, die von einer dünnen Staubschicht bedeckt sind. Alex löst zwei Kabelbündel von der Rückseite eines schwarzen Kästchens. Er nimmt den Schraubendreher aus der hinteren Hosentasche, dessen Existenz ich komplett vergessen hatte, und beginnt konzentriert, im Innern des Gehäuses herumzuwerkeln. »Das ist die Festplatte.« Vorsichtig zieht er das Teil heraus und stopft es gemeinsam mit dem Schraubendreher in seinen Rucksack.

»Sollten die Daten auf ihrem Computer gespeichert sein, haben wir sie dabei«, stellt er fest. »Und jetzt muss ich zurück, sonst wird diese Nele garantiert misstrauisch.«

Schnell bringt er die Seitenwand wieder an, steckt die Kabel an ihren Platz und schiebt mit dem Fuß das Gehäuse unter den Schreibtisch. Anschließend stöpselt er die Boxen ein und vergewissert sich, dass alles aussieht wie zuvor.

»Okay, das war's«, flüstert er, als er das Zimmer verlässt. Leise schleicht er ins Bad, betätigt dort die Toilettenspülung und lässt kurz den Wasserhahn laufen.

Als er die Küchentür öffnet, bleibt er abrupt auf der Schwelle stehen, erfüllt von einer Mischung aus Fassungslosigkeit und Erheiterung. Für einige Sekunden starrt er reglos auf das sich ihm bietende Bild.

Benny hat einen Arm um Nele geschlungen, seine Hand liegt auf ihrem Oberschenkel. Sie hat beide Hände in seinen Haaren vergraben. Die beiden küssen sich hemmungslos und scheinen nicht das Geringste von ihrer Umwelt mitzubekommen. Selbst nach weiteren zehn Minuten hätten sie Alex nicht vermisst, dessen bin ich sicher.

»Spinnt ihr?«, fragt Alex verärgert. Seine Stimme verrät nichts von der Belustigung, die er empfindet.

Benny seufzt bedauernd und löst sich von Nele.

»Was ist dein Problem?«, will er mit einem trägen Lächeln wissen.

»Wir sind hier, um etwas für unser Seminar zu tun«, erinnert Alex. »Nicht um den Probanden an die Wäsche zu gehen.«

»Ich bin ihr nicht an die Wäsche gegangen«, verteidigt sich Benny. »Noch nicht«, fügt er mit unverhohlenem Bedauern hinzu.

Mit wenigen Schritten ist Alex neben seinem Freund und ergreift die Blätter, die bislang unbeachtet auf dem Tisch lagen.

»Komm jetzt«, knurrt er, woraufhin Benny zögerlich aufsteht.

»Soll ich nicht –«, setzt Nele an, der die gesamte Situation spürbar unangenehm ist.

»Vergiss es«, wehrt Alex ab, packt Benny unsanft an der Schulter und stößt ihn Richtung Tür. »Ich muss mir echt überlegen, ob ich jemals wieder mit dir ein gemeinsames Projekt durchführe. Dir fehlt die nötige Ernsthaftigkeit, wenn du dich fremden Frauen innerhalb von wenigen Minuten an den Hals wirfst und damit unsere Note riskierst.«

Nele erkennt den schlecht getarnten Tadel und fixiert unbehaglich den Boden.

»Nett von dir, dass du bereit gewesen wärst, den Bogen auszufüllen«, bedankt sich Benny, während er von Alex auf den Flur hinausgeschubst wird. »Das war echt –«

Das letzte Wort geht in dem lauten Knall unter, mit dem Alex die Tür zugeworfen hat.

»Hast du etwas gefunden?«, erkundigt sich Benny.

Alex nickt.

»Dann nichts wie weg.«

Die beiden rennen die Treppen hinunter, überqueren die Straße und steigen in Bennys Auto. Sobald sie die Türen geschlossen haben, brechen sie in schallendes Gelächter aus.

16 | Dreißig Prozent

Etwa eine halbe Stunde später kommen die beiden wieder in Bennys Wohnung an. Während sein bester Freund die Kaffeemaschine anschaltet, sitzt Alex an der Küchentheke und dreht die Festplatte in den Händen.

»Wir müssen bald zum Soundcheck«, murmelt er. »Einen Blick können wir darauf werfen.«

»Was?«, ruft Benny über den Lärm der Kaffeemaschine. »Ich habe kein Wort verstanden.«

»Macht nichts«, erwidert Alex. »Ich hatte nur …« Er verstummt verlegen.

»Hast du etwa mit Nora gesprochen?«, vergewissert sich Benny amüsiert.

»Ja«, gibt Alex zu. »Ich dachte, wir hätten uns darauf geeinigt, ihr zu glauben?«

»Schon gut«, wehrt Benny einlenkend ab. »Ich gebe mir Mühe.«

Nachdem sich beide jeweils einen Kaffee eingeschenkt haben, gehen sie in Bennys Zimmer. Alex stellt seine Tasse auf den Schreibtisch, kniet sich neben Bennys Rechner und beginnt sofort damit, die Seitenwand abzunehmen. Sein Freund scheint zuerst protestieren zu wollen, zuckt dann aber mit den Schultern und setzt sich auf einen Sessel. In der Zwischenzeit schließt Alex mit wenigen Handgriffen die Festplatte an und fährt anschließend den Rechner hoch.

Angespannt starrt er auf den Desktop, der von einer langhaarigen Brünetten in einem knappen Bikini geziert wird. Benny ist echt unverbesserlich. Als er das Icon der zusätzlichen Festplatte entdeckt, atmet Alex spürbar auf. Mit einem Doppelklick öffnet er den Ordner.

»Das ging ja schnell«, sagt Benny anerkennend, steht auf und bezieht neugierig neben Alex Position.

»Und?«, drängt er.

»Stress mich nicht«, bremst ihn Alex. »Ich habe noch keine Ahnung, ob sich hier irgendetwas Interessantes befinden könnte, zumal wir nicht wissen, ob sie die gesuchten Infos überhaupt abgespeichert hat.«

Er fängt an, sich systematisch durch die verschiedenen Ordner zu arbeiten.

»Urlaubsbilder. Hausarbeiten. Tabellenkalkulationen«, zählt er auf. »Auszüge aus Fachbüchern. Mehr ist da nicht drauf.«

Nachdenklich kaut er auf seiner Unterlippe herum.

»Möglicherweise liegt etwas in irgendeiner Unterebene«, mutmaßt er laut. »Vielleicht hatte Tess ausreichend Zeit, um die Kopie zumindest so weit zu schützen, dass sie einer oberflächlichen Prüfung standhält. Ich werde die Suchfunktion benutzen.«

Benny grinst. »Wieso redest du so viel? Erzählst du mir das oder führst du Selbstgespräche? Oder sprichst du mit –«

»Ich muss mich konzentrieren«, unterbricht ihn Alex.

Er öffnet die Maske und tippt »NeuroGaming Systems« ins Feld.

»Nichts«, stellt Benny das Offensichtliche fest.

Alex löscht den ersten Versuch, gibt stattdessen »NGS« ein und drückt auf Enter, woraufhin beide aufstöhnen.

»103 Treffer.« Benny seufzt. »Die Buchstaben kommen zu häufig in dieser Kombination vor. Insbesondere da Noras Freundin ständig das Wort *Erfahrungsbericht* verwendet hat. Wenn wir uns nicht durcharbeiten wollen, müssen wir uns etwas Konkreteres einfallen lassen.«

»Ich probiere mal ihren Namen«, beschließt Alex. »Teresa ...«

»Schildberg«, ergänzt Benny

»Das sind fast ebenso viele Treffer.« Alex runzelt die Stirn. »Ihr Name taucht andauernd auf.«

»Das ist in der Tat unglaublich überraschend«, bemerkt Benny ironisch.

»Die Namen der Chefs könnten einen Ansatzpunkt bieten«, überlegt Alex, ohne auf die Stichelei einzugehen. »Wie hieß gleich dieser Psychologe, an dessen Rechner sie sich zu schaffen gemacht hat? Leonard? Lennard?«

Erneut huschen seine Finger über die Tastatur.

»Hier ist was«, sagt er kurz darauf.

Benny stößt einen Laut des Erstaunens aus und rückt noch näher.

»Sei nicht so aufdringlich.« Alex schnippt gegen seinen Oberarm, doch Benny weicht keinen Millimeter zurück und starrt gebannt auf den Monitor.

»Damit kannst du etwas anfangen?«, erkundigt er sich skeptisch.

Alex nickt. »Das ist eine E-Mail Datendatei«, erklärt er. »Kein Wunder, dass die Suche nichts ergeben hat. Um sich das anzuschauen, brauchen wir das entsprechende Programm. Ich lade es schnell runter.«

Mit wenigen Klicks installiert er die Software.

»Anscheinend hat Tess bereits etwas vorsortiert«, stellt er fest, nachdem er den Inhalt kurz gesichtet hat. Spontan wählt er einen Ordner mit dem Namen *Rebecca* aus und beginnt zu lesen.

Von: Lennard (lennard.sanders@neurogamingsystems.com)

An: André (andre.thiemann@neurogamingsystems.com)

Betreff: Problem mit Rebecca

Hi André,

wir müssen uns wegen Rebeccas Einfluss auf Tom unterhalten. Seit die beiden zusammen sind, läuft das in eine ungute Richtung. Er scheint plötzlich Gewissensbisse wegen der Selbstmorde zu haben.

Ich befürchte, er spielt mit dem Gedanken, das Programm einzustellen, solange wir nicht wissen, was die Impulse auslöst.

Gruß

L.

Von: André

An: Lennard

Betreff: Re: Problem mit Rebecca

Nach unserem letzten Gespräch habe ich, wie besprochen, einen unserer Privatdetektive auf Tom und Rebecca angesetzt.

Laut dem mir vorliegenden Material wurde sie umfassend über das Programm und seinen derzeitigen Stand informiert. Dass dies ein verantwortungsloser Umgang mit Firmeninterna ist, müssen wir nicht diskutieren. Allerdings steht Toms Loyalität uns und dem Programm gegenüber an erster Stelle. Wir können es uns nicht leisten, ihn zu verlieren, aber Rebeccas Einfluss muss ganz klar reduziert werden.

André Thiemann

NeuroGaming Systems, CEO

Von: Lennard

An: André

Betreff: Re: Problem mit Rebecca

Hallo André,

ich habe erneut das Gespräch mit Tom gesucht. Obwohl ich sehr behutsam vorgehe, blockt er ab oder weicht aus, sobald ich das Thema nur ansatzweise in die gewünschte Richtung lenke. Ich fürchte, wir kommen in der aktuellen Lage an dieser Stelle nicht weiter …

Gruß

L.

Von: André

An: Lennard

Betreff: Re: Problem mit Rebecca

Dann muss eine andere Lösung her. Ich kümmere mich darum.

André Thiemann

NeuroGaming Systems, CEO

Von: Lennard (lennard.sanders@neurogamingsystems.com)
An: André (andre.thiemann@neurogamingsystems.com)
Betreff: Entwarnung
Hi André,
zuerst die gute Nachricht: Es ist fast ausgeschlossen, dass sich Rebeccas Zustand verbessern wird. Du hast ganze Arbeit geleistet.
Die schlechte Nachricht: Ich habe mit dem zuständigen Arzt gesprochen. Eine natürliche Erklärung für Rebeccas gebrochene Finger wird uns eine beträchtliche Summe kosten. Gib es auf der Abrechnung als Personalschulung aus, die Sparte schaut sich Tom sowieso nicht an.
Wir können uns seine Loyalität am besten sichern, indem wir für alles aufkommen, was er bzw. sie benötigt. Ich bin übrigens auch dafür, ihm den Wunsch, sie in seine Wohnung bei NGS zu verlegen, zu gestatten. Es kann ja nur von Vorteil für uns sein, beide direkt im Blick zu haben. Alles Weitere morgen früh im Meeting.
Gruß
L.

»Ach du Scheiße.« Benny schüttelt den Kopf und stößt ein ungläubiges Zischen aus. »Verstehe ich das richtig? Haben die echt versucht, diese Rebecca loszuwerden?«

Alex schnaubt. »Sieht ganz danach aus. Nora hat den angeblichen Unfall, der zu der Synchro von Tom und Rebecca führte, am Rande erwähnt. Mir war nicht klar, dass es sich in Wirklichkeit um eine inszenierte Katastrophe handelte. Und ihr ebenso wenig.«

Da hat er allerdings recht. Ich wusste zwar, dass die Chefs vor nichts zurückschrecken, doch ich habe nicht damit gerechnet, dass sie zu einer dermaßen skrupellosen Tat fähig sein könnten. Tom hatte erzählt, dass sich Rebeccas Sicherungsgurt gelöst habe. Es ist offensichtlich, dass sich André zuerst darum gekümmert hat und ihr anschließend auf die Finger getreten ist, damit sie fällt. Garantiert war es nicht geplant, dass sie diesen Sturz überlebt.

»Moment«, sagt Benny unvermittelt. »Du meintest gerade, Tom sei mit Rebecca in einer Synchro? Mit seiner Freundin? Wie soll das funktionieren? Ich dachte, es könne immer nur einer der beiden wach sein?«

»Rebecca liegt im Koma«, erwidert Alex und beginnt mit einer Zusammenfassung meines gestrigen Berichts. Währenddessen denke ich über einen Aspekt nach, welcher bei den beiden bisher nicht zur Sprache kam. In der Mail war die Rede von Gewissensbissen wegen der Selbstmorde. *Mehrere* Selbstmorde.

»Die Informationen über Rebeccas Beseitigung und die heimliche Synchro sind heftig«, beendet Alex seine Ausführungen, »aber was mich viel mehr beunruhigt ist diese Selbstmordsache.«

Wenn ich in meinem eigenen Körper wäre, würde ich nun ein erleichtertes Ächzen ausstoßen. Alex formuliert genau meine Überlegungen, und ich bin ihm unglaublich dankbar dafür. Oder ich wäre es … wie auch immer.

»Schau dir das Datum an«, fordert er Benny auf. »Diese Mails sind schon über zwei Jahre alt. Bereits vor Lilys Tod kam es zu derartigen Vorfällen. Sie war nicht die Erste.«

Benny blinzelt verständnislos, woraufhin Alex ein Stöhnen unterdrückt und zur nächsten Erklärung ansetzt.

»Ziemlich seltsam«, bemerkt Benny im Anschluss. Er wirkt von der gesamten Geschichte erstaunlich unbeeindruckt. »Dem sollte man nachgehen.«

»Tess hat das wohl ganz ähnlich gesehen«, stimmt Alex zu, klickt dann auf einen Ordner mit der Überschrift *Selbstmorde1* und vertieft sich sofort in den nächsten Mailwechsel.

Von: Lennard (lennard.sanders@neurogamingsystems.com)
An: André (andre.thiemann@neurogamingsystems.com)
CC: Tom (tom.wegener@neurogamingsystems.com)
Betreff: Technikcheck
Hey zusammen,
mittlerweile sind von fünfzehn Trennungen vier tödlich verlaufen. Das ist fast ein Drittel. Ich bin sämtliche psychologische Gutachten erneut durchgegangen, doch da ist nichts! Die Selbstmorde liegen definitiv nicht an der mentalen Verfassung der Links.
Tom, bitte führe eine umfassende Überprüfung der Technik durch, damit wir diese als Auslöser ebenfalls ausschließen können.
Gruß
L.

Von: Tom
An: Lennard
CC: André
Betreff: Re: Technikcheck
Lennard,
Hard- und Software werden kontinuierlich auf Herz und Nieren geprüft, weiterhin haben sich keine Auffälligkeiten ergeben.

Ich habe sogar einen Magneten mit einer Flussdichte von über einem Tesla besorgt, um ihn wie in unserer Anfangszeit als Disruptor zu verwenden.
Ich bin genauso vorgegangen wie damals, und es hatte den gleichen Effekt: Sobald ich dem Regulator das Teil in den Nacken gehalten habe, war die Synchro getrennt und das Implantat zerstört. Partner- und Nanochip sind durch die verwendete Technologie immun gegen die Magnetfelder. Mal ist der Link gestorben, mal nicht. Die Problematik hat sich nicht verändert. Hier bietet sich also keine Lösung.
Es besteht somit weiterhin ausreichend Gelegenheit für ertragreiche psychologische Gespräche.
Mit freundlichen Grüßen
Tom

Von: André
An: Tom
CC: Lennard
Betreff: Re: Technikcheck
Unterlasst die versteckten Schuldzuweisungen und die unterschwelligen Provokationen, das ist mehr als anstrengend. Ihr habt beide bisher tadellos gearbeitet. Ausgehend von euren Analysen ist der Auslöser an anderer Stelle zu suchen. Sämtliche Tests mit nichtmenschlichen Versuchsobjekten verliefen problemlos. Somit vermute ich die Ursache im Verhalten des Links in den Stunden vor der Trennung.
Wir sollten an dieser Stelle ansetzen und versuchen, ein gemeinsames Muster zu finden.
\-\-\-
André Thiemann
NeuroGaming Systems, CEO

»Fast ein Drittel?«, stößt Benny geschockt hervor. Er wirkt vollkommen außer sich. »Circa dreißig Prozent der Trennungen verlaufen tödlich? Die Mail ist über zwei Jahre alt. Seitdem ...«

»Laut Nora wurden bisher um die 100 Synchros durchgeführt«, offenbart Alex, woraufhin Benny scharf die Luft einzieht.

»Wenn diese Quote noch stimmt, hat NGS über dreißig Menschenleben auf dem Gewissen. Kein Wunder, dass man an jeder Ecke Flyer von der Telefonseelsorge in die Hand gedrückt bekommt. Wobei, vermutlich ist die Selbstmordrate für eine Großstadt gar nicht so hoch. Wer hätte gedacht, dass NGS dermaßen rabiat vorgeht? Diese Rebecca war anscheinend die Einzige, die an die Moral dieser Irren appelliert hat. Zum Dank haben sie sie ausgeschaltet. Die Typen *wissen*, dass ihre blöden Experimente tödlich enden können, und trotzdem hören sie nicht damit auf!«

Alex lässt Bennys Redeschwall schweigend über sich ergehen. Im Gegensatz zu der aggressiven Fassungslosigkeit seines Freundes empfindet er in erster Linie Resignation und Beklommenheit. Ebenso wie mir ist ihm klar, in welcher Gefahr er durch unsere Synchro schwebt.

»Der Auslöser der Suizidimpulse scheint weiterhin unbekannt zu sein«, sagt Alex leise.

Bennys Augen werden groß, als er die Bedeutung von Alex' Worten realisiert. Für einige Sekunden mustert er ihn stumm.

»Deine Trennung könnte ebenfalls zu einem Selbstmord führen«, folgert er schließlich.

Alex nickt.

»Was jetzt?«, will Benny wissen. »Wie lange dauern diese Synchros normalerweise?«

»Anderthalb bis zwei Wochen«, erwidert Alex.

»Dann bist du vorerst außer Gefahr«, behauptet Benny tröstend. »Wir haben ausreichend Zeit, um eine Lösung finden.«

Alex seufzt. »Offenbar gibt es eine Möglichkeit, mittels diesem Disruptor zu trennen.« Er schaut erneut auf den Mailverlauf. »Das scheint einfach nur ein starker Magnet zu sein. Ziemlich brachiale Methode.«

»Was soll das bringen?«, fragt Benny und tippt auf den Monitor. »Da steht, dass der Selbstmord trotzdem ausgelöst wird.«

»Wir haben keine Ahnung, wann NGS trennen wird«, erklärt Alex. »Durch diese Magnetsache könnten wir den Zeitpunkt selbst festlegen. Das Problem ist, dass wir Nora dafür brauchen. Das Implantat muss mit dem Magnet zerstört werden, denn bei meinem eigenen Chip funktioniert diese Art der Trennung nicht, vor allem da wir seine genaue Position nicht kennen.«

»Wenn ich dich fessle, kannst du keine Dummheiten machen, bis die Verbindung gekappt ist«, überlegt Benny. »Ich halte das Ding an Noras Nacken, und wir sind mit einem Schlag alle Schwierigkeiten los.«

»Nora befindet sich im Gewahrsam von NGS«, erinnert Alex, und ich spüre Unbehagen und Sorge. Sorge um mich?

»Durch diese Aktion würde sie in die Schussbahn geraten«, bestätigt er meinen Verdacht. »Bisher bin lediglich ich es, der ein Risiko eingeht. Sollten wir sie zur Flucht anstiften, um diesen Disruptor bei ihr nutzen zu können, wird sich der Unmut gegen sie richten. Denk an Tess und Rebecca. Die Chefs fackeln nicht lange.«

»Du bist bescheuert«, konstatiert Benny. »Sie hat dich zuerst in –«

»Lass uns die restlichen Daten sichten«, unterbricht ihn Alex und öffnet den letzten Ordner. »Vielleicht finden wir in *Selbstmorde2* irgendeinen Ansatzpunkt.«

Von: Lennard (lennard.sanders@neurogamingsystems.com)
An: André (andre.thiemann@neurogamingsystems.com)
CC: Tom (tom.wegener@neurogamingsystems.com)
Betreff: (dringend) Eleonor Neufeldt
Hi zusammen,
ich möchte euch dringend bitten, Noras weitere Arbeit für NGS nochmals zu überdenken.
Bereits nach unserer Synchro hatte ich meine Zweifel geäußert, und die jüngsten Ereignisse bestätigen meine Einschätzung. Sie hat zu viele Skrupel und ist nicht ausreichend abgeklärt. Durch ihre Anomalie ist sie unberechenbar und gerade in unserer momentanen Situation ein untragbares Risiko.
Uns hätte deutlich früher auffallen müssen, dass bei ihr keine Blackouts auftreten, nicht erst bei der Trennung von Lilian.
Wir sollten sie aus dem Programm ausschließen.
Gruß
L.

Von: Tom
An: Lennard
CC: André
Betreff: Re: (dringend) Eleonor Neufeldt
Lennard,
wir sollten hier nicht nur das Risiko sehen, sondern ebenso die Chance, die uns Noras Anomalie bietet. Natürlich schützt der Blackout vor traumatischen Erfahrungen, aber er verhindert auch die Datenerfassung. Sobald wir die Trennung einleiten, hängen sämtliche Regulatoren in der Schwärze fest, und wir wissen nicht, welche der Impulsspitzen die Verbindung beendet. Wenn sie aufwachen, haben sie bis zu drei Stunden im Blackout verbracht. Danach sind sie erfolgreich getrennt, oder der Link ist tot.
Anders verhält es sich bei Nora. Sie kann durch ihre Erinnerung dabei helfen, den Auslöser der Suizidimpulse zu entschlüsseln. Das sollten wir nutzen.
Ich bin unbedingt dafür, sie weiterhin für NGS arbeiten zu lassen. Nicht auszuschließen, dass sie einen weiteren Suizidimpuls bei vollem Bewusstsein miterlebt. In diesem Fall wäre sogar eine Vergleichbarkeit gegeben. Sollte sie Schwierigkeiten machen, können wir immer noch einen anderen Weg einschlagen.
Mit freundlichen Grüßen
Tom

Von: André
An: Tom
CC: Lennard
Betreff: Re: (dringend) Eleonor Neufeldt
Wir müssen Schadensbegrenzung betreiben.
Mein Vorschlag: Wir schieben ihr die komplette Verantwortung zu und be-

gründen mit ihrer mangelnden Schlafkontrolle, egal ob zutreffend oder nicht.

Tom, du wirst sie deutlich engmaschiger überwachen als bisher.

Lennard, du wirst ihr dabei helfen, das Erlebte aufzuarbeiten und gleichzeitig ihre Schuldgefühle verstärken. Sobald sie sich erholt hat, schicken wir sie in eine weitere Synchro und hoffen auf einen erneuten Suizidimpuls. Sollte dieser auftreten, erhalten wir hoffentlich zielführende Informationen. Danach ist es unumgänglich, sich ihrer zu entledigen.

André Thiemann

NeuroGaming Systems, CEO

17 | Allein mit mir

Für einige Minuten herrscht Schweigen. Es ist offensichtlich, dass die beiden insbesondere von dem letzten Mailwechsel vollkommen schockiert sind. Kein Wunder. Ich hätte niemals damit gerechnet, dass die Chefs so kaltschnäuzig sein könnten. Sie haben miterlebt, wie ich darunter gelitten habe, Lilys Selbstmord nicht abwenden zu können, für ihren Tod verantwortlich zu sein. Gerade Lennard war klar, wie sehr ich mich in den letzten Monaten mit Selbstvorwürfen gequält habe. Sie haben alles getan, um das erdrückende Gefühl der Schuld zu verstärken, obwohl sie wussten, dass es ein Problem der Synchro war. Ein *bekanntes* Problem der Synchro.

»Anscheinend ist es nicht mehr nötig, Nora aus der Schussbahn zu halten«, durchbricht Benny schließlich die Stille.

Alex fährt sich betroffen durch die Haare. »Scheiße.«

»Ich gehe davon aus, dass diese Informationen für dich ebenfalls neu sind, Nora«, wendet er sich an mich.

Benny verzieht keine Miene bei Alex' scheinbarem Selbstgespräch. Er wirkt genau so fassungslos wie sein Freund.

»Diese Firma ist skrupelloser, als wir bisher angenommen hatten. Wir müssen dich dort schnellstmöglich rausholen. Allein der Gedanke daran, dass dein Körper hilflos diesen Monstern ausgeliefert ist, macht mich wahnsinnig.«

»Du musst Ruhe bewahren«, besänftigt ihn Benny. »Wir können nichts tun. Wenn Nora jetzt aufwacht, würde sie das nur verdächtig machen. Abgesehen davon denke ich nicht, dass sie einfach aus dem Gebäude spazieren kann. Wahrscheinlich ist allen bekannt, dass sie sich in einer Synchro befindet.«

Alex nickt. »Ohne diesen Magneten würde eine Flucht sowieso nichts nutzen, zumal Nora und ich nicht gleichzeitig wach sein können.«

»Dann rennt sie wenigstens nicht vor dir weg«, frotzelt Benny, wird aber ernst, als er in Alex' Gesicht blickt.

»Am sinnvollsten ist es, vorerst die Füße still zu halten«, sagt er. »Lass uns den Auftritt spielen. Morgen besorgen wir einen Magneten und holen Nora aus der Firma.«

Alex legt unentschlossen den Kopf schräg. »Ich bin nicht sicher …«, beginnt er und verstummt. Ich spüre Zweifel und unterschwellige Angst. »Nach all diesen Informationen kann ich mir beim besten Willen nicht vorstellen, auf der Bühne zu stehen.«

Benny will etwas entgegnen, doch Alex lässt ihn nicht zu Wort kommen.

»Ich schwebe in Lebensgefahr!«, erinnert er heftig. Seine Stimme klingt fast hysterisch. »Und Nora ebenfalls. Kapierst du das nicht? Und jetzt soll ich so tun, als sei alles in Ordnung, und mit den Jungs Party machen?«

Auch Benny bemerkt, dass sein Freund ernsthaft verstört ist. Er steht auf, verlässt wortlos das Zimmer und kehrt kurz darauf mit einer Flasche Tequila zurück.

»Alkohol ist keine Lösung«, murmelt Alex abwehrend.

»Grübeln nutzt nichts«, erwidert Benny und stellt die Flasche schulterzuckend zur Seite. »Wir können nichts tun. Lass diese Bedrohung zumindest für heute Abend nicht an dich heran. Wir können den Auftritt nicht absagen. Die anderen bringen uns um.«

»Von denen lasse ich mich lieber umbringen als von dieser verfluchten Firma«, äußert Alex matt und gibt sein Bestes, um Bennys Aufforderung nachzukommen und die Sorgen auszublenden.

Im Verlauf des weiteren Nachmittags ist die Stimmung gedrückt. In dumpfem Schweigen bauen die beiden Bennys Schlagzeug ab und verstauen die Einzelteile in Taschen. Anschließend beladen sie Bennys Kombi mit dem Band-Equipment. Mehrfach wird Alex von plötzlicher Angst durchflutet, und ich weiß nur zu gut, worüber er nachdenkt. Er schafft es jedoch jedes Mal, sich wieder zu fangen, und ich bewundere seine Selbstkontrolle.

»Ich beneide Lukas«, versucht er sich an einem lockeren Spruch, während er seinen Verstärker in den Kofferraum schiebt. »Der kommt mit seinen beiden kleinen Mikros an und erwartet noch, dass man ihm die Kabel hinterherträgt.«

Benny keucht bestätigend und gibt seinem Rack einen Schubs, sodass es mit einem metallischen Schaben nach vorne durchrutscht. Nachdem Alex seinen Bass vorsichtig auf die Rückbank gelegt hat, schließen sie die Türen und lassen sich aufatmend auf die Sitze fallen.

In den folgenden zwei Stunden begleite ich Alex bei der Vorbereitung für den Auftritt und stelle erleichtert fest, dass sich seine Stimmung langsam aufhellt. Gemeinsam mit der Band baut er die Instrumente auf, klebt Kabel ab, sortiert Songtexte und stimmt seinen Bass. Obwohl die Tätigkeiten an sich schon interessant sind, macht sie Alex noch spannender. Immer wieder kommentiert er seine Handlungen, erklärt Details oder versorgt mich mit Insider-Informationen zur Band. Dabei spricht er so leise, dass keiner der anderen etwas bemerkt. Lediglich Benny wirft uns von der Seite teils belustigte, teils besorgte Blicke zu, und ich erkenne, dass ihn die neuen Informationen ebenfalls beschäftigen. Trotzdem bin ich froh über die Entscheidung der beiden, die NGS-Problematik für den heutigen Abend außen vor zu lassen, denn wir sollten nichts überstürzen.

Nach kurzer Zeit habe ich den Eindruck, die Bandmitglieder ziemlich gut zu kennen, was nicht zuletzt daran liegt, dass sich ihre Nähe positiv auf Alex' Gemütszustand auswirkt.

Mittlerweile läuft die Synchro bereits seit mehreren Stunden, doch an meiner Wahrnehmung hat sich nichts verändert. Ich bin nicht in der Lage, mich als Teil von Alex zu akzeptieren, und es gelingt mir ebenso wenig, eine Einheit mit ihm zu bilden. Ich bezweifle, dass dies jemals der Fall sein wird. Keine Ahnung, ob dieses Problem Auswirkungen auf die Synchro hat, aber ich werde mich hüten, mit den Chefs darüber zu sprechen, insbesondere nach den Informationen, die ich in den letzten Stunden erhalten habe.

Je näher der Auftritt rückt, desto stärker spüre ich Alex' Nervosität. Geht es ihm immer so oder liegt es an meiner Anwesenheit? Die anderen fallen über das vorbereitete Essen her, wohingegen er nur wenige Bissen von seinem Brötchen nimmt und in Gedanken versunken ist. Nicht zum ersten Mal verfluche ich das Konzept der Synchro, das zwar dafür sorgt, dass ich sämtliche Empfindungen live und unverfälscht miterlebe, jedoch keinen Einblick in die Gedankenwelt des Links habe.

Während die Band die Bühne betritt und Alex die Saiten seines Basses nachstimmt, grüble ich über mögliche Themen, die ihn beschäftigen könnten. Meine Überlegungen finden ein abruptes Ende, als die *Black Biscuits* ins erste Set starten.

Alex schlägt die E-Saite an, und der satte Ton vibriert in seinem Bauch. Gleichzeitig flutet Adrenalin seine Wahrnehmung.

Es ist nicht großartig, wie ich es mir bei unserem Erstkontakt vorgestellt hatte. Es ist überwältigend.

Die folgende Stunde vergeht in einem Rausch aus Begeisterung und Freude an der Musik, die sämtliche Ängste in den Hintergrund drängt. Ich bedauere, dass ich nichts habe, was in mir diese Leidenschaft weckt. Wie eine Droge.

Irgendwann verändert sich etwas in Alex' Bewusstsein. Obwohl er scheinbar ungerührt weiterspielt, spüre ich, dass er sich innerlich verkrampft. So unmittelbar, dass es einen direkten Auslöser geben muss.

»Verdammt«, murmelt er leise.

Was war es? Was hat er gesehen? Oder vielmehr *wen* hat er gesehen? Mist. Ich habe mich durch seine Gefühle ablenken lassen, daher habe ich keine Ahnung, was ihn derart aus der Fassung gebracht hat.

Die beiden letzten Songs vor der Pause verbringt er im Alarmzustand, während ich noch immer versuche, herauszufinden, was passiert ist. Bevor der Schlusston komplett verklungen ist, dreht er den Regler herunter, nimmt seinen Bass ab und platziert ihn auf dem Ständer. Kurz darauf ist er bei Benny, der sich mit einem Handtuch übers Gesicht wischt.

»Wir müssen reden«, knurrt er und versetzt ihm einen Stoß gegen die Brust.

Benny mustert ihn verständnislos. »Alter. Was ist denn mit dir los? Der Fehler beim Taktwechsel war –«

»Darum geht's nicht«, unterbricht ihn Alex. »Komm mit.«

Ohne auf Bennys Entgegnung zu warten, ergreift er ihn am Oberarm und zieht ihn hinter sich her zum seitlichen Bühnenrand, wo sie vor den Blicken des Publikums geschützt sind.

»Raus mit der Sprache!«, fordert Alex aufgebracht, woraufhin sein Freund defensiv die Schultern hebt. »Was macht Nele hier?«

Nele? Das erklärt seine Anspannung.

»Möglicherweise habe ich erwähnt, dass wir hier einen Auftritt haben …«, gibt Benny zögerlich zu.

»Bist du total bescheuert?«, fährt ihn Alex an. »Wie kannst du ausgerechnet Nele abschleppen?«

»Heute Mittag hattest du nichts dagegen, dass ich mich um sie kümmere«, verteidigt sich Benny.

»Scheiße, Benny!«, flucht Alex, während Wut in ihm hochkocht. »Wir haben gerade Dokumente gefunden, die darauf hindeuten, dass diese Firma vor nichts zurückschreckt. Ich habe Tess' Festplatte geklaut! Und du hast nichts Besseres zu tun, als Nele zum Konzert einzuladen, damit eine Verbindung zwischen uns offensichtlich ist? Was ist, wenn das fehlende Teil auffällt? Wenn NGS Tess' Umfeld überprüft? Damit schickst du ihnen ein Leuchtsignal, du Idiot. Kannst du nicht einmal mit dem Gehirn statt mit deinem Schwanz –«

Er bricht ab, als ihm klar wird, dass ich mithöre. Benny bedenkt ihn mit einem wissenden, jedoch ziemlich zerknirschten Grinsen.

»Du hast recht«, räumt er ein. »Daran hatte ich nicht gedacht. Tut mir leid. Ich halte sie auf Abstand. Ich kann mir ja ihre Telefonnummer besorgen und sie anrufen, wenn …«, er sucht nach den richtigen Worten, »… wenn das alles vorbei ist.«

»Das wäre gut.« Alex seufzt und wirkt durch Bennys Entschuldigung zumindest halbwegs besänftigt. »Danke. Wir müssen alles tun, um der Aufmerksamkeit von NGS irgendwie zu entgehen – soweit das möglich ist.«

Benny klopft ihm auf den Rücken und lächelt ihm aufmunternd zu. »Lass uns die Bar stürmen. Der Gig lohnt sich nur, wenn wir unsere flüssige Gage auch trinken.«

Alex nickt und folgt seinem Freund zur Theke, wo er sich ein Bier bestellt. Während Benny mit zwei Gläsern zu Nele verschwindet, die sich *zufällig* in der Nähe aufhält, schaut Alex zu seinen Bandkollegen, die an einem Tisch sitzen und ihn zu sich winken. Statt sofort zu ihnen zu gehen, dreht sich Alex zur Seite und umfasst die Flasche fester. Er hat seit dem Kaffee am Nachmittag nichts mehr getrunken und ist mittlerweile dermaßen ausgetrocknet, dass ich mich frage, weshalb er das Bier nicht in einem Zug hinunterstürzt.

»Pass jetzt genau auf«, murmelt er.

Langsam setzt er die Flasche an die Lippen und genießt die erfrischende Kühle, das Prickeln der Kohlensäure auf seiner Zunge und den herben Geschmack. Ich wusste nicht, dass man ein Bier derart zelebrieren kann.

»Hast du es mitbekommen? So fühlt sich der erste Schluck des Lieblingsgetränks an. Denk bei der nächsten Simulation daran, du Anfänger.«

Nachdem er erneut an seinem Bier getrunken hat, gesellt er sich zu seinen Bandkollegen, die ihn mit einer Änderung der Setliste überfallen, was eine lebhafte Diskussion nach sich zieht. Benny erscheint erst knapp vor dem Ende der Pause wieder. Er ist zwar allein, doch seine geröteten Wangen und die funkelnden Augen verraten deutlich, dass dies bis vor Kurzem nicht der Fall war.

Alex mustert ihn mit hochgezogenen Brauen, woraufhin er unschuldig die Hände hebt. »Hab bloß ihre Telefonnummer besorgt!«

Im Verlauf des Abends steigert sich die Stimmung kontinuierlich, was hauptsächlich daran liegt, dass die Band ihre *flüssige Gage*, wie Benny es nennt, erschöpfend in Anspruch nimmt.

Lukas, der Sänger, wohnt um die Ecke des Clubs, und Benny hat sich bereit erklärt, nicht nur Alex, sondern auch die beiden Gitarristen nach Hause zu fahren. Seit der Flasche Bier im ersten Set hat er keinen Tropfen mehr angerührt. Das ist beruhigend, denn Alex ist gut dabei. Je weiter der Abend voranschreitet, desto häufiger richtet er offen das Wort an mich, was ihm bereits einige irritierte Blicke seiner Bandkollegen eingebracht hat.

Als er schließlich von Benny in den Wagen bugsiert wird, ist es weit nach Mitternacht. Alex ist zwar nicht total betrunken, aber in ihm hat sich eine angenehme Schwere ausgebreitet, die ihn alle Sorgen vergessen lässt.

Benny parkt seinen Wagen vor dem schmiedeeisernen Tor von Alex' Elternhaus.

»Kommst du alleine klar?«, vergewissert er sich.

»Sicher«, erwidert Alex. »Ich werde duschen und dann ins Bett fallen.«

»Ich kann dich morgen früh einsammeln«, bietet Benny an. »Zum Glück habe ich frei und kann ausschlafen. Ich bin gegen 12 Uhr bei dir, okay?«

»In Ordnung«, stimmt Alex zu. »Danke fürs Fahren und gute Nacht.«

»Mal sehen, wie gut die Nacht wird. Während du ungestört und friedlich schlummerst und dich erholen kannst, wird mich garantiert deine *Freundin* aus dem Schlaf holen.«

Da hat er recht.

Alex ergreift seinen Bass und hängt ihn sich über die Schulter, während Benny den Motor anlässt und wegfährt. Zum ersten Mal seit heute Morgen ist Alex allein. Allein mit mir.

Langsam läuft er auf das dunkle Haus zu. Trotz oder gerade wegen der frischen Luft fühlt er sich etwas benommen. Dennoch findet er das Schlüsselloch beim ersten Versuch und geht einigermaßen koordiniert die Treppe hoch. Wenig später hat er seinen Bass ausgepackt, liebevoll in dem Ständer in der Ecke platziert und macht sich auf den Weg ins Bad.

Nachdem er die übliche Herausforderung gemeistert hat, ohne hinzuschauen, wäscht er sich die Hände und putzt die Zähne. Dann greift er sich in den Nacken und zieht mit einer raschen Bewegung sein Shirt aus, das nach der verrauchten Luft des Clubs riecht.

»Sorry, ich muss dich schon wieder mit unter die Dusche nehmen«, sagt er, während er sich selbst im Spiegel mustert. »Wobei von *müssen* keine Rede sein sollte«, fügt er verschmitzt hinzu und dreht sich leicht, den Blick noch immer fest auf sein Spiegelbild gerichtet. Das helle Licht der Badlampe sorgt dafür, dass jeder Muskel, jede Linie seines perfekt definierten Oberkörpers erkennbar ist. Seine Haut ist leicht gebräunt, und ich erinnere mich genau, wie gut sich Alex unter meinen Fingerspitzen angefühlt hat. Aus dem Funkeln seiner Augen und der in ihm aufsteigenden Wärme schließe ich, dass auch seine Gedanken in eine eindeutige Richtung gehen.

Völlig entspannt macht er sich daran, seine Hose zu öffnen. Ich beschwöre ihn innerlich, endlich den Blick abzuwenden, und hoffe gleichzeitig, dass er es nicht tut. Er streift sich lässig die Jeans sowie seine Boxershorts über die Hüfte und zieht seine Socken aus. Als er sich aufrichtet, befürchte ich, dass mein Körper bei NGS gleich einem Herzinfarkt zum Opfer fallen wird. Obwohl ich eigentlich nur Alex' Gefühle empfinden dürfte, rechne ich damit, dass sich seine Provokationen irgendwie auf mich auswirken. Normalerweise ist die Verbindung zwischen Link und Reg nicht ansatzweise so intensiv.

Als sich Alex vom Spiegel abwendet, würde ich aufatmen, wenn ich es könnte.

Was folgt, ist allerdings wenig besser.

Im Gegensatz zu der schnellen Dusche heute Morgen lässt er sich viel Zeit. Er stellt die Temperatur ein und lässt heißes Wasser auf sich herabregnen. Zuerst wäscht er sich die Haare, dann drückt er etwas von dem Duschgel in seine Handflächen und beginnt, es gründlich auf seinem Körper zu verteilen. *Sehr* gründlich. Ich könnte schwören, dass er das absichtlich macht. Kein Mensch braucht derart viel Zeit, um sich einzuseifen. Trotzdem genieße ich diesen intimen Moment. Es ist unglaublich anziehend, dass Alex mit seinem eigenen Körper so im Reinen ist. Zum wiederholten Mal wünsche ich mir glühend das Ende der Synchro herbei. Ich möchte nicht in seinem, sondern in meinem Körper, nicht *in* ihm, sondern *bei* ihm sein. Unmittelbar schießt mir die Erinnerung an den Dienstagabend durch den Kopf, als ich jeden Zentimeter seines Körpers mit den Lippen erkundet habe. Oder ist es seine Erinnerung? Seine elektrisierenden Aktionen bringen mich so durcheinander, dass ich Schwierigkeiten habe, mein Bewusstsein von seinem zu unterscheiden.

Alex hebt erneut das Gesicht in den Duschstrahl. Während ihm das warme Wasser über Gesicht und Körper läuft und den Schaum abwäscht, schließt er die Augen und legt die Handflächen an die kühlen Wandfliesen. Ich spüre, wie ihn heftige Erregung durchflutet.

Er muss äußerst lebhafte Gedanken haben, dennoch verharrt er bewegungslos. Lediglich in seiner Vorstellung lässt er uns seine Fantasien durchleben. Nach einer scheinbaren Ewigkeit dreht er das Wasser ab, öffnet die Duschtür und ergreift sein Handtuch.

»Um Missverständnissen vorzubeugen«, beginnt er mit einem Lächeln, »ich habe eben nur an dich gedacht.«

Wäre ich in meinem Körper, würde ich mit Sicherheit ein Kribbeln fühlen, eine Gänsehaut, die mich von Kopf bis Fuß überzieht. Verdammte Synchro. Das hätte ich zu gerne persönlich von ihm gehört.

»Ich habe an den Geschmack deiner Lippen gedacht«, fährt er heiser fort. »An das stürmische Grau deiner Augen. An den Klang deiner Stimme. An deine weiche Haut. An den Abend auf der Couch …«

Obwohl er offensichtlich mit mir spricht, bemerke ich, dass ihn seine Worte mindestens ebenso in Aufruhr versetzen wie mich. Er atmet einmal tief durch, trocknet sich ab und schlüpft in eine frische Boxershorts.

Als er sich ins Bett legt, ist er in Gedanken weiterhin bei den Bildern, die er uns ins Gedächtnis gerufen hat. Das erkenne ich deutlich an seiner erhöhten Atemfrequenz und an der fast schmerzhaften Anspannung seines Körpers. Ich muss schnellstens den Phasenwechsel herbeiführen, ansonsten werden bei NGS die Überwachungssensoren heiß laufen.

»Lass mich einschlafen, bevor ich etwas tue, was dich nachhaltig verstören könnte«, flüstert Alex leise. Für einen Moment zögere ich, weil mich brennend interessiert, wie die Umsetzung dieser Drohung aussieht. Dann denke ich jedoch an meinen armen Körper bei NGS und konzentriere mich darauf, zu erwachen.

»Schade, dass du nur halb bei mir bist«, murmelt er, und ich spüre, wie plötzliche Zärtlichkeit in ihm aufsteigt. »Ich würde dich jetzt wirklich gerne in meinen Armen halten. Vielleicht können wir das irgendwann nachholen.«

Das wünsche ich mir auch. Ich kann gar nicht sagen, wie sehr.

»Weck mich erst um neun«, bittet er, während er in den Schlaf hinübergleitet. »Gute Nacht.«

18 | Ein grausames Schauspiel

Für einige Sekunden liege ich wie versteinert im Bett. Oh mein Gott. Das war ... spannend. Ich bin schweißgebadet, und meine Brust hebt und senkt sich in schnellem Tempo. Ich bin völlig aufgewühlt und sehne mich nach Alex. Mir war nicht bewusst, dass man als Link seinen Reg dermaßen in Aufruhr versetzen kann.

Ich stoße einen tiefen Seufzer aus, fahre mir über die Stirn und öffne die Augen. Unmittelbar fällt mein Blick auf Lennard, der neben mir sitzt und mich aufmerksam mustert. Argh.

»Alles in Ordnung?«, vergewissert er sich.

»Klar«, entgegne ich fest und beginne damit, die Elektroden von meiner Haut zu lösen. »Schaust du mir beim Schlafen zu? Ich glaube nicht, dass dies sonderlich interessant ist.«

»Du irrst dich«, widerspricht Lennard. »Es war sogar sehr interessant.«

Ich will etwas einwenden, doch er fährt direkt fort. »Schon vor einigen Stunden hat das System eine Warnung ausgegeben, weil deine Herzfrequenz über längere Zeit leicht erhöht war. Da du auf mich ohnehin ein wenig verwirrt wirktest, dachte ich, es könne nicht schaden, nach dir zu sehen.«

Ich unterdrücke den Impuls, die Augen zu verdrehen. »Nett von dir«, sage ich stattdessen.

Lennard nickt und mustert mich aufmerksam. »Alles in Ordnung? Hat dein Link –«

»Ich würde gerne ins Bad gehen«, würge ich ihn ab und schiebe den Gedanken an mein kürzlich stattgefundenes Duscherlebnis weit weg.

Vorsichtig lasse ich mich vom Bett rutschen. Nach über achtzehn Stunden Schlaf kommt mein Kreislauf nur langsam in Schwung. Erst als ich mich komplett aufgerichtet habe, bemerke ich, dass Lennard und ich nicht alleine sind. André befindet sich ebenfalls im Zimmer. Verflucht. Eine neue Synchro wird von allen drei Chefs begleitet. Wie konnte ich das vergessen? Am Vormittag war ich lediglich unbehelligt geblieben, weil niemand mit meinem Erwachen gerechnet hatte. Im Gegensatz zum aktuellen Zeitpunkt. Offenbar war mein Phasenwechsel schon überfällig. Kein Wunder, schließlich ist es nach zwei. Alex ist drauf und dran, mich in Schwierigkeiten zu bringen, wobei ich zugeben muss, dass mir das auch ohne fremde Hilfe sehr gut gelingt.

»Eleonor, in zwanzig Minuten in meinem Büro«, ordnet André ungerührt an.

Ich nicke gleichmütig, während mich plötzliche Kälte erfüllt.

Lennard schnaubt und verlässt gemeinsam mit André mein Zimmer. Für einen Moment erlaube ich mir, erneut auf der Bettkante zusammenzusinken und zu warten, bis sich mein Puls beruhigt hat.

Zurück in meinem eigenen Körper spüre ich das gesamte Ausmaß der Bedrohung. Obwohl ich sie nicht mit eigenen Augen gesehen habe, fühlt es sich an, als hätten sich die Worte aus Andrés letzter Mail hinter meinen Lidern eingebrannt.

Danach ist es unumgänglich, sich ihrer zu entledigen.

Die Chefs hoffen darauf, dass die Trennung von Alex einen Selbstmordimpuls auslösen wird, damit ich eventuelle Parallelen zu Lily erkenne. Weder sein noch mein Schicksal sind von Bedeutung. Es geht einzig um die Optimierung des Programms. Ich hatte geahnt, dass das Wohlergehen von uns Regulatoren niemandem wirklich am Herzen liegt, trotzdem ist dieser gleichgültige und respektlose Umgang mit einem Menschenleben extrem Furcht einflößend. Ich kann mir keine Fehler erlauben, und das, obwohl ich schon Dutzende gemacht habe.

Ein Blick auf die Uhr zeigt, dass ich mich beeilen sollte, wenn ich pünktlich bei André aufschlagen will.

Wenige Minuten später stehe ich mit frisch geputzten Zähnen unter der Dusche in meinem kleinen Bad. Das Duscherlebnis ist bei Weitem nicht so intensiv wie die Show, die Alex abgezogen hat, aber dafür bin ich deutlich schneller fertig. Leider habe ich keine Zeit, um meine Haare zu föhnen. Das ist wieder typisch. André hätte mir locker eine Viertelstunde mehr einräumen können, dann hätte zumindest die Möglichkeit bestanden, mich ohne Stress zurechtzumachen. Somit rubble ich meine Haare lediglich trocken, ziehe schnell frische Kleider über und stecke mein Handy in die Hosentasche. Als ich in meinem Rucksack nach meinem Ladekabel suche, stutze ich. Ich bin sicher, dass ich es in der Seitentasche, nicht im Hauptfach verstaut hatte. Irgendjemand hat meine Sachen durchsucht, und ich kann mir denken, wer. Und er hat sich keine Mühe gegeben, unauffällig zu bleiben. Ich beiße mir auf die Lippen. Es war ein verdammtes Glück, dass ich mich dazu entschieden hatte, das Handy nicht im Rucksack zu belassen. Dadurch besteht zumindest der Hauch einer Chance, dass man meine Anrufe nicht gecheckt hat. Das würde mich noch verdächtiger machen, als es ohnehin der Fall ist.

Ich verschließe meinen Rucksack und stelle ihn an seine ursprüngliche Position, dann spüle ich eine Handvoll Vitaminpräparate mit einem halben Liter Wasser hinunter.

Fünf Minuten vor dem verabredeten Zeitpunkt ziehe ich die Zimmertür hinter mir zu und laufe durch die stillen Flure von NGS, die zu dieser Zeit wie ausgestorben sind.

Mit gemischten Gefühlen betrete ich kurz darauf Andrés Büro, ohne anzuklopfen. Da ich erwartet werde, kann ich mir diese Geste der Höflichkeit sparen.

André sitzt auf seinem Drehstuhl hinter dem Schreibtisch, flankiert von den beiden anderen Chefs. Anscheinend haben sie ihre Differenzen beseitigt, denn Tom wirkt weniger gehetzt als zuvor. Ob sie einer Fortführung seiner Synchro mit Rebecca doch zugestimmt haben?

»Möchtest du irgendetwas erzählen?«, eröffnet André das Gespräch, ohne sich mit einer Einleitung aufzuhalten.

Ich schüttle den Kopf und unterdrücke den Impuls, mich umzudrehen und wegzurennen. In einer Endlosschleife kreisen die Infos aus den Mails in meinem Verstand, und ich habe Schwierigkeiten, insbesondere André in die Augen zu sehen.

»Gib eine Zusammenfassung des ersten Synchrotags«, verlangt er. »Primärer Phasenwechsel war gestern Morgen, 6:28 Uhr.«

Ich beginne damit, Alex' Tagesablauf minutiös wiederzugeben und versuche, mich möglichst an die Wahrheit zu halten. Die Chefs, vor allem Lennard, kennen mich aus zahlreichen Gesprächen, sodass ihnen jede geringste Unsicherheit auffallen würde. Nur bei zwei Punkten weiche ich ab. Ich bleibe bei der Geschichte, dass Alex einen kurzen Mittagsschlaf gemacht hat, außerdem ersetze ich den Besuch in Tess' Wohnung durch einen Besuch bei Bennys Freundin. Die Chefs wirken nicht sonderlich interessiert, scheinen mit dem Verlauf jedoch einverstanden zu sein.

»Beschreibe deine Wahrnehmung seiner Emotionen«, fordert Tom, woraufhin sich Lennard und André gespannt vorbeugen. Klar, das sind die Aspekte, welche später für den Endkunden wichtig sind.

Möglichst genau schildere ich die Empfindungen, die ich gemeinsam mit Alex durchlebt habe, spare mir allerdings auch hier wesentliche Details.

»Wie sieht es aus mit den verschiedenen Sinnen? Auditiv, visuell, olfaktorisch, gustatorisch, taktil?«, will er wissen.

»Keine Einschränkungen«, erwidere ich und erinnere mich an das großartige Gefühl, das der erste Schluck Bier bei Alex hinterlassen hat.

»Hm.« Tom brummt zufrieden. »Das ist sehr gut.«

André legt den Kopf schräg und fixiert mich durchdringend. »Ich frage noch mal: Hat sich diese Synchro von deinen bisherigen unterschieden?«

»Nein«, lüge ich, ohne mit der Wimper zu zucken. »Absolut nicht. Klar, mein Link ist männlich, aber daran hatte ich mich innerhalb von Minuten gewöhnt.«

Von wegen. An Alex werde ich mich niemals gewöhnen.

André tauscht einen langen Blick mit Lennard, der das ganze Verhör stumm verfolgt hat.

»Ich werde die Stabilität der Bewusstseinswellen überprüfen und einige Updates aufspielen«, durchbricht Tom das unangenehme Schweigen. »Gibt es eine zeitliche Einschränkung?«

»Ich plane den Phasenwechsel gegen neun Uhr. Mein Link wirkte ziemlich müde, sodass es mir sinnvoll erscheint, ihm etwas Erholung zu gönnen.«

Tom steht auf. »In Ordnung. Ich brauche maximal zwei Stunden für die Kontrolle. Was hast du heute Nacht vor?«

Ich hebe die Schultern. »Lesen, ein wenig trainieren, eine Mail an meine Eltern schreiben, damit diese wissen, dass das außerplanmäßige Seminar läuft«, mein Magen knurrt hörbar, »und viel essen«, schließe ich, was Tom mit einem leisen Lachen quittiert.

Er nickt Lennard und André zu und verlässt den Raum. Fast unmerklich verändert sich die Atmosphäre. Es wirkt, als würden die beiden innerlich aufatmen, und ich muss meine Einschätzung von vorhin korrigieren. Der Konflikt zwischen den Chefs schwelt nach wie vor.

Nach allem, was Alex in den Mails gelesen hat, ist mir klar, worin das eigentliche Problem besteht. Natürlich ist die Synchro ein weiterer Risikofaktor. Der zentrale Punkt ist jedoch, dass Tom an einen Unfall glaubt, obwohl in Wirklichkeit André für den desolaten Zustand Rebeccas verantwortlich ist. Diese Information könnte zu einem heftigen Zerwürfnis führen.

Unschlüssig schaue ich von einem zum anderen und warte darauf, dass man mich ebenfalls entlässt. Seit der Erwähnung einer Mahlzeit hat mein Hunger schlagartig zugenommen. Wie lange wollen sie mich hier festhalten?

»Nora, es gibt eine weitere Sache«, fängt Lennard an.

Gelassen halte ich seinem Blick stand, ohne mir die aufsteigende Beklommenheit anmerken zu lassen. Lennard hat mich heute Morgen im Flur gesehen. Kein Wunder, dass er misstrauisch ist.

Seine nächsten Sätze zeigen deutlich, dass ich allen Grund zur Sorge habe.

»Als du eben aufgewacht bist, zeigte dein Körper starke Anzeichen von Aufregung«, informiert er mich. »Wir hatten bereits seit mehreren Stunden auf dein Erwachen gewartet. Gegen ein Uhr stieg dein Puls sprunghaft an, gleichzeitig erhöhte sich deine Körpertemperatur sowie deine Atemfrequenz. Was ist in dieser Stunde vor dem Aufwachen geschehen?«

Ich unterdrücke die aufsteigende Scham, die Lennards

nüchterne Beschreibung meines *aufgeregten* Zustands in mir hervorruft. Stattdessen lehne ich mich scheinbar unbeeindruckt zurück.

»Mein Link ist sexuell aktiv«, erkläre ich. »Ist das so ungewöhnlich?«

Lennard und André tauschen erneut einen Blick.

»Nein«, antwortet André schließlich an Lennards Stelle. »Ein *sexuell aktiver* Link – wie du es nennst – ist keineswegs ungewöhnlich. Eine so starke Reaktion des Regulators hingegen schon.«

Lennard stützt die Ellbogen auf die Tischplatte und setzt ein verständnisvolles Lächeln auf, von dem seine Augen unberührt bleiben. »Kurz vor der endgültigen Synchro wolltest du deine Arbeit bei NGS beenden«, erinnert er mich, und sein kühler Tonfall steht im Kontrast zu seiner freundlichen Miene. »Du hast dich überraschend schnell umentschieden.«

»Ich habe euch die Gründe genannt«, gebe ich zurück. »Der heutige Abend war ein eindeutiger Beweis dafür, dass es meinem Link bloß um seine Befriedigung geht. Das mit uns war nichts Besonderes, obwohl ich es für einige Stunden geglaubt hatte. Ich bin froh, dass ich nicht zu viel investiert und dadurch meine Arbeit für NGS gefährdet habe.«

»Trotzdem frage ich mich …«, André macht eine Pause, legt die Fingerspitzen aneinander und durchbohrt mich mit einem stechenden Blick, »woher diese Abweichung der Werte kommt. Es wirkt fast, als hättest du dich zu sehr in diese Synchro hineingesteigert. Solche heftigen Reaktionen treten eigentlich nur auf, wenn beide Beteiligten das Gleiche spüren, wenn sich der Link des Regulators bewusst ist.«

»Das kann gefährlich sein, Nora«, pflichtet ihm Lennard bei.

»Es kann Schwierigkeiten bei der Trennung geben, sollten die Ausführenden zu sehr miteinander verschränkt sein. Der Regulator kann nicht mehr zwischen sich selbst und dem Link unterscheiden, nimmt dessen Gefühle als seine eigenen an. In unseren Testphasen hat sich dieses Phänomen gezeigt, wenn *beide* Beteiligten über die Synchro Bescheid wussten.«

»Du hast ihm nichts erzählt«, vergewissert sich André streng. Es klingt wie eine Drohung, nicht wie eine Frage.

Ich schlucke. »Natürlich nicht«, erwidere ich fest. »Ich bin mir meiner Verpflichtung gegenüber NGS durchaus bewusst.«

»Das hoffe ich«, bemerkt André hart. »Du kannst gehen.«

Obwohl in mir alles nach kopfloser Flucht schreit, zwinge ich mich, langsam aufzustehen und in normalem Tempo zur Tür zu schlendern.

Als ich meine Hand auf die Klinke lege, lässt mich Andrés Stimme erneut innehalten. »Ich bin froh, dass Tess' Mitbewohnerin deren Tod so schnell verarbeitet hat, dass sie in der Lage war, ein Konzert zu besuchen.«

Mein Inneres erstarrt zu Eis, während ich äußerlich komplett ruhig bleibe. Ich zucke gleichgültig mit den Schultern und verlasse den Raum.

Auf dem Weg in die Cafeteria laufen meine Gedanken Sturm. Sie wissen es. Verdammt, sie wissen es.

NGS hat bereits einen Beweis dafür, dass es eine Verbindung zwischen Alex und mir gibt, die über das normale Linkverhältnis hinausgeht. Es ist ihnen völlig klar, dass ich ihn eingeweiht habe. Das eben stattgefundene Gespräch war lediglich eine Farce. Ein grausames Schauspiel, um mich zu verunsichern und aus der Fassung zu bringen. Es hat hervorragend funktioniert. Meine Auffälligkeiten innerhalb der letzten Stunden haben eine Gewissheit bestätigt.

Wie wird NGS auf diesen offensichtlichen Regelbruch reagieren? Ich hätte Alex niemals in diese ganze Geschichte mit hineinziehen dürfen. Nicht nur er ist in Gefahr, sondern im schlimmsten Fall auch Benny, vielleicht sogar Nele. Das alles, weil ich nicht stark genug war, mit meinen Gefühlen für ihn alleine zurechtzukommen.

In meine düsteren Überlegungen gefangen nehme ich das Essenspaket mit meinem Namen aus dem Kühlschrank, der den Regulatoren in einer aktiven Synchro vorbehalten ist. Mir ist gründlich der Appetit vergangen, trotzdem öffne ich die Verpackung. Nudeln mit Tomatensauce, dazu Salat.

Ich starte die Mikrowelle und starre auf das Licht im Innern. Der träge rotierende Teller und das monotone Brummen haben eine fast hypnotische Wirkung auf mich. Ich darf jetzt nicht durchdrehen. Zuerst esse ich, um mich irgendwie bei Kräften zu halten, dann rufe ich Benny an. Missmutig schaue ich auf die Uhr. Er wird nicht begeistert sein, wieder von mir aus dem Schlaf gerissen zu werden, aber ich habe keine andere Möglichkeit. Gerade ist er die einzige Chance, die wir haben. Außerdem rechnet er ja damit.

Der Signalton der Mikrowelle reißt mich aus meinen Grübeleien. Ich setze mich an einen der Tische und esse meine Nudeln, wobei ich mir mehrfach die Zunge verbrenne. Anschließend ziehe ich einen Schokoriegel aus dem Automaten, dem ich mich dieses Mal in Ruhe widme. Dabei versuche ich, zumindest für ein paar Minuten nicht an die aussichtslose Situation zu denken, in die ich mich selbst hineinmanövriert habe. In die ich *uns* hineinmanövriert habe.

Etwa eine halbe Stunde später mache ich mich auf den Weg zur Personaltoilette, um Benny zu kontaktieren. Obwohl ich nicht davon ausgehe, dass um diese Uhrzeit irgendjemand unterwegs ist, überprüfe ich die einzelnen Kabinen. Wie erwartet ist der Raum leer. Mit zitternden Fingern wähle ich Bennys Nummer und mache mich auf eine Motz-Attacke gefasst. Schon gestern Nacht war er nicht erfreut über die Störung, das wird sich heute kaum geändert haben.

»Ihr seid unfassbar nervig«, meldet er sich nach dem dritten Klingeln. »Alle beide. Es ist echt anstrengend, euer Mittelsmann zu sein.«

»Tut mir leid«, entschuldige ich mich. »Es gibt wirklich keine andere –«

»Ja ja«, fällt er mir ins Wort. »Ist klar. Während Alex selig schlummert, quatschst du mich voll. Eigentlich ziemlich praktisch für ihn. Er hat den Sex, und ich –«

»NGS hat mitgekriegt, dass Alex eingeweiht ist«, falle ich mit der Tür ins Haus und ignoriere seine durchgeknallten Gedankengänge. »Sie sind darüber informiert, dass Nele gestern Abend auf eurem Konzert war. Woher, ist mir nicht bekannt. Damit ist klar, dass zwischen uns allen eine Verbindung besteht. Das wird fatale Auswirkungen haben.«

Benny schweigt für einige Sekunden.

»Das ist meine Schuld«, stellt er betroffen fest. »Tut mir leid. Ich hätte Nele nicht zum Konzert einladen dürfen. Sie hat mir vorhin erzählt, dass sie kurz nach uns weiteren Besuch hatte. Tess' Vater war da, um einige ihrer Sachen, darunter den Computer, mitzunehmen.«

Ich unterdrücke einen Fluch und kneife die Augen zusammen. Tess' Vater. Aber sicher.

Nicht ausflippen. Nicht herumschreien. Leise sein.

»Damit wäre geklärt, wie NGS auf die Verbindung kommt«, äußere ich bemüht ruhig. »Sie haben garantiert bemerkt, dass die Festplatte fehlt.«

»Und nun?«, fragt Benny unbehaglich.

»Ehrlich gesagt habe ich keine Ahnung, was wir tun sollen«, gebe ich zu. »Ich weiß nur, dass ich mir unglaubliche Sorgen um Alex mache. Zuvor war es bloß meine Verweigerung der Synchro. Jetzt haben sie zusätzlich den begründeten Verdacht, dass wir geheime Details kennen. Und was mit Tess geschehen ist …«

»Du musst da schnellstmöglich raus, damit wir euch trennen können«, greift Benny den Plan vom Nachmittag auf. »Wir besorgen einen Hochleistungsmagneten, und du solltest zusehen, dass du abhaust.«

Ich schnaube frustriert. Zumindest heute Nacht ist eine Flucht aussichtslos. Die volle Aufmerksamkeit der Chefs ruht auf mir.

»Tagsüber ist die Chance, unbemerkt vom Gelände zu kommen, deutlich höher«, erkläre ich, woraufhin Benny seufzt.

»Schon klar«, entgegnet er. »Dann soll Alex morgen Nachmittag ein Nickerchen machen. Aber lass ihn bitte nicht erneut ohne Vorbereitung umkippen. Und Nora …« Er zögert. »Kann ich dich etwas Persönliches fragen?«

»Natürlich.«

»Du magst Alex, oder?«, erkundigt er sich vorsichtig.

»Mehr als ich sollte«, gestehe ich leise.

»Warum tust du ihm das an? Dieses schreckliche Synchro-Ding? Von den aktuellen Schwierigkeiten fange ich gar nicht an.«

Schlagartig drängt mein schlechtes Gewissen an die Oberfläche. »NGS hatte mich unter Druck gesetzt …«, rechtfertige ich mich.

Benny lässt mich nicht einmal aussprechen. »So viel kann dir Alex nicht bedeuten, wenn dir dein Job wichtiger ist.«

»Ich habe Mist gebaut«, bekenne ich. »Ich wollte diese Synchro nicht eingehen. Ich hatte NGS bereits über meine Kündigung informiert, bevor es letztendlich doch dazu kam. Er ist trotz meiner Warnung neben mir eingeschlafen, und ich Idiot habe es nicht verhindert.«

Benny antwortet nicht.

»Bis gestern Mittag hatte ich gehofft, wir könnten es gemeinsam überstehen«, fahre ich fort. »Aber die Lage hat sich zugespitzt. Diese Informationen … Wir steuern auf eine Katastrophe zu, das spüre ich ganz deutlich.«

»Toll«, sagt Benny ironisch, und ich kann sein Kopfschütteln förmlich durch die Leitung hören.

»Und deshalb darfst du Alex vorerst nicht von der Seite weichen«, verlange ich bestimmt.

Benny gibt ein ersticktes Ächzen von sich. »*Ich*?«

»Sonst gibt es niemanden«, dränge ich. »Benny. Bitte.«

»Ich habe Pläne für das Wochenende«, protestiert er. »Nele …«

»Scheiß auf Nele!«, unterbreche ich ihn heftig. »Außerdem solltest du sie nicht in dieses Dilemma mit hineinziehen. Halte sie fern von uns, sonst bist du nicht besser als ich. Das ist kein Scherz. Es ist nicht auszuschließen, dass Alex in Lebensgefahr schwebt, und ich kann nicht das Geringste dagegen tun.«

»Das ist extrem unwahrscheinlich«, hält Benny dagegen. »Aus den Berichten geht hervor, dass es immer erst nach frühestens anderthalb Wochen riskant wurde. Ihr seid nicht einmal zwei Tage in der Synchro. Wieso sollte etwas passieren?«

»Weil NGS nicht davor zurückschreckte, Tess auszuschalten? Weil sie wissen, dass Alex eingeweiht ist?«, rufe ich ihm gereizt ins Gedächtnis. »Benny. Komm schon. Wie kannst du überhaupt darüber nachdenken?«

»Soll ich jetzt jede Minute in seiner Nähe verbringen?«

Er stöhnt. »Wie stellst du dir das vor? Ich habe einen Job und ein Privatleben.«

»Ich weiß es ja auch nicht«, räume ich hilflos ein. »Vielleicht schaffe ich es, schon in Kürze zu flüchten. Wir könnten zeitnah einen Trennungsversuch unternehmen.«

Benny wirkt noch immer unentschlossen, und sein Zögern lässt Wut in mir emporsteigen.

»Mein letzter Link war ein Opfer dieser Selbstmorde. Ich war dabei. Ich habe alles gesehen, alles erlebt, alles gefühlt. Ich habe verzweifelt versucht, aufzuwachen, während Lilys Körper am Boden zerrissen wurde. Das will ich nicht erneut erleben, und vor allem will ich Alex nicht verlieren! Ich habe Angst um ihn!« Ich muss mich beherrschen, um nicht loszuschreien. »Du bist der Einzige, der Bescheid weiß und damit der Einzige, der auf ihn aufpassen kann. Verdammt, Benny, wenn du es nicht für mich tust, dann zumindest für deinen besten Freund. Du kannst ihn nicht hängen lassen.«

»Ist ja gut«, besänftigt er mich. »Ich werde bei unserem kostbaren Alex sein, sobald er aufwacht.«

»Um 9 Uhr werde ich ihn wecken«, eröffne ich. »Sein Wunsch.«

»Schon?«, ächzt Benny, was ich mit einem zustimmenden Knurren beantworte.

»Da wäre ein weiterer Punkt …« Ich stocke und hoffe, dass er mir meine Verlegenheit nicht anhört.

»Na los«, fordert Benny ungeduldig. »Mein Schlaf ist mir heilig, vor allem weil ich in ein paar Stunden aufstehen muss. Wenn ich das geahnt hätte …«

»Könntest du Alex bitten, dass er keine *Annäherungen* mehr macht?«

»Okay«, äußert Benny gedehnt. »Wenn er versteht, was du damit andeuten willst? Ziemlich kryptisch.«

»Er hat gestern Abend …« Ich stoße zischend die Luft aus. »Egal. Offenbar reagiert mein Körper stärker auf ihn, als es normalerweise der Fall ist. Die Chefs sind schon misstrauisch. Ich kann mir keine Auffälligkeiten mehr leisten. Das würde Alex nur noch interessanter für sie machen.«

Benny lacht unterdrückt. »Ist klar. Das richte ich ihm sehr gerne aus.«

Ich verdrehe die Augen und grinse schwach. »Danke, dass du das für uns tust«, sage ich nach einer kurzen Pause. »Ich bin dir echt was schuldig.«

»Allerdings«, bekräftigt Benny. »Kann ich jetzt auflegen? Ich habe morgen einen wichtigen Babysitter-Auftrag zu erfüllen.«

»Gute Nacht«, wünsche ich, woraufhin er sich ebenfalls verabschiedet und auflegt.

Ich stecke das Handy in meine Hosentasche und mache mich auf den Weg in mein Zimmer, wo ich meine Trainingsklamotten zusammensuche.

Wenig später bin ich unterwegs zur Sporthalle. Nachdem ich ungefähr zehn Minuten im Kreis gerannt bin, muss ich mir zum wiederholten Mal eingestehen, dass Jogging einfach nichts für mich ist. Im Gegensatz zu Alex, der nach einer halben Stunde allmählich warm wurde, bin ich nach einem Drittel der Zeit völlig am Ende. Statt mich weiter zu quälen, gehe ich an die Geräte. Diese werden von NGS zur Verfügung gestellt, damit wir während der Synchro nicht einrosten; immerhin verbringen wir den größten Teil davon schlafend.

Nach dem Training und einer erneuten Dusche – die vierte innerhalb von 24 Stunden – setze ich mich mit einem Magazin und einer heißen Schokolade auf einen der bequemen Sessel im Aufenthaltsraum. Die Ablenkung gelingt kein bisschen. Ständig driften meine Gedanken zu Alex. Es macht mich wahnsinnig, dass mir die Hände gebunden sind. Ich muss in Kürze den Phasenwechsel einleiten, ohne zu wissen, was ich ihm damit antun könnte.

Alles in mir sträubt sich bei der Vorstellung, die Trennung selbst auszulösen, statt abzuwarten, ob uns eine bessere Lösung einfällt. Die Zeit arbeitet gegen uns, und dieser Plan ermöglicht uns zumindest ein geringes Maß an Selbstbestimmung.

Natürlich kann es sein, dass kein Selbstmord ausgelöst wird, aber wir müssen vom schlimmsten Fall ausgehen. Was ist, wenn etwas schiefläuft und Alex trotz Fesselung einen Weg findet, sich umzubringen?

Schon jetzt graut es mir vor dem Moment, in dem Benny den Magneten in meinen Nacken hält und wir darauf warten, ob Alex' Körper seinem Dasein ein Ende bereiten will. Das wollte ich ihm niemals antun.

Gegen sechs Uhr kehre ich in mein Zimmer zurück, um eine Mail an meine Eltern zu schreiben. Darum habe ich mich bewusst nicht mitten in der Nacht gekümmert, damit sie sich nicht über die Zeit wundern. Schnell verfasse ich einen kurzen Text über den brillanten Gastdozenten und das hohe Arbeitspensum, was man uns abverlangt. Ich bin mir sicher, dass meine Mutter die Mail ohnehin nur überfliegt. Solange ich funktioniere, interessiere ich sie nicht.

Ab sieben Uhr ist die Essensausgabe der Cafeteria wieder besetzt, sodass ich mir ein ausgiebiges Frühstück gönnen kann. Ich nicke dem Küchenpersonal zu, das meinen Gruß freundlich erwidert. Mittlerweile ist es nach acht, und ich sollte in mein Zimmer zurückkehren, um keine Aufmerksamkeit auf mich zu ziehen. Immerhin ist Freitag, und an dem dunkelblauen Shirt mit rotem NGS-Logo ist deutlich zu erkennen, dass ich mich in einer aktiven Synchro befinde. Einen Link unter der Woche zu dieser Uhrzeit schlafen zu lassen, ist ungewöhnlich.

In meinem Raum treffe ich auf Tom, der auf dem Stuhl neben meinem Bett sitzt und konzentriert auf die Bildschirme schaut. Neben ihm lehnt André mit verschränkten Armen an der Wand und mustert mich ausdruckslos. Auch das noch. Als hätte das Horrorgespräch mit seiner scheinheiligen Andeutung nicht ausgereicht.

»Hallo«, grüße ich neutral.

Tom tippt verschiedene Befehle ein und würdigt mich keines Blickes. Obwohl er entspannt wirkt, erkenne ich, dass er kaum wahrnehmbar mit dem Knie wippt. Die Synchro und das permanente Wachsein scheinen ihm zu schaffen zu machen. Vermutlich sehnt sich sein Gehirn nach Erholung und Stille, die nicht von kreisenden Gedanken gestört wird.

Verkrampft beginne ich damit, unnötigen Kleinkram zu erledigen, weil ein erneutes Verlassen des Zimmers zu sehr nach Flucht aussehen würde.

Viel zu früh gibt es nichts mehr zu tun, und ich setze mich mit angezogenen Knien auf mein Bett. Als ich den Kopf drehe, sehe ich, dass mich André beobachtet.

»Hast du wirklich geglaubt, dass du unbemerkt bleibst?«, beginnt er unvermittelt. »Du hast deinem Link alles erzählt. Keine Ahnung, wie du es angestellt hast, dass er dir glaubt, und es interessiert mich auch nicht. Was mich jedoch interessiert, ist, dass du damit die Regeln von NGS gebrochen hast. Regeln, für die es eine Menge guter Gründe gibt. Ein Link, der über die Synchros Bescheid weiß, ist viel zu heikel. Es wäre verheerend, sollte ein Kunde ein verstörendes Erlebnis haben, weil der Link plötzlich das Wort an ihn richtet oder andere seltsame Dinge tut.«

Bevor er es ausspricht, ist mir klar, was folgen wird. Meine Kehle schnürt sich zu, und ich schlucke heftig.

»Alexanders Chip ist durch dein Eingreifen unbrauchbar geworden«, fährt er fort. »Daher werden wir im Laufe des Tages die Synchro beenden und sehen, wie wir weiter mit dir verfahren.«

Ich starre ihn an, unfähig, eine Silbe hervorzubringen. In diesem Moment versagt meine Selbstbeherrschung komplett. Die Suizide sind alle während der Trennung geschehen. Ich dachte, wir könnten eine Lösung finden. Ich dachte, wir hätten noch Zeit.

André registriert mein unverhohlenes Entsetzen mit unergründlicher Miene und schaut demonstrativ auf die Uhr. »Kurz vor neun«, bemerkt er. »Ich werde dich beim Phasenwechsel begleiten.«

Verzweifelt suche ich nach einem Ausweg. Ich muss erneut Benny kontaktieren, um ihm mitzuteilen, dass –

»Musst du wieder zur *Personaltoilette*?«, fragt André spitz. »Tu dir keinen Zwang an. Aber dein Handy bleibt hier.«

Sein ätzender Tonfall sorgt dafür, dass es mir gelingt, meine Mauern hochzuziehen. Scheinbar unbeeindruckt schüttle ich den Kopf und setze mich auf die Bettkante. Als ich die Elektroden auf meinem Oberkörper anbringe, spüre ich, wie meine Finger leicht zittern. Ansonsten ist mir nichts anzumerken von der gleißenden Angst, die in meinem Innern wütet. Alex befindet sich in akuter Gefahr, und ich bin daran schuld.

Ich strecke mich aus und decke mich zu. Es braucht einige Minuten, um die Panik zurückzudrängen, dann schaffe ich es trotz Andrés bohrender Blicke einzuschlafen.

19 | Genau wie bei Lily

Im selben Moment, in dem Alex die Augen aufschlägt, klingelt es an der Tür Sturm. Benny hat sich eindeutig gemerkt, wie lange er schlafen wird, und nimmt seine Aufgabe als Wachhund ernst.

Erstaunlich koordiniert springt Alex aus dem Bett und läuft die Treppen hinunter zur Sprechanlage. Entgegen meiner Erwartungen spürt er nicht die geringsten Nachwirkungen vom gestrigen Abend, obwohl er nicht gerade wenig getrunken hat. Beneidenswert.

»Ja?«, fragt er heiser. Seine Kehle fühlt sich rau an.

»Ich bin's«, ertönt Bennys Stimme. »Bereit, um meinen Job als Babysitter anzutreten.«

Alex runzelt irritiert die Stirn, trotzdem betätigt er den Summer.

In der Zeit, die Benny braucht, um die lang gezogene Einfahrt zu bewältigen, zieht er sich schnell Jeans und ein frisches Shirt über und macht einen Abstecher ins Bad.

»Guten Morgen, Sonnenschein«, murmelt er vor dem Spiegel und sieht sich selbst in die Augen. »Neun Uhr. Perfekt. Vielen Dank. Darüber, dass du mir offensichtlich Benny auf den Hals gehetzt hast, müssen wir bei Gelegenheit reden.«

Zähneputzend joggt er nach unten, sodass er den Flur

im gleichen Moment betritt, in dem Benny ungeduldig klopft.

»Hi«, nuschelt Alex, nachdem er die Haustür geöffnet hat.

Sein Freund feuert lediglich einen finsteren Blick auf ihn ab und verschwindet ohne ein Wort nach oben ins Wohnzimmer.

Alex bleibt kurz an der Treppe stehen, dann zuckt er mit den Schultern und geht ins Gästebad, um dort die Zahnpasta loszuwerden. Bei seiner Rückkehr hat Benny bereits die Schuhe ausgezogen und sich auf der Couch ausgestreckt.

»Kaffee«, verlangt er.

»Was willst du hier?«, erkundigt sich Alex verständnislos. »Und das um diese Uhrzeit?«

»Kaffee!«, erwidert Benny, dieses Mal etwas vehementer.

Alex verdreht die Augen, folgt aber der Aufforderung und schaltet den Vollautomaten ein. Wenig später balanciert er zwei dampfende Tassen ins Wohnzimmer. Außerdem hat er eine Chipstüte unter dem Arm. Ein ausgewogenes Frühstück. Er stellt die Getränke auf dem kleinen Tisch ab, lässt sich auf einen Sessel fallen und reißt die Tüte auf. Zuerst nimmt er einen Schluck Kaffee, danach steckt er sich eine Handvoll Chips in den Mund. Mir war nicht klar, dass diese Kombination so gut schmeckt – besser gesagt, dass Alex diese Kombination so gut schmeckt.

Er wartet, bis Benny mehrere Schlucke genommen

hat und zumindest halbwegs aufnahmefähig wirkt, dann beugt er sich nach vorne.

»Was willst du hier?«, wiederholt er seine Frage.

Statt einer Antwort bedient sich Benny an der Chipstüte und gibt ein undefinierbares Geräusch von sich. Unfassbar, der Typ.

»Du hast heute Nacht mit Nora telefoniert?«, vermutet Alex. Gut, das war naheliegend, auch ohne Bennys Schmatzen zu verstehen.

Dieser nickt, schluckt mehrfach und lehnt sich zufrieden nach hinten.

»Du bist ein Gierschlund«, formuliert Alex meine Gedanken, doch Benny lacht nur.

»Sie hat mich mitten in der Nacht angerufen. Schon wieder. Die ist total aufdringlich«, berichtet er anklagend, bevor er grob unser Gespräch zusammenfasst.

Alex lauscht ihm stumm, und ich fühle, wie Beklommenheit in ihm aufsteigt. Die fast unbeschwerte Atmosphäre ist mit einem Mal angespannt und verkrampft.

»Es ist also aufgefallen, dass wir in Neles Wohnung waren«, stellt er das Offensichtliche fest, als Benny am Ende angelangt ist. »NGS weiß, dass wir Zugriff auf die Daten haben.«

Benny senkt unglücklich den Kopf. »Es tut mir leid«, murmelt er. »Ich hätte Nele nicht zum Konzert einladen dürfen.«

»Vielleicht lag es gar nicht daran«, widerspricht Alex. »Wahrscheinlich ist eher, dass Tess' Wohnung beobachtet wurde. Du kannst nichts dafür.«

Benny seufzt, während Alex einen weiteren Schluck trinkt und sich erschöpft durch die Haare fährt.

»Das alles ist ziemlich heftig«, murmelt er. »Diese Mails … ich hatte die halbe Nacht Albträume. Besonders bedenklich ist, dass Nora es für nötig hielt, dich auf mich anzusetzen. Ich weiß viel zu wenig über die ganze Sache, kann die Gefahr überhaupt nicht einschätzen. Am schlimmsten ist, dass ich nicht mit ihr reden kann.«

»Mach dir nicht zu viele Gedanken«, tröstet ihn Benny. »Ich bin der Meinung, meine Anwesenheit hier ist völlig unnötig. Sämtliche Selbstmordversuche fanden am Ende dieser Synchros statt und zudem nur bei einem Drittel. Ich halte lediglich mein Versprechen gegenüber Nora, das ich gegeben habe, weil ich in diesem Moment übel aus dem Schlaf gerissen wurde und sie das ausgenutzt hat.«

Ich kann bloß hoffen, dass Benny weiterhin zu seinem Wort steht. Die aktuelle Situation macht mich fertig. Es ist furchtbar, Alex' Angst zu fühlen und zu wissen, dass sie mehr als berechtigt ist. Die verfluchte Trennung steht unmittelbar bevor, und ich habe keine Möglichkeit, es den beiden mitzuteilen. Garantiert wird mein Körper bei NGS genauestens kontrolliert. Wenn ich aufwache, wird man wahrscheinlich auf der Stelle die Synchro trennen und mich anschließend erledigen.

»Gestern Abend …«, beginnt Alex nach einer längeren Pause, »… da hatte ich den Eindruck, es wären nicht nur meine Gefühle, die ich –« Er bricht ab, als er Bennys breites Grinsen sieht. »Ja?«

»Was gestern Abend angeht, muss ich dir noch etwas ausrichten«, eröffnet er und hat Mühe, sich das Lachen zu verkneifen. »Du sollst bitte keine *Annäherungen* mehr machen.«

»Annäherungen«, wiederholt Alex belustigt.

»Du hast wohl irgendetwas getan, was sie gründlich aus der Fassung gebracht hat«, sagt Benny unschuldig, allerdings straft das verräterische Glitzern in seinen Augen seinen Tonfall Lügen.

»Ich habe lediglich –«, fängt Alex an, doch Benny winkt ab.

»Behalte es für dich! Ich will's gar nicht wissen! Was auch immer es war, es hat dazu geführt, dass ihr Körper zu heftig reagiert hat, wodurch der Verdacht der Chefs weiter erhärtet wurde. Ihr wart einfach alles andere als unauffällig.«

Prompt bemerke ich, wie Schuldgefühle in Alex aufsteigen.

Für einen Moment herrscht Schweigen, dann stellt Benny seine Tasse mit einem Knall auf dem Tisch ab. »Was hast du heute vor?«

»Nichts Besonderes«, erwidert Alex. »Heute Morgen wollte ich in die Stadt, um den Kühlschrank aufzufüllen. Im Anschluss könnten wir direkt diesen Disruptor-Magneten im Baumarkt besorgen.«

»Denkst du, es wäre besser, zu Hause zu bleiben?«, mutmaßt Benny vorsichtig.

Ja, verdammt! Das wäre es!

Alex schüttelt den Kopf.

Argh.

»Ich kann nicht den ganzen Tag daheim sitzen und darauf warten, dass etwas passiert«, widerspricht er, obwohl ihn Unruhe erfüllt. »Zumal das ohnehin extrem unwahrscheinlich ist.«

Benny nickt unentschlossen.

»Ich … das ist verdammt unheimlich«, gibt Alex zögerlich zu.

Ja, richtig. Hör auf dein Gefühl, du Idiot.

»Der Gedanke daran ist verstörend. Stell dir vor, dein Körper tut plötzlich etwas Grauenvolles, ohne dass du die Kontrolle darüber hast. Das klingt wie aus einem Horrorfilm.«

Benny zieht unbehaglich die Schultern hoch, entgegnet jedoch nichts. Sein Schweigen sagt mehr als tausend Worte.

»Verschieben wir das Thema auf später«, beendet Alex gespielt munter die Unterhaltung und steht auf. »Lass uns zusammen in die Stadt gehen. Anschließend kannst du mich bei dir absetzen, damit ich mein Auto holen kann.«

»Mal sehen«, bremst ihn Benny. »Ich fürchte, deine Nora wird mir die Hölle heiß machen, wenn ich dich unbeaufsichtigt fahren lasse.«

Da hat er absolut recht.

Kurz darauf machen sich die beiden gemeinsam auf den Weg in die Stadt. Nachdem sie diverse Lebensmittel eingekauft haben, schlendern sie entspannt durch die Fußgängerzone und kehren erst eine gute Stunde später zu Bennys Kombi zurück. Im Gegensatz zu mir schafft es Alex anscheinend, seine Gedanken unter Kontrolle zu halten. Nun gut. Im Gegensatz zu mir ahnt er auch nicht, dass er in akuter Lebensgefahr schwebt.

»Jetzt Baumarkt?«, fragt er, als sie wieder im Wagen sitzen.

Benny brummt bestätigend, und ich kann förmlich mitverfolgen, wie die Jungs von der Realität eingeholt werden.

Während der Autofahrt sprechen die beiden nur das Nötigste, denn Benny dreht bereits vor dem Ausparken die Anlage voll auf. Alex lässt sich in das Polster sinken und lauscht der Musik. Er wirkt müde. Das ist kein Wunder nach allem, was er in den vergangenen Tagen durchgemacht hat. Zusätzlich zu leichten Kopfschmerzen, die sich hinter seinen Schläfen breitgemacht haben, ist ihm außerdem schwindlig, als hätte er sich zu schnell im Kreis gedreht.

Irgendetwas stimmt da nicht. Das fühlt sich nicht mehr an wie normale Erschöpfung. Es ist eher …

Oh mein Gott. NGS muss die Trennung eingeleitet haben. Dann habe ich mir den Schatten vorhin doch nicht nur eingebildet.

Jetzt schon?

Es ist nicht einmal Mittag.

Sofort konzentriere ich mich darauf, aufzuwachen.

Es geht nicht.

Sein Sichtfeld verschwimmt an den Rändern und wird

ein wenig dunkler. Er blinzelt mehrfach, um die schwarzen Schlieren zu vertreiben.

Ich muss aufwachen. Bei Lily vergingen zwischen dem Auftreten der Symptome und dem Impuls lediglich wenige Sekunden. Es wird nicht mehr lange dauern, bis er …

Alex richtet sich ein wenig auf. Gleichzeitig beugt er sich zu Benny, greift mit seiner linken Hand ins Steuer und drückt es mit einem Ruck von sich weg. Der Wagen schert urplötzlich zur Seite aus und befindet sich nun auf der Gegenfahrbahn. In Alex steigt lähmendes Entsetzen empor. Mit weit aufgerissenen Augen starrt er auf den Lastwagen, der ihnen in diesem Moment frontal entgegenkommt und sie in Sekundenbruchteilen rammen wird. Ich selbst bin so erschüttert, dass ich nicht einmal mehr den Versuch mache, aufzuwachen. Es ist zu spät. In Gedanken entschuldige ich mich bei ihm und Benny, obwohl ich weiß, dass er nichts von meinem Bedauern spürt – ich fühle es ja selbst nicht einmal. Die Zeit scheint sich ins Unendliche zu dehnen. Gefasst warte ich auf den tödlichen Aufprall; grässlicher Schmerz gefolgt von gnädiger Dunkelheit.

Es ist unfassbar knapp.

Die geistesgegenwärtige Reaktion des Fahrers rettet ihnen das Leben. Hupend schert der Lastwagen aus, wobei er glücklicherweise kein anderes Auto erwischt.

Benny stößt einen lauten Schrei aus und bringt den Wagen auf die richtige Straßenseite zurück.

»Spinnst du?«, brüllt er und umklammert mit beiden

Händen das Steuer, als würde er mit einem neuen Angriff von Alex rechnen.

Dieser presst stumm die Lippen aufeinander, verschränkt die Arme und drängt sich gegen die Beifahrertür. Ich spüre deutlich, wie verstört und völlig verängstigt er ist.

Äußerst langsam und in höchster Alarmbereitschaft fährt Benny den Rest der Strecke, wobei er Alex, der verkrampft neben ihm sitzt, immer wieder misstrauische Blicke zuwirft.

Als Benny auf dem Parkplatz des Baumarkts den Motor ausschaltet, atmen beide hörbar auf.

»Scheiße«, sagt Benny, nachdem sie eine scheinbare Ewigkeit ins Leere geschaut haben. »Du hättest uns fast umgebracht.«

»Tut mir leid«, flüstert Alex. »Es war wie ein Reflex. Als ich es realisierte, war es schon zu spät.«

»Alter«, stößt Benny hervor und wischt sich über die Stirn. »Ich sollte dich schleunigst nach Hause bringen und in deinem Zimmer einschließen. Möglichst fern von allen gefährlichen Gegenständen.«

Alex nickt lediglich und drückt die Handballen gegen die geschlossenen Augenlider. Er ist komplett überfordert.

»Aber wieso …«, setzt Benny an. Seine Stimme klingt belegt, und er räuspert sich. »Wieso jetzt? Ich dachte, wir hätten noch eine Woche. Mindestens.«

»Ich habe keine Ahnung«, murmelt Alex und verfällt unmittelbar wieder in dumpfes Brüten.

»Was nun?«, fragt Benny zögerlich.

»Weiß nicht«, krächzt Alex und hebt die Schultern. In seinem Innern wüten Fassungslosigkeit und Panik. Ich kann mir nur ansatzweise vorstellen, was gerade in seinen Gedanken los ist. Er ist kurz davor, die Beherrschung zu verlieren und in Tränen auszubrechen. Ich kann es ihm nicht verdenken.

Benny beugt sich zu ihm und sieht ihm forschend ins Gesicht. »Hey«, sagt er eindringlich und streicht ihm über den Oberarm. Der ungewohnt sanften Geste entnehme ich, dass Benny ähnlich durcheinander ist wie Alex. »Beruhig dich mal. Wahrscheinlich seid ihr schon getrennt, und die Bedrohung ist vorüber.«

Verdammt. Es war zu erwarten, dass sie zu diesem Trugschluss gelangen würden. Am Telefon hatte ich nichts von der Fixierung erwähnt, die das Aufwachen verhindert, ebensowenig wie ich davon erzählt hatte, dass es bei Lily mehrere Spitzen gab, bis die Trennung letztendlich *erfolgreich* war. In den Mails stand auch nichts, da es außer mir keinen Regulator gibt, der einen Selbstmord miterlebt hat. Bei allen anderen wurde die Erfahrung durch den Blackout ausgehebelt. Ich könnte mich ohrfeigen für dieses Versäumnis. Das hätte ich Benny unbedingt mitteilen müssen. Es ist klar, dass sie annehmen, die Verbindung sei beendet. Trotzdem bin ich weiterhin in Alex' Bewusstsein. Und solange das der Fall ist, wird es Selbstmordimpulse geben. Obwohl ich ahne, dass es nicht funktionieren wird, versuche ich erneut mit ganzer Kraft, aufzuwachen. Ich scheitere. Natürlich. Wenn Benny beschließt, Alex alleine zu lassen, ist dessen Schicksal besiegelt. Wie lange hat er, bevor der nächste Schub ausgelöst wird? Wie viele dieser Spitzen gibt es überhaupt? Vermutlich dauern sie an, bis entweder der Link tot oder die Verbindung getrennt ist.

»Nora?«, wendet sich Alex direkt an mich. »Bist du noch da drin? Kannst du nicht irgendwie Kontakt aufnehmen?«

Nur zu gerne würde ich ihm antworten, aber es geht nicht. Mir sind die Hände gebunden. Gnadenlos und vollständig. Es ist ein Albtraum.

»Wenn du da bist, lass mich einschlafen«, verlangt Alex verzweifelt.

Ich kann nichts tun.

Benny mustert ihn aufmerksam von der Seite. »Du schläfst nicht.«

Alex ist so fertig, dass er bei der scharfsinnigen Feststellung seines Freundes nicht einmal die Augen verdreht.

»Es könnte bedeuten, dass du außer Gefahr bist«, behauptet Benny zaghaft.

»Ich bin mir nicht sicher«, widerspricht Alex resigniert. »Sie würde sich melden, sollte das der Fall sein.«

»Vielleicht wird sie von NGS beobachtet und kann deshalb keinen Kontakt aufnehmen?«, mutmaßt Benny, woraufhin sich Alex auf die Lippen beißt.

»Benny«, bringt er erstickt hervor und schluckt heftig. »Ich habe Angst. So richtig.«

Benny tätschelt unbeholfen Alex' Arm. »Ich passe auf dich auf«, versichert er. »Obwohl ich glaube, dass ihr längst getrennt seid. Ich bleibe bei dir, bis ich das nächste Mal von Nora höre. Okay?«

»Okay«, bestätigt Alex heiser und schnallt sich ab.

Am besten wäre es, wenn die beiden für die nächsten Stunden einfach im Auto hier auf dem Parkplatz sitzen bleiben würden. Leider werden sie das garantiert nicht tun, dafür sind sie viel zu nervös und aufgewühlt. Immerhin sind sie beide nur knapp einem tödlichen Unfall entgangen.

»Ich gehe schnell in den Markt, um den Magneten zu kaufen«, sagt Benny prompt. »Du kommst mit?«

Alex durchläuft eine neue Welle der Beklommenheit. »Natürlich«, stimmt er zu. »Ich kann jetzt nicht alleine sein.«

Das war zu erwarten. Trotzdem ist es mir alles andere als recht. Er wäre im Wagen besser aufgehoben. Andererseits muss er um jeden Preis in Bennys Nähe bleiben. Er ist der Einzige, der etwas tun kann. Ich will gar nicht daran denken, was passieren könnte, sollte es zu einem neuen Impuls kommen. Und ich rechne fest damit, dass dies geschehen wird.

Mit hölzernen Bewegungen, die so gar nicht an seine sonstige kraftvolle Energie erinnern, steigt Alex aus dem Kombi. Mittlerweile ist ihm fast schlecht vor Angst. Obwohl ich von meinen eigenen Empfindungen eigentlich nichts wahrnehmen dürfte, bin ich sicher, dass die quälende Sorge in seinem Innern zum Großteil von mir kommt.

Schweigend laufen die beiden über den Parkplatz und betreten wenig später den Baumarkt.

»Wie fühlst du dich?«, erkundigt sich Benny prüfend, während sie mit den Rolltreppen drei Stockwerke nach oben fahren. »Du könntest dir nachher einen schmierigen Film anschauen. Wenn sie noch da ist, lässt sie dich einschlafen. Hundertprozentig.«

Alex bedenkt seinen Freund lediglich mit einem müden Lächeln, vergleicht kurz die Auswahl und greift nach dem stärksten Magnet, der mit einer Flussdichte von drei Tesla ausgezeichnet ist.

Benny entscheidet sich spontan dafür, einige Rollen Klebeband und Kabelbinder für den Proberaum mitzunehmen, woraufhin die beiden zur Kasse gehen, die sich auf derselben Ebene befindet.

Alex bezahlt und macht dabei einen vollkommen abwesenden Eindruck. Es ist offensichtlich, dass er den Schock nicht einmal ansatzweise verwunden hat. Kein Wunder. Vor Kurzem sagte er selbst, wie gruselig er den Gedanken daran fände, dass sich sein Körper selbstständig machen und etwas Grauenvolles tun könnte.

Das klingt wie aus einem Horrorfilm.

Fahrig steckt er seinen Geldbeutel in die Hosentasche und nimmt die kleine Tüte entgegen. Während Benny seine PIN zur Bezahlung eingibt, macht sich Alex auf den Weg zur Rolltreppe.

Bereits nach wenigen Schritten bemerke ich plötzlich, dass sich am Rande seines Gesichtsfeldes schwarze Schlieren gebildet haben. Parallel durchläuft ihn ein leichtes Schwindelgefühl.

Nein. Bitte nicht.

Benny ist zu weit weg. Ich muss aufwachen. Ich muss sofort aufwachen. Ich richte jede Faser, jeden Bruchteil meines Bewusstseins auf diesen einen Gedanken, wünsche es mir mit aller Macht. Aufwachen. *Bitte*.

Nichts passiert.

Alex ist weiterhin wach und schlendert scheinbar entspannt auf das Geländer zu, hinter dem es gut zwanzig Meter in die Tiefe geht. In seinem Magen bildet sich ein kalter Knoten. Ich muss das irgendwie verhindern. Das darf nicht geschehen.

»Alex?«, meldet sich Benny von hinten. »Was wird das?«

Verflucht. Frag nicht lange. Renn ihm hinterher. Halte ihn auf. Rette ihn!

Ohne auf Benny zu reagieren, setzt Alex seinen Weg fort. Seine Bewegungen wirken wie ferngesteuert. Erneut versuche ich, aufzuwachen. Vergeblich.

Er hat das Geländer fast erreicht. Mittlerweile steht mir mit schrecklicher Gewissheit vor Augen, was passieren wird.

Und ihm ebenfalls.

Seine Brust schnürt sich vor Angst zusammen. Ich will ihn zur Untätigkeit zwingen, ihn zurückreißen, ihn aufhalten, doch ich kann nicht das Geringste tun. Ich bin in seinem Körper gefangen – genau wie er. Hilflos nehme ich wahr, wie ihn eisige Furcht durchflutet. Ihm ist klar, was ihn erwartet, aber er kann dem nichts entgegensetzen.

Er legt die Hände auf die Brüstung.

Keine Chance. Kein Entkommen. Es tut mir unendlich leid.

Er wird das nicht erneut überstehen. So viel Glück kann kein Mensch haben. Ich werde Alex verlieren.

Wir werden einen Weg finden.

Das sagte er mir an dem Abend nach der Tragödie am Bahnhof. Er hat sich getäuscht und bezahlt es nun mit seinem Leben.

In diesem Moment denke ich nicht an die Schmerzen, obwohl ich genau weiß, wie es sich anfühlt, nach dem freien Fall am Boden aufzuschlagen. Es geht ausschließlich um Alex. Den ich hätte retten können, wenn ich vorsichtiger gewesen wäre, wenn ich meine Emotionen besser im Griff gehabt hätte.

Ich bin schuld an seinem Tod.

Alex beginnt zu zittern. Trotz seiner grenzenlosen Panik umfasst er mit beiden Händen das Geländer und setzt zum Sprung an. Wie durch dichten Nebel hört er eine hysterische Frauenstimme, die unverständliche Worte schreit. Erfüllt von blankem Horror, aber dennoch unfähig, sich gegen seinen Körper zu wehren, stößt er sich mit einem Ruck ab. Genau wie Lily vier Monate zuvor.

20 | OFF: Ein Problem

Das schrille Kreischen der Frau klingt mir noch immer in den Ohren. Mit Verspätung nehme ich wahr, dass ich es selbst bin, die schreit. So laut, dass meine Kehle schmerzt. Gleichzeitig überläuft mich eine Welle blanker Angst. Abrupt reiße ich die Augen auf. Ich bin schweißgebadet, und mein Herz klopft so stark, als wolle es meinen Brustkorb sprengen.

Ich richte mich auf. Genau wie Alex zittere ich heftig, sodass ich meine Gliedmaßen kaum unter Kontrolle habe. Völlig verstört pralle ich gegen ein Hindernis. Der scharfe Schmerz in meiner Hüfte holt mich in die Wirklichkeit zurück. Allmählich realisiere ich, dass ich nicht im Baumarkt, sondern in meinem Zimmer bei NGS bin. Mit einem erstickten Keuchen sacke ich in mich zusammen. Alex.

»Nora?« Eine Stimme neben mir lässt mich erneut hochfahren. »Was ist passiert?«

Erst jetzt bemerke ich Tom, der auf dem Stuhl neben meinem Bett sitzt und mich beobachtet. Eine Welle ohnmächtiger Wut überrollt mich, die kurzzeitig sogar das Entsetzen überlagert.

»Alex hat sich umgebracht«, stoße ich zwischen zusammengebissenen Zähnen hervor, während ich grob die Elektroden von meiner Haut reiße.

»Oh nein«, sagt Tom und gibt sich nicht einmal Mühe, überrascht zu wirken. »Du erinnerst dich.«

»Verdammte Scheiße!«, fluche ich unbeherrscht und schlage mit der flachen Hand auf die Matratze. »Natürlich erinnere ich mich! Genau wie bei Lily! Und genau wie bei Lily konnte ich nicht aufwachen! Wirst du mir nun wieder erzählen, dass ich dafür die Verantwortung trage? Dass ich mein Schlafverhalten nicht unter Kontrolle habe? Dass mir hätte auffallen müssen, dass Alex ebenso labil war wie Lily?« Ich werde stetig lauter, bis ich fast schreie. »Wirst du mir wieder erzählen, dass ich an allem schuld bin?«

Tom geht einen Schritt zurück, als hätte er Angst vor einem Angriff. Seine nächsten Worte beenden meinen Tobsuchtsanfall abrupt.

»Du hast entsprechende Dateien auf der Festplatte gefunden«, bemerkt er nüchtern. »Wir können uns das Schauspiel sparen.«

Ich starre ihn sprachlos an. Zwar war mir seit Andrés gestriger Andeutung klar, dass NGS über Alex und Bennys Raubzug Bescheid weiß, jedoch hatte ich nicht erwartet, dass er dies offen zugeben würde.

Tom nutzt meine Verwirrung und nähert sich mir mit erhobenen Händen, als habe er es mit einem verschreckten Tier zu tun.

»Lass uns reden«, verlangt er bestimmt. »In Ruhe.«

»Willst du nicht direkt André und Lennard dazuholen, damit sie das Gespräch persönlich und nicht über eine Aufzeichnung mitverfolgen können?«, erkundige ich mich aggressiv. »Ich bin nicht blöd.«

Tom schüttelt den Kopf. »Nicht nötig. Sie werden in Kürze hier sein, damit du offiziellen Bericht erstatten kannst. Zuvor will ich mit dir sprechen.«

»Aber … weshalb?«

In diesem Moment sieht er völlig erschöpft aus. »Kannst du dir das nicht denken? Du selbst hast doch mein Geheimnis aufgedeckt.«

Von seiner Ehrlichkeit überrascht, lasse ich mich wieder auf die Bettkante sinken. Statt bei seinem unverhohlenen Vorwurf Bedauern zu empfinden, spüre ich nichts als eine betäubende Leere.

»Die Synchro mit Rebecca«, murmle ich, woraufhin sich Tom ein wenig vorbeugt.

»Nora«, beginnt er vorsichtig. »Kannst du mir genau beschreiben, was Alex in den Stunden seit dem Aufwachen getan hat?«

Mein erster Impuls ist Ablehnung. Allein der Klang seines Namens sorgt für einen brüllenden Schmerz. In meinem Innern fühlt sich alles wund und aufgerieben an. Dennoch entscheide ich mich dafür, der Aufforderung Folge zu leisten. Vielleicht kann ich dadurch anderen ein grauenvolles Schicksal ersparen, und ich habe ohnehin nichts mehr zu verlieren. Am liebsten würde ich mich an die Presse wenden oder zur Polizei gehen, um die Machenschaften von NGS ein für alle Mal zu beenden. Wer würde mir glauben?

Stockend gebe ich eine Zusammenfassung der letzten Stunden und zermartere mir währenddessen das Gehirn nach einer Gemeinsamkeit zwischen Alex und Lily. Vergeblich. Sie haben ihre letzten Stunden komplett unterschiedlich verbracht.

Nachdem ich meinen Bericht beendet habe, stößt Tom einen tiefen Seufzer aus.

»Nichts.« Er zuckt frustriert mit den Schultern. »Wir sind keinen Schritt weitergekommen.«

»Das ist alles, was dich daran interessiert?«, frage ich grob.

Tom hebt besänftigend die Hände. »Du verstehst das falsch.«

»Gib dir keine Mühe«, unterbreche ich ihn. »Wie du vorhin richtig bemerkt hast, habe ich den Mailwechsel gelesen. Ihr habt es nicht nur in Kauf genommen, ihr habt sogar gehofft, dass dies passiert! Also wage es nicht, mir falsche Anteilnahme vorzugaukeln.«

Tom wirkt für einen Moment unschlüssig, als wolle er widersprechen. Dann nickt er resigniert.

»Du hast recht«, stimmt er zu.

Ich schließe kurz die Augen. Diese Bestätigung tut weh. Obwohl ich weiß, dass NGS über Leichen geht, hatte ich irgendwie daran geglaubt, dass zumindest Tom mein Wohlergehen nicht vollkommen gleichgültig ist. Zu ihm hatte ich immer eine bessere Verbindung als zu den anderen beiden. Jetzt zeigt sich, dass er ebenso herzlos und kalt ist wie sie.

»Es sind etwa dreißig Prozent, die es betrifft«, fährt er in geschäftsmäßigem Tonfall fort. »Es war nicht unwahrscheinlich, dass du erneut Zeuge werden würdest. Durch die fehlenden Blackouts bist du eine unglaubliche

Chance für unsere Forschung. Wenn du dich an die relevanten Inhalte erinnern könntest … Wir sind näher an der Lösung unseres Problems als je zuvor.«

»Ein *Problem*?«, wiederhole ich fast hysterisch. »Du bezeichnest es als ein *Problem*, dass sich Alex in den Tod gestürzt hat?« Meine Stimme bricht, und ich brauche einige Sekunden, um mich zu sammeln.

»Ihr habt ihn auf dem Gewissen!«, werfe ich ihm vor und schlucke verkrampft das aufsteigende Schluchzen hinunter. »Ihr *wolltet*, dass das passiert! Und Tess' *Unfall* habt ihr ebenfalls eingefädelt, damit nichts von euren Verbrechen ans Licht kommt.« Ich balle meine Hände zu Fäusten, so fest, dass sich meine Fingernägel schmerzhaft in meine Haut graben. »Ihr seid das absolut Letzte. Ihr opfert Menschenleben der Forschung. Ich hasse euch. Und Alex –« Bei der Erwähnung seines Namens schnürt sich meine Kehle zu, und meine Wut wird schlagartig zu Betroffenheit.

In diesem Moment scheitert meine NGS-Ausbildung. Ich kann einfach nicht mehr. Der Tod meiner Freundin, der ständige Druck, die Angst vor den Chefs, die verzweifelten Pläne, um Alex zu retten. Ich habe versagt. Ich konnte ihn nicht beschützen.

Es ist unmöglich, meine Gefühle zurückzuhalten. Zitternd ziehe ich die Beine an, lege meine Stirn auf die Knie und lasse zu, dass mich Trauer und Schuld überwältigen.

Tom beobachtet stumm meinen Zusammenbruch. Mein fast lautloses Weinen wird lediglich von dem leichten Klicken des Stifts begleitet, mit dem er einen gleichmäßigen Rhythmus auf die Tischplatte klopft.

Als ich mich leidlich beruhigt habe, dreht sich Tom zur Tastatur und gibt einige Befehle ein.

»Ich habe die Videoaufzeichnung gerade unterbrochen«, eröffnet er, und ich hebe unwillkürlich den Kopf. »Kurzzeitig sind wir unter uns.«

Ich wische mir mit der Hand über die Augen und schaue ihn teilnahmslos an. Es ist mir egal, was er von mir will. Nimmt er tatsächlich an, ich würde kooperieren, nach allem, was er mir angetan hat? Nach allem, was er Alex angetan hat?

»Ich stehe unter einem enormen Druck«, beginnt er vage. »Natürlich sind André und Lennard nicht mit der Synchro einverstanden. Ganz im Gegenteil. Es hat seinen Grund, dass ich alles dafür getan habe, um es geheim zu halten. Und in den letzten beiden Jahren hat es bestens funktioniert – bis du aufgetaucht bist und deinen Verdacht geäußert hast. Es war ein Leichtes, diesen zu überprüfen und zu beweisen.«

Er schweigt für einige Sekunden, macht jedoch nicht den Eindruck, als würde er auf eine Antwort warten.

»Die Synchro muss getrennt werden«, offenbart er dann. »Nicht nur, weil mich die beiden drängen, sondern auch weil ich selbst daran zerbreche. Ich kann nicht mehr schlafen. Weißt du, wie es ist, nicht mehr schlafen zu können? Durch ihren komatösen Zustand ist Rebecca nicht fähig, mir einen Rhythmus aufzuzwingen, weil sie selbst nie bei Bewusstsein ist. Mein Tag hat vierundzwanzig Stunden, mein körperlicher Allgemeinzustand ist akzeptabel, aber in meinem Verstand herrscht nie Ruhe. Es gibt keinen Ausweg, keine Atempause. Wenn es zu viel wird, ziehe ich mich in einen komplett dunklen, geräuschlosen Raum zurück, doch das hilft nichts gegen den Lärm in meinem Kopf. Ich glaube, ich werde langsam verrückt. Ich will diese Trennung. Ich kann so nicht weitermachen. Ich ertrage es nicht mehr.«

Obwohl ich mir vorgenommen hatte, Distanz zu wahren, erkenne ich die Tragik seiner Situation. Er wollte lediglich Rebecca ein lebenswertes Dasein bieten und hatte nicht damit gerechnet, dass es solch gravierende Schattenseiten haben würde. Deshalb wirkt er häufig fahrig und unkonzentriert – weil er sein Gehirn, sein Denken und Fühlen, niemals abschalten kann. Rein körperlich mögen die Auswirkungen halbwegs verkraftbar sein, allerdings nimmt sein Wesen auf Dauer Schaden.

»In eurem Gespräch am Mittwoch sowie in den Mails war die Rede von einer Trennung durch einen Magnet-Disruptor«, durchbreche ich die Stille, die sich nach Toms Enthüllung ausgebreitet hat. »Dadurch kennt ihr den genauen Zeitpunkt eines möglichen Impulses. Kannst du diesem gefesselt nicht entgehen?«

Tom schnaubt. »Denkst du, das hätten wir nicht bereits ausprobiert?«, gibt er zurück. »Durch die Disruptor-Trennung wird das Implantat zerstört. Aber den Selbstmord verhindert sie nicht. Der Körper erzwingt sich selbst seinen Ausweg, und der Link stirbt an einem Hirnschlag.«

Ich starre ihn entsetzt an. Wir hatten nie eine Chance. Ich hätte Alex selbst dann verloren, wenn ich geflüchtet wäre und wir anschließend mit dem Magnet getrennt hätten.

»Verstehst du allmählich, weshalb es derart wichtig ist, dass du dich erinnerst?«, fragt Tom. »Ich muss diesen Auslöser kennen, Nora. Mein Leben hängt davon ab.«

Ich lache humorlos. Sein Leben hängt davon ab. Ist sein Leben etwa mehr wert als das von Alex?

»Und was ist daran so geheim, dass du die Aufzeichnung unterbrichst, damit André und Lennard nichts davon erfahren?«, hake ich nach.

»Weil das nicht alles ist«, gibt Tom zu und fährt sich durch die Haare. »Diese Dateien, in die ihr Einsicht genommen habt – dabei handelte es sich um eine Kopie von Lennards Mail-Postfach, oder?«

Ich nicke.

»Würdest du mir sagen, ob etwas über Rebeccas Unfall darin stand?«, bittet er leise. »Ob die beiden wirklich so betroffen waren, wie sie es vorgeben?«

»Warum schaust du nicht selbst nach? Wenn du die Kameras lahmlegen kannst, ist es ein Leichtes für dich, ein Postfach zu checken, oder?«

Tom seufzt. »Ich bin Ingenieur, kein Hacker. Die Mails laufen über einen externen Dienst, auf den ich keinen Zugriff habe.«

Kurz ziehe ich in Erwägung, die gewünschte Information möglichst teuer zu verkaufen. Zu welchem Zweck?

Ich habe schon verloren. Es gibt keinen Grund mehr zu kämpfen, ich kann ebenso gut seinen unausgesprochenen Verdacht direkt bestätigen.

»Sie haben den Unfall arrangiert«, konfrontiere ich ihn mit der Wahrheit, zu erschöpft, um es ihm schonend beizubringen. »Das ging deutlich aus der Kommunikation hervor.«

Toms Reaktion übertrifft alle Erwartungen. Er springt so heftig auf, dass sein Stuhl nach hinten umfällt.

»Du lügst«, schnauzt er mich an, obwohl ich in seinen Augen erkenne, dass er damit gerechnet hat.

Entgegen meiner Instinkte weiche ich nicht zurück. »Weshalb sollte ich das tun?«

»Um einen Keil zwischen uns zu treiben? Um dir Spielraum zu verschaffen? Um dich selbst zu retten? Was weiß ich!«

»Glaub es oder glaub es nicht«, erwidere ich gleichgültig. »Oder lass dir alternativ von André erklären, wie es zu Rebeccas gebrochenen Fingern kam, obwohl sie auf dem Rücken gelandet ist.«

Für einige Zeit starrt mich Tom regungslos an. Dann richtet er den Stuhl auf und setzt sich wieder vor den Rechner. Seine plötzliche Ruhe ist besorgniserregender als der Wutausbruch zuvor. Sogar seine ständigen unterschwelligen Bewegungen haben aufgehört.

»Was stand in diesen Mails?«, will er wissen, woraufhin ich knapp den Inhalt zusammenfasse. Tom lauscht meiner Erzählung mit unergründlicher Miene. Lediglich als ich das als Personalkosten getarnte Schweigegeld für den Arzt erwähne, zieht er scharf die Luft ein und wird noch blasser als zuvor.

Ohne das Gehörte zu kommentieren, wendet er sich der Tastatur zu. »Ich lasse die Videoaufzeichnung weiterlaufen. Lennard und André dürften gleich hier sein.«

Ich beiße mir auf die Lippen und fahre mir über die Stirn. Keine Ahnung, wie ich die Fassung wahren soll, wenn die beiden über mich herfallen.

»Alles in Ordnung?«, fragt Tom. Nichts an ihm lässt auf das intensive Gespräch schließen, das ihn eben komplett aus der Bahn geworfen zu haben scheint.

»Ja«, bestätige ich heiser.

»Gut.« Er klingt verstörend professionell. »Ich werde direkt den Partnerchip aus deinem Implantat entfernen. Wir können loslegen, ich habe alles erledigt.«

Gehorsam strecke ich mich auf dem Bett aus und drehe das Gesicht zu Wand. Mit der rechten Hand nehme ich die Haare über die Schulter nach vorne, sodass mein Nacken bloß liegt. Tom tastet mit den Fingerspitzen den Bereich ab, wo er mir vor sechs Wochen den Chip eingesetzt hat.

»Bereit?«, fragt er, nachdem er die letzten Einstellungen vorgenommen hat.

Ich brumme zustimmend. Unmittelbar darauf spüre ich, wie er die Spritze an meinem Nacken ansetzt.

Ein ziehender Schmerz, während die Nadel in meine Haut dringt, dann greift die Betäubung, und mein Nacken wird gefühllos. Schade, dass sich das nicht ebenfalls auf meine Emotionen auswirkt.

Mit einem metallischen Schaben nimmt Tom die Zange von dem Tablett und beginnt mit der Mini-Operation.

Nach einigen Minuten tritt er aufatmend zurück. »Fertig. Du kannst dich umdrehen.«

Sofort richte ich mich auf und greife mir reflexartig mit der Hand in den Nacken. Tom hat so geschickt gearbeitet, dass nur ein kleiner Schnitt geblieben ist.

»Nora.« Er seufzt tadelnd. »Du weißt doch, dass du die frische Wunde nicht anfassen sollst. Ich habe sie gerade desinfiziert.«

Müde lasse ich die Hand sinken. Als hätte ich keine anderen Probleme.

Tom wirft den Chip achtlos auf ein metallenes Tablett, wo auch die benutzte Zange, ein ehemals steriles Tuch mit ein paar Tropfen Blut und die Nadel der Spritze auf ihre Entsorgung warten. Selbst wenn Alex noch leben würde, wäre er als Link für die Endkunden völlig wertlos. Dafür habe ich gesorgt, indem ich ihn eingeweiht habe.

Erneut lässt Tom die Finger über die Tastatur huschen. Er tippt so schnell, dass ich nicht einmal ansatzweise etwas erkennen kann.

»Das war's«, verkündet er kurz darauf. »Die Synchro ist offiziell beendet.«

Ich nicke fügsam und verschwinde im Bad, um mich umzuziehen. Die Firmenkleidung mit dem Logo von NGS ist einzig Regs in einer aktiven Synchro erlaubt.

Für einen Moment gestatte ich es mir, durchzuatmen. Ich lege die Stirn an die kühlen Fliesen und schließe die Augen.

Ich stecke in verdammt großen Schwierigkeiten. Möglicherweise war ich wegen der fehlenden Blackouts nützlich für NGS. Jetzt weiß ich über die bedrohlichen Hintergründe Bescheid. Bin ich trotzdem nützlich genug, um am Leben zu bleiben?

Vielleicht erwartet mich ein ähnliches Schicksal wie Tess – sofern man sich überhaupt die Mühe macht, es als Unfall zu tarnen. Ich könnte in den NGS-Räumlichkeiten verschwinden, ohne dass jemals jemand davon erfahren wird. Fraglich, ob meine Eltern überhaupt Nachforschungen anstellen würden.

Alternativ könnte mich die Firma neu verlinken und wieder trennen in der Hoffnung, das Problem würde sich durch einen Selbstmordimpuls von alleine lösen.

So oder so, NGS sitzt am längeren Hebel.

Als ich ins Zimmer zurückkehre, lehnen André und Lennard scheinbar entspannt an der Wand, während Tom weiterhin neben meinem Bett sitzt.

Das Gespräch ist ein würdiger Abschluss des Schreckens. Es kostet mich meine gesamte Kraft, die Vorgänge erneut zu schildern, ohne zusammenzubrechen. André ist gnadenlos und lässt mich jedes von Alex empfundene Gefühl in dessen letzten Minuten bis ins kleinste Detail nachvollziehen, genauso wie meine vergeblichen Versuche aufzuwachen.

»Beschreibe den Moment seines Todes«, verlangt er schließlich, woraufhin ich innerlich erstarre. Zögerlich durchsuche ich meine Erinnerungen nach dem Sturz über drei Stockwerke und dem folgenden Aufprall. Da ist nichts. Der Albtraum endet mit Alex' Sprung über die Brüstung. Ich bin rechtzeitig aufgewacht. Die Trennung war früh genug wirksam, um mir zumindest diesen Horror zu ersparen.

Äußerlich bleibe ich ungerührt, während sich meine Gedanken überschlagen. Es existiert eine winzige Chance, dass Alex nicht gestorben ist. Wenn ich das NGS mitteile, werden sie alles daran setzen, das zu ändern.

Widerwillig rufe ich mir Lilys Ende ins Gedächtnis. Alle schrecklichen Einzelheiten, die ich in die hinterste Ecke meines Verstandes gedrängt habe, weil sie zu grausam, zu schmerzhaft sind.

Zerstörerische Wucht. Unvorstellbare Qual.

Mit zitternder Stimme schildere ich Empfindungen, von denen ich glühend hoffe, dass Alex' sie nie durchleben musste.

Statt mir anschließend eine Atempause zu gönnen, legt André mit harten und schonungslosen Worten dar, auf wie viel verschiedene Arten ich versagt und den Erfolg von NGS gefährdet habe. Ich höre zu, ertrage seine Kritik, entgegne jedoch nichts. Seine Missbilligung prallt wirkungslos von mir ab. Zu sehr bin ich vereinnahmt von der plötzlichen, verzweifelten Hoffnung, die in mir keimt. Die Hoffnung, Alex könne noch am Leben sein.

»Eleonor?«, hakt André gereizt nach. Mit Verspätung bemerke ich, dass seit einigen Minuten Schweigen herrscht und er anscheinend eine Frage gestellt hat.

Er presst die Lippen zusammen und runzelt die Stirn.

»Dir ist klar, dass deine Arbeit für NGS beendet ist. Du hast deine Kompetenzen mehrfach überschritten. Du hast dir Zugang zu geheimen Informationen verschafft«, zählt er auf. »Du hast unglaublichen Schaden angerichtet und uns eine große Summe Geld gekostet, zumal du dafür gesorgt hast, dass der Chip vollkommen nutzlos ist, weil du deinen Link eingeweiht hast. Wobei das glücklicherweise kein Problem mehr ist.«

Ich lasse seine Vorwürfe über mich ergehen, ohne eine Miene zu verziehen. Er hat recht. Es ist denkbar unwahrscheinlich, dass Alex überlebt hat. Wie praktisch für NGS, wenn sich zumindest diese Sorge erledigt hätte.

»Bring sie in einen der Kellerräume und sorg dafür, dass sie dort bleibt, bis alles für eine neue Synchro bereit ist«, fordert André an Lennard gewandt.

Ich senke resigniert den Kopf. Nicht verwunderlich, dass man mich im Auge behalten will.

»Leider hast du nach allem, was du getan hast, deinen Anspruch auf Freiheit verwirkt«, stellt Lennard höhnisch fest.

»Man verlässt NGS nicht einfach so«, erinnert mich André an die Drohung, die er bereits am Mittwochmorgen ausgesprochen hat und die plötzlich eine völlig neue Bedeutung erhält.

Mein Blick zuckt zur Tür.

»Spar dir die Mühe«, sagt André. »Eine Flucht ist ausgeschlossen. Versuche es, irgendwie zu akzeptieren, Nora. Dein selbstbestimmtes Leben endet hier.«

Lennard stößt sich von der Wand ab. Er umfasst grob

meinen Oberarm, öffnet mit einer Hand die Tür und zieht mich hinter sich her in den Flur hinaus. Seine Berührung ist mir so unangenehm, dass ich am liebsten um mich schlagen würde. Da mir jedoch die Aussichtslosigkeit meiner Lage bewusst ist, beiße ich die Zähne zusammen und lasse mich widerspruchslos von ihm durch die hell erleuchteten Flure in das zugige Treppenhaus zerren. Mit mühevoller Geduld warte ich auf die passende Gelegenheit zur Flucht. Wenn ich erst mal im Keller eingesperrt bin, ist es zu spät. Kurzzeitig frage ich mich, weshalb wir nicht den Aufzug benutzen. Als wir immer weiter hinabsteigen, wird mir klar, dass der Schacht nicht bis nach ganz unten reicht. Wir dringen in die absoluten Tiefen der Firma vor. Was einmal hier landet, wird nie wieder das Tageslicht erblicken.

Entschlossen vertreibe ich die düsteren Gedanken und versuche stattdessen, mir möglichst viel von der Umgebung einzuprägen. Bisher habe ich keine Zweifel, den Rückweg zu finden. Ich muss nur Lennard irgendwie loswerden, der leider deutlich stärker ist als ich.

»War es das wert?«, will er wissen, während er mich weiterhin mit eisernem Griff festhält, die Finger so brutal in meinen Arm gegraben, dass ich bestimmt blaue Flecken davontragen werde. »War *er* das wert?«

Ich bleibe stumm, woraufhin Lennard ein Schnauben ausstößt.

»Er war dumm genug, sich mit dir abzugeben, also ist er selbst schuld«, fährt er fort und öffnet eine solide Metalltür. »Er hat es verdient.«

Als er die Klinke herunterdrückt, erkenne ich die Chance. Ich nutze den Moment der Ablenkung und beiße ihm mit aller Kraft in die Hand.

Lennard keucht erstickt auf, lässt mich jedoch nicht los. Allerdings dreht er sich leicht zur Seite, sodass ich ihm mit der gesamten brennenden Wut, die seine Worte erneut angefacht haben, mein Knie zwischen die Beine rammen kann. Glück für mich, dass NGS großen Wert auf regelmäßiges Training und schnelle Reflexe legt.

Lennard sackt mit einem schmerzerfüllten Schrei in sich zusammen und scheint Schwierigkeiten mit dem Luftholen zu haben.

Keine Zeit für Genugtuung. Ohne einen weiteren Blick wende ich mich ab und jogge durch den spärlich beleuchteten Gang zurück ins Treppenhaus.

Als ich das Erdgeschoss erreicht habe, straffe ich die Schultern und bemühe mich um eine neutrale Miene. Völlig hektisch durch die Gegend zu rennen, würde unweigerlich Aufmerksamkeit auf mich ziehen. Stattdessen laufe ich angemessenen Schrittes durch die Flure, während ich ständig damit rechne, aufgeregte Rufe zu hören oder eine Hand auf meiner Schulter zu spüren.

Zu meiner Überraschung bleibe ich unbehelligt. Sowohl beim Durchqueren des Eingangsbereichs als auch beim Verlassen des Firmengeländes. Möglicherweise habe ich so gut getroffen, dass Lennard noch immer wie ein Häufchen Elend im Keller liegt und versucht, zu Atem zu kommen. Er hat es verdient.

Erst als ich auf der Straße vor dem riesigen Gebäudekomplex stehe, gebe ich endlich meinem Instinkt nach und beginne zu rennen.

Obwohl ich mich völlig willkürlich für eine Richtung entschieden habe, stelle ich zu meiner Erleichterung fest, dass ich mich entlang der Buslinie bewege. Während ich mich im Schatten des Wartehäuschens verberge, mache ich eine knappe Bestandsaufnahme.

Selbst wenn ich die quälende Sorge um Alex ausblende, ist meine Lage aussichtslos. Ich habe keine Ahnung, wo ich mich verstecken soll. Weder meine Familie noch meine nicht vorhandenen Freunde sollen mit hineingezogen und durch mein Erscheinen in Gefahr gebracht werden. Ich befinde mich ganz offiziell auf der Flucht, und ich bin komplett auf mich alleine gestellt. Obwohl das schon Stoff für zahlreiche Albträume bietet, gibt es einen weitaus schlimmeren Aspekt. Ich darf nicht mehr schlafen.

Natürlich ist mir klar, dass das auf Dauer nicht funktionieren kann. Ich muss es zumindest schaffen, aus der Stadt zu verschwinden, bevor einer der Chefs die Gelegenheit hat, sich mit mir zu synchronisieren.

Ohne Zweifel ist dies der nächste Teil ihres Plans. Sie besitzen meinen Partnerchip, und sie wären dumm, ihn nicht zu benutzen. Dann werde ich keinen unbeobachteten Schritt mehr tun können, und es ist lediglich eine Frage der Zeit, bis sie mich erwischen. Ganz abgesehen davon weiß ich weiterhin nicht, wodurch der Selbstmordimpuls ausgelöst wird.

Aber bevor ich mich meinen persönlichen Schwierigkeiten widme, gibt es etwas, das wichtiger als alles andere ist. Alex' Schicksal. In mir existiert nach wie vor der winzige Funken Hoffnung, den ich so lange am Brennen halten werde, bis ich absolute Gewissheit habe.

Ich werde zu ihm fahren und herausfinden, was genau geschehen ist. Außerdem ist es die einzige Möglichkeit, Benny zu kontaktieren, denn mein Handy ist in der Firma zurückgeblieben und an den Weg zu seiner Wohnung erinnere ich mich nicht mehr. Ich kann ihn nicht ins Messer laufen lassen. Mit Sicherheit ist NGS auf ihn aufmerksam geworden, und er sollte für einige Zeit von der Bildfläche verschwinden.

Was auch immer ich plane, ich muss es schnell tun. Die Zeit ist gegen mich.

21 | Fesselspiele

Kurz vor zehn steige ich an der Haltestelle in der Nähe von Alex' Haus aus dem Bus, in den ich mich als blinder Passagier hineingemogelt habe. Mir blieb keine andere Wahl, denn neben meinem Handy wurde natürlich auch mein Geldbeutel von der Firma konfisziert.

Mittlerweile ist die Dämmerung hereingebrochen, der Himmel wird merklich dunkler, und die Laternen schalten sich nach und nach ein. Ich laufe die verlassene Straße entlang und bemühe mich, meinen düsteren Überlegungen keinen Raum zu geben.

Wenig später sehe ich das schmiedeeiserne Tor vor mir aufragen, über das ich nun schon zweimal geklettert bin. Ich atme tief durch und drücke auf die Klingel. Der Türöffner summt so unmittelbar, dass ich erschrocken zusammenzucke. Sind seine Eltern bereits von ihrer Geschäftsreise zurückgekehrt? Ist mir NGS bereits zuvorgekommen? Oder ist es doch …

Schnellen Schrittes laufe ich die lange Einfahrt hoch, vorbei an dem Flamingo-Buchs, der mich schmerzhaft an unsere gemeinsame Nacht erinnert, in der alles zumindest halbwegs okay war. Bei diesem Gedanken bildet sich ein Kloß in meiner Kehle, und ich schlucke heftig. Immer klarer wird mir, welchen Verlust ich erlitten habe.

Ganz abgesehen davon, dass ich schuld daran bin. Was würde ich darum geben, dass mich Alex mit seinem üblichen verschmitzten Lächeln hineinbittet, vielleicht einen lockeren Spruch auf den Lippen, der gleichzeitig Annäherung und Provokation ist.

Als die Tür aufgerissen wird, kann ich ein enttäuschtes Seufzen nicht unterdrücken. Benny. Natürlich. Immerhin habe ich nun die Gelegenheit, ihn zu warnen.

Er mustert mich stumm und deutet mit dem Kinn hinter sich. Ich versuche verzweifelt, anhand seiner Miene zu erkennen, wie schlimm die Dinge stehen. Sein Ausdruck verrät nichts. Resigniert fixiere ich den Teppich unter meinen Füßen und mache mich auf das Übelste gefasst.

Während ich ihm nach oben in Alex' Zimmer folge, schaue ich mich unruhig um. Von Alex' Eltern fehlt jede Spur. Müssten sie nicht hier sein, wenn ihm etwas passiert wäre? Das Haus scheint vollkommen leer.

Hinter Benny betrete ich den Raum und bleibe wie erstarrt auf der Türschwelle stehen. Auf der kleinen Couch vor dem Fenster sitzt Alex. Auf den ersten Blick unversehrt und vor allem lebendig. Unvermittelt steigen mir Tränen der Erleichterung in die Augen.

In diesem Moment kann ich nichts anderes tun, als ihn anzusehen. Er wirkt erschöpft, sein Gesicht ist blass, und der niedergeschlagene Ausdruck in seinen Augen zeigt, was er in den vergangenen Stunden durchmachen musste. Langsam realisiere ich, dass er lebt, dass ich ihn nicht verloren habe, dass es noch eine Chance gibt, alles zum Guten zu wenden.

Alex sagt nichts, schaut mich einfach nur an. Umgehend spüre ich, wie mein Inneres auf ihn reagiert. Plötzliche Zuneigung durchflutet mich, gepaart mit verzweifelter Hoffnung. Ihm wieder im eigenen Körper gegenüberzustehen ist gleichzeitig überwältigend und Furcht einflößend. Der in mir tobende Gefühlssturm ist fast zu intensiv.

»Alex«, krächze ich nach einigen Minuten der Stille. Erst jetzt registriere ich, dass er gefesselt ist. Allerdings nicht mit einem Seil. Benny hat seinen Freund mit Kabelbindern und einem Haufen Klinkenkabeln derart kunstvoll verschnürt, dass er sich keinen Zentimeter bewegen kann.

Alex betrachtet mich mit schräg gelegtem Kopf. »Die Synchro ist beendet«, stellt er fest.

Ich nicke wortlos, noch immer damit beschäftigt, nicht in hemmungsloses Schluchzen auszubrechen. Parallel dazu denke ich fieberhaft darüber nach, welches Vorgehen angemessen wäre, um den Jungs die Dringlichkeit der Situation klarzumachen. Der hysterische Anfall, dem ich mich am liebsten hingeben würde, dürfte wenig Erfolg erzielen. Wahrscheinlich ist es am besten, wenn ich vorerst ruhig bleibe und die Lage so nüchtern wie möglich schildere.

»Worauf wartet ihr dann?«, fragt Alex und holt mich damit aus meinen Grübeleien. »Macht mich los. Ich muss seit Stunden ins Bad.«

Benny schnaubt und beginnt, die zahlreichen Knoten und Verschlingungen zu lösen und die Kabelbinder mit seinem Taschenmesser durchzuschneiden. Ich trete einige Schritte näher und bemerke irritiert, dass Alex sogar mit Handschellen an der Couch fixiert wurde. Benny wollte wirklich auf Nummer sicher gehen. Ich kann gar nicht sagen, wie dankbar ich bin, dass er für ihn da war.

Nachdem er von seinen Fesseln befreit wurde, steht Alex auf und reibt sich die Handgelenke.

»Wir reden gleich«, wendet er sich an mich und verschwindet in Richtung Bad.

Benny und ich schauen uns schweigend an.

Ich räuspere mich. »Wieso habt ihr Handschellen da?«

»Die hatte ich zufällig im Auto.« Benny hüstelt verlegen und seine Wangen röten sich. Ich verdrehe die Augen. Ja klar. *Zufällig*.

Mit einem Seufzen lasse ich mich auf die Kante des Sofas sinken und massiere meine Schläfen mit den Fingerspitzen.

»Du hast ihn gerettet, oder?«, formuliere ich die Frage, die mir seit meiner Ankunft auf den Lippen brennt.

Benny nickt. »Es war verdammt knapp. Völlig ohne Vorwarnung ist er zur Brüstung gelaufen und hat sich über das Geländer gestürzt.«

Ich ziehe unbehaglich die Schultern hoch. »Ich weiß.«

Benny beobachtet mich skeptisch. »Beschreibe mir, was passiert ist, seitdem Alex heute Morgen sein Croissant gegessen hat«, verlangt er.

»Alex hatte Chips, kein Croissant«, widerspreche ich müde, woraufhin Benny zufrieden brummt. Ich verzichte darauf, ihm die Meinung zu sagen, weil er noch immer irgendwelche blöden Überprüfungen für nötig hält, und gebe stattdessen eine detaillierte Zusammenfassung der Vorgänge der letzten Stunden vor der Trennung. Als ich gerade dabei bin, die Verpackung und die genaue Regalposition des Magneten zu beschreiben, betritt Alex erneut den Raum. Er bleibt mit verschränkten Armen an der Tür stehen und lauscht meinem Bericht mit unergründlicher Miene.

»Das Letzte, was ich miterlebt habe, war sein Sprung über das Geländer«, schließe ich nach weiteren fünf Minuten.

Benny und Alex tauschen einen Blick.

»Ich glaube dir«, stellt Benny fest.

Ich kann ein gereiztes Stöhnen nicht unterdrücken. Das kommt ja früh. Andererseits hat er Alex gerettet.

»Ich habe den Ärmel seines Pullovers erwischt«, erklärt Benny. »Sein Leben hing buchstäblich am seidenen Faden. Für einen Moment dachte ich, er würde fallen.«

Alex blinzelt mehrfach, als wolle er unangenehme Erinnerungen vertreiben. »Zu dem Zeitpunkt muss die Trennung aktiv geworden sein«, ergänzt er. »Ich hatte plötzlich wieder die Kontrolle über meinen Körper, sodass ich mich mit Bennys Hilfe irgendwie in Sicherheit bringen konnte.«

Dieser zieht eine Grimasse. »Danach sind wir schnellstmöglich abgehauen und haben etwas von einer Sozialstudie erfunden, die Menschen im Alltag schockieren und aufrütteln will. Man hat uns ein Hausverbot hinterhergebrüllt.«

»Ich habe keinen Bedarf, den Laden noch mal zu betreten«, murmelt Alex.

»Wir sind in enger Umarmung bis zu meinem Kombi gelaufen, weil ich Angst hatte, dass er eine weitere Kamikaze-Aktion unternimmt«, spricht Benny weiter. »Dann habe ich ihn auf der Ladefläche mit Kabeln verschnürt und ihn so nach Hause gebracht. Gut, dass ich zusätzlich Kabelbinder gekauft hatte.«

»Die Fesselspiele, von denen du dauernd erzählst, habe ich mir anders vorgestellt«, wendet sich Alex an Benny, woraufhin dieser immerhin den Anstand hat, peinlich berührt auszusehen.

Unvermittelt greift er nach seinem Rucksack. »Ich werde nach Hause fahren«, verkündet er. »Zu wenig Schlaf letzte Nacht. Bestimmt habt ihr auch ohne mich Spaß.«

»Warte«, halte ich ihn zurück. »Da ist eine Sache, von der ich euch bisher nichts gesagt habe.«

»Eine weitere Hiobsbotschaft?« Benny ächzt. »Schieß los.«

»NGS hat mich unter Druck gesetzt –«

»Und das wundert dich?«, unterbricht er mich. »Die Hauptsache ist, dass du da weg bist! Sei doch froh!«

»Natürlich bin ich das«, halte ich entgegen. »Aber die Chefs sind unglaublich aufgebracht. Sie wollten mich in den Keller sperren, und ich bin lediglich mit viel Glück entkommen. Ich bin ziemlich sicher, dass …« Ich schlucke, bevor ich mich zwinge, weiterzusprechen. »… dass sie mich um jeden Preis beseitigen wollen. Sobald die Synchro aktiv ist, wird das fast zu einfach.«

»Die Synchro?«, wiederholt Benny verständnislos, während mich Alex betroffen mustert.

»Ich trage ebenfalls einen Nanochip, zu dem NGS das Gegenstück besitzt«, rufe ich ihm ins Gedächtnis und beiße angespannt auf die Innenseiten meiner Wangen. »Sie müssen bloß abwarten, bis ich einschlafe. Es gibt zahlreiche Wege, sich eines Links zu entledigen – sogar ohne Suizid-Impulse. Immerhin wurden wir im Zuge unserer Ausbildung darauf hingewiesen, riskante Situationen unbedingt zu vermeiden. Genau diese könnten nun zum gewünschten Ergebnis führen. Sobald die Synchro steht, hat NGS leichtes Spiel. Vermutlich werde ich beim Überqueren einer Straße oder auf der obersten Stufe einer Treppe einfach umkippen oder beim Schwimmen einschlafen und nicht mehr aufwachen. An Möglichkeiten fehlt es nicht.« Ich ziehe schaudernd die Schultern hoch, während mich Benny und Alex entsetzt anstarren.

»Das ist alles viel schlimmer, als ich dachte«, bemerkt Benny schließlich.

»Und es ist noch nicht alles«, eröffne ich zögerlich. »Ich fürchte, dass ich nicht die Einzige bin, die in Lebensgefahr schwebt. Durch meine Erzählungen seid ihr zu Mitwissern geworden. Dazu kommt der Mailwechsel zwischen den Chefs, der einige brisante Geheimnisse ans Licht gebracht hat. Ich hätte euch nie darum bitten dürfen, in Tess' Wohnung einzudringen. Ich hätte euch nie mit hineinziehen dürfen, aber mir war nicht klar, wie groß die Bedrohung wirklich ist. NGS wird sich von Alex' Tod überzeugen. Sobald sie feststellen, dass er lebt, werden sie ihn ausschalten. Sie werden euch beide ausschalten.«

»Und mein Nanochip?«, hakt Alex nach.

»Du bist als Link für NGS nutzlos, weil du Bescheid weißt«, antworte ich.

»Und jetzt?«, will Benny wissen. Seine Stimme klingt rau.

»Ihr müsst abhauen«, offenbare ich und wappne mich für den Sturm der Entrüstung, den meine Forderung auslösen wird. »Schnellstmöglich. Wenn es blöd läuft, ist NGS schon auf dem Weg hierher. Es tut mir leid.«

Für einige Sekunden herrscht ohrenbetäubendes Schweigen.

»Und was tust du?«, erkundigt sich Alex heiser.

»Ahm.« Ich stocke, überfordert von der Frage. Ich hätte nicht damit gerechnet, dass sich Alex nach dieser Anhäufung von Katastrophen für meine Pläne interessiert. »Ehrlich gesagt habe ich keine Ahnung.«

»Du bist von uns allen in größter Gefahr«, spricht Alex das Offensichtliche aus. »Du musst hier weg. Es ist Wahnsinn, dass du nicht sofort untergetaucht bist.«

»Sie haben mir mein Handy abgenommen«, erwidere ich. »Ich musste wissen, was mit dir passiert ist. Außerdem konnte ich euch nicht unvorbereitet zurücklassen.«

»Das ist auch das Mindeste«, brummt Benny, woraufhin ihm Alex beruhigend eine Hand auf die Schulter legt.

»Lass uns die Vorwürfe auf später verschieben. Wir sollten verschwinden. Und du kommst mit uns«, wendet er sich an mich.

»Bist du verrückt?«, fahre ich ihn an. »Hast du nicht begriffen, dass ich früher oder später zu einer Direktverbindung für NGS werde? Der perfekte Informant. Wenn ich bei euch bleibe, nutzt eure Flucht nicht das Geringste. Genauso gut könntet ihr ins NGS-Gebäude marschieren, um euch auszuliefern. Das würde wenigstens Zeit sparen.«

»Ich werde dafür sorgen, dass du vorerst nicht schläfst«, versichert Alex mit einem schiefen Grinsen. »Mir fallen da verschiedene Maßnahmen ein.«

Benny stöhnt, und ich reiße fassungslos die Augen auf. Habe ich das gerade richtig verstanden? Ich lasse zu, dass er fast umgebracht wird, und er macht anzügliche Witze?

»Du bist ausgeschlafen«, führt Alex seine Argumentation weiter, während er mich aufmerksam beobachtet. »Du kommst ohne größere Beeinträchtigungen mindestens vierundzwanzig Stunden ohne Schlaf aus. Vielleicht länger, immerhin bist du darauf trainiert, deinen Rhythmus anzupassen und zu variieren. Wir haben ausreichend Zeit, einen Plan zu schmieden, wie wir uns gegen NGS zur Wehr setzen können.«

Benny erhebt sich ruckartig. Er ist leichenblass. »Worauf warten wir? Wir sollten –«

Im gleichen Moment ertönt von unten ein leises Schaben gefolgt von einem dumpfen Schlag.

»Deine Eltern …«, beginnt er.

»… sind mehrere Flugstunden entfernt«, beendet Alex seinen Satz. Ich stehe wie versteinert in der Zimmermitte und gebe mein Bestes, nicht in Panik zu verfallen. Jetzt kann ich anwenden, was mir NGS beigebracht hat.

Haltung bewahren in allen Lebenslagen.

»Raus hier«, zischt Benny und sieht hektisch im Raum umher.

»Durchs Treppenhaus nach unten fällt weg«, entscheidet Alex. »Wir müssen auf der Hinterseite des Hauses aussteigen. Der Garten ist zum Nachbargrundstück nur durch eine Hecke abgegrenzt. Wird mit Sicherheit unangenehm. Leider bleibt uns keine Wahl.«

»Handy. Geldbeutel. Ladekabel«, zähle ich knapp auf. »Für mehr ist keine Zeit. Nimm auch den Magneten und das Taschenmesser mit.«

Alex nickt mir zu und steckt die genannten Dinge ein. Unterdessen geht Benny bereits zur Tür und öffnet diese so leise wie möglich. Fast lautlos bewegen wir uns über den Flur in das gegenüberliegende Zimmer, während von unten ein Poltern ertönt. Aus wie vielen Personen besteht die von NGS geschickte Einheit? Drei? Vier? Garantiert teilen sie sich auf, um die einzelnen Räume zu durchsuchen. Wir müssen uns beeilen.

Alex stürmt zum Fenster, entriegelt die beiden Flügel und wirft einen Blick nach unten. »Ich hätte nicht erwartet, schon wieder einen Abstieg aus luftiger Höhe zu planen«, bemerkt er scheinbar locker, aber ich höre die Anspannung in seiner Stimme. »Das sind mindestens sechs Meter.«

Ich streiche leicht über seinen Oberarm. »Du kriegst das hin.«

»*Wir* kriegen das hin«, entgegnet Alex. »Hast du Klettererfahrung?«

»Nicht wirklich«, erwidere ich bedauernd und spähe unschlüssig in die Tiefe.

»Los«, drängt Benny. »Geh du zuerst, Alex. Dann kannst du deinen Schatz im Notfall auffangen.«

Alex antwortet nicht und steigt auf die Fensterbank. Während er sich mit der rechten Hand am Rahmen festhält, streckt er die linke nach dem Regenrohr aus.

Ich halte den Atem an, als er den knappen Meter mit einem Sprung überbrückt. Das Metall gibt ein protestierendes Quietschen von sich, hält jedoch. Alex zögert nicht länger, sondern beginnt damit, abwärts zu klettern. Wenig später steht er im Garten und sieht zu uns hinauf.

»Nora«, flüstert er auffordernd. Fast zeitgleich ertönt auf dem Flur ein Klirren und ein unterdrückter Fluch.

Verdammt. Die Verfolger sind bereits auf unserer Etage angelangt. Wir brauchen zu lange.

Spontan kehre ich dem Fenster den Rücken und haste durchs Zimmer, um den Schlüssel zu drehen und uns so weitere kostbare Sekunden zu erkaufen. Bevor meine Finger das Metall berühren, wird die Tür aufgestoßen und knallt mit voller Wucht an meine Schläfe. Ich taumle zurück und habe Schwierigkeiten, meinen Blick zu fokussieren. Weiß glühende Funken tanzen vor meinen Augen, und ich sehe die Silhouette des NGS-Mannes lediglich verschwommen.

Er kommt auf mich zu und streckt den Arm nach mir

aus, doch bevor er mich erreicht, geht er mit einem erstickten Laut zu Boden.

Als sich meine Sicht klärt, entdecke ich Benny, der hinter ihm steht und eine kleine Lampe mit solidem Bronzefuß in den Händen hält.

»Raus mit dir, Nora«, zischt er und lässt das Teil achtlos fallen. »Na los.«

Ich zögere nicht länger, nehme meinen Mut zusammen und steige auf die Fensterbank. Als mir klar wird, dass mich nur ein Schritt vom Absturz trennt, schwanke ich fast unmerklich.

Verkrampft klammere ich mich am Rahmen fest und versuche, die Erinnerungen an den Skytower und an die Brüstung im Baumarkt abzuwehren.

»Der Typ wacht schon wieder auf«, bringt Benny gehetzt hervor. »Leg einen Zahn zu. Ich muss auch noch hinterher.«

Ich schlucke hart, greife seitlich an der Hauswand vorbei, kann das Regenrohr allerdings nicht erreichen. Im Gegensatz zu Alex' Armen sind meine nicht lang genug, um mich für den Übergang ausreichend zu sichern. Ich hole tief Luft, dann springe ich ins Leere. Mit einem Scheppern, das in der nächtlichen Stille viel zu laut wirkt, pralle ich gegen das spröde Metall, kralle mich verzweifelt fest und lasse mich abwärts rutschen. Ich spüre, wie meine Fingerkuppen aufreißen, doch ich lockere meinen Griff nicht.

Benny steigt auf die Fensterbank und visiert ebenfalls das Regenrohr an. Kraftvoll stößt er sich vom Rahmen ab und umklammert kurz darauf den einzigen Halt, der ihn vom Absturz aus sechs Meter Höhe trennt. Der *uns* vom Absturz trennt.

Im selben Augenblick, in dem das Rohr unser beider Gewicht tragen muss, ertönt erneut das beunruhigende Geräusch. Mit einem Knirschen löst sich die Verankerung.

Während ich mich das letzte Stückchen hinabfallen lasse und wohlbehalten in Alex' Armen lande, kippt Benny samt Halterung nach hinten und befindet sich plötzlich etwa einen halben Meter von der Hauswand entfernt. Das Metall gibt mit einem ohrenbetäubenden Kreischen vollends nach, und Benny stößt einen erstickten Schrei aus. Halb springt, halb fällt er in die Tiefe und kommt mit einem Schmerzenslaut am Boden auf.

Alex und ich sind sofort an seiner Seite.

»Mein Knöchel«, ächzt er, kämpft sich in den Stand und versucht testweise, den Fuß zu belasten. Keine Chance. Er taumelt unkontrolliert, sodass ihn Alex festhalten muss, damit er nicht erneut auf der Erde landet. Auf Bennys Gesicht steht der Schweiß, und er atmet flach. Es ist deutlich zu sehen, dass die Verletzung verdammt wehtut.

»Sie sind auf der Rückseite ausgestiegen«, höre ich eine Stimme aus dem Innern des Hauses, und mir wird kalt vor Angst.

Entschlossen legt sich Alex den Arm seines besten Freundes über die Schulter, während ich ihn von der anderen Seite stütze.

Mit mühsam unterdrückter Panik zerren wir Benny durch den Garten, jede Sekunde damit rechnend, dass einer der NGS-Männer um die Ecke biegt und uns entdeckt. Fast kann ich spüren, wie sich eine Hand um meinen Oberarm schließt und damit jeglicher Hoffnung ein Ende setzt.

Das Überwinden der Hecke ist extrem unangenehm, zumal wir uns rücksichtslos einen Weg durch die Dornen bahnen. Auf der anderen Seite angekommen, bluten wir alle aus zahlreichen Kratzern. Auch meinem Shirt, das bereits durch den Abstieg an der Regenrinne in Mitleidenschaft gezogen wurde, hat das aggressive Gestrüpp stark zugesetzt.

Als wir im Garten des Nachbargrundstücks stehen, gestatten wir uns eine kurze Atempause. Während ich einige Haarsträhnen mit den Fingern entwirre, beobachte ich Alex aus den Augenwinkeln. Er sieht müde aus. Kein Wunder nach allem, was er innerhalb der letzten zwölf Stunden erlebt hat.

»Wir müssen weiter«, murmelt er und strafft die Schultern.

»Bestell ein Taxi zur nächsten Querstraße«, fordere ich ihn auf, statt die nächste Entschuldigung auszusprechen, die mir auf der Zunge liegt.

Alex nickt und kommt umgehend meiner Bitte nach.

Er klemmt sein Handy zwischen Schlüsselbein und Kinn und telefoniert, während wir uns weiter mit Benny in unserer Mitte durch die Nacht kämpfen.

Erst eine Viertelstunde später erreichen wir die Straße. Ich bin so auf meine Schritte konzentriert, dass ich nicht einmal schätzen kann, wie viele Gärten wir mittlerweile durchquert haben. Erschöpft und gleichzeitig angespannt warten wir auf die Ankunft des Taxis.

Benny ist für seine Verhältnisse geradezu beunruhigend still, und ich fürchte, sein Fuß macht ihm zu schaffen.

Alex kniet sich neben seinen Freund und tastet vorsichtig seinen Knöchel ab, was Benny mit einem schmerzerfüllten Keuchen quittiert. Unterdessen vergewissere ich mich, dass wir unbehelligt geblieben sind.

»Wirkt nicht, als sei etwas gebrochen«, murmelt Alex und richtet sie wieder auf. »Sei froh, dass ich für die Arbeit im Funpark meinen Ersthelfer-Kurs auffrischen musste.«

Benny gibt ein Geräusch von sich, das Lachen oder Stöhnen sein könnte, antwortet jedoch nichts.

Im selben Moment biegt das Taxi um die Ecke. Gemeinsam manövrieren wir Benny auf den Beifahrersitz, während Alex und ich auf der Rückbank Platz nehmen.

Als der Fahrer den Motor anlässt, lehne ich meinen Kopf an das weiche Polster und gönne mir einen Augenblick der Entspannung. Vorerst sind wir der Gefahr entkommen.

22 | Profitsüchtig und skrupellos

Es dauert etwa anderthalb Stunden, bis wir an unserem Zielort ankommen. Obwohl unsere Heimatstadt an die fünfhunderttausend Einwohner hat, waren wir uns einig, dass es zu riskant ist, dort in einem Hotel Unterschlupf zu suchen. Zudem fühlen wir uns alle wohler mit dem Gedanken, so viele Kilometer wie möglich zwischen NGS und uns selbst zu bringen. Mir ist bewusst, dass im Falle einer Synchro nicht einmal der Ozean dazwischen etwas nutzen würde, aber noch ist es nicht so weit. Noch bin ich nicht im Ansatz müde. Noch gehört mein Körper mir allein – samt meines höllisch schmerzenden Kopfs, der mir die Kollision mit der Tür lange nicht verziehen hat.

Im Verlauf der Fahrt hat Alex verschiedene Hotels kontaktiert und uns nach mehreren Anläufen erfolgreich eingebucht, sodass wir trotz fortgeschrittener Stunde zwei Doppelzimmer beziehen können.

Im Fahrstuhl nach oben stellt er mir eine Frage, mit der ich absolut nicht gerechnet habe. Nicht nach allem, was ich ihm angetan habe.

»Teilst du dir mit mir ein Zimmer?«

Ich starre ihn für einige Sekunden stumm an, während ich über die Bedeutung seines Angebots nachgrüble. Will er mir damit signalisieren, dass er bereit ist, mir eine weitere Chance zu geben? Etwas Derartiges hatte er schon vorhin erwähnt. Das war allerdings vor der kopflosen Flucht, die eindrucksvoll gezeigt hat, wie heikel unsere Lage ist.

Ich werfe einen sorgenvollen Blick auf Benny, der an der Kabinenwand lehnt. Obwohl er versucht, sich nichts anmerken zu lassen, ist es offensichtlich, dass er Schmerzen hat. Sein Gesicht ist blass, und er vermeidet es, den rechten Fuß zu belasten.

»Denkst du nicht, es wäre besser, wenn du bei Benny bleibst?«, äußere ich zögerlich.

»Ich brauche keinen Babysitter«, meldet sich dieser gereizt zu Wort. »Erinnere dich daran, wer Alex aus der Klemme geholfen hat. Ich bin froh, endlich meine Ruhe zu haben. Führt ein klärendes Gespräch oder regelt die Dinge auf andere Weise. Euch fällt sicher etwas ein.«

Ohne auf unsere Reaktion zu warten, nimmt er Alex eine der beiden Schlüsselkarten aus der Hand und hinkt mit einem frechen Lachen in den näher gelegenen Raum.

Nachdem er die Tür hinter sich geschlossen hat, stehen Alex und ich für einige Sekunden unschlüssig im Flur. Bevor das Schweigen zu unangenehm wird, legt er die Hand auf die Klinke.

»Ich glaube, ein Satz ohne anzüglichen Witz ist für ihn ein verlorener Satz«, bemerkt er, woraufhin ich amüsiert schnaube.

Nachdem wir unser Zimmer betreten haben, betrachte ich Alex von der Seite. Er wirkt vollkommen fertig. Abgekämpft und erschöpft.

Als habe er meine Musterung gefühlt, dreht er den Kopf und lächelt schwach. »Ich sehe katastrophal aus«, formuliert er meine Gedanken.

»Das habe ich nicht gesagt«, widerspreche ich.

»Musst du auch nicht«, entgegnet er. »Das ist deinem mitleidigen Ausdruck deutlich anzusehen. Wie geht es dir?« Sein Tonfall wirkt leicht besorgt. »Müde?«

»Kein bisschen«, wehre ich ab. »Ich bin erst seit Kurzem wach. Du solltest schlafen«, fordere ich dann. »Ich passe auf.« Gleichzeitig wird mir klar, wie lächerlich diese Versicherung ist. Immerhin bin ich diejenige, die ihn in diese ungute Situation gebracht hat.

Alex wirft mir jedoch nichts Derartiges vor und legt sich mit einem dankbaren Seufzen auf das breite Doppelbett, das ebenso wie der Rest des Raumes in einem hellen Rosa gehalten ist. Innerhalb von Sekunden ist er eingeschlafen. Ich setze mich mit angezogenen Beinen auf die kleine Couch. Obwohl ich ihn nicht wie ein verrückter Groupie beim Schlafen beobachten will, schaffe ich es nicht, den Blick abzuwenden. Die letzten Tage müssen entsetzlich für ihn gewesen sein, dennoch hat er mich nicht zurückgestoßen. Stattdessen hat er mich zum Mitkommen aufgefordert und ebenfalls vorgeschlagen, ein gemeinsames Zimmer zu nehmen. Er ist direkt neben mir eingeschlafen, obgleich das beim letzten Mal zu einer Katastrophe geführt hat. Trotz meiner zahlreichen Fehltritte scheint er mir zu vertrauen, und ich wäre ein Idiot, wenn ich das nicht zu schätzen wüsste. Ich lege mein Kinn auf den Knien ab, mache mein Versprechen wahr und wache über seinen Schlaf.

Viel früher als erwartet schlägt er die Augen auf. Die Dunkelheit draußen ist noch nicht ganz vergangen, und die Strahlen der Morgensonne berühren gerade erst die Spitzen der Dächer.

»Morgen«, begrüße ich ihn. »Gut geschlafen?«

»Es geht«, antwortet er und streckt sich. »Ich bin mehrfach aufgewacht. Kein Wunder nach der Aufregung. Wie war deine Nacht?«

»Ziemlich entspannt«, erwidere ich. »Aber geschlafen habe ich nicht. Ein Hoch auf das NGS-Training.«

Alex grinst und verschwindet ins Bad. Nachdem er zurück ist, kümmert er sich um ein Frühstück, während ich mich unter die Dusche stelle. Als ich das Zimmer erneut betrete, warten Orangensaft und frische Brötchen auf mich. Gerührt stelle ich fest, dass er sich an meine Abneigung gegen Kaffee erinnert und sogar selbst darauf verzichtet.

»Wir haben einiges zu klären«, bemerkt er und reicht mir ein Glas.

Ich nehme das Getränk entgegen, nicke und suche gleichzeitig verzweifelt nach den richtigen Worten. Leider fällt mir nicht das Geringste ein. Eine einfache Entschuldigung reicht nicht aus. Ohne Benny wäre er jetzt tot, das ist uns beiden klar. Dass ich ihn durch mein Erscheinen in erneute Gefahr bringe, macht die Sache nicht besser. Ich hätte ihn einfach in Ruhe lassen sollen, dann bestünde zumindest der Hauch einer Chance, dass NGS von ihm ablässt.

Zaghaft forsche ich in Alex' Gesicht nach Anhaltspunkten, um zu erkennen, wie wütend er ist, womit ich zu rechnen habe. Ich könnte es ihm nicht verdenken, wenn er mich gleich fertigmacht für das, was ich ihm angetan habe. Schließlich hatte er eine Nacht Zeit, um zur Vernunft zu kommen und zu realisieren, welches Risiko meine Anwesenheit bedeutet.

Beklommen beobachte ich, wie er sich mit einem Glas Orangensaft auf einen Sessel fallen lässt. Hoffentlich hat er diese Position gewählt, damit er mir für das Gespräch gegenübersitzt, und nicht, weil er körperliche Nähe zu mir vermeiden will.

Für einige Minuten ist es still zwischen uns, während jeder mit seinem Getränk beschäftigt ist. Die Situation ist völlig verfahren. Ich muss mir langsam eingestehen, dass das zwischen uns vorbei ist, bevor es überhaupt angefangen hat.

»Es tut mir so leid, dass du das alles durchmachen musstest«, flüstere ich, als hätte ich Angst, der Klang meiner Stimme könnte ihn endgültig von mir wegtreiben. »Ich hätte das nie zulassen dürfen. Ich wollte es nicht wahrhaben, dass die Synchro eine solche Gefahr bedeutet.«

Alex sieht mich nicht an. »Es war ein Albtraum. Schlimmer als ein Albtraum«, verbessert er sich und klingt dabei so erschüttert, dass mein schlechtes Gewissen einen neuen Höhepunkt erreicht. Wie konnte ich ihm das antun? Ausgerechnet ihm? »Keine Kontrolle über den Körper zu haben und tatenlos mit ansehen zu müssen, wie er alles daran setzt, sich selbst zu zerstören.«

»Es ist ein Wunder, dass es halbwegs gut ausgegangen ist«, sage ich und rechne damit, dass er mir etwas in Richtung »Ja, doch nicht dank dir« entgegenschmettern wird.

»Ich schulde Benny mein Leben«, murmelt er stattdessen. »Wenn du ihn nicht ebenfalls ins Vertrauen gezogen hättest, wäre die Sache anders ausgegangen. Dann wäre ich jetzt nicht mehr hier.«

Ja. Das weiß ich.

»Du hast mich zwar in eine grauenvolle Lage gebracht, aber immerhin so gut wie möglich auf mich aufgepasst«, fährt er fort, woraufhin ich mich zu einem schwachen Lächeln zwinge. Es ist verrückt, das auf diese Weise zu sehen.

»Erklärst du mir die Zusammenhänge?«, erkundigt er sich betont locker.

Ohne zu zögern, liefere ich einen erschöpfenden Bericht und bemühe mich darum, nicht das kleinste Detail auszulassen. Anders als am Mittwochabend spreche ich nicht nur von mir, sondern nehme auch Bezug auf die Firmenpolitik und das dahinter stehende Konzept, ebenso wie ich den drohenden Hirnschlag bei der Trennung in Fesseln erwähne, den unsere Kabelbinder-Idee unweigerlich nach sich gezogen hätte. Lediglich die Einzelheiten zu Tom und Rebecca spare ich mir, da wir uns bereits gestern ausgiebig darüber unterhalten hatten.

Alex hört interessiert zu und formuliert hin und wieder

eine Frage. Als ich nach einer guten Stunde am Ende angelangt bin, lehnt er sich zurück.

»Profitsüchtig, skrupellos und vom Ehrgeiz zerfressen«, zählt er auf. »Die Synchros sind für sich genommen schon grenzwertig, aber dieses Risiko bei der Trennung müsste eigentlich dazu führen, dass umgehend alle Versuche eingestellt werden.«

Ich nicke zustimmend. »Du hast absolut recht. Am schlimmsten ist, dass diese Todesfälle bloß als unpraktische Nebensächlichkeiten wahrgenommen werden. Und ausgerechnet diese nutzen sie als Druckmittel. Alleine der Gedanke daran, dass NGS meinen Chip besitzt … als ich mich mit dir in einer Synchro befunden hatte, waren ihnen die Hände gebunden. Das sieht jetzt anders aus.« Meine Kehle wird eng. »Ich werde in meiner nächsten REM-Phase zum Link gemacht. Was danach passieren wird, können wir uns denken. Heute Nacht war der fehlende Schlaf kein Problem, das halte ich jedoch nicht über mehrere Tage durch.«

Alex fährt sich hilflos durch die Haare. »Wir müssen uns etwas einfallen lassen.«

»Wir?«, wiederhole ich fassungslos, während mich plötzliche Wärme durchflutet. »Das sagst du, obwohl du gestern wegen mir Todesangst ausgestanden hast?«

»Wir«, bestätigt er schlicht.

Für einen Moment schaue ich ihn wortlos an, überwältigt von seiner Bereitschaft, zu mir zu halten.

»Bei all dem Schockierenden und Verstörenden ist es krass, was NGS erreicht hat«, stellt er unvermittelt fest.

»Irgendwie kann ich verstehen, dass man eine solch bahnbrechende Erfindung weiterentwickeln will. Die Schwierigkeiten bei der Trennung und die Drohung, die gerade im Raum schwebt, klammere ich natürlich aus. Das ist indiskutabel.«

»Ich hätte nicht gedacht, dass du das so siehst«, äußere ich neutral und versuche zu verbergen, dass ich bei dieser Aussage am liebsten laut schreien würde. »Selbst wenn man die Trennung außen vor lässt. Immerhin bist du eines der Überwachungs-Opfer. Ich schäme mich, dass ich nicht früher kapiert habe, wie heftig das Synchro-Konzept in die Privatsphäre des Links eingreift und wie viel Macht es dem Reg gibt. Seit man mir offenbart hat, dass Lennard *in mir* war, fühle ich mich verletzlich und angreifbar. Als sei mein Inneres freigelegt worden.«

Alex runzelt die Stirn und steht auf. »Es ist noch schwieriger, als Link währenddessen Bescheid zu wissen«, bemerkt er und setzt sich neben mich auf die Couch, wobei sich unsere Arme leicht berühren.

Obwohl ich weiß, dass die Situation gerade mehr als unpassend ist, überläuft mich ein Schauer. Meine Wahrnehmung ist auf diesen einen Kontaktpunkt konzentriert. Es ist offensichtlich, dass er mich stärker aus dem Konzept bringt als vor der Synchro. Deutlich stärker. Meine trockene Kehle, die etwas feuchten Handflächen, der erhöhte Puls, das Kribbeln in meinem Magen. Meine körperlichen Reaktionen auf ihn zeigen zweifellos, dass ich viel zu tief in dieser Sache stecke. Ich empfinde viel zu viel für Alex. Vor Beginn der Synchro hatte ich angenommen, dass meine Gefühle für ihn verschwinden oder zumindest abkühlen würden. Das Gegenteil ist der Fall. Was sich in der Verlinkung schon abgezeichnet hat, wird mir nach meinem Erwachen umso heftiger klar, da meine Emotionen nun wieder unverfälscht und nicht von Alex' überlagert sind.

Während ich mir widerwillig eingestehe, mich in Alex verliebt zu haben, durchflutet mich Resignation.

Durch die Synchro habe ich mehr von ihm erfahren, als ich je wissen wollte. Ich habe sein wahres Wesen, seine Gefühlswelt kennengelernt. Und er ist tatsächlich unglaublich liebenswert. Die Hingabe, die er im Verlauf des Konzerts empfand. Die Loyalität zu seinen Freunden. Seine Fähigkeit, sich auf meine abstruse Geschichte einzulassen.

Aber das alles war einseitig. Wie kann es ihm nur ansatzweise so gehen? Während ich jeden seiner Schritte miterlebt habe, war ich für ihn nicht existent oder sogar als Albtraum gegenwärtig. Obwohl ich ihm in den letzten Tagen so nah war, bin ich weiterhin eine Fremde. Schlimmer noch, eine Fremde, die ihn um ein Haar umgebracht hätte.

»Du wirkst … unglücklich«, bemerkt er, streckt die Hand aus und streicht über mein Bein. »Wir werden einen Weg finden, die Synchro zu umgehen und dich von dem Einfluss NGS' zu befreien. Oder ist es etwas anderes?«

»Schuldgefühle«, offenbare ich knapp.

»Es ist alles gut gegangen«, erinnert er mich. »Und was

die letzten beiden Tage betrifft: Ich fand es spannend, dich bei mir zu haben. Es hat mir gefallen. Zumal ich häufig den Eindruck hatte, ich hätte Gefühle gespürt, die nicht von mir kamen … oder zumindest nicht nur«, fügt er hinzu. »Schade, dass die Synchro so plötzlich zu Ende war. Ich hätte einige Ideen gehabt …«

»Ich hätte erwartet, dass du dich freust, deinen Körper für dich zu haben«, necke ich ihn. »Gerade wirkt es eher, als seist du enttäuscht, deine exhibitionistische Ader nicht weiter ausleben zu können.«

Alex lacht und wird kurz darauf wieder ernst. »Erzähl mir, wie es für dich war.«

»Es war *anders*«, beginne ich. »Du warst mein erster Mann.«

»Themenwechsel?« Alex grinst. »Ich dachte, wir wollten über die Synchro –«

»Kein Themenwechsel«, unterbreche ich ihn. »Ich hatte vor dir vier Links, alle waren weiblich und in einem ähnlichen Alter wie ich. Der nächste Unterschied liegt darin, dass sie nichts von der Synchro ahnten. Im Gegensatz zu dir. Ich hatte dich vorher gewarnt. Du wolltest mir nicht glauben.«

»Ich hatte dir schon geglaubt … irgendwie«, widerspricht Alex.

»Dann hast du dich eben wissentlich auf dieses Risiko eingelassen«, entgegne ich. »Doch ich trage dafür die Verantwortung. Ich hätte niemals neben dir einschlafen dürfen.«

Alex schüttelt schweigend den Kopf.

»Auf jeden Fall wurde durch diese Synchro verstärkt, was sich zuvor angedeutet hatte«, fahre ich vage fort. »Meine Verbindung zu dir war viel stärker als die zu meinen bisherigen Links. Du hast regelmäßig mit mir gesprochen, und die Show, die du mir gestern Abend geboten hast, war … wirkungsvoll.«

»Benny hat mir davon erzählt«, bestätigt Alex und scheint zu vergessen, dass ich dabei war. »Es war nicht damit zu rechnen, dass du derart heftig auf mich reagieren würdest. Wobei, nach unserer gemeinsamen Nacht hätte ich das eigentlich wissen müssen«, ergänzt er unschuldig.

»Du meinst die Nacht, in der du den *besten Sex deines Lebens* hattest?«, frage ich harmlos, woraufhin Alex ein ersticktes Geräusch von sich gibt.

»Du nutzt diese Infos knallhart aus«, stellt er anklagend fest.

»So sind alle bei NGS«, erkläre ich ernsthaft. »Ich hatte dir bereits erzählt, dass bei der Einstellung diverse Kriterien erfüllt werden müssen, für deren Einhaltung ich mich wirklich angestrengt habe. Rücksichtslosigkeit und moralische Flexibilität gehören dazu. Ebenso eine gesunde Portion Realismus. Wir wissen genau, welche Vorteile es bringt, für NGS zu arbeiten. Aber das gehört der Vergangenheit an, und das ist irgendwie erleichternd.«

»Du steckst jetzt in Schwierigkeiten. Wegen mir.« Alex schaut mich eindringlich an. »Ich scheine dir ziemlich wichtig zu sein«, folgert er mit einem provozierenden Unterton. »Richtig?«

Ich antworte nicht. Als wüsste er das nicht ohnehin schon.

»Erinnerst du dich an unsere Unterhaltung in der Achterbahn?«, hakt er nach. »Ausschließlich die Wahrheit.«

Ich nicke und weiche seinem Blick aus.

»Du hast live miterlebt, was alleine der Gedanke an dich in mir auslöst«, sagt er heiser. »Das Kribbeln in meinem Magen, die alles überstrahlende Wärme, die Aufregung. All das habe ich empfunden, weil du in meinen Vorstellungen herumgegeistert bist. Du hast mein Leben in der letzten Woche völlig auf den Kopf gestellt – und das meine ich nicht als Vorwurf. Ich würde gerne mehr Zeit mit dir verbringen und dich besser kennenlernen, insbesondere wenn diese ominöse Firma nicht mehr dein Handeln bestimmt.«

Ich brauche einige Sekunden, um mich nach diesem unverhofften Geständnis zu sammeln. »Mir geht's ähnlich«, gebe ich widerstrebend zu. »Vermutlich bin ich stärker darin verwickelt, weil ich durch die Synchro einen Blick auf dein Inneres werfen durfte. Trotzdem wusste ich bereits bei unserem ersten Treffen, dass du mein Herz nicht unberührt lassen würdest.«

Alex setzt ein schiefes Grinsen auf. »War mir klar«, erwidert er schulterzuckend.

Ich verdrehe die Augen. »Mit deinem Selbstbewusstsein hast du jedenfalls keine Probleme.«

In einer fließenden Bewegung lehnt er sich zu mir, sodass unsere Gesichter auf gleicher Höhe sind. Er sieht mir in die Augen, und wieder erkenne ich die goldenen

Funken um seine Pupille, die seinen Blick noch intensiver machen. Mit den Fingerspitzen fährt er über die empfindliche Haut meines Halses, was sofort meinen ganzen Körper unter Strom setzt. Unwillkürlich seufze ich auf.

»Wie auch, wenn ich eine solche Reaktion in dir hervorrufe?«, gibt er mit einem Lächeln zurück.

Mein Schnauben verwandelt sich in ein verhaltenes Stöhnen, als er sich nach vorne beugt und mir leicht in den Hals beißt, während er seine Hände über meine Seiten herabwandern lässt. Die direkte Nähe seines Körpers, der warme Atem auf meiner Haut und der leicht schmerzende Abdruck, den seine Zähne hinterlassen haben, sorgen dafür, dass mich Hitze erfüllt.

Wie von selbst wende ich ihm mein Gesicht zu, sodass sein Mund über meine Wange gleitet und meine Lippen streift.

Es ist kein richtiger Kuss, sondern lediglich ein Innehalten und dadurch unglaublich intim. Für einen Moment verharren wir, während sich unser Atem vermischt und wir die Gegenwart des jeweils anderen genießen.

Dann lege ich meine Hand in Alex' Nacken und ziehe ihn komplett zu mir heran. Als sich unsere Lippen finden, stößt er einen Seufzer aus. Sein Kuss ist genauso überwältigend, wie ich ihn in Erinnerung hatte, und hat diesen unvergleichlichen Geschmack mit der fruchtigen Note des Orangensafts. Er ist zärtlich und gleichzeitig fordernd. Mit der Zunge streife ich vorsichtig über seine Unterlippe und erschauere, als er die Berührung erwidert. Bevor er unter den Bund meines Shirts fassen kann, rutsche ich von ihm weg und stehe auf.

»Um noch mal auf den *besten Sex deines Lebens* zurückzukommen, den du am Dienstag hattest …«, beginne ich, während ich seine Hand ergreife und ihn zum Bett ziehe.

Alex legt den Kopf schräg und mustert mich aufmerksam.

»Den werden wir heute überbieten.«

23 | Viel zu früh

Gegen neun Uhr treffen wir uns mit Benny in dessen Zimmer, wo wir unser weiteres Vorgehen planen wollen.

Innerhalb von Sekunden registriert er unsere verschränkten Hände und zieht die Augenbrauen hoch.

»Aha«, sagt er betont neutral. »Ihr habt euch ausgesprochen und alles geklärt, ja?«

Alex und ich nicken synchron, woraufhin Benny seufzt.

»Etwas Konstruktives kam dabei wohl nicht heraus, oder?«, fragt er, und ihm ist deutlich anzusehen, dass er unserer Versöhnung mit gemischten Gefühlen gegenübersteht. Kein Wunder, schließlich hat er alles hautnah miterlebt und sich – im Gegensatz zu Alex – nicht bewusst für meine Gesellschaft entschieden.

»Wir sollten auf jeden Fall zusehen, dass wir für einige Zeit von der Bildfläche verschwinden«, stellt Alex fest und drückt kurz meine Hand. Dann zieht er seinen Geldbeutel aus dem Rucksack, um die Hotelrechnung zu bezahlen.

»Das ist nicht nötig. Ich kann selbst –«, widerspreche ich und verstumme, als mir klar wird, dass dies eben nicht der Fall ist. Ich muss diese Flucht ohne einen Cent in der Tasche antreten, und auch Benny ist finanziell nicht gut aufgestellt, das ist unschwer an seinem Gesicht zu erkennen. Somit ist Alex der Einzige, der für die anfallenden Kosten aufkommen kann.

Gemeinsam verlassen wir das Hotel und kaufen diverse Kleinigkeiten wie Wechselklamotten und Hygieneartikel ein, um in der nächsten Zeit über die Runden zu kommen. Einen weiteren wichtigen Teil meiner Ausrüstung stellen Koffeintabletten dar, die ab sofort zu meinem steten Begleiter werden, um gegen die Müdigkeit anzukämpfen.

Einige Stunden später befinden wir uns auf dem Weg zu einer Freundin von Benny, die sich bereit erklärt hat, uns für einige Tage Unterschlupf zu gewähren.

Am späten Nachmittag betreten wir die kleine Dreizimmerwohnung von Alina. Sie begrüßt uns freundlich und bietet uns großzügig an, uns in ihrer Wohnküche und dem daneben liegenden Arbeitszimmer wie zu Hause zu fühlen. Belustigt registriere ich die sehnsüchtigen Blicke, die sie Benny zuwirft. Alex' bester Freund scheint eine geradezu magnetische Anziehungskraft auf Frauen auszuüben.

Während wir unsere Einkäufe sortieren, verabschiedet sich Alina, die mit einer Kommilitonin zum Lernen verabredet ist.

Nachdem sie die Wohnung verlassen hat, setze ich mich an den Küchentisch und schaue mich in Ruhe um. Die Wände sind in einem warmen Gelb gestrichen, und die zusammengewürfelten Möbel passen kein bisschen zueinander. Das Weinrot der Couch beißt sich mit den orangefarbenen Bezügen der Stühle, und die beige Tischdecke tut ihr Übriges. Trotzdem wirkt der Raum so gemütlich und strahlt solche Geborgenheit aus, dass ich mich unwillkürlich etwas entspanne.

Erschöpft massiere ich meine Schläfen und unterdrücke zum ersten Mal seit dem Beginn der Flucht ein Gähnen.

Alex mustert mich sofort beunruhigt. »Wirst du müde?«, fragt er alarmiert.

Ich zucke mit den Schultern. »Es geht«, entgegne ich vage. »Eine weitere Nacht schaffe ich garantiert. Ab morgen könnte es schwieriger werden.«

Er legt einen Arm um mich. »Wir werden abwechselnd bei dir bleiben, damit du das durchhältst. Ich werde gleich noch eine Runde schlafen, damit ich die Nachtschicht übernehmen kann.«

»Hilft uns leider nichts, wenn wir nicht bald auf eine Lösung kommen«, wirft Benny von der Seite ein. »Wir sollten die Gelegenheit nutzen und endlich überlegen, was wir tun. Alina wird nicht ewig bei ihrer Freundin sein, und sie ist zu nett, um in diesen Mist mit hineingezogen zu werden. Allein dass sie unseren spontanen Kurztrip unterstützt, ist echt toll von ihr.«

Alex nickt und verschränkt die Arme. »Wie können wir einen Firmenkomplex ausschalten, der nicht nur unfassbare Summen Geld zur Verfügung, sondern außerdem die Möglichkeit hat, in Kürze jeden unserer Schritte zu überwachen? Ganz abgesehen davon, dass NGS keine Hemmungen hat, moralische Grenzen zu übertreten. Im Gegensatz zu uns.«

»Wir müssen die Polizei einschalten«, sagt Benny unvermittelt.

Ich verkneife mir ein Stöhnen. »Sie werden uns nicht glauben«, erkläre ich und bemühe mich, mir meine Ungeduld nicht anmerken zu lassen. »Meine Synchro wird aktiv sein, bevor wir die Gelegenheit haben, unsere Geschichte ausreichend zu beweisen. Spätestens dann hat NGS Zugriff auf alle Informationen, welche die Polizei von uns bekommt. Es wird ein Leichtes sein, diese zu widerlegen und anschließend mich auszuschalten.«

Alex schnaubt zustimmend, woraufhin Benny die Stirn runzelt.

»Ein Giftgasangriff durch die Lüftungsanlage«, zählt er auf. »Eine Bombendrohung. Wobei die bloß für eine kurzzeitige Räumung des Gebäudes sorgen würde. Wir könnten einen Virus auf die Festplatte spielen. Oder die Technik kurzschließen. Wie wäre es mit Brandstiftung? Oder wir lösen die Sprinkleranlage aus, die alles lahmlegt.«

Ich folge mit zunehmender Skepsis seinen Ausführungen. Wenn die Lage nicht so ernst wäre, könnte ich mich fast darüber amüsieren.

»Ist das nicht alles ein wenig … unrealistisch?«, wage ich schließlich zu fragen. »NGS würde niemals zulassen, dass wir ihre Geräte zerstören oder mit einem Benzinkanister durch die Firma laufen. Sie haben einen gut funktionierenden Sicherheitsdienst und Videokameras an allen zentralen Stellen. Zudem würden wir nicht einmal ins Gebäude reinkommen. Der Eingang ist hermetisch abgeriegelt und rund um die Uhr von zwei Pförtnern besetzt.«

Benny seufzt. »Das waren ohnehin alles Ideen, die ich aus irgendwelchen Filmen geklaut habe. Da klappt so etwas immer.«

»Deine Vorschläge in Ehren«, bremse ich ihn, »aber wir wissen alle, dass eigentlich nur ein Weg infrage kommt.«

Alex legt mir eine Hand auf den Arm und schüttelt den Kopf, trotzdem spreche ich weiter.

»Wir müssen uns trennen«, formuliere ich widerstrebend meine größte Angst. »Ich muss weg von euch. Das ist die einzige Chance, dass euch NGS in Ruhe lässt. Ich hätte gestern niemals bei euch auftauchen dürfen. Diesen Fehler kann ich jetzt zumindest halbwegs wiedergutmachen.«

Alex öffnet den Mund, doch Benny lässt ihn nicht zu Wort kommen.

»Das stimmt«, bestätigt er mit einem bedauernden Blick in die Richtung seines Freundes. »Ich weiß, du hörst das nicht gerne, Alex. Aber Nora wird früher oder später von NGS geschnappt werden, unabhängig davon, ob du an ihrer Seite bist oder nicht. Denk an gestern. Wir hatten lediglich Glück … und die Hilfe einer hässlichen Lampe. Es nutzt nicht das Geringste, dich zusätzlich auszuliefern.«

Alex schluckt und senkt den Kopf, entgegnet jedoch nichts.

»Vielleicht erwischen sie mich gar nicht«, versuche ich, ihm Mut zuzusprechen.

Alex winkt ab. Er sieht unglaublich müde aus. »Spar dir die Aufmunterung«, sagt er resigniert und wendet sich ab, um in Alinas Arbeitszimmer zu gehen, in welchem sich neben diversem Kram eine kleine, ausziehbare Couch befindet.

»Ich lege mich hin. Benny, bleibst du bei Nora und sorgst dafür, dass sie weder abhaut noch einschläft? Weck mich spätestens um 18 Uhr, ja?« Er dreht den Kopf und sieht mir direkt in die Augen. »Versprich mir, dass du bei meinem Erwachen hier bist. Noch ist unsere Zeit nicht abgelaufen.«

»Das tue ich, wenn du mir im Gegenzug versprichst, dass du mich gehen lässt, sollten wir wirklich keinen anderen Ausweg mehr finden«, erwidere ich, woraufhin er langsam nickt.

Ohne ein weiteres Wort haucht er mir einen Kuss auf die Lippen, verlässt die Wohnküche und schließt die Tür hinter sich.

Die folgende Stunde verbringen wir mit halbherzigen Gesprächen, die von unangenehmen Phasen der Stille durchbrochen werden. Es ist deutlich zu merken, dass Benny es mir übel nimmt, dass ich seinen besten Freund derartig in Gefahr bringe – zum wiederholten Mal. Ich kann es ihm nicht verdenken. Sein Ärger ist absolut berechtigt.

Die Stimmung bessert sich erst, als wir auf die Idee kommen, Alina und Alex mit einem selbst gekochten Abendessen zu überraschen. Gemeinsam inspizieren wir die Küchenschränke und entscheiden uns einvernehmlich für Spaghetti.

Während Benny die Tomatensoße anrührt, setze ich das Nudelwasser auf und beschließe, kurz nach Alex zu sehen. Obwohl er direkt nebenan liegt, vermisse ich ihn.

Ich öffne leise die Tür und schleiche auf Zehenspitzen zur Couch hinüber. Er liegt ruhig atmend auf der Seite, ein Arm unter dem Kopf, und sieht so friedlich aus, dass ich mich am liebsten neben ihn kuscheln würde. Ich beuge mich über ihn und streiche ihm eine verirrte Strähne aus dem Gesicht. Er ist wirklich außergewöhnlich. Jeder andere hätte mich nach allem, was er wegen mir durchgemacht hat, in die Wüste geschickt. Stattdessen bleibt er an meiner Seite und hält zu mir, obwohl er mich erst seit einer Woche kennt und obwohl er selbst am besten weiß, wie gefährlich es werden kann. Beklommen erinnere ich mich an die Momente nach der Trennung der Synchro, in denen ich von seinem Tod überzeugt war. Ich könnte es nicht ertragen, ihn erneut zu verlieren. Bereits jetzt ist er mir unglaublich wichtig, und meine Gefühle wachsen weiter. Jede gemeinsame Sekunde bringt mich näher zu ihm.

Erst nach einigen Minuten schaffe ich es, mich von seinem Anblick loszureißen. Ich richte mich auf und knalle prompt mit dem Kopf gegen ein Regal, das neben der Couch angebracht ist. Verzweifelt kämpfe ich um mein Gleichgewicht. Leider vergeblich, denn ich kippe um und lande so unglücklich auf dem schlafenden Alex, dass sich mein Ellbogen direkt in seinen Magen bohrt. Scheiße. Was für eine fiese Art, geweckt zu werden.

»Verdammt, Alex! Es tut mir leid!«, entschuldige ich mich, während ich mich mit den Händen abstütze, um mein Gewicht von ihm zu nehmen.

Keine Antwort.

Irritiert mustere ich sein Gesicht. Seine Augen sind nach wie vor geschlossen, und er liegt genauso da wie vor meinem unverhofften Angriff. Wie kann ein Mensch dermaßen weggetreten sein? Das ist wirklich beneidenswert. Er schläft so tief, als –

Oh Gott.

Er schläft so tief, als befände er sich in einer aktiven Synchro.

Blödsinn. Das ist unmöglich. Alex war lediglich völlig erschöpft. Das bedeutet gar nichts. Wahrscheinlich habe ich ihn doch verfehlt und das Couchpolster mit ihm verwechselt. Allerdings ist ein Couchpolster nicht warm, und es jagt für gewöhnlich auch keinen Hitzestoß durch meinen Körper.

Wie konnte ich das nicht auf dem Schirm haben? Ich habe keinen Gedanken an eine weitere Synchro von Alex verschwendet, sondern nur meine eigene Überwachung befürchtet. Tom hatte seinen Chip auf solch gleichgültige Art beiseite geworfen, dass ich automatisch davon ausgegangen bin, er würde entsorgt.

»Alex?«, frage ich drängend und berühre ihn an der Schulter.

Da er nicht reagiert, beginne ich ihn zu schütteln.

Keine Reaktion.

Er ist vollkommen unwichtig für sie. Sie würden sich nicht die Mühe machen, ihn erneut zu synchronisieren.

Mit aller Macht klammere ich mich an diese einzige Hoffnung, die zwischen mir und meinem endgültigen Zusammenbruch steht. Das darf einfach nicht wahr sein. Nicht er. Nicht noch mal.

»Alex!«, wiederhole ich, dieses Mal deutlich lauter und näher an seinem Ohr. Meine Stimme klingt schrill vor Panik. Gleichzeitig versetze ich ihm einen groben Stoß gegen den Oberkörper.

Er schläft nach wie vor.

Schlagartig von eisiger Kälte erfüllt stehe ich auf und reiße die Tür auf.

»Benny?«, rufe ich. »Kannst du mal kommen?«

Wenige Sekunden später hinkt Alex' bester Freund ins Zimmer und mustert mich argwöhnisch. Natürlich ist ihm mein beunruhigter Tonfall nicht entgangen.

»Ich fürchte, Alex befindet sich in einer neuen Synchro«, erkläre ich ohne Umschweife. »Er wacht nicht auf.«

Benny starrt mich ungläubig an. »Ist das dein Ernst?«, fährt er mich aufgebracht an. »Die ganze Zeit ging es bloß um dich! Darum, dass *du* nicht einschlafen darfst! Ich hatte angenommen, für ihn bestünde keine Gefahr.«

»Das dachte ich bis eben auch«, erwidere ich betroffen. »Offenbar habe ich mich geirrt.«

Benny presst die Lippen aufeinander, geht zu Alex hinüber und schlägt seinem schlafenden Freund mehrmals fest ins Gesicht.

»Benny!«, ächze ich entsetzt. »Spinnst du?«

»Du hast recht«, konstatiert er ungerührt. »Er wacht tatsächlich nicht auf. Diese Abreibung hat er mehr als verdient. Erst gestern ist er nur mit unverschämtem Glück davongekommen. Und der Schwachkopf hat nichts Besseres zu tun, als sich erneut auf dich einzulassen?«

Ich hebe bedrückt die Schultern.

Benny ergreift wortlos meinen Arm und schleift mich hinter sich her in die Wohnküche. Am Rande registriere ich den unangenehmen Geruch, der verrät, dass in der Zwischenzeit die Tomatensoße angebrannt ist. Benny ächzt genervt und reißt eines der Fenster auf.

»Sorry«, sagt er ohne das geringste Bedauern in der Stimme. »Ich glaube dir sogar, dass du die besten Absichten hast – zumindest mittlerweile –, trotzdem bist du nicht gut für ihn. Wieso konntest du nicht einfach wegbleiben? Von uns? Von ihm?«

»Ich hatte nicht damit gerechnet, dass NGS ihn –«, fange ich an.

»Scheiße, Nora!«, unterbricht Benny meine Rechtfertigung. »Du hättest dich fernhalten sollen! Vermutlich wollten sie durch diese erneute Synchro nur überprüfen, ob er noch lebt und ob ihr weiterhin in Kontakt miteinander steht. Sie hätten ihn wahrscheinlich einige Tage überwacht. Kein Problem. Aber wenn er gleich die Augen aufschlägt und dich sieht – wenn die Leute von NGS dich sehen! –, dann schwebt er erneut in Lebensgefahr. Was passiert, wenn er einen weiteren Selbstmordversuch begeht? Ich werde nicht immer da sein, um ihn zu retten!«

Ich senke getroffen den Blick. Benny hat recht. Er hat absolut recht.

»Was denkst du, wie lange diese Synchro schon läuft?«, erkundigt er sich mit mühevoller Ruhe.

»Ich weiß es nicht«, erwidere ich. »Bisher war mir nicht einmal klar, dass sein Chip überhaupt aufbewahrt wurde. Ich habe angenommen, NGS hält ihn für tot. Ich dachte, das größte Risiko läge bei mir.«

»Toll«, kommentiert Benny bitter.

»Es könnte eben erst passiert sein. Oder bereits letzte Nacht im Hotel. Keine Ahnung.«

»Gott, Nora! Du bist diejenige, die für diesen gewissenlosen und brutalen Konzern arbeitet! Und anders als Alex hast *du* dich bewusst dafür entschieden!«

Ich schlucke heftig. Dafür gibt es absolut keine Entschuldigung.

»Du hast ihn in diese beschissene Sache verwickelt«, wirft mir Benny vor und wird dabei immer lauter, bis er mir die letzten Worte förmlich entgegenbrüllt. »Jetzt stehst du hilflos vor dem Scherbenhaufen, den du selbst verursacht hast!«

»Wenn ich gehe, lassen ihn die Chefs vielleicht in Ruhe«, wende ich halbherzig ein.

»Vielleicht«, wiederholt Benny ungerührt. »Vielleicht auch nicht. Wie viel hast du ihm erzählt, seit er zuletzt geschlafen hat?«

»Alles«, flüstere ich fast unhörbar.

»Du bist ein solches Miststück«, stellt er nüchtern fest, und seine Kälte steht in krassem Kontrast zu der vorigen

Wut. »Damit hast du ihn ans Messer geliefert. Wir sind ohnehin eine potenzielle Gefahr für NGS, weil sie nicht ausschließen können, dass wir die Dateien gesehen haben. Du hättest ihn nicht mit hineinziehen dürfen. Nicht *schon* wieder. Was ist, wenn er bereits unter Überwachung stand, als du ihm dein Herz ausgeschüttet hast? Dann bringt es nicht das Geringste, dass du bei seinem Erwachen nicht mehr da bist! Du kannst nicht ernsthaft so dämlich sein!«

»Du hast recht«, gebe ich zu und straffe die Schultern. »Es war egoistisch, und ich habe ausschließlich an mich gedacht. Aber glaub mir eins. Hätte ich nur ansatzweise geahnt, dass Alex in Gefahr ist, wäre ich niemals zu ihm zurückgekehrt. Dazu ist er mir viel zu wichtig. Ich dachte, er sei tot, und bin an dem Wissen fast zerbrochen.«

Benny beobachtet mich schweigend.

»Meinst du, ich wollte das alles?« Ich seufze niedergeschlagen. »Alex ist für mich nicht bloß ein Auftrag. Er ist viel mehr. Das weiß ich, seit ich zum ersten Mal mit ihm gesprochen habe. Er ist etwas Besonderes. Intelligent, witzig und loyal. Er ist absolut wundervoll.«

»Das ist er«, stimmt Benny zu, und sein Gesicht wird plötzlich weich. »Wir sind befreundet, seit wir uns damals im Kindergarten um eine Plastikgitarre geprügelt haben. Und deshalb müssen wir ihn schützen.«

»Natürlich müssen wir das«, erwidere ich, ohne zu zögern. »Lass uns die wesentlichen Punkte zusammenfassen, um uns ein realistisches Bild der Situation zu verschaffen.«

»Das klingt wie aus einem Handbuch für Krisenfälle. Hat dir das deine Firma beigebracht?« Benny schnaubt.

»Wenn wir Pech haben, ist uns NGS schon auf den Fersen, weil er bereits seit letzter Nacht verlinkt ist«, fasse ich zusammen und ignoriere seinen Angriff. »Oder die Synchro ist gerade erst erfolgt. Das würde uns etwas Zeit verschaffen.«

»Das Problem ist nur, dass wir keine Ahnung haben, welche der beiden Varianten der Fall ist«, äußert Benny düster. »Wir müssen also vom Schlimmsten ausgehen. Vermutlich wäre es sinnvoll, wenn wir uns trennen würden. Alex ist bereits verloren. Du bist die Nächste.«

Ich fahre mir kraftlos über das Gesicht. Wir wissen beide, dass sein Vorschlag nicht ernst gemeint ist. Insbesondere nicht, da er eben seine starke Bindung zu Alex deutlich gemacht hat.

»Ja«, entgegne ich nach einer Pause. »Zumindest du hättest eine Chance, zu entkommen. Genauso wie Alina. Ohne uns.«

Benny tippt eine kurze Nachricht in sein Handy. Währenddessen nehme ich zwei Koffeintabletten, weil ich einen erneuten Anflug von Müdigkeit spüre. Wer weiß, ob NGS überhaupt noch Wert darauf legt, mich zu synchronisieren, denn mit Alex haben sie ohnehin direkten Zugriff auf mich.

»Benny ...«, beginne ich vorsichtig. »Gestern hättest du direkt hinter Alex aus dem Fenster steigen können. Stattdessen hast du den NGS-Typ niedergeschlagen, um mir Zeit zu verschaffen –«

»Alina ist informiert«, unterbricht er, ohne mich anzusehen.

»Danke für dein Hilfe«, sage ich, obwohl es offensichtlich ist, dass er keinen Wert auf meinen Dank legt. »Aber du kannst nichts mehr tun. Bring dich in Sicherheit. Ich werde Alex bestmöglich schützen.«

»Hör zu, Nora.« Er fährt sich durch die Haare und mustert mich ernst. Von seiner üblichen Sorglosigkeit ist nichts mehr übrig. »Ich verstehe dein Handeln nicht einmal ansatzweise. Du hast ihm wehgetan, und du bringst ihn dauernd in Gefahr. Doch ich kann euch nicht im Stich lassen.« Er hält inne. »Ich kann *ihn* nicht im Stich lassen«, korrigiert er sich dann, ohne einen Hauch von Bedauern. Es ist klar, dass er das nicht für mich tut. Weshalb sollte er auch?

»Wen kannst du nicht im Stich lassen?«

Benny und ich zucken gleichzeitig zusammen und drehen ebenso synchron die Gesichter zu Alex, der die Wohnküche betritt.

Viel zu früh.

24 | Ein letztes Mal

Alex schließt die Tür hinter sich und schaut sich in der Küche um. »Wonach riecht es hier?«, will er wissen.

»Tomatensoße«, antworte ich. »Verbrannte Tomatensoße.«

»Ihr habt gekocht.« Er stockt. »Zumindest habt ihr es versucht«, verbessert er sich grinsend.

Scheinbar ungezwungen erwidere ich sein Lächeln, während ich innerlich fieberhaft nach einer Lösung suche. Wir dürfen nichts tun, was den Verdacht von NGS erregen könnte. Bisher ahnen sie nicht, dass wir über Alex' erneute Synchro Bescheid wissen. Das ist unser einziger Ansatzpunkt, unsere einzige Möglichkeit. Wir müssen um jeden Preis unauffällig bleiben, ansonsten werden sie Alex unweigerlich umkippen lassen. Dann wäre alle Hoffnung auf Flucht vergebens. Benny mit verstauchtem Fuß, Alex schlafend – ironischerweise bin ich die Einzige, die eine Chance auf Entkommen hätte. Wir müssen uns alle irgendwie aus der Schussbahn manövrieren, ohne dass Alex und sein Regulator etwas bemerken. Die Zeit ist gegen uns – mal wieder.

Ich spähe verstohlen in Bennys Richtung. Sein Gesicht ist ein direkter Spiegel meiner Gefühle. Leider ist er im Gegensatz zu mir nicht darauf trainiert, diese verborgen zu halten, sodass man ihm sämtliche Zweifel sofort ansieht. Zu allem Übel hat er zusätzlich hektische rote Flecken auf den Wangen. Obwohl er kein Wort mit Alex gesprochen hat, wirkt er unglaublich schuldbewusst und macht außerdem den Eindruck, als habe er etwas zu verbergen. Trotz seiner großen Klappe scheint Benny ein von Grund auf ehrlicher und anständiger Mensch zu sein. Ebenso wie sein bester Freund, der ihn in diesem Moment irritiert beobachtet.

Bevor Alex misstrauisch wird, starte ich ein Ablenkungsmanöver.

»Irgendwie hatte ich mir eine zärtlichere Begrüßung erhofft«, necke ich ihn schelmisch, obwohl mir der lockere Tonfall gerade alles abverlangt.

Alex legt den Kopf schräg und mustert mich forschend. Natürlich erinnert er sich an die ernsten Gespräche, die seinem Mittagsschlaf vorausgingen, und hat nun Schwierigkeiten, meine vorgetäuschte gute Laune damit in Einklang zu bringen. Ich erwidere offen seinen Blick, woraufhin er mit wenigen Schritten den Raum durchquert, bis er direkt vor mir steht. Als er sich für einen Kuss zu mir herabbeugt, breitet sich Unbehagen in mir aus. Welcher der Chefs ist gerade mit ihm verlinkt? Wer erlebt alles mit, was Alex tut? Wer wird gleich meine Lippen fühlen? Tom kann ich ausschließen, da er sich in der Synchro mit Rebecca befindet. Ich denke nicht, dass NGS das Risiko eingehen und ausgerechnet jetzt einen Trennungsversuch einleiten würde. Also ist es André oder Lennard. Ich weiß nicht, welcher schlimmer ist. André, der gnadenlos jede Schwäche offenlegt und darauf einschlägt, oder Lennard, der bereits einige Tage in mir verbracht hat und somit jede Beschaffenheit meines Körpers, jede Reaktion kennt und nun herausfinden kann, wie ich mich von außen anfühle. Ich unterdrücke ein Schaudern. Lennard ist die schlimmere Wahl. Ganz eindeutig. Mit aller Macht kämpfe ich um Selbstbeherrschung.

Nicht zurückweichen. Nicht abwenden.

Ich zwinge ein Lächeln auf mein Gesicht und neige mich ihm entgegen, sodass ich seinen Kuss erwidern kann. Die Berührung seiner Lippen ist gleichzeitig wunderbar und grauenvoll. Plötzlich durchflutet mich solch bodenloser Hass auf NGS, dass mir fast schlecht wird. Wie konnte ich diese skrupellose Firma unterstützen? Wie konnte ich meine Moralvorstellungen so lange niederzwingen?

Als sich Alex von mir löst, hebe ich eine Hand, um über seine Wange zu streichen. Wer spürt diesen Kontakt? André oder Lennard? Wer sieht mir gerade in die Augen? Wer zupft spielerisch an einer meiner Haarsträhnen?

Ich atme einmal tief durch. Diese Gedanken sollte ich schnellstmöglich in den Griff kriegen, ansonsten ist es lediglich eine Frage der Zeit, bis Alex etwas merkt. Die Empfindungen, die das Wissen um eine aktive Synchro in ihm auslösen, würden ihn sofort an seinen Reg verraten.

»Ideen für unser weiteres Vorgehen? Irgendwelche Vorkommnisse mit Ausnahme der verbrannten Tomatensoße?«, erkundigt sich Alex und greift nach meiner Hand, um unsere Finger miteinander zu verschränken.

»Mein Gesicht tut weh«, murmelt er dann stirnrunzelnd. »Irgendwie muss ich blöd gelegen haben. Die Couch war sowieso total unbequem.«

»Tut mir leid«, entschuldigt sich Benny unüberlegt.

Ich erstarre und suche verzweifelt nach einer Erklärung, welche die Situation entschärft.

»Hast du mir eine verpasst?«, fragt Alex verständnislos. »Etwa als ich geschlafen habe? Warst du bei mir im Zimmer, um mich zu wecken? Warum bin ich nicht –«

Alex ist schlauer, als gut für ihn ist. Ich kann in seiner Miene exakt den Moment ausmachen, in welchem die Erkenntnis eintritt. Seine Augen weiten sich, und er scheint innerhalb von Sekunden das gesamte Ausmaß seiner Entdeckung zu realisieren.

Mein Magen verkrampft sich, als ich die Angst und die Resignation sehe, die dieses Wissen in ihm auslöst. Bevor ich etwas Tröstliches sagen kann, bevor er eine Silbe hervorbringen kann, schließen sich seine Lider. Jäh weicht alle Spannung aus seinem Körper, und er geht zu Boden. Ich schlinge die Arme um ihn, schaffe es aber nicht, ihn aufrecht zu halten, immerhin ist er deutlich größer und schwerer als ich. In enger Umarmung landen wir auf dem harten Laminat, wobei ein heftiger Schmerz durch mein Knie bis hinauf in den Oberschenkel zuckt.

»Scheiße.« Benny mustert betroffen seinen schlafenden Freund, woraufhin mich eine Welle des Zorns überrollt.

»Ja, das trifft den Kern«, bestätige ich hart und beiße mir auf die Lippen, um ihn nicht anzuschreien. Keine fünf Minuten. Keine fünf verdammten Minuten hat es gedauert, bis er uns verraten hat. Wie kann man nur so blöd sein!

»Es tut mir leid«, murmelt Benny kleinlaut und schaut beschämt zwischen mir und Alex hin und her. Dabei wirkt er so bestürzt, dass sämtlicher Ärger verblasst. Ich kann ihm aus seiner Reaktion keinen Vorwurf machen. Er trägt sein Herz auf der Zunge, das weiß ich seit unserem Kennenlernen. Ganz davon abgesehen habe ich mir eine solche Menge an Fehlern geleistet, dass ich die Letzte bin, die ihn für diesen Schnitzer verurteilen könnte.

»Was jetzt?«

Ich hebe hilflos die Schultern und streiche Alex einige Strähnen aus der Stirn. Dann knie ich mich hinter ihn und greife unter seinen Armen hindurch, sodass ich sein Handgelenk vor der Brust fassen kann. Sein Kopf kippt kraftlos zur Seite.

»Wir müssen hier weg«, drängt Benny. »Schnellstmöglich.«

Er beginnt, fahrig in der Küche auf und ab zu humpeln, während ich im Geiste alle Möglichkeiten durchspiele, die uns bleiben. Es sind zu wenig. Viel zu wenig.

Verstecken – in einer Dreizimmerwohnung lächerlich. Sie werden keinen Stein auf dem anderen lassen, bis sie uns gefunden haben.

Flüchten – mit einem schlafenden Mann im Schlepptau unmöglich. Ich kann froh sein, wenn ich ihn überhaupt vom Küchenboden hoch kriege.

Kämpfen – ohne Vorbereitung aussichtslos, zumal die Leute von NGS mit Sicherheit bewaffnet sind.

»Wir kommen hier nicht weg«, sage ich mit verstörender Ruhe, die nichts von der Verzweiflung in meinem Innern preisgibt.

Benny bleibt schlagartig stehen. »Aber …«

»NGS weiß, wo wir sind«, erkläre ich nüchtern, während ich mein Gewicht auf die Fersen verlagere. »Und es kann nicht mehr lange dauern, bis sie hier auftauchen.«

»Warum?« Benny wirkt vollkommen entsetzt. »Wie kommst du darauf?«

»Weil er ansonsten nicht eingeschlafen wäre«, erwidere ich mit einem Nicken in Alex' Richtung, der völlig reglos in meinen Armen hängt. »Es ist offensichtlich, dass sie es nicht mehr für erforderlich halten, unauffällig zu bleiben. Sie müssen uns nicht mehr in Sicherheit wiegen. Das Schauspiel ist überflüssig geworden. Es ist vorbei.«

Benny antwortet nicht. Stattdessen wendet er sich mit hochgezogenen Schultern ab und blickt hinaus in die einsetzende Dämmerung. Wenige Sekunden später schließt er das Fenster mit einem Knall und starrt mich aus angstgeweiteten Augen an.

Sein Verhalten zeigt deutlich, was – oder vielmehr *wen* – er draußen entdeckt hat.

»Sie sind bereits da«, mutmaße ich, nicht im Mindesten erstaunt, dass meine Prognose so schnell eintritt. Vermutlich war unser Streit bis auf die Straße zu hören.

Benny sieht sich gehetzt im Raum um. »Steh auf!«, stößt er hervor. Ich spanne meine Muskeln an und drücke mich mitsamt Alex vom Boden ab. Wider Erwarten gelingt es mir, mich wacklig in den Stand hochzukämpfen. Mit Verspätung kommt Benny auf die Idee, mir zu helfen. Gemeinsam zerren wir Alex durch die Küche und lassen ihn auf die zerschlissene Couch sinken.

Heftig atmend trete ich einen Schritt zurück und wische mir über die Stirn. Diese Aktion hat in aller Härte klargemacht, wie gering unsere Hoffnung auf eine erfolgreiche Flucht ist. Alleine diese kurze Strecke war unglaublich anstrengend, und der Umstand, dass ich seit nunmehr sechsundzwanzig Stunden nicht geschlafen habe, erschwert die Situation zusätzlich.

Ich höre, wie draußen mehrere Autotüren zugeschlagen werden. Anscheinend ist NGS nicht nur mit einem Wagen unterwegs, doch auch das wundert mich nicht.

Gelassenheit und schnelles Reaktionsvermögen.

Spontan gehe ich zum Küchentisch und ergreife den Magneten und das Taschenmesser, die Alex vorhin zu den Einkäufen gelegt hat.

»Was machst du da?«

»Alex zumindest den Hauch einer Chance verschaffen«, entgegne ich knapp, während ich ihm die Sachen in die hintere Hosentasche schiebe. »Er schläft, NGS weiß also nichts davon, dass er sie bei sich hat.«

Benny schüttelt resigniert den Kopf und schaut erneut aus dem Fenster.

»Nora«, drängt er mich. »Wir müssen abhauen.«

»Das funktioniert nicht«, widerspreche ich. »Sie werden in Kürze hier sein. Das Treppenhaus fällt weg, und die Zeit reicht nicht aus, um Alex über eine Feuerleiter zu schleppen oder über den Balkon abzuseilen. Wir befinden uns im zweiten Stock.«

»Dann verstecken wir uns«, beharrt Benny.

»Ja«, stimme ich sofort zu. »Versteck dich! Oder suche nach einer Fluchtmöglichkeit! Vielleicht lassen sie es gut sein, wenn sie uns beide haben.«

»Du verlangst, dass ich euch im Stich lasse?« Bennys Tonfall klingt fast hysterisch. »Du verlangst, dass ich meinen besten Freund im Stich lasse? Das hatten wir vorhin schon besprochen!«

»Ich verlange, dass du dich in Sicherheit bringst, du Idiot«, gebe ich aggressiv zurück, während ich höre, dass sich mehrere Personen der Wohnung nähern. Eine Minute. Maximal.

»Benny, bitte!«, beschwöre ich ihn. »Sie sind gewissenlos und brutal! Das hast du vorhin selbst gesagt! Flüchte, solange du noch kannst. Ich bleibe bei Alex.«

»Aber –«

»Verflucht, Benny«, brülle ich ihn an. »Versteck dich im Kleiderschrank! Steig aus dem Fenster und klettere über das Regenrohr nach unten wie in Alex' Haus. Leg dich unters Bett! Keine Ahnung, was! Nur hau endlich ab!«

Ein knirschendes Geräusch ertönt, und die Haustür fliegt auf, so fest, dass sie an die dahinterliegende Wand prallt. NGS setzt auf dramatische Effekte, das ist nichts Neues.

Bennys Gesicht wird leichenblass. Erst jetzt scheint er zu realisieren, in welcher Gefahr wir schweben. Zu spät.

Er öffnet den Mund, um etwas zu sagen, doch kein Ton dringt hervor. Gleichzeitig betreten mehrere Typen in Schwarz die Küche, gefolgt von André. Er trägt wie immer ein weißes Hemd, das er bis zu den Ellbogen hochgekrempelt hat, und eine dunkle Anzughose. Nichts an ihm lässt darauf schließen, dass er sich gerade gewaltsam Zutritt zu einem Wohnhaus verschafft hat. Gelassen und abgeklärt, wie immer absoluter Herr der Lage.

Im Raum herrscht tiefes Schweigen, die Ruhe vor dem Sturm. Es fühlt sich an, als lägen meine Sinne unter einer dichten Decke verborgen. Blut rauscht in meinen Ohren. Etwas Schreckliches wird passieren.

Andrés Miene ist komplett ausdruckslos. Seine Augen wandern durch den Raum, fixieren erst den auf der Couch schlafenden Alex, dann mich, die vor Anspannung zitternd daneben steht, und bleiben schließlich an Benny hängen, der sich wie ein in die Enge getriebenes Tier mit dem Rücken an die Wand drückt. Seine Lippen sind zu schmalen Strichen zusammengepresst, und er hat die Hände zu Fäusten geballt. Aus seinem Gesicht ist auch noch das letzte bisschen Farbe gewichen.

Ohne seinen Blick von Benny zu lösen, geht André einige Schritte auf ihn zu, bis sie lediglich wenige Meter trennen. Er greift in seinen Hosenbund, zieht eine schwarze Pistole mit Schalldämpfer hervor und richtet sie auf Alex' besten Freund.

Während André in aller Seelenruhe zielt, hebt Benny in einer Geste der Kapitulation beide Hände. André ignoriert die stumme Bitte um Gnade, korrigiert leicht seine

Position und drückt ab. Ohne zu zögern und ohne einen Funken Mitgefühl.

Ein dumpfer Knall zerfetzt das nervöse Warten. Zu leise, um außerhalb der Wohnung wahrnehmbar zu sein, aber laut genug, dass ich zusammenzucke.

Die darauffolgende Stille ist ohrenbetäubend. Für einen Moment verharrt Benny in absoluter Bewegungslosigkeit. Auf seinem Gesicht zeigt sich eine Mischung aus Entsetzen und Unglaube. Überrascht senkt er den Kopf und betrachtet den tiefroten Fleck, der sich in Sekundenschnelle auf seinem hellen Shirt ausbreitet. Er atmet ein letztes Mal rasselnd ein, dann geben seine Beine nach, und er bricht zusammen, als habe man eine Marionette von ihren Fäden getrennt. Er ist tot, bevor er auf dem Boden aufschlägt.

Ich unterdrücke mit aller Macht den Schrei, der in meiner Kehle aufsteigt und sie von innen zu zerreißen droht. Gleichzeitig stelle ich mich zwischen André und Alex, um dessen wehrlosen Körper mit meinem eigenen abzuschirmen.

Völlig unbeeindruckt steckt der NGS-Chef die Pistole wieder ein und wendet sich mir zu. In seiner Miene ist nicht die geringste Regung zu erkennen, und als er spricht, klingt seine Stimme unbeteiligt, fast gelangweilt.

»Können wir endlich los?«

25 | Wie ein Raubvogel

Seit Bennys Hinrichtung, anders kann man das, was André mit ihm gemacht hat, nicht nennen, kam keine Silbe über meine Lippen. Ich blieb stumm, als man mir die Hände hinter dem Rücken fixierte. Ich blieb stumm, als André in nüchternem Tonfall Anweisungen zur Entsorgung der Leiche gab. Ich blieb stumm, als sich ein grobschlächtiger Typ Alex über die Schulter warf, als würde er nichts wiegen. Und ich blieb ebenfalls stumm, als man mich die Treppe hinunterzerrte und unsanft auf die Rückbank eines schwarzen Geländewagens schubste.

Für längere Zeit ist nichts zu hören außer dem gleichmäßigen Brummen des Motors und dem gelegentlichen Husten des Fahrers, derselbe dunkel gekleidete Muskelberg, der auch Alex ins Auto geladen hat. Vermutlich handelt es sich hierbei um die gleiche Gruppe, die vorgestern Abend in Alex' Villa eingedrungen ist, um uns festzusetzen.

Die hektische Flucht ist nur dank Benny geglückt. Er hätte gemeinsam mit Alex aus dessen Haus fliehen können, dann wäre er noch am Leben. Stattdessen hat er sich mir gegenüber verhalten wie ein Freund, und das, obwohl er nie mit meinem Handeln einverstanden war. So oft hat er mich gebeten, Alex fernzubleiben, ihn nicht in

Gefahr zu bringen. Er hatte nie Angst, die Wahrheit auszusprechen, und ist trotz aller Risiken an seiner Seite geblieben. Zuverlässig und loyal.

Ich lehne meinen Kopf gegen die kühle Scheibe und starre blind auf die vorbeifliegende Landschaft. Dabei versuche ich vergeblich, die in mir tobende Verzweiflung auszublenden. Er hat ihn erschossen. Einfach so. Als sei er lediglich ein Ärgernis, das es zu beseitigen galt. Als sei sein Leben bedeutungslos.

Immer wieder schaue ich zu Alex hinüber, dessen Hände ebenfalls hinter dem Rücken gefesselt sind und der in einer sichtlich unbequemen Position zusammengesunken ist. Er wird Schmerzen haben, wenn er erwacht. Diese werden ihm lächerlich erscheinen im Vergleich zu der Qual in seinem Innern, sobald er erfährt, dass sein bester Freund tot ist. Die Information wird ihn vernichten.

Zum zweiten Mal innerhalb weniger Tage wird er mit Kabelbindern festgehalten. Die gleiche Methode aus unterschiedlichen Gründen. Ironisch, aber naheliegend. Immerhin gibt es diese Dinger haufenweise in einem Technologiekonzern. Beim Gedanken an Alex' Fixierung erfüllt mich eisige Furcht. Die Erinnerung an Toms Erklärung ist alles andere als beruhigend.

Der Körper erzwingt sich selbst seinen Ausweg, und der Link stirbt an einem Hirnschlag.

Sollte jetzt eine Trennung durchgeführt werden, würde das Alex' Ende bedeuten – sofern der Suizidimpuls stattfindet. Da ich weiterhin keine Ahnung habe, wodurch dieser ausgelöst wird, bleibt mir bloß eine vage Hoffnung. Die Ungewissheit treibt mich in den Wahnsinn.

Nach etwa zehn Minuten beschließt André, dass die Stille lange genug angedauert hat. Er dreht sich auf dem Beifahrersitz nach hinten um und mustert den schlafenden Alex für einige Sekunden. Anschließend wendet er sich mir zu und zieht die Augenbrauen hoch.

»Sprechstreik?«, mutmaßt er verächtlich. »So verschwiegen kenne ich dich gar nicht.«

Ich erwidere nichts und sehe ihn nur an.

André seufzt gereizt. »Das wird dir nicht helfen, Eleonor.«

Bei seinen Worten versteife ich mich unwillkürlich. Mittlerweile weiß ich nicht mehr, ob ich den Chef hasse, weil er mich bei meinem vollen Namen nennt, oder ob ich den Namen verabscheue, weil er fast ausschließlich von André benutzt wird.

»Dir hätte klar sein müssen, dass dies passieren wird«, fährt er fort, als sei es ihm völlig egal, ob ich bereit bin, ihm zuzuhören oder nicht. Vermutlich ist genau das der Fall. Trotzdem hat er recht. Es hätte mir verdammt noch mal klar sein müssen, in welche Gefahr ich die Jungs mit meinem erneuten Auftauchen bringe.

»Wie hast du es geschafft, Lennard zu überwältigen?«, will er wissen.

Ich ignoriere ihn weiterhin, woraufhin er mit den Schultern zuckt. »Spielt ohnehin keine Rolle mehr. Wie du siehst, hatten wir keine Schwierigkeiten, dich zu finden. Und bei deinem Herzblatt war es sogar noch leichter.« Trotz des unverhohlenen Hohns, klingt seine Stimme neutral. Verstörend neutral.

»Du hättest nie für NGS arbeiten sollen«, stellt er nach einigen Minuten übergangslos fest.

Ja, da sind wir ausnahmsweise mal einer Meinung. Diese Erkenntnis ist so offensichtlich, dass sie keiner Antwort bedarf. Ich beobachte einen Raubvogel, der über einem Feld kreist und auf einen Schwächeanfall seiner Beute wartet. Wie André.

»Damit beziehe ich mich nicht auf die jüngsten Vorfälle«, konkretisiert dieser. »Es geht um deine grundsätzliche Eignung.«

Seine letzten Worte erregen tatsächlich mein Interesse. Meine grundsätzliche Eignung? Das klingt, als habe er seit meiner Einstellung Zweifel gehabt.

»Abgesehen von deinen kindischen Moralvorstellungen warst du ein vielversprechender Regulator«, erklärt er gelassen. Obwohl ich weiterhin Gleichgültigkeit vorgebe, weiß er genau, dass ich ihm aufmerksam lausche. »Neben den ganzen äußeren Faktoren bist du beherrscht, ehrgeizig, geduldig und hast eine schnelle Auffassungsgabe. Du kannst unter Druck arbeiten, und du bist intelligent – zumindest habe ich das bis vor Kurzem angenommen.«

Seine Provokation prallt wirkungslos an mir ab, zumal seine Einschätzung nicht mehr vollständig zutrifft. Meine Selbstbeherrschung hat in den letzten Tagen ziemlich gelitten.

»Du bestandest sämtliche Eignungsprüfungen mit Bravour – bis auf den finalen und wichtigsten Test, bei dem Lennard die Synchronisierung mit dir einging. Der Partnerchip konnte sich bereits in der ersten Nacht auf deinen Nanochip einstimmen, auch wenn du zu Lennards Ärger erst gegen ein Uhr nachts in der REM-Phase angekommen bist, weil du anscheinend noch heimlich gelesen hast. Ab diesem Zeitpunkt wurde es schwierig mit dir.«

Das Gespräch läuft nicht so wie erwartet. Eigentlich habe ich damit gerechnet, dass er mir zuerst Vorhaltungen machen und mir anschließend meine aussichtslose Lage verdeutlichen würde. Obwohl ich genau weiß, dass ich exakt tue, was André will, hebe ich meinen Kopf von der Scheibe und wende mich ihm zu. In seinen Augen blitzt Triumph auf, doch er erwähnt seinen Sieg mit keinem Wort.

»Du warst unkontrollierbar«, eröffnet er und blickt einige Momente scheinbar in seine Gedanken versunken auf die vor ihm liegende Autobahn. Mir ist klar, dass er durch das Hinauszögern lediglich seine Überlegenheit demonstrieren will, deshalb bleibe ich ruhig. Ich bin nicht in der Position, ihm das Gegenteil zu beweisen.

»Deine Schlafkontrolle war schon immer besonders effektiv. Schon zu Beginn deiner Ausbildung konntest du innerhalb von Minuten einschlafen, und bis auf wenige Ausnahmen bist du zur geforderten Uhrzeit aufgewacht – plus minus zehn Minuten. In den Gesprächen mit Lennard hattest du davon erzählt, dass du seit deiner

Kindheit äußerst intensiv und strukturiert träumst, und dass du in den meisten Nächten deine Träume bewusst beeinflussen kannst. Ich bin sicher, dass dies ebenfalls an deine Anomalie gekoppelt ist. Deine Gehirnaktivität während des Schlafs ist deutlich höher als die anderer Menschen, und dadurch war es Lennard unmöglich, dir seinen Rhythmus aufzuzwingen«, fasst er dann zusammen, ohne zu mir zu sehen.

Nach dieser Information entscheide ich mich dazu, mein Schweigen zu brechen.

»Ich war als Link durch den Regulator nicht zu kontrollieren?«, vergewissere ich mich heiser.

André dreht sich wieder in meine Richtung. »Lennard hatte keine Chance, war von Anfang an deiner Führung unterworfen. Das war für ihn nicht nur ungewohnt, sondern auch sehr unangenehm. Der erste Phasenwechsel fand statt, als er sich im Meeting befand. Obwohl du bis neun Uhr schlafen solltest, bist du überraschend kurz nach acht aufgewacht – und er ist eingeschlafen. Mitten auf dem Tisch.« André lacht ohne einen Funken von Humor. »Du kannst dir vorstellen, wie genervt er von der ganzen Situation war. Deshalb hat deine Synchro wesentlich kürzer angedauert, als es sonst der Fall gewesen wäre.«

»Weshalb …«, setze ich an, doch André schneidet mir mit einer schroffen Geste das Wort ab.

»Du hast die ganze Zeit nicht geredet«, weist er mich zurecht. »Dann musst du jetzt nicht damit anfangen. Sag etwas, wenn du gefragt wirst, ansonsten schweig.«

Ich nicke gehorsam.

»Lennard und ich haben dafür plädiert, dich sofort aus dem Auswahlverfahren auszuschließen. Tom hingegen wollte dich um jeden Preis behalten. Ich nehme an, du hast seinen Ehrgeiz herausgefordert. Er sah in dir Potenzial für seine Forschung, ein Mittel, das uns weiterhelfen könnte. Und er hatte recht damit, zumindest in einem Aspekt. Durch deine Schnüffelei weißt du bereits, dass den Regulatoren durch die Blackouts die letzten Stunden vor der Trennung fehlen. Wobei das teilweise nicht schlecht ist …«

»Ja«, erwidere ich knapp.

»Du hast keine Blackouts«, benennt André einen Sachverhalt, der in den letzten Tagen sowohl bei Tom als auch in den Mails Erwähnung fand und von dem ich mittlerweile weiß, dass er eine große Rolle spielt.

»Warum erzählst du mir das?«, erkundige ich mich scheinbar locker, obwohl es auf der Hand liegt. Ich muss so viel aus ihm herauskriegen wie möglich. Vielleicht wird uns das Wissen noch nützlich sein.

»Geduld.« André lächelt dünn. »Dazu komme ich jetzt. Unsere Methoden sind mittlerweile fast ausgereift. Es gibt nur diese eine Schwierigkeit, die uns alle in Atem hält. Das ab und zu auftretende, unvorhergesehene Ende einer –« Er unterbricht sich selbst und schnaubt. »Nicht nötig, um die Problematik herumzureden. Du hast die Akten gelesen und sogar eigene Erfahrungen gesammelt. Außerdem ist es nicht das erste Gespräch, das du zu dieser Thematik führst. Natürlich geht es um diese unschönen Suizidimpulse, die dafür sorgen, dass wir eine bahnbrechende Technologie nicht auf den Markt bringen können. Keiner weiß, was in diesen letzten Stunden vor der Trennung mit dem Link geschieht – außer dir.«

»Ich habe jede Sekunde von Lilys Tod miterlebt«, wiederhole ich den Kerninhalt des Mailwechsels.

»Ganz genau«, bestätigt André und sieht erstaunlicherweise darüber hinweg, mich zu tadeln, weil ich mich erneut zu Wort gemeldet habe. »Und ebenso hast du die letzten Stunden von deinem Freund hier«, er deutet auf Alex, der nach wie vor bewegungslos auf dem Rücksitz hängt, »mitverfolgt. Du hast uns also allen etwas voraus. Du musst dich nur erinnern.«

»Es geht immer noch darum, herauszufinden, wodurch die Selbstmorde ausgelöst werden«, spreche ich das Offensichtliche aus.

»Natürlich geht es darum«, erwidert André fast sanft. »Schließlich ist dieses kleine Hindernis das Einzige, was einem komplett funktionierenden Konzept im Wege steht. Außerdem wird Tom mehr als dankbar sein, wenn er die Gelegenheit erhält, sich endlich aus seiner Synchro-Gefangenschaft zu befreien, ohne dabei ein Risiko einzugehen. Und du, Eleonor, bietest eine Chance, zeitnah eine Lösung zu finden, indem du jeden Schritt deiner Links nochmals nachvollziehst. Du bist der einzige Regulator, der keinen Blackout hatte und der sogar zwei Suizidimpulse miterleben durfte.«

Durfte. Ich könnte kotzen. Bei ihm klingt es, als sei das eine Ehre.

»Habt ihr ausgeschlossen, dass es eine Tat des Regs in dessen Wachphase ist, die den Selbstmordimpuls auslöst?«, hake ich nach.

André hebt eine Augenbraue. »Du scheinst ja enormes Vertrauen in unsere Intelligenz zu haben«, bemerkt er spitz. »Das Prüfen der Regulatoren war eine der ersten Maßnahmen, die wir ergriffen haben. Daher auch die Kameraüberwachung in den Zimmern. Im Gegensatz zu den Links haben wir auf sie vollen Zugriff. Daher solltest du dein hübsches Köpfchen anstrengen, Eleonor.«

Als ich mich nicht äußere, runzelt André die Stirn.

»Eins solltest du nicht vergessen«, versetzt er hart. »Es ist der einzige Grund, weshalb du noch am Leben bist. Weshalb ihr *beide* noch am Leben seid.«

Ich schließe für einen Moment die Lider. Ich hatte mich schon gefragt, wann der Teil mit den Todesdrohungen kommen würde. Schließlich hat er Benny, ohne mit der Wimper zu zucken, erschossen. Durch meine Anomalie bin ich der Schlüssel, um die Gemeinsamkeit zwischen Lily und Alex zu finden. NGS ist darauf angewiesen, dass ich kooperiere, denn selbst durch eine Synchro kämen sie nicht an mein Wissen heran. Diese Drohung wurde bloß zum Schein ausgesprochen.

»Ihr hattet nie vor, mich zu synchronisieren«, stelle ich bitter fest.

»Nach Lennards Erfahrungen haben wir beschlossen, uns dieses Risiko zu ersparen, zumal wir sicher waren, dass du dich umgehend in *seine* Nähe begeben würdest«, bestätigt André. Sein Blick streift Alex, und er nickt zufrieden. »Wie du siehst, funktioniert die Schlafkontrolle tadellos. Du solltest dich dringend erinnern, Eleonor. Ansonsten wird das böse für ihn enden. Seinen Freund, der ihm beim letzten Mal das Leben rettete, hat er ja schon verloren. Und du wirst auch nicht in der Lage sein, ihm zu helfen, sollten wir zu dem Schluss gelangen, dass du nicht länger nützlich bist.«

Ich schweige erschüttert. Die Situation ist weitaus schlimmer, als ich angenommen hatte. Alex als Druckmittel? NGS hat mich in der Hand.

»Einige Stunden dürften genügen, um deinem Gedächtnis auf die Sprünge zu helfen«, beschließt André, zieht sein Handy hervor und tippt mehrmals aufs Display. »Ich bin's«, meldet er sich und hält das Gerät an sein Ohr, um mir keine Gelegenheit zum Lauschen zu geben.

»Alles wie geplant«, erklärt er und brummt kurz darauf zustimmend. »Ja. Mit Kabelbindern. Geradezu stilecht. Muss unbequem sein. Du wirst seinen steifen Nacken zu spüren kriegen, fürchte ich. Außerdem glaube ich, dass er beim Transport mit dem Treppengeländer kollidiert ist.«

Erneut entgegnet sein Gesprächspartner etwas.

»Du wirst es überleben«, erwidert er spitz. »Meine Güte, Lennard, sei nicht so empfindlich. Sei froh, dass du überhaupt die Kontrolle über seinen Schlafrhythmus hast. Das scheint ja bei dir nicht die Regel zu sein.« Er ächzt unterdrückt. »Du könntest deinen Link für einige Minuten aufwachen lassen. Er sollte allmählich erfahren, dass sein Leben vom vergangenen Freitagmorgen abhängt.«

Wieder ist er für einige Sekunden still.

»Alles klar«, sagt er dann. »In fünf Minuten also.«

Er senkt das Handy und steckt es zurück in die Hosentasche. »Du hast es gehört, Eleonor. Gleich darfst du Alexander deutlich machen, wie wichtig es ist, dass ihr euch erinnert. Zudem hast du ihm sicher noch etwas mitzuteilen bezüglich seines besten Freundes, oder?«

Ich beiße mir so fest auf die Unterlippe, dass ich Blut schmecke. Was er da von mir verlangt, ist einfach grausam. Ich soll Alex nicht nur mitteilen, dass uns NGS unter Druck setzt, sondern zusätzlich, dass Benny vor meinen Augen erschossen wurde?

André lässt mein Entsetzen völlig kalt. Er wendet sich ab und schaut sichtlich ungerührt aus dem Fenster.

Bevor ich mir die passenden Worte zurechtgelegt habe – sofern diese überhaupt existieren –, wacht Alex auf. Er hebt leicht den Kopf und verzieht gequält das Gesicht. Erst dann öffnet er die Augen. Als er erkennt, dass er sich auf der Rückbank eines fahrenden Autos befindet, zuckt er zusammen. Plötzlich hellwach setzt er sich etwas aufrechter hin. Bei meinem Anblick wird seine Miene etwas weicher – zumindest bis er mich genauer ansieht. Argwöhnisch mustert er meine hinter dem Rücken verborgenen Hände, bewegt testweise die Arme und stellt mit einem Stirnrunzeln fest, dass er ebenfalls gefesselt ist.

»Was ist –«, beginnt er und bricht direkt in heftiges Husten aus.

Mitleidig erinnere ich mich daran, wie er sich gefühlt

hat, als ich einen nicht vorbereiteten Phasenwechsel vorgenommen hatte. Schwindel, Übelkeit, Halsschmerzen. Gerade muss es ihm ziemlich mies gehen. André könnte ihm wenigstens etwas zu trinken geben, doch der Chef macht nicht den Eindruck, als würde es ihn interessieren, was hier hinten passiert.

Ich atme einmal tief durch und beginne widerstrebend mit der Zusammenfassung der letzten zwei Stunden. Als ich zu dem Moment gelange, in welchem NGS die Wohnung gestürmt hat, beißt Alex die Zähne aufeinander, als würde er ahnen, was auf ihn zukommt. Durch die Fesselung bin ich nicht einmal in der Lage, tröstend über seinen Oberarm zu streichen, während ich sein Herz in Stücke zerlege. Jeder Satz versetzt ihm einen weiteren Hieb.

»Benny ist tot?«, vergewissert er sich, als ich meinen Bericht samt der über uns schwebenden Todesdrohung beendet habe. Seine Stimme versagt, und er wendet das Gesicht ab, damit ich nicht sehe, wie er innerlich zerbricht.

Wir sind befreundet, seit wir uns damals im Kindergarten um eine Plastikgitarre geprügelt haben.

Ich will mir gar nicht vorstellen, wie sich dieser Verlust anfühlt. Schon Tess' Tod hat mich schwer getroffen, und wir kannten uns erst ein gutes halbes Jahr. Wie muss es sein, wenn man sich seit Kindertagen nahesteht?

Ich nicke, unfähig, irgendetwas zu finden, um seinen Schmerz zu lindern. Seine offensichtliche Qual tut mir unglaublich weh. Alex wirkt völlig zerstört. Er senkt den Kopf und presst das Kinn auf die Brust.

Ich beuge mich ein wenig nach vorne und erstarre.

Er weint.

Alex, der sich bisher immer unter Kontrolle hatte, mein Fels in der Brandung, der nie die Beherrschung verloren hat, weint lautlose Tränen. Und das ist schwerer zu ertragen als alles andere.

»Denkst du, das hat sich für Eleonor gelohnt?«, meldet sich André von vorne und sorgt dafür, dass purer Hass in mir emporlodert.

Alex richtet sich auf und sieht mir direkt in die Augen. Statt einer Antwort schließt er die Lider, und sein Kopf kippt zur Seite. Während ich ihn fassungslos mustere, höre ich Andrés spöttisches Lachen.

»Lennard hatte wohl keine Lust mehr«, bemerkt er amüsiert. »Kein Wunder. Der Schmerz über den Verlust in Kombination mit der Todesangst muss unerträglich sein.«

26 | Am Ende unseres Weges

Die restliche Fahrt verbringe ich schweigend. André versucht einige Male, mich durch weitere Provokationen aus der Reserve zu locken, doch Alex' Schmerz hat mich derart erschüttert, dass sämtlicher Spott wirkungslos an mir abprallt. Mein Gewissen schlägt mit solcher Härte zu, dass es mir fast körperliche Schmerzen zufügt. Ich habe meinem Umfeld kein Glück gebracht. Für Lilys Tod konnte ich nichts – zumindest hoffe ich das. Anders ist es bei Tess. Als sie nicht an ihr Handy ging, hätte ich ahnen können, dass sie heikle Informationen gefunden hat. Schließlich hatte sie ihren Angriff auf Lennards Postfach sogar angekündigt. Ich habe nicht die richtigen Schlüsse gezogen und sie zusätzlich an NGS verraten – wenn auch ohne böse Absicht. Nur durch mich wussten die Chefs, wann sich Tess am Bahnhof befinden würde. Meine Unachtsamkeit hat sie mit dem Leben bezahlt. Benny musste sterben, weil er zu viel wusste. Und nun wird Alex schon wieder bedroht. Wenn ich meinen Auftrag einfach ohne Umwege ausgeführt hätte, wenn ich mich nach unserer gemeinsamen Nacht einfach mit ihm synchronisiert hätte, wären wir nicht hier. Er hätte zumindest eine Chance gehabt, die Trennung zu überstehen. Das ist mehr als alles, was ihm jetzt bleibt. Ich hätte nach der Sache im Baumarkt Abstand halten sollen, statt mich von seiner Unversehrtheit zu überzeugen. Dann wäre Benny am Leben und Alex nicht in dieser entsetzlichen Lage. Der Wunsch, Alex außer Gefahr zu wissen, hat ihn erneut in Gefahr gebracht. Meine Gefühle für ihn sind sein Untergang.

Als sich das große Tor am Eingang des Firmengeländes hinter uns schließt, breitet sich eine Gänsehaut auf meinem Körper aus, und ich verspanne mich unwillkürlich. Obwohl André so tut, als sei nichts entschieden, ist mir vollkommen klar, dass weder Alex noch ich NGS lebendig verlassen werden. Die Chefs haben wiederholt bewiesen, dass sie vor nichts zurückschrecken, um ihr Geheimnis zu bewahren.

Der Fahrer parkt direkt vor der gläsernen Doppeltür und umrundet mit schnellen Schritten den Wagen. Kurz darauf hat er Alex abgeschnallt und ihn sich über die Schulter geworfen, ebenso mühelos, wie es schon in Alinas Wohnung der Fall war.

»Brauchst du eine Extraeinladung?«

Mit Verspätung bemerke ich, dass mein Gurt gelöst und die Tür auf meiner Seite geöffnet wurde. Ich erwidere nichts und winde mich stattdessen aus dem Auto. Für einen Moment gerate ich ins Schwanken. Nach der dreistündigen Fahrt sind meine Beine zittrig, und abgesehen davon macht mir der Schlafentzug immer mehr zu schaffen. Natürlich weiß ich mittlerweile, dass mir keine Synchro droht, aber die Wirkung der Koffeintabletten in

Kombination mit der Angst um Alex sowie Andrés regelmäßige Sticheleien sorgte dafür, dass ich kein Auge zutun konnte. Wahrscheinlich hatte dieser Arsch regelrecht Spaß daran, mir keine Atempause zu gönnen.

Die Hände noch immer wie ein Schwerverbrecher auf dem Rücken fixiert, folge ich André ins Innere des Gebäudes. Schon nach wenigen Metern stelle ich wenig überrascht fest, dass wir uns auf dem Weg zu Toms Wohnung befinden. Selbst wenn der Mitarbeiterstab von NGS eher klein ist, besteht das Risiko, auf jemanden zu treffen, der unbequeme Fragen formuliert oder sogar unsere Freilassung fordert. Die Fesselung lässt wenig Raum für Interpretationen. Ich sehe mich hoffnungsvoll um, doch leider sind die Flure menschenleer. Kein Wunder, schließlich ist es weit nach 20 Uhr und zusätzlich Wochenende. Mittlerweile habe ich seit knapp dreißig Stunden nicht geschlafen, es fällt mir allmählich schwer, meinen Blick zu fokussieren.

Als wir Toms Wohnung betreten, erlischt sämtliche Müdigkeit schlagartig. Hinter dem großen Schreibtisch sitzt nicht nur der technische Leiter selbst, sondern auch Lennard. Dieser trägt tatsächlich ein dunkelblaues T-Shirt mit dem roten, aufgestickten Firmenlogo, welches anzeigt, dass er sich in einer aktiven Synchro befindet. Eine weitere gehässige Art, sich über uns lustig zu machen. Er registriert meinen finsteren Gesichtsausdruck und zieht scheinbar ahnungslos die Brauen hoch. Toms Miene hingegen ist völlig neutral. Sein schwarzer Pullover lässt seine Haut noch heller erscheinen, er hat tiefe

Augenringe und wirkt abweisend und distanziert. Nichts weist darauf hin, dass er die beiden anderen Chefs mit seinem Wissen über Rebeccas *Unfall* konfrontiert hat. Ich bezweifle, dass eine Klärung stattgefunden hat.

»Setz dich«, befiehlt André knapp, woraufhin ich mich vorsichtig auf einen Stuhl sinken lasse. Mit einem weiteren Kabelbinder fixiert er mich an der Lehne. Ich dehne leicht die Schultern. Mittlerweile ist der unangenehme Druck auf meinen Gelenken zu einem schmerzhaften Ziehen geworden, immerhin befinden sich meine Arme seit mehreren Stunden in dieser unnatürlichen Position hinter meinem Rücken. Außerdem schneidet das Plastik bei jeder Bewegung in meine Haut. Dämliche Informatiker. Handschellen wären vermutlich bequemer.

Als ich den Kopf drehe, sehe ich, dass auch Alex an seinen Stuhl gefesselt wurde. Anders als bei mir dient es bei ihm jedoch nicht dazu, ihn an der Flucht zu hindern, sondern sorgt dafür, dass er nicht von der Sitzfläche kippt. Ich dränge die Schuldgefühle zurück, die sein Anblick unmittelbar in mir verursacht. Ich hätte das irgendwie verhindern müssen.

Für einige Minuten herrscht Schweigen. Obwohl diese Taktik von NGS häufig angewendet wird, um Unsicherheit und Ängste zu schüren, zeigt sie die erwünschte Wirkung. Ich werde zunehmend nervöser und muss mich schwer beherrschen, um nicht mit dem Fuß zu wippen oder etwas anderes zu tun, was meinen Gemütszustand verrät. Andererseits würde das vermutlich keinen Unterschied mehr machen. Wir sind geliefert, das ist mir bewusst, seit NGS demonstriert hat, wie wenig ihnen ein Menschenleben wert ist.

»Du weißt, was auf dem Spiel steht, Eleonor«, durchbricht André endlich die Stille, der neben den beiden anderen Chefs Platz genommen und seine Pistole vor sich auf den Tisch gelegt hat. »Wir haben die Problematik auf der Fahrt erschöpfend besprochen, also können wir uns die Drohungen sparen.«

»Du hast sie über alles aufgeklärt?«, vergewissert sich Lennard und mustert mich forschend. Als ich in seine braunen Augen sehe, steigt heftige Abscheu in mir empor. Er war mein heimlicher Begleiter, kennt jedes Detail meines Körpers und hat vor einigen Stunden sogar miterlebt, wie es sich anfühlt, mich zu küssen und über mein Haar zu streichen.

Und nicht nur das.

Ich zucke zusammen, als mir ein neuer Aspekt in den Sinn kommt. Eigentlich ist es offensichtlich, aber ich hatte bisher nicht daran gedacht. NGS hatte vor Alinas Wohnung Position bezogen, bevor Alex aufgewacht ist. Das heißt, er muss sich seit letzter Nacht in einer Synchro befinden. Und nach seinem Erwachen heute Morgen haben wir nicht nur geredet, sondern ebenfalls …

Oh mein Gott.

Unfähig, die Emotionen zu verbergen, die in mir toben, starre ich Lennard an. Dieser erkennt sofort den Grund meines Entsetzens.

Ich beschwöre ihn stumm, das Thema ruhen zu lassen, doch mir ist klar, dass er die Munition nutzen wird, die ich ihm durch meine unbedachte Reaktion gegeben habe. Die Chefs können nicht wissen, ob ich mich tatsächlich an keine Gemeinsamkeit erinnere oder ob ich das fehlende Puzzleteil bloß zurückhalte, um uns mehr Zeit zu verschaffen. Natürlich ergreift Lennard die Gelegenheit, um mich aus dem Gleichgewicht zu bringen und immer weiter auf den endgültigen Zusammenbruch zuzutreiben.

»Ist dir gerade aufgefallen, dass ich sogar auf zwei verschiedene Arten in dir war?«, fragt er mit einem vielsagenden Grinsen. Ich hasse ihn. Ich hasse ihn so sehr.

Unter Aufbietung sämtlicher Willenskraft schaffe ich es, ruhig zu bleiben. Ich hatte immer geahnt, dass Lennard eine sadistische Seite hat. Sein amüsierter Unterton und die schlecht verborgene Häme sind deutliche Beweise.

»Ich hätte nicht erwartet, dass du bei deinem zweiten Mal schon so experimentierfreudig bist«, fährt er gnadenlos fort, woraufhin André abfällig schnaubt.

Ich beiße die Zähne aufeinander und spanne die Oberarmmuskeln an, während er die intimen Momente zwischen Alex und mir in den Schmutz zieht. Trotzdem erwidere ich nichts. Das ist auch nicht nötig, denn den Chefs entgeht die Wirkung von Lennards Angriffen natürlich nicht. Schlimmer als die glühende Scham, die sich aufgrund seiner Bloßstellung in mir ausbreitet, ist die Hilflosigkeit. Ich fühle mich ohnmächtig, gedemütigt und erniedrigt.

»Du wusstest also bereits bei eurem ersten Treffen, dass er *dein Herz nicht unberührt lassen würde*?«, wiederholt er höhnisch die privaten Worte, die ich heute Morgen an Alex gerichtet hatte.

»Hör auf«, bringe ich erstickt hervor und wehre mich instinktiv gegen die Fixierung. Wenn ich nicht gefesselt wäre, würde ich auf ihn losgehen. Dieses schadenfrohe Ausplaudern unserer vertrautesten Augenblicke ist unglaublich grausam.

Während Tom nach wie vor keine Regung zeigt, verfolgt André Lennards Attacken mit offenkundiger Belustigung.

»Ich denke, das reicht«, wendet er sich an den anderen Chef. »Wir sollten uns dem eigentlichen Thema widmen.«

»Es wäre sinnvoll, Alex und Nora gleichzeitig zu befragen«, meldet sich Tom zum ersten Mal. »Möglicherweise hilft es, den Vormittag gemeinsam durchzugehen.«

Lennard runzelt die Stirn und will widersprechen, doch André nickt.

»Du hast recht«, stimmt er zu. »Wir brauchen Alexander im Wachzustand. Ein letztes Mal. Bleibt es weiterhin ergebnislos, können wir die geplante Versuchsreihe in die Tat umsetzen.«

»Die geplante Versuchsreihe?«, hake ich nach, während mich eine böse Vorahnung erfüllt.

»Dein Freund hat die Ehre, uns bei der Forschung zu unterstützen«, erklärt Lennard spöttisch und poliert in aller Seelenruhe seine Brille. »Nach eurem Gespräch werden wir eine Trennung durchführen und hoffen, dass er überlebt. Wenn das der Fall ist, können wir ihn immer wieder synchronisieren und schrittweise Elemente hinzufügen, bis endlich der Selbstmord passiert. Das gibt uns eine realistische Chance, den Auslöser zu finden.«

Bei seinen Worten wird mein Inneres von eisiger Kälte erfüllt. Alex als Testobjekt? Immer wieder synchronisiert, bis er schließlich stirbt? Ich schlucke hart. Das ist ein Albtraum. Vielleicht sollte ich einfach irgendeinen Auslöser für die Impulse erfinden, damit man ihm die Todesangst in Endlosschleife erspart. Doch würde es etwas nutzen? Ich fürchte nicht. So oder so, wir sind fast am Ende unseres Weges angelangt.

»Wir sehen uns«, verabschiedet sich Lennard von mir und schiebt seinen Stuhl zurück. »Oder zumindest *ich* sehe dich«, verbessert er sich grinsend, was erneuten Hass in mir emporlodern lässt.

»Ich begleite dich beim Phasenwechsel«, beschließt Tom und steht ebenfalls auf. »Gästezimmer? Ich gehe nicht davon aus, dass du hier Dornröschen spielen willst.«

Lennard brummt bestätigend, und kurz darauf haben die beiden den Raum verlassen. André, Alex und ich bleiben alleine zurück.

Ich rutsche ein wenig auf der Sitzfläche hin und her, um eine bequemere Position zu finden. Leider vergeblich, denn meine gefesselten Hände verhindern zuverlässig eine Verlagerung des Gewichts.

»Allmählich könnte Alexander aufwachen«, äußert André nach einer Weile und verschränkt die Arme.

Ausnahmsweise hat er recht. Obwohl ich weiß, dass er sich in einer aktiven Synchro befindet, erfüllt mich Alex' Anblick mit heftiger Sorge. Im Schlaf ist er so verletzlich.

Wehrlos allem ausgeliefert, was ihm diese Monster antun wollen. Ich unterdrücke ein Seufzen. Als ob ich in einer günstigeren Lage wäre. Trotzdem würde ich mich besser fühlen, wenn ich mit ihm reden könnte.

Als hätte er meine unausgesprochenen Gedanken gehört, schlägt Alex die Lider auf. Im Gegensatz zu seinem letzten Erwachen im Auto braucht er dieses Mal lediglich Sekunden, um sich auf die veränderte Situation einzustellen. Die Resignation in seinen Augen ist jedoch schwer zu ertragen. Zum ersten Mal wirkt er nicht ausgeglichen und zuversichtlich. Im Gegenteil. Es scheint, als habe er aufgegeben.

»So, ihr zwei«, beginnt André munter, und es fehlt nicht viel, dass er sich tatkräftig die Hände reibt. »Ihr werdet jetzt gemeinsam die Zeitspanne zwischen Alexanders Aufwachen und dem Selbstmord nachvollziehen. Erwähnt jede Kleinigkeit. Lasst nichts aus.«

Uns ist beiden bewusst, dass wir keine Wahl haben, deshalb kommen wir bereitwillig seiner Aufforderung nach. Mittlerweile bin ich Alex' Handlungen so oft durchgegangen, dass ich die einzelnen Stationen problemlos aneinanderreihen kann.

Dabei schaffe ich es nicht, Alex anzusehen, und er macht ebenfalls keine Anstalten, Blickkontakt aufzunehmen. Er will wahrscheinlich vermeiden, dass ich den Schmerz in seiner Miene erkenne, und ich selbst will ihn nicht zusätzlich zu dieser Qual auch noch mit meinen Schuldgefühlen konfrontieren.

Etwa bei der Hälfte des Erinnerungsprozesses öffnet

sich die Tür, und Tom kommt mit einem Becher Wasser herein, den er ohne viel Umstände an Alex' Lippen hebt. Dieser zögert nicht lange und trinkt mehrere Schlucke.

»Danke«, flüstert er, nachdem er sich mehrfach geräuspert hat.

Tom winkt ab und nimmt seinen Platz an Andrés Seite wieder ein. »Neue Erkenntnisse?«, erkundigt er sich übergangslos.

André schüttelt den Kopf. »Nicht im Geringsten. Die beiden schildern nur ihren gähnend langweiligen Vormittag.«

Tom seufzt und bedeutet uns mit einem Nicken, fortzufahren.

Etwa zwanzig Minuten später sind wir am Ende angelangt.

»Nichts.« André zuckt mit den Schultern. »Ihr beide seid vollkommen nutzlos.« Er wendet sich an mich.

»Irgendeine Botschaft, die du Alexander mitgeben willst? Wir werden in Kürze die Trennung auslösen. Gut möglich, dass er stirbt. Selbst wenn nicht, wirst du ihn nicht wiedersehen. Vielleicht ein Liebesgeständnis? Das ist in solchen Momenten recht üblich.«

Ich beiße mir auf die Lippen, während ich verzweifelt die Tränen zurückdränge. Tatsächlich würde ich Alex gerne so vieles mitteilen. Ich will ihm sagen, dass ich grenzenloses Bedauern empfinde, dass ich unsere gemeinsame Zeit trotz allem genossen habe und dass ich mich in ihn verliebt habe, obwohl wir uns erst seit Kurzem kennen. Da mich aber Tom und André aufmerksam fixieren und Lennard ebenfalls irgendwie anwesend ist, schweige ich und werfe Alex lediglich einen Blick zu, in den ich alle unausgesprochenen Worte und Gefühle lege. Für einige Sekunden sehen wir einander fest in die Augen.

Alex lässt sich durch die unerwünschten Beobachter weniger bremsen. »Es ist katastrophal gelaufen«, sagt er leise. »Doch ich verzeihe dir. Du hast alles getan, um mich zu beschützen. Man kann nicht alles im Leben kontrollieren.«

»Aber man kann es versuchen«, murmle ich mit einem halben Lächeln.

»Rührend«, konstatiert André unbeeindruckt. »Lass ihn schlafen, Lennard.«

Ich betrachte das intensive Grün von Alex' Iris, bewundere seine langen Wimpern, präge mir die flirrenden goldenen Sprenkel ein, die seine Pupille umgeben und warte darauf, dass sich seine Lider schließen, dass Lennard Andrés Aufforderung nachkommt. Ich möchte bei ihm sein, ihn in den Schlaf begleiten.

Nichts passiert.

André lehnt sich nach vorne und stützt die Unterarme auf der Schreibtischplatte ab. In seiner Miene zeigt sich Unglaube gemischt mit Belustigung.

»Lennard?« Er sieht Alex forschend ins Gesicht, der sein Starren furchtlos erwidert.

Nachdem einige Sekunden später noch immer nichts passiert ist, stößt André ein gereiztes Ächzen aus. »Allmählich frage ich mich, ob Eleonor tatsächlich so unkontrollierbar war. Vielleicht liegt es auch an dir? Sobald nur die kleinste Besonderheit auftaucht, schaffst du es nicht mehr, aufzuwachen. Du hast dich nicht im Griff, Lennard. Vielleicht solltest du dich mal wieder dem Schlaftraining unterziehen, das die neuen Regulatoren bei dir absolvieren.« Er wendet sich spöttisch an Alex. »Oder hast du es gewagt, einen Kaffee zu trinken? Ist vielleicht ein doppelter Espresso schuld an Lennards Schwierigkeiten?«.

»Mein letzter Kaffee ist über vierundzwanzig Stunden her«, entgegnet dieser knapp. Stimmt. Den hat er an dem Vormittag in der Stadt getrunken, bevor uns der Horror mit voller Breitseite erwischte.

»Langer Verzicht auf deine Dosis Koffein«, kommentiert André und lehnt sich abwartend zurück. »Wird das heute noch was, Lennard? Oder bist du zu aufgeregt wegen –«

Er verstummt abrupt. Bevor ich richtig realisieren kann, was gerade passiert, kippt er nach vorne. Sämtliche Spannung weicht schlagartig aus seinem Körper, und sein Kopf landet mit einem dumpfen Laut auf der Tischplatte.

Erst jetzt nehme ich die Spritze wahr, die Tom von seiner seitlich versetzten Position in Andrés Hals gejagt hat. Offensichtlich ein Schlafmittel.

»Betäubt für die nächste Stunde. Mindestens«, bemerkt Tom, greift nach Andrés Pistole und zieht den Schalldämpfer ab. Er steckt die Waffe ein und schenkt Alex ein kaltes Lächeln. »Es wird dich freuen zu hören, dass du dich nicht mehr in einer Synchro befindest.«

Alex atmet einmal tief durch, lässt sich aber ansonsten

nichts anmerken. Nur durch die zwei Tage, die ich in ihm verbracht habe, erkenne ich seine Erleichterung.

Keine Sekunde lang zweifle ich an dem Wahrheitsgehalt von Toms Enthüllung. Lennard hätte einen Angriff auf André niemals tatenlos geschehen lassen.

Bei einer Trennung …

Unwillkürlich richte ich mich auf, als mich ein Gedanke aus heiterem Himmel trifft. Alex schwebte eben in akuter Gefahr, und ich hatte keine Ahnung. Die Synchro wurde unterbrochen, es spielt keine Rolle, ob mittels Disruptor oder durch Lennards Tod. Und Alex war währenddessen gefesselt und somit zur Untätigkeit verdammt.

Der Körper erzwingt sich selbst seinen Ausweg, und der Link stirbt an einem Hirnschlag.

Wir haben unfassbares Glück, dass Alex noch lebt. Anscheinend wurde der Suizidimpuls nicht ausgelöst. Aber weshalb? Sein doppelter Selbstmordversuch ist über vierundzwanzig Stunden her. Was war dieses Mal anders? Worin besteht der Unterschied, der ihn gerettet hat?

Mein letzter Kaffee ist über vierundzwanzig Stunden her.

Langer Verzicht auf deine Dosis Koffein.

Eine ähnliche Formulierung hatte Lily kurz vor ihrem Selbstmord benutzt.

Eine Dosis Koffein hilft immer.

Alex liebt den Geschmack von Kaffee, ebenso wie Lily in liebte. Das ist die verdammte Gemeinsamkeit.

Oh mein Gott.

»Was haben Sie mit ihm gemacht?«, reißt mich Alex' heisere Stimme aus meinen Überlegungen.

»Es ist besser, wenn ihr das nicht wisst«, wehrt Tom ab. Der mitleidlose Ausdruck auf seinem Gesicht jagt mir einen Schauer über den Rücken. »Lennard ist friedlich entschlafen. Das ist mehr, als er verdient hat. André wird dafür bezahlen.«

Bei seinen unversöhnlichen Worten wird mir klar, dass Tom nicht in erster Linie seine sichere Trennung von Rebecca im Sinn hat. Er verfolgt ein anderes Ziel. Er will Rache nehmen. Und ich befürchte, alles, was in den vergangenen Stunden passiert ist, gehört zu seiner geschickt geplanten Umsetzung.

Trotzdem klammere ich mich an dem letzten Hauch Zuversicht fest, der mir bleibt. »Wirst du uns freilassen?«

Toms Züge versteinern, was mir sämtliche Hoffnung raubt. »Tut mir leid«, sagt er. »Das wird nicht funktionieren. Es geht hier um viel mehr als lediglich um Geheimhaltung oder den Auslöser der Suizidimpulse.«

In diesem Moment wirkt er so ehrlich, dass ich tatsächlich an die Aufrichtigkeit seiner Entschuldigung glaube. Das hilft uns leider nicht im Geringsten weiter.

Als er aufsteht und um den Schreibtisch herum auf mich zukommt, erkenne ich an Alex' Körperhaltung, dass dieser sich gegen die Kabelbinder stemmt. Er wird nicht mehr von Lennard überwacht. Wenn ich ihm nur mitteilen könnte, dass er das Messer in der Tasche hat …

»Tom«, beginnt er beschwörend. »Bitte. Lassen Sie sie frei. Wir werden das alles für uns behalten und die relevanten Stunden so oft rekapitulieren, bis wir die benötigte Information gefunden haben. Es muss doch eine andere Lösung geben.«

»Tut mir leid«, wiederholt Tom seine Entschuldigung und schaut mich traurig an. In seinen Augen lauert etwas Dunkles, Bösartiges. Er macht mir Angst. Große Angst.

»Eines sollst du wissen, Nora«, erklärt er, während er eine zweite Spritze aus seiner Tasche hervorzieht und diese sorgfältig an der Seite meines Halses ansetzt. »Ich konnte dich immer gut leiden. Alles, was ich dir später antun werde, ist Bestandteil meines Plans. Du bist lediglich mein Instrument der Rache. Das ist nichts Persönliches.«

Ich spüre, wie die Nadel mit einem Brennen meine Haut durchstößt. »Es ist das Koffein«, murmle ich undeutlich, dann wird es um mich herum schwarz.

27 | **ON**: Bald ist es vorbei

Ich erwache von einem heftigen Schmerz. Mein Schienbein scheint in Flammen zu stehen. Mit einem gequälten Ächzen zucke ich hoch und will automatisch über die betroffene Stelle reiben. Die unbedachte Bewegung mit den Händen bezahle ich mit einem weiteren, glücklicherweise weniger intensiven Schmerz, denn meine Gelenke sind nach wie vor mit Kabelbindern fixiert. Ich reiße die Augen auf. Die plötzliche Helligkeit ist so unangenehm, dass ich sie schnell wieder schließe.

Erneut erhalte ich einen Tritt gegen mein Schienbein, genau an die gleiche Stelle wie zuvor. Es tut verdammt weh, und ich unterdrücke einen Aufschrei.

»Augen auf«, fährt mich eine Stimme an, die ich innerhalb von Sekunden Tom zugeordnet habe. »Na los.«

Sofort komme ich seiner Aufforderung nach, damit er nicht noch mal zutritt. Schon jetzt fühlt es sich an, als würde sich ein übler Bluterguss bilden.

Ich schaue auf meine Handgelenke, die im Gegensatz zu vorhin an die Armlehnen meines Stuhls gefesselt sind. Er muss die Position während der Betäubung verändert haben.

Erneut ein Tritt, dieses Mal deutlich näher am Knie. Ich keuche gepeinigt auf.

»Sieh mich an.«

Ich hebe den Kopf, und mein Blick trifft auf Toms dunkle Augen, in denen beunruhigende Emotionen toben. Verbitterung, Abscheu, blanker Hass. Nichts erinnert mehr an den zerstreuten, aber harmlosen Wissenschaftler. In diesem Moment wirkt er eher wie ein Psychopath, der seiner Umwelt den unbedarften Technik-Nerd vorgespielt hat. Sogar von seinen nervösen Ticks ist nicht das Geringste zu bemerken. Anscheinend hat er für seine überschüssige Energie ein Ventil gefunden. Die daraus resultierenden Konsequenzen versetzen mich in höchste Alarmbereitschaft.

»Du hast allen Grund zur Sorge«, bestätigt er verstörend ruhig meine unausgesprochenen Gedanken. »Wir werden zuerst darüber reden, was du mir angetan hast, und anschließend wirst du dafür bezahlen.«

Fieberhaft versuche ich, zu rekonstruieren, was geschehen ist. Das Letzte, woran ich mich erinnere, ist Toms Versicherung, dass es sich um nichts Persönliches handle und dass ich lediglich sein Instrument der Rache sei. Der Rache an wem?

»Wovon sprichst du?«, wage ich zu fragen. Geht es darum, dass ich mit meiner Indiskretion seine Arbeit in Gefahr gebracht habe? Weshalb ist er so wütend auf mich? »Tom, ich werde nichts verraten. Es ist verständlich, dass du dich so um NGS sorgst. Du hast von mir nichts zu befürchten. Lass mich frei und du wirst nie wieder etwas von mir sehen.«

Er starrt mich weiterhin an. Nichts an ihm lässt darauf

schließen, dass er mich gehört hat. Ohne Vorwarnung schlägt er mir direkt ins Gesicht. Ich spüre, wie meine Unterlippe aufplatzt und Blut warm über mein Kinn tropft.

»Du hast mir das Wertvollste genommen«, wirft mir Tom vor und deutet in die Richtung von Rebeccas Zimmer, dessen Tür so weit offen steht, dass ich freie Sicht auf ihr Bett habe. »Sie war lebenslustig und voller Begeisterung. Das alles hast du ihr genommen. Du hast es *uns* genommen! Du hast ihr Leben auf dem Gewissen, ebenso wie meines.«

Ein weiterer Schlag, dieses Mal auf die andere Seite meines Gesichtes. Ich krümme mich zusammen, doch ich habe keine Möglichkeit, seinen Angriffen zu entgehen. Erst jetzt registriere ich, dass auch meine Beine am Stuhl fixiert sind.

»Tom, bitte«, höre ich eine bekannte Stimme, die in mir unglaubliche Erleichterung auslöst. »Lassen Sie sie.«

Mein Kopf schnellt herum, und ich stoße unwillkürlich den Atem aus. Alex. Zwar weiterhin an seinen Stuhl gefesselt, im Gegensatz zu mir mit den Händen noch auf dem Rücken, aber immerhin lebendig. Keine Ahnung, welchen Grund Tom hatte, ihn zu verschonen. Ich werde sicher nicht nachhaken und ihn damit vielleicht auf eine Idee bringen.

»Alexander, ich hatte dir bereits gesagt, dass ich absolute Stille erwarte«, weist ihn Tom hart zurecht. »Ich kann deine Kommentare nicht gebrauchen.«

Alex wirft mir einen hilflosen Blick zu, beißt sich auf die Lippen und nickt.

»Zurück zu dir.« Tom wendet sich wieder mir zu und mustert mich hasserfüllt. »Hast du wirklich geglaubt, du würdest damit durchkommen? Dachtest du im Ernst, ich sei so dumm und hätte keine Fragen gestellt? Habt ihr euch für solch großartige Schauspieler gehalten? Eure Anteilnahme war geheuchelt, das war mir von Anfang an klar.«

Er holt aus und rammt seinen Ellbogen direkt in meinen Magen. Für einen Moment durchzuckt mich Übelkeit, dann explodiert ein grauenvoller Schmerz in meinem Unterleib. Allmählich realisiere ich, was hier gerade passiert. Bevor ich Ordnung in mein inneres Chaos bringen kann, schlägt er erneut zu.

»Du würdest jetzt gerne aufwachen, nicht wahr?«, sagt er hämisch und bestätigt damit meine schlimmsten Befürchtungen. »Deshalb habe ich dich mit diesem Link synchronisiert. Durch die Anomalie hast du keine Kontrolle über das Schlafverhalten. Bei Lennard hast du dich ja bestens darüber amüsiert. Nicht so lustig, wenn es einen selbst betrifft, oder?«

Er geht einen Schritt zur Seite und gibt damit den Blick auf einen Körper frei, der mir gegenüber regungslos auf einer Liege ausgestreckt ist. Andrés Körper.

Er trägt noch immer sein weißes Hemd und die dunkle Anzughose, und seine Haut hebt sich blass gegen die schwarzen Haare ab. Seine Augen sind geschlossen, und sein Brustkorb hebt und senkt sich im regelmäßigen Tempo seiner Atemzüge. Er schläft, das ist ganz offensichtlich. Und ebenso offensichtlich ist es, in wessen Bewusstsein er gerade alles miterlebt – völlig hilflos. Der Gedanke daran ist so schrecklich, dass es mich sogar wenig kümmert, schon wieder in einer Synchro mit einem NGS-Arschloch zu sein.

»Besonders schön ist, dass ich dich nicht einmal fesseln muss«, fährt Tom fort und lacht. »Du versuchst wahrscheinlich gerade verzweifelt, aufzuwachen, aber es gelingt dir nicht. Das wird heute noch häufiger der Fall sein.«

Zum ersten Mal durchflutet mich reine und unverfälschte Panik, denn ich beginne Toms Plan zu verstehen. Es wird ihm nicht ausreichen, André bloß durch meinen Körper beobachten zu lassen, was er ihm antut. Er will ihm Schmerzen bereiten – und ich bin Hammer und Amboss zugleich. Deshalb reagiert er nicht auf mich. Ich selbst scheine für ihn nicht mehr zu existieren. Es sieht lediglich André in mir, den Mensch, den er auf der Welt am meisten hasst.

»Schon damals hatte ich mich gewundert, keine Details des Unfallhergangs zu erhalten«, spricht er weiter. »Ich wurde mit Lügen und billigen Ausreden abgespeist, während Rebecca um ihr Leben kämpfte. Und was erfahre ich dann?«

Wieder trifft sein Ellbogen meine Magengrube. Tränen steigen mir in die Augen.

»Sie hatte gebrochene Finger«, beantwortet er seine Frage selbst. »Sie hatte gebrochene Finger, obwohl sie auf dem Rücken gelandet ist«, rekapituliert er meine Zusammenfassung der Mails vom Freitag. »Weil ihr Unfall kein Unfall war. Weil jemand, den ich für einen Freund gehalten hatte, zuerst ihre Ausrüstung manipuliert und sie anschließend kaltblütig in den Tod gestürzt hat. Nur dass dies leider nicht ganz funktioniert hat.«

Blitzschnell greift er nach meinem linken Ringfinger und biegt ihn mit Gewalt nach oben. Ein Knacken ertönt, und ich schreie gequält auf.

»Wenn ich mit dir fertig bin, wirst du dir wünschen, ich hätte dir bloß die Finger gebrochen. Du hast zwei Leben auf dem Gewissen. Ihres und meines. Und deshalb wirst du doppelt leiden.«

Er nimmt meinen Mittelfinger und knickt ihn um. Mittlerweile laufen mir die Tränen offen über die Wangen.

»Tom«, fleht Alex und ich erkenne pures Entsetzen in seiner Stimme. »Bitte. Hören Sie auf. Nora hat mit der ganzen Sache nichts zu tun.«

»Ein weiteres Wort und ich schneide dir die Kehle durch«, eröffnet Tom kühl. »Du bist ohnehin nicht mehr nützlich, da wir den Auslöser jetzt kennen.«

Alex wirft mir einen verzweifelten Blick zu und senkt ein wenig den Kopf. Ich könnte schwören, dass auch in seinen Augen Tränen stehen. Wenn ich es geschafft hätte, ihm den Auslöser heimlich mitzuteilen, hätte er diese Information nutzen können, um sein Leben zu retten. Meine Erkenntnis kam viel zu spät. Lily hatte damals mehrere Cappuccino über den Tag verteilt –

Ich werde aus meinen Gedanken gerissen, als Tom meinen Zeigefinger bricht. Obwohl ich ihm damit Genugtuung verschaffe, kann ich ein Schluchzen nicht unterdrücken. Mittlerweile ist mir schlecht vor Schmerzen.

Tom nimmt mein Leid zufrieden zur Kenntnis. Er geht einige Schritte zurück und lehnt sich an seinen Schreibtisch. Ich senke den Blick und stelle fest, dass sich meine linke Hand allmählich dunkel verfärbt. Meine geschwollenen Finger sind die Hölle, doch ich fürchte, sie sind nichts gegen das, was auf mich zukommt. Auf *uns* zukommt, denn André spürt die Qual ebenso wie ich.

»Bevor ich mich um deinen Körper kümmere, will ich sichergehen, dass ich deine vollkommene Aufmerksamkeit habe«, erklärt Tom und nimmt einen Schluck aus seinem Thermosbecher. Eine fast absurde Handlung in der aktuellen Situation. Mir ist schlecht vor Angst, und er trinkt Kaffee. Vermutlich ist das Teil seines perfiden Spiels.

Mit wachsender Sorge registriere ich, dass sich neben dem Becher weitaus beunruhigendere Dinge auf der Tischplatte befinden, die ich lieber nicht genauer betrachten will. Tom ergreift ein Messer und schlendert damit auf mich zu. Voller Entsetzen blicke ich ihm entgegen, bin mir jedoch bewusst, dass ich keine Chance zur Gegenwehr erhalten werde. Ich bin ihm vollständig ausgeliefert.

Das ist Tom ebenfalls klar, denn er positioniert sich mit einem bösen Lächeln vor mir und setzt das Messer auf meinem rechten Unterarm an. Dann drückt er es in die Haut.

Entgegen meiner Erwartung dringt es nicht tief ein, sondern ritzt lediglich die Oberfläche. Tom zieht mehrere parallele Linien und wiederholt die gleiche Prozedur an meinem anderen Arm. Die Schnitte brennen und bluten, doch im Vergleich zu meinen gebrochenen Fingern sind sie fast lächerlich. So lächerlich, dass sie meine Angst extrem anfeuern. Er hat bereits gezeigt, wozu er fähig ist. Garantiert wird er es nicht dabei belassen.

Wenige Sekunden später zeigt sich, dass ich mich in meiner Einschätzung nicht getäuscht habe, obwohl ich mir genau das glühend wünsche. Er zieht eine Packung Salz hervor und beginnt, dieses auf den offenen Wunden zu verteilen. Ein heftiges Stechen durchzuckt meinen Arm. Es fühlt sich an, als habe er Säure darübergegossen. Verkrampft beiße ich die Zähne zusammen, um nicht loszuschreien. In Kombination mit dem wütenden Pochen meiner linken Hand ist es fast nicht auszuhalten. Ich bin kurz davor, Tom um Gnade anzuflehen.

Was würde es nützen? Es würde lediglich Alex' Qual verstärken, der tatenlos meine Folter mit ansehen muss. Während ich mich erfolglos darauf konzentriere, irgendwie mit dem Schmerz umzugehen, nimmt sich Tom auch noch meinen anderen Arm vor und verreibt anschließend das Salz mit groben Bewegungen. Ich will hemmungslos schluchzen, aus ganzer Kehle brüllen, mich gegen die Fesseln werfen, doch ich tue nichts davon.

Er tritt einen Schritt zurück und mustert mich aufmerksam. Ich erwidere seinen Blick, obwohl meine Augen in Tränen schwimmen.

»Du wirst dir alles genau anschauen«, verlangt er. »Du wirst den Kopf nicht wegdrehen, egal, was passiert.« Dann fügt er etwas hinzu, das eine erneute Welle der Panik in mir auslöst. »Alles, was deinem schlafenden Körper widerfährt, wirst du danach live in deinem Link miterleben. Du kannst dich somit auf eine doppelte Erfahrung gefasst machen. Wenn der Körper des Links aufgibt, ist die Synchro beendet. Du wachst auf, nur um erneut unter grauenvollen Schmerzen zu sterben. Schöne Aussichten.«

»Das können Sie nicht tun«, stößt Alex erschüttert hervor, und ich beschwöre ihn innerlich, ruhig zu sein.

Ohne zu zögern, wendet sich Tom ihm zu und zieht ihm einmal die Klinge durchs Gesicht.

»Beim nächsten Mal ist es deine Kehle«, bemerkt er knapp, wischt das Blut achtlos an seinem Pullover ab und legt das Messer zurück auf den Schreibtisch.

Obwohl es mir alles abverlangt, verzichte ich darauf, nach Alex zu sehen. Meine Aufmerksamkeit würde ihn in Gefahr bringen. Er hat keinen Laut mehr von sich gegeben, und ich bin nicht sicher, ob das gut oder schlecht ist. Wer weiß, was Tom mit seinem brutal ausgeführten Schnitt getroffen hat.

»Es wird Zeit«, stellt Tom fest und klingt dabei so endgültig, dass mir eine Gänsehaut den Rücken hinunter läuft. Trotzdem richte ich meinen Blick gehorsam auf Andrés Körper vor mir auf der Liege. Die Hoffnung, ohnmächtig zu werden, habe ich mittlerweile aufgegeben. Kalter Schweiß steht mir auf der Stirn, und mein Herz rast. Es gibt keinen Ausweg. Ich kann lediglich stillhalten und Toms Anweisungen befolgen, um mir nicht noch mehr Schmerzen zu bereiten.

»Rebeccas Aufprall hat ihre Knochen förmlich zerschmettert«, sagt Tom, während er einen großen Hammer von der benachbarten Liege nimmt und diesen an den Schreibtisch lehnt. Was er damit vorhat, ist mir vollkommen klar. Oh mein Gott. Das ist ein Albtraum, und ich bin mittendrin.

Tom nimmt einige Lederriemen zur Hand und bindet damit geschickt sowohl Andrés Beine als auch seine Arme ab.

»Nicht, dass du verblutest, weil ich aus Versehen eine Arterie treffe«, erklärt er mir und wendet sich wieder André zu, um die Position der Gurte zu überprüfen.

Ich nutze den Moment der Ablenkung, um kurz zu Alex zu spähen. Er sieht ebenfalls in meine Richtung, und für einige Sekundenbruchteile treffen sich unsere Blicke. Über sein Gesicht zieht sich ein böser Schnitt, von der linken Schläfe über seine Wange bis zu seiner Unterlippe. Zum Glück ist sein Auge unversehrt. In dieser furchtbaren Situation zu schweigen, kostet seine gesamte Kraft. Das ist ihm ist deutlich anzumerken. Er kann nicht einschreiten, muss Toms Untaten hinnehmen. Keine Hoffnung. Wenn er nur eine Möglichkeit fände …

Stopp.

Das Taschenmesser. Er hat noch immer das Taschenmesser bei sich, und durch seine auf dem Rücken gefesselten Hände besteht eine reelle Chance, es zu erreichen. Ich muss ihn irgendwie darauf aufmerksam machen.

Tom ist mittlerweile fertig mit der Vorbereitung, ergreift den Stahlhammer und wiegt ihn prüfend in der Hand.

»Es kann losgehen«, bemerkt er und positioniert sich so neben André, dass ich alles beobachten kann. Er hebt den Hammer in die Luft und lässt ihn mit Schwung auf den wehrlosen Körper vor sich hinabsausen.

Das beim Aufprall entstehende Geräusch ist Übelkeit erregend, jedoch laut genug, dass ich es wagen kann. Als Tom erneut den Hammer hebt, nehme ich Kontakt zu Alex auf. Im Moment des Aufeinandertreffens zische ich »Hosentasche!« und tarne es umgehend als Würganfall – vollkommen berechtigt bei dem Anblick, der sich mir bietet. Alex nickt knapp, und ich wende mich wieder Toms Abrechnung zu.

Erst jetzt trifft mich die Erkenntnis mit voller Härte. Wenn sich Alex nicht befreit und mich rettet, steht mir das ebenfalls bevor. Ich kann mir nicht einmal ansatzweise vorstellen, welche Höllenqualen diese Tortur verursacht, und dass André diese doppelt durchläuft, ist kein Trost. Ich habe solche Angst. Mittlerweile ist mein Hals so trocken, dass ich Schwierigkeiten habe zu schlucken. Meine linke Hand und die Schnitte auf meinen Armen brennen unverändert. Zum ersten Mal wünsche ich mir, es sei bereits vorbei. Zum ersten Mal wünsche ich mir einen schnellen und gnadenvollen Tod.

Aber Tom hat andere Pläne, und Erbarmen zu zeigen ist keiner davon.

Mit aller Macht klammere ich mich an den Grundsätzen von NGS fest. Das Einzige, was mir bleibt, während das Entsetzen an meinem Verstand nagt.

Haltung bewahren in allen Lebenslagen.

Mein Gott. Was er mit diesem Folterwerkzeug André antut, wird er später auch mit mir machen.

Gelassenheit und schnelles Reaktionsvermögen.

Wenn ich nur nicht so hilflos wäre. Wenn ich nur eine Möglichkeit fände, mich zu befreien, diese verfluchten Kabelbinder irgendwie zu sprengen. Ich stemme mich dagegen, bis das Plastik in meine Handgelenke schneidet. Es ist zwecklos.

Jedes Mal, wenn der Hammer mit einem dumpfen Geräusch auftrifft, schnürt sich meine Kehle zusammen, und als Tom von Andrés Armen zu dessen Beinen übergeht, beginne ich abwechselnd heiser zu schluchzen und zu würgen. Es ist das Grausamste, was ich jemals erlebt habe, und ich benötige meine komplette Willenskraft, um nicht wegzusehen. Dennoch halte ich den Blick fest auf den Körper vor mir gerichtet – oder auf das, was davon übrig ist.

Am verstörendsten ist jedoch, dass ich mir einbilde, einen Widerhall der Schmerzen an den entsprechenden Stellen zu spüren. Zuerst an den Ellbogen und an den Handgelenken, dann an den Knien und an den Schienbeinen. Je weiter Tom sein unbarmherziges Werk fortsetzt, desto intensiver wird die Wahrnehmung. Mir wird klar, dass es mit der bewussten Verbindung vom Reg zum Link zusammenhängen muss, deren Auswirkung Alex und ich ebenfalls erfahren haben. Eine Verbindung in beide Richtungen. Er hatte Gefühle erwähnt, die nicht von ihm kamen. Die alles überstrahlende Todesangst, die ich empfinde, ist nicht nur meine eigene. Ein beträchtlicher Teil stammt von André. Ich verbringe meine letzten Minuten ausgerechnet mit dem Mensch, den ich mehr hasse als jeden anderen.

Diese Erkenntnis ist mehr, als ich ertragen kann.

Meine Selbstbeherrschung versagt, meine Zurückhaltung scheitert, meine Kontrolle bricht. Tränen strömen mir ungehindert über die Wangen, tropfen auf mein Shirt, auf meine Arme, wo sie sich mit dem tiefroten Blut vermischen. Ich bin an meinem absoluten Tiefpunkt angekommen. Nicht nur am Ende meiner Kraft, sondern auch am Ende meines Lebens. Ich will nicht sterben.

Als Tom schließlich mit André fertig ist und sich mir zuwendet, blicke ich ihm stumm entgegen. Ich bin zu schwach, um zu schreien, zu entkräftet, um zu flehen, zu verzweifelt, um zu hoffen.

Als er mich ohne jedes Mitgefühl mustert und den schweren Hammer hebt, klammere ich mich gewaltsam an einen Gedanken.

Bald ist es vorbei.

28 | Nicht die geplante Höllenqual

Eigentlich müsste ich die Lider schließen und Tom diesen finalen Triumph verweigern. Verhindern, dass er die grässliche Panik und den unweigerlich folgenden Schmerz in meinen Augen erkennen kann. Aber meine letzten klaren Momente, bevor meine gesamte Wahrnehmung in einem Inferno aus Qual und Schreien untergeht, will ich Alex schenken. Noch einmal seinen Blick suchen, vielleicht sogar einige Worte an ihn richten.

Ich drehe den Kopf und werde von einem Adrenalinschub durchflutet, denn in dieser Sekunde springt Alex auf. Jäh erfüllt mich glühende Hoffnung. Es ist noch nicht vorbei.

Im selben Moment schlägt Tom zu. Alex schnellt nach vorne und prallt mit vollem Schwung gegen ihn. Statt meinen Arm zu zerschmettern, streift der Hammer lediglich meine linke Seite. Ich beiße die Zähne zusammen, als ein heftiges Stechen durch meine Hüfte zuckt. Kein Vergleich zu dem Horror, wenn Tom das beabsichtigte Ziel getroffen hätte.

Weiterhin hilflos auf meinem Stuhl sitzend verfolge ich die Auseinandersetzung neben mir. Alex verpasst Tom einen kräftigen Stoß und will sich an ihm vorbeischieben. Dieser rammt ihm den Ellbogen in den Magen und tritt ihm gleichzeitig gegen das Knie, sodass Alex einige Schritte zur Seite taumelt.

Während ich erneut meine erzwungene Untätigkeit verfluche, erreicht Tom als Erster den Schreibtisch.

Ohne zu zögern, ergreift er die Pistole, geht zwei Schritte zurück und zielt auf Alex.

Mit erbarmungsloser Wucht drängt sich die Erinnerung an Bennys Exekution vor mein inneres Auge. Der Gedanke, Alex' auf dieselbe Weise zu verlieren, ist unerträglich.

»Nein!«, schreie ich so laut, dass ich den Eindruck habe, meine Stimmbänder würden reißen. Ein Schuss hallt durch den Raum, dicht gefolgt von einem zweiten.

»Scheiße«, flucht Tom unbeherrscht, was unmittelbar für ein Aufwallen von Erleichterung in mir sorgt. Er hat Alex verfehlt und stattdessen zwei Löcher in die hintere Zimmerwand geschossen. Ob es an meinem Lärm, an Toms fehlender Waffenroutine oder an einer Kombination aus beidem lag, ist nicht von Bedeutung.

Alex wartet nicht, bis Tom den nächsten Versuch unternimmt. Er sprintet im Zickzack durch den Raum, um möglichst viele Meter zwischen sich und die Waffe zu bringen. Ohne zu zögern, rettet er sich in das offen stehende Zimmer, in dem sich auch Rebecca befindet, und knallt die Tür zu.

Tom starrt Alex für einige Sekunden fassungslos hinterher. Er wirkt vollkommen erschüttert, als habe er niemals damit gerechnet, dass Rebecca plötzlich in sein Spiel mit hineingezogen wird. Unentschlossen schaut er zwischen der geschlossenen Tür, André und mir hin und her. Es ist offensichtlich, dass er nicht weiß, was er tun soll. Sich um Alex kümmern und anschließend seinen Rachefeldzug weiterführen, auf die Gefahr hin, dass ich mich ebenfalls befreien kann? Oder sichergehen, dass André seiner gerechten Strafe zugeführt wird, dabei aber Rebeccas Unversehrtheit und Alex' Flucht riskieren?

Ich nutze Toms inneren Zwiespalt, um an meinen Fesseln zu reißen. So fest, dass die Kabelbinder tief in meine Haut schneiden. Blut läuft über meine Handgelenke, meine gebrochenen Finger schreien gepeinigt auf, doch die Fixierung hält. Keine Chance.

Viel zu früh hat Tom eine Entscheidung getroffen. Ein Ruck geht durch seinen Körper, und er wirft einen bedauernden Blick auf Alex' leeren Stuhl. Dann öffnet er hastig die Schreibtischschublade und steckt ein neues Magazin in die Pistole. Er geht einige Schritte auf mich zu, richtet die Waffe auf meinen Oberkörper und zielt sorgfältig.

Ich denke an Alex, rufe mir die schönen Momente ins Gedächtnis, von denen wir viel zu wenige gemeinsam erleben durften. Vielleicht schafft er es, durch ein Fenster auszusteigen. Vielleicht schafft er es, sich selbst zu retten.

»Zwar nicht die geplante Höllenqual«, bemerkt Tom leidenschaftslos, »aber eine durchschossene Lunge ist ein ziemlich unangenehmer Tod. Ich muss improvisieren.«

Ich sehe ihm offen ins Gesicht, nehme allen Mut zusammen, um meinem Schicksal hoch erhobenen Hauptes gegenüberzutreten.

Der Ausdruck in Toms dunklen Augen verändert sich um eine Winzigkeit. Grimmige Entschlossenheit und dunkle Befriedigung weichen plötzlich aufflackernder Angst, die schnell zu maßlosem Entsetzen wird.

In einer schnellen Bewegung richtet er die Waffe neu aus, positioniert sie an seiner Schläfe und drückt ab.

29 | Eigenhändig getötet

Eine warme Flüssigkeit spritzt mir ins Gesicht, und ich beginne unwillkürlich zu würgen. Bittere Magensäure steigt meine Speiseröhre empor. Ich schlucke tapfer dagegen an und versuche, das Bild zu verarbeiten, das sich unauslöschlich in meine Netzhaut einbrennen wird.

Im Raum herrscht drückende Stille. Die Pistole löst sich aus Toms kraftlosen Fingern und fällt mit einem metallischen Laut auf das Laminat. Er selbst verharrt einen Moment in absoluter Bewegungslosigkeit, die Augen aufgerissen, als könne er nicht glauben, was geschehen ist, als sei er nicht bereit, sein Ende zu akzeptieren. Dann sackt er in sich zusammen.

Für einige Sekunden starre ich auf den reglosen Körper und gestatte es mir, tief durchzuatmen und einen Funken Erleichterung zuzulassen.

Die Finger meiner linken Hand pochen qualvoll, die Schnitte auf meinen Armen brennen, und ich fühle nach wie vor den unterschwelligen Druck auf meinen Gelenken. Aber zumindest bin ich am Leben.

»Alex?«, bringe ich heiser hervor. Ich räuspere mich und unternehme einen erneuten, lauteren Versuch. »Alex!«

»Nora?«, ruft er umgehend zurück. »Alles okay?«

»Alles okay«, bestätige ich, woraufhin er die Tür öffnet und sich prüfend im Raum umsieht.

Als er Tom entdeckt, zieht er scharf die Luft ein. »Es hat funktioniert. Es war tatsächlich das Koffein«, murmelt er, während er auf mich zugeht. In der Hand hält er den Magneten aus dem Baumarkt, dessen Existenz ich bis gerade eben vergessen hatte.

Alex deutet meinen Ausdruck richtig. »Du hast ihn mir gemeinsam mit dem Messer in die Hosentasche gesteckt. Vermutlich, nachdem ich eingeschlafen war und kurz bevor wir verschleppt wurden, oder?«, vergewissert er sich. »Ziemlich bewundernswert, in dieser Situation so gelassen und geistesgegenwärtig zu reagieren.«

»Das Lob gebührt NGS für die fundierte Ausbildung«, erwidere ich trocken und blinzle gegen die Tränen an, die mir bei seinem Anblick in die Augen steigen. Der Schnitt sieht schlimm aus.

Ein schmales Lächeln zuckt um Alex' Lippen, dann macht er sich daran, zuerst die Kabelbinder, mit denen ich noch immer fixiert bin, durchzuschneiden.

Sobald ich frei bin, schüttle ich das Salz von den Schnitten, um den beißenden Schmerz ein wenig zu lindern.

Alex bleibt vor mir auf den Knien, sodass unsere Gesichter etwa auf einer Höhe sind. Unsere Blicke verhaken sich, und ich öffne den Mund für eine Entschuldigung, doch er schüttelt vehement den Kopf.

»*Mir* tut es leid«, widerspricht er, als wüsste er genau, was ich sagen wollte. »Untätig zuzusehen, wie er dich foltert, war die Hölle.«

»Er hätte dich, ohne zu zögern, umgebracht«, halte ich entgegen.

Alex seufzt. »Ich hätte dich irgendwie retten müssen.«

»Du hast mich jetzt gerettet«, rufe ich ihm ins Gedächtnis. »Und keine Sekunde zu früh.«

Erneut sehen wir einander an, und nun kann ich die Tränen nicht mehr zurückhalten. Ich rutsche von der Stuhlkante auf den Boden, und Alex zieht mich auf seinen Schoß. Er legt die Arme um mich, wobei er darauf achtet, meine Verletzungen nicht zu berühren. Ich schmiege meine Wange in seine Halsbeuge und genieße die Nähe. Die Wärme, die er mir gibt, obwohl er allen Grund hätte, schnellstmöglich zu flüchten. Nach der heutigen Nacht mehr denn je.

Ich hebe die Hand und streiche vorsichtig über die unversehrte Haut oberhalb des tiefen Schnitts.

»Für diesen Angriff hätte ich ihn am liebsten eigenhändig getötet«, murmle ich. »Wahrscheinlich wird eine Narbe zurückbleiben.«

Alex grinst und verzieht gleichzeitig gequält das Gesicht. »Das verleiht mir verwegenen Charme«, bemerkt er lässig, doch ich erkenne den deprimierten Unterton, den er nicht komplett verbergen kann.

Ich lächle schwach.

Alex berührt mit den Fingerspitzen meine Wange und steckt mir eine verirrte Haarsträhne hinters Ohr. Dann richtet er den Blick auf den Boden neben mir. Seine Miene wirkt plötzlich angespannt.

Ich drehe mich halb um, sehe den Hammer und zucke

zusammen. In den letzten Minuten hatte ich den vergangenen Schrecken und den eigentlichen Plan Toms fast ausgeblendet. Umso härter trifft mich die Realität. Ich bin nicht alleine in meinem Bewusstsein, und die privaten Gesten zwischen Alex und mir werden beobachtet und mitempfunden. André steckt in meinem Körper, und sein eigener ist nicht mehr nutzbar. Gerade wünsche ich mir nichts mehr, als ihn sofort loszuwerden.

»Was machen wir mit ihm?«, spricht Alex erneut meine Gedanken laut aus.

»Ich weiß es nicht«, entgegne ich. »Er ist ein Monster.«

»Du hattest erzählt, dass er Benny völlig ungerührt erschossen hat. Kaltblütig und ohne das geringste Mitleid«, erinnert sich Alex tonlos, woraufhin ich bedrückt nicke.

»Er hat alles verdient, was ihm Tom angetan hat.« Ich ziehe unbehaglich die Schultern hoch. »Zuerst Rebeccas Sturz. Dann Tess' Tod. Bennys Exekution. Keine Ahnung, bei wie viel weiteren Katastrophen er die Finger im Spiel hatte. Er hätte auch uns erledigt, ohne mit der Wimper zu zucken.«

Meine Worte hinterlassen eine unangenehme Stille, die fast greifbar im Raum steht.

»Wir sind nicht wie er«, stellt Alex schließlich fest.

Ich fahre mir erschöpft über die Stirn. »Bei allem Hass … ihn in diesen zerstörten Körper zurückzuschicken, bloß damit er unter unvorstellbaren Schmerzen sein Leben aushaucht …«

Alex hebt alarmiert den Kopf. »Wir sollten uns dringend von seinem Zustand überzeugen.« Er schiebt mich von seinen Beinen und springt gehetzt auf. »Wenn er stirbt, wird die Verbindung getrennt. Die Koffeintabletten …«

Schlagartig steigt Übelkeit in mir empor. Die Koffeintabletten werden dafür sorgen, dass ein Selbstmordimpuls ausgegeben wird.

»Du bist nicht in Gefahr«, beruhigt mich Alex, doch sein nervöser Tonfall straft seine Worte Lügen. »Wir müssen uns lediglich vergewissern, dass dein Körper ausreichend Zeit haben wird, um das Koffein komplett abzubauen. Nur eine Absicherung.«

Ich nicke mit bemühter Ruhe, während Alex zu André hinübergeht.

Unter beträchtlicher Anstrengung kämpfe ich mich in den Stand und folge ihm. Je näher ich den zerschmetterten Überresten komme, desto stärker spüre ich meinen Widerwillen.

Alex bemerkt meinen inneren Kampf. »Wie wäre es, wenn du nach Rebecca siehst«, schlägt er vor, »und überprüfst, wie sie die plötzliche Trennung verkraftet hat?«

Ich akzeptiere seinen Vorschlag sofort. Dankbar dafür, zumindest für einige Minuten Abstand zu gewinnen, mache ich mich leicht schwankend auf den Weg zu Rebeccas Zimmer.

Bevor ich durch die offene Tür trete, überfällt mich Unsicherheit. Erneut wird mir klar, dass André alles sieht, was ich sehe, alles fühlt, was ich fühle. Ich würde einiges dafür geben, ihn loszuwerden und mein Bewusstsein für mich zu haben. Ich brauche Alex' Nähe und Trost, ohne

Zuschauer und für mich allein. Er ist der einzige Lichtschimmer in diesem Albtraum. Ein Albtraum, der noch nicht vorüber ist.

Der Raum, in dem Rebecca untergebracht ist, wurde mit liebevoller Sorgfalt eingerichtet. Anscheinend hat sie ein Faible für Blau, denn diese Farbe findet sich sowohl in Bettwäsche und Kissen als auch in den Blüten der frischen Wildblumen auf dem Regal wieder. Die Wände sind mit gerahmten Kunstdrucken geschmückt, und auf ihrem Nachttisch liegt ein aufgeschlagenes Buch, das vermuten lässt, dass ihr Tom regelmäßig vorgelesen hat. Diese heimelige Atmosphäre erfüllt mein Inneres mit wehmütigem Bedauern. Er muss sie wirklich über alles geliebt haben.

Langsam nähere ich mich dem Bett und betrachte sie seit dem Unfall zum ersten Mal mit mehr als einem verstohlenen Blick. Lange, dunkelbraune Locken, ein ebenmäßiges Gesicht mit vereinzelten Sommersprossen, helle Haut wie Porzellan. Obwohl ihre Augen geschlossen sind, erinnere ich mich, dass sie früher förmlich vor Energie gesprüht haben. Sie war wunderschön und hat vermutlich nicht nur Tom den Kopf verdreht. Doch jetzt liegt sie hier, bewegungslos und blass, ein Schatten ihres früheren Ichs.

Zögerlich überwinde ich die letzten Meter, bis ich direkt vor ihr stehe. Nichts an ihr lässt darauf schließen, dass sie irgendetwas von ihrer Umwelt wahrnimmt. Unter Aufbietung sämtlicher Selbstbeherrschung schaffe ich es, meine unversehrte Hand zu heben. Ich zittere so stark, dass ich für einen Moment innehalten muss, weil ich den Eindruck habe, die Kontrolle über meinen Körper verloren zu haben.

Dann strecke ich den Arm aus und lege zwei Fingerspitzen an ihren Hals, um nach dem Puls zu fühlen.

Nichts.

Um jeglichen Irrtum auszuschließen, kontrolliere ich auch die andere Seite.

Ebenfalls vergeblich. Rebecca ist tot.

Ich beiße mir auf die Lippen, während mich Bedauern erfüllt.

»Alex«, krächze ich, und es klingt eher nach einem Schluchzen als nach einem Ruf. »Sie ist tot.«

Für einige Sekunde herrscht dumpfes Schweigen, und ich bin nicht sicher, ob er mich gehört hat.

»Oh nein«, sagt er dann betroffen.

Ich verlasse Rebeccas Zimmer mehr taumelnd als gehend.

Alex legt Toms Pistole neben sich auf den Schreibtisch und runzelt besorgt die Stirn. »Als ich vorhin den Magneten positioniert habe, war sie am Leben.«

»Es muss der Selbstmord gewesen sein«, vermute ich. »Sie war seit über zwei Jahren mit seinem Bewusstsein verlinkt. Wahrscheinlich war er das Einzige, was sie noch hier gehalten hat. Sie hat seinen Schmerz gespürt, seine Verzweiflung. Vielleicht hat sie aufgegeben, als sein Herz aufgehört hat zu schlagen.«

»Hattet ihr jemals eine so lange Synchro bei NGS?«, will Alex wissen.

Ich schüttle den Kopf. »Nicht dass ich wüsste. Keine Ahnung, was das im Körper des Regs anrichtet. Für Tom selbst scheint es auch die Hölle gewesen zu sein. Er hatte die Auswirkung fehlenden Schlafs gründlich unterschätzt und war nervlich am Ende.«

Alex mustert mich stumm, und sein Blick lässt plötzliche Sorge in mir aufsteigen.

»Nora …«, setzt er behutsam an.

»Was?«, stoße ich hervor und merke selbst, wie hysterisch ich klinge. »Was ist?«

»André.« Alex schließt für einen Moment die Augen. »Ich fürchte, sein Körper wird nicht mehr lange durchhalten.«

Ich starre ihn fassungslos an, während mich eine Vielzahl an Emotionen durchflutet. Angst. Niedergeschlagenheit. Trauer. Entsetzen.

»Nein«, flüstere ich.

Alex reagiert sofort und streichelt mir übers Haar. »Die Koffeintabletten sind mehrere Stunden her«, sagt er sanft. »Es wird nichts geschehen.«

»Wie lange hat er noch?«, erkundige ich mich mit verstörender Gelassenheit, als würde mein Leben nicht von der folgenden Information abhängen. Wir beide wissen, dass die eigentliche Frage lautet: Wie lange habe *ich* noch?

»Ich weiß es nicht«, gibt Alex zu. »Wenige Minuten schätze ich. Anscheinend hat Tom beim Abbinden schlampig gearbeitet.«

Er deutet auf das ehemals helle Leintuch, auf dem sich

eine tiefrote Lache ausgebreitet hat. »Er hat unglaublich viel Blut verloren. Sein Puls ist kaum vorhanden.«

Ich suche in Alex' Augen nach einer Lösung, doch der Ausdruck in seinem Gesicht ist ein Spiegelbild meiner Hoffnungslosigkeit. Keine Chance.

»Können wir nicht irgendwas tun?« Meine Stimme bebt vor Verzweiflung.

Alex schweigt, und ich fühle, dass er lügen wird, um mich nicht weiter zu beunruhigen.

»Ausschließlich die Wahrheit«, wiederhole ich seine Regel aus dem Funpark. »Abgemacht?«

An dem traurigen Lächeln, das mir Alex zuwirft, erkenne ich, dass er sich ebenfalls erinnert. »Abgemacht.«

Ich neige den Kopf. »Also?«

»Ich glaube nicht«, gesteht Alex, ohne mich anzusehen.

»Abzuwarten ist alles, was uns bleibt«, stelle ich fest.

»Wir können mit dem Disruptor trennen«, überlegt Alex. »Dadurch hätten wir zumindest einen konkreten Zeitpunkt …«

Ich ziehe seinen Vorschlag in Erwägung, denke ernsthaft darüber nach.

»Das können wir nicht tun.« Ich seufze. »Es würde lediglich dazu führen, dass André unter unmenschlichen Schmerzen abtritt. Mir selbst würde es nichts nutzen.«

»Ziemlich gnädig für das, was er getan hat«, bemerkt Alex. »Für diese Entscheidung hast du meinen vollen Respekt.«

Ich antworte nichts und schaue beklommen im Raum

umher. Was werde ich gleich tun? Werde ich meinem Leben ein Ende setzen? Und falls ja, wie werde ich es tun? Mit der Pistole? Dem Hammer? Dem Messer? Mein Blick schweift zum Fenster. Es gibt unzählige Möglichkeiten.

»Fessle mich«, verlange ich spontan.

Alex zuckt zusammen. »Auf keinen Fall.«

Ich lege eine Hand auf seinen Arm. »Bitte.«

»Nora, hör auf damit«, fordert er eindringlich. »Du selbst hast von dem Risiko eines Hirnschlags erzählt. Der Körper sucht sich einen Ausweg aus der Fixierung. Immer. Hast du das vergessen? Ist das deine Wahl?«

»Was ist die Alternative?«, gebe ich zurück. »Dadurch existiert wenigstens ein winziger Hoffnungsschimmer, dass Tom gelogen hat. Wenn der Impuls ausgelöst wird, sterbe ich ohnehin. Ich will dich nicht in Gefahr bringen.«

Alex verschränkt die Arme. »Das werde ich nicht tun. Ich werde dich nicht fesseln.«

Hilflose Wut steigt in mir empor, die sich Sekunden später in Resignation wandelt.

»Hätte ich nur diese Tabletten nicht genommen«, murmle ich niedergeschlagen.

Alex berührt mich an der Schulter. »Dir wird nichts geschehen«, behauptet er mit so unerschütterlicher Sicherheit, dass ich ihm fast Glauben schenke. Fast.

Er schafft es sogar in dieser ausweglosen Situation, mir Zuversicht zu geben, hält nach allem, was war, noch immer zu mir. Ich weiß, dass ich einen solchen Menschen nie wieder finden werde. So aufrichtig, einfühlsam und furchtlos.

»Ich habe mich in dich verliebt«, flüstere ich, weil ich ahne, dass es meine letzte Gelegenheit sein wird.

»Das überrascht mich nicht«, erwidert Alex mit einem schiefen Grinsen, aber seine Stimme klingt rau. Er nimmt meine unversehrte Hand und verschränkt unsere Finger miteinander.

»Mir geht es ebenso.«

Er beugt sich zu mir und küsst mich mit einer herzzerreißenden Sanftheit, die mir die Tränen in die Augen treibt. Viel zu früh lösen wir uns voneinander und betrachten André, dessen Brustkorb sich fast unmerklich hebt und senkt. Es ist offensichtlich, dass es mit ihm zu Ende geht.

Alex verschließt meine Lippen erneut mit einem zärtlichen Kuss, als wolle er mich davon abhalten, hinzusehen. Während wir in der Berührung verharren, werden Andrés Atemzüge schwächer, bis sie komplett verstummen.

Ich kann auf den Punkt genau den Moment erspüren, in dem sein Herz stehen bleibt und die Trennung stattfindet. Leichter Schwindel sorgt dafür, dass ich entsetzt die Augen aufreiße. Am Rand meines Gesichtsfeldes bilden sich schwarze Schlieren, und gleichzeitig macht sich mein Körper selbstständig. Bevor Alex reagieren kann, springe ich einen Schritt nach hinten und greife nach der Pistole auf dem Tisch neben mir. Sie ist leichter als erwartet und liegt kühl in meiner Hand.

Das Koffein befindet sich noch in meinem Organismus.

Der Impuls wurde ausgelöst.

Erfüllt von Verzweiflung und grenzenloser Angst umfasse ich die Waffe fester und richte sie gegen mich selbst. Immerhin hat Alex die letzten Sekunden meines Lebens zu etwas Besonderem gemacht. Er hat mich auf diesem letzten Weg begleitet.

Meine Gedanken sind fokussiert, doch mein Körper gehorcht mir nicht, folgt einem Befehl, der stärker ist als mein Wille.

Während ich das kalte Metall der Waffe an meiner Schläfe spüre und sich mein Finger um den Abzug krümmt, wird mir klar, dass dies der unwiderruflich letzte Tod ist, den ich erleben werde.

Dieses Mal werde ich nicht kilometerweit entfernt in meinem Bett erwachen.

Dieses Mal wird der Schmerz, den ich empfinde, mein eigener sein.

Dieses Mal ist es endgültig.

Denn dieses Mal bin ich es selbst, die stirbt.

Ich drücke ab.

30 | OFF: Die naheliegendste Wahl

Das trockene Klicken klingt in meinen Ohren wie eine Explosion. Unwillkürlich schließe ich die Augen, doch der erwartete Schmerz und die darauffolgende Schwärze bleiben aus. Für einige Sekunden verharre ich in absoluter Bewegungslosigkeit, den Lauf der Waffe weiterhin an meine Schläfe gedrückt, den Finger noch immer am Abzug. Sogar das Atmen habe ich eingestellt.

Erst allmählich realisiere ich, dass nichts passiert ist, dass sich kein Schuss gelöst hat, dass der Selbstmordversuch gescheitert ist.

Ich lebe.

Mit einem Schlag weicht sämtliche Energie aus meinem Körper. Ich schnappe nach Luft, taumle nach vorne. Die Pistole landet scheppernd neben meinen Füßen, und meine Knie geben nach.

Bevor ich zusammenbreche, umfasst Alex meine Oberarme und gibt mir Halt. Er zieht mich an sich und lässt uns beide vorsichtig zu Boden sinken. Seine Berührung löst den harten Knoten in meiner Brust. War ich vorher wie gelähmt, alle Gefühle von der Angst betäubt, brechen jetzt fast zu viele Emotionen über mich herein.

Der überwältigenden Intensität hilflos ausgeliefert, schluchze ich hemmungslos und zittere so stark, dass meine Zähne aufeinanderschlagen. Alex streichelt sanft meinen Rücken, fährt mir übers Haar und spendet mir Trost, einfach nur indem er mir nahe ist. Ich lehne mich dankbar an seine Schulter und konzentriere mich auf die Wärme und die Geborgenheit, die mir seine Umarmung schenkt.

Es dauert lange, bis ich mich halbwegs beruhigt habe und fähig bin, mich mit der Situation auseinanderzusetzen.

Ich hebe den Kopf und schaue in Alex' Gesicht. Betroffen stelle ich fest, dass sich auch über seine Wangen Tränenspuren ziehen, die sich mit dem Blut aus der Schnittwunde vermischen. Er wirkt ebenso fertig wie ich, und der Schmerz in seinen Augen bringt mich erneut an meine Grenzen. Schweigend greife ich nach seiner Hand und drücke sie leicht.

»Alles okay?«, fragt er leise.

Da ich weiß, dass er sich nicht mit einer oberflächlichen Phrase zufrieden geben wird, lausche ich aufmerksam in mich hinein, bevor ich antworte.

Meine gebrochenen Finger tun nach wie vor grässlich weh, die Schnitte an meinen Armen brennen, und der vorangegangene Gefühlsausbruch hat mich vollkommen ausgelaugt. Der unterschwellige Druck auf meinen Gelenken, das Echo von Andrés Qual, ist jedoch verschwunden, und die Tränen haben meine Wahrnehmung gereinigt.

»Es geht mir den Umständen entsprechend gut.« Meine Stimme ist lediglich ein heiseres Krächzen, und ich räuspere mich mehrfach, bevor ich weitersprechen kann.

»Was ist mit André?«, bringe ich dann hervor.

»Er ist seinen Verletzungen erlegen«, erwidert Alex.

»Bist du sicher?«

»Ich habe seinen Puls geprüft, direkt nachdem du …« Er hält inne und steht mit einer schnellen Bewegung auf. Ohne zu zögern, nimmt er den Magnet vom Tisch und schiebt ihn zwischen Andrés Nacken und die Matratze. Anschließend holt er Toms Messer aus der Schublade, und ich wende mich schaudernd ab.

»Das Höllenteil wird dich nie wieder in Gefahr bringen«, murmelt er wenig später, dreht sich zu mir und streckt mir die Hand entgegen.

Ich atme erleichtert auf und lasse mir von ihm hoch helfen. Als ich mich in den Stand gekämpft habe, fällt mein Blick auf die Waffe zu meinen Füßen. Ich hatte unbeschreibliches Glück, dass sie nicht geladen war. Im selben Moment erreicht mich die Erkenntnis, so heftig, dass es sich anfühlt wie ein elektrischer Schlag.

Ich starre Alex an und suche nach den richtigen Worten.

»Du hattest das geplant«, stoße ich schließlich hervor.

Er nickt stumm.

»Deshalb lag die Pistole im Gegensatz zu allen anderen Waffen in meiner Reichweite.« Ich schüttle fassungslos den Kopf. »Du hast gehofft, dass ich sie unbewusst auswähle.«

»Das stimmt«, bestätigt Alex knapp.

»Du hast vorhin meine Geistesgegenwart gelobt, weil ich dir gestern Magnet und Messer in die Tasche gesteckt habe«, sage ich nach einer kurzen Pause. »Hiermit gebe ich offen zu, dass ich in dir meinen Meister gefunden habe. Dass du in dieser Extremsituation so ruhig bleiben konntest …«

Alex fährt sich über die Stirn. Er ist offensichtlich zu erschöpft, um auf meine halbherzige Stichelei zu reagieren. »Nach einem Blick auf André wusste ich, dass er nicht mehr lange leben würde. Ebenso war mir klar, dass das Koffein noch nicht aus deinem Organismus verschwunden sein würde. Deshalb habe ich dich zu Rebecca geschickt und in der Zwischenzeit das Magazin entfernt.«

Unwillkürlich erinnere ich mich daran, dass Alex bei meiner Rückkehr in den Raum die Waffe in der Hand gehalten hatte.

»Du hast mich gerettet«, stelle ich fest und sehe in seine grünen Augen. »Mal wieder.«

»Ich hatte eine Wahnsinnsangst, dass du dich spontan doch für einen anderen Weg entscheiden würdest. Die Pistole war zwar die naheliegendste Wahl, dennoch war es ein unkalkulierbares Risiko.«

»Man kann nicht alles im Leben kontrollieren«, erwidere ich mit einem schwachen Lächeln.

»Aber man kann es versuchen«, gibt Alex zurück und zieht mich in eine zärtliche Umarmung.

Epilog | Drei Monate später

Es ist unmöglich, die Erlebnisse dieser Nacht jemals zu vergessen, aber mit jedem Tag, der vergeht, verlieren sie etwas an Schrecken.

Meine gebrochenen Finger wurden gerichtet, und die Schnitte auf meinen Armen sind verblasst. Auch Alex' Verletzung ist abgeheilt, doch die schmale Narbe, die sich über seine linke Gesichtshälfte zieht, wird nie ganz verschwinden. Eine Erinnerung an die grauenvollen Ereignisse, die wir gemeinsam durchgestanden haben.

Mein Implantat wurde im Rahmen einer kleinen, privaten Operation entfernt, die meine Eltern angeordnet haben, nachdem sie von den Vorgängen erfahren hatten. Sie zeigten sich von der Katastrophe angemessen betroffen und brachten mir und meinem Leben plötzlich fast zu viel Interesse entgegen, was glücklicherweise nur einige Wochen anhielt.

Seit dieser Nacht habe ich keinen Fuß mehr ins Firmengebäude gesetzt und alle Kontakte zu NGS abgebrochen. Noch in Toms Wohnung hatte ich vorgeschlagen, Feuer zu legen, um alle Spuren zu verwischen und möglichst viel von der gefährlichen Technologie der Firma zu vernichten. Im Gegensatz dazu war Alex der Meinung, es sei erforderlich, die Polizei zu rufen, sodass ich mich letztendlich seiner Entscheidung gebeugt habe. Natürlich hatte man uns zuerst kein Wort abgenommen, kurzzeitig war sogar ein Aufenthalt in einer Nervenklinik im Gespräch, doch je weiter sich die Ermittler in den Fall vertieften, je mehr Informationen über die Forschung ans Licht kamen, desto geneigter war man, uns Glauben zu schenken.

Die ganze Sache schlug hohe Wellen und rückte die Aktivitäten von NGS ins Interesse der Öffentlichkeit. Schnell wurde der komplette Firmenbetrieb eingestellt, nicht zuletzt, weil von der Führungsetage niemand mehr übrig war, der die Leitung hätte übernehmen können.

Insbesondere das Schicksal der Chefs wurde von der Presse regelrecht ausgeschlachtet. Der Koma-Tod Rebeccas, der desolate Zustand von Andrés Körper, der Selbstmord Toms und das Verschwinden Lennards führten zu derart wilden Spekulationen, dass Zeitungen und sogar Fernsehen über Wochen hinweg voll davon waren. Mit der Zeit verschob sich der Fokus. Der Aufruhr um die Entdeckung der Bewusstseinswellen wich grundlegenderen Fragen, die sich zunehmend mit den moralischen und ethischen Aspekten auseinandersetzten. So dauerte es nicht lange, bis Datenschützer, Aktivisten und Menschenrechtler aufmerksam wurden und die Debatte auf eine neue Ebene hoben.

Ebenso wie Lennards wurde auch Bennys Körper nie gefunden, sodass wir wenige Tage nach dem Ende des Albtraums einen leeren Sarg beerdigen mussten.

Alex gibt sich größte Mühe, mit der Situation umzugehen und alles zu verarbeiten. Er ist ernster und melancholischer geworden, weniger unbekümmert. Bennys Tod hat in ihm eine Leere hinterlassen, die durch nichts zu füllen ist, und ich weiß, dass er für den Rest seines Lebens um ihn trauern wird, ebenso wie ich um Tess.

Die *Black Biscuits* haben den Tod ihres Schlagzeugers nicht verkraftet und sich kurz nach der Beerdigung getrennt, außerdem hat Alex seinen Job im Funpark gekündigt, weil die Erinnerungen an Benny einfach zu schmerzhaft waren.

Doch inmitten des ganzen Horrors hat etwas Kostbares überlebt. Die Verbindung zwischen Alex und mir ist nicht zerbrochen, sondern stärker geworden. Nachdem wir unsere Erlebnisse erschöpfend besprochen und aufgearbeitet hatten, einigten wir uns darauf, noch mal von vorne anzufangen, um alles hinter uns zu lassen. Wir planten ein neues erstes Date, stellten uns gegenseitig offiziell den Eltern vor und wurden schließlich ein Paar. Lediglich beim ersten Kuss und bei der ersten Nacht hatten wir uns einhellig gegen einen Neuanfang entschieden und dort angeknüpft, wo wir bereits waren.

Alex rührt mittlerweile keinen Kaffee mehr an, und wir halten beide Abstand zu Schwarztee, Energy Drinks und anderen Koffeinquellen. Der Gedanke, diese Substanz im Organismus zu haben, ist unerträglich. Aus verschiedenen Analysen ging hervor, dass Koffein relevante Botenstoffe im Gehirn unterdrückt, die für eine saubere Trennung von Bewusstseinswellen nötig sind, und zu einer Verunreinigung führt, wodurch ein Suizidimpuls ausgelöst wird.

Obwohl wir nach wie vor die Nanochips tragen, die trotz zahlreicher Untersuchungen nicht auffindbar waren, kann ich zum ersten Mal seit zwei Jahren wieder ein normales Leben führen und ohne Angst in die Zukunft sehen.

Liebevoll blicke ich zu Alex hinüber, der mit geschlossenen Augen neben mir liegt, während draußen langsam die Sonne aufgeht. Es hat einige Wochen gedauert, bis ich es geschafft habe, ihn nicht regelmäßig zu wecken. Zu groß war meine Sorge, er könne in einer erneuten Synchro sein. Die unterschwellige Beklommenheit, die ich empfinde, wenn er schläft, werde ich wohl nie vollständig ablegen.

Seine Lider sind geschlossen, er atmet ruhig und sieht völlig entspannt aus. Am liebsten würde ich mich an ihn schmiegen und weiterschlafen, aber für heute Morgen ist eine Besichtigung geplant. Da in Kürze sein Studium beginnt, hat er beschlossen, sich eine Wohnung zu suchen, und ich soll ihn bei der Auswahl beraten.

Es wird nicht mehr lange dauern, bis der Wecker klingelt. Ich stütze mich auf dem Ellbogen ab und zeichne zärtlich die Narbe nach, die mir ins Gedächtnis ruft, welches Glück es ist, ihn bei mir zu haben.

Im selben Moment ertönt der penetrante Weckton seines Handys, dem man nur wenige Sekunden zuhören kann, ohne verrückt zu werden. Normalerweise schreckt Alex fluchend hoch und schwört, umgehend einen anderen Klang einzustellen.

Heute rührt er sich nicht.

Ich lehne mich über ihn, greife nach dem Handy und schalte das nervtötende Jaulen aus. Dabei berühre ich Alex mehrfach, doch er bewegt sich nicht. Schlagartig werde ich nervös.

»Alex?« Ich umfasse seine Schulter und schüttle ihn leicht. Obwohl ich bis zur Hüfte zugedeckt bin und die Wärme der Nacht noch in den Kissen hängt, wird mir plötzlich eiskalt.

»Alex! Wach auf.«

Es vergehen einige quälende Sekunden, dann öffnet er die Lider. Die Erleichterung, die mich daraufhin durchflutet, treibt mir fast die Tränen in die Augen.

»Nora?«, fragt er und mustert mich aufmerksam. »Ist alles in Ordnung?«

Ich nicke wortlos und verschließe seine Lippen mit einem innigen Kuss.

Glossar

Begabtenförderungsprogramm
Angebliche Begründung für die Eltern der minderjährigen Regulatoren, um deren mehrtägige Abwesenheit zu rechtfertigen.

Bewusstseinssynchronisierung/Synchro/Verlinkung
Tritt auf, wenn zwei Personen die gleichen Bewusstseinswellen aufweisen. Dieser Zustand der Verlinkung kann durch Einsetzen eines Partnerchips, der das Gegenstück zum Nanochip der Zielperson bildet, erzwungen werden. Die Synchro wird erstmals wirksam, wenn beide Personen sich in unmittelbarer Nähe zueinander im REM-Schlaf befinden. Ab diesem Zeitpunkt sind Partner- und Nanochip aufeinander eingestimmt und können nach Ende der Synchro für eine weitere Verlinkung in einem neuen Implantat genutzt werden. Bei einer Wiederverwendung ist keine räumliche Nähe mehr erforderlich, es ist nur nötig, dass der Link schläft.

Bewusstseinswellen
Bei jedem Menschen einzigartiges Muster, das mithilfe ausgefeilter Technik gleichgeschaltet werden kann.

Blackout
Abwesenheit sämtlicher Sinneseindrücke. Dieser nicht abbrechbare Zustand, in dem sich der Regulator im Verlauf der geplanten Trennung befindet, dauert in der Regel mehrere Stunden an.

Disruptor
Starker Magnet, der eine sofortige Trennung herbeiführt, bei der jedoch das Implantat zerstört wird.

Fixierung
Nebeneffekt einer regulären Trennung, der verhindert, dass der Regulator aufwachen kann. Da die Fixierung parallel zum Blackout auftritt, ist sie den Regulatoren unbekannt.

Implantat
Von NGS entworfene Hardware, die dem Regulator im Nacken implantiert wird. Der eingesetzte Partnerchip passt die Bewusstseinswellen an die des Links an, wodurch eine Synchronisierung möglich wird.

Nanochip
Wird dem Link unbemerkt injiziert und erstellt ein Bewusstseinswellenprofil, mit dem sich der entsprechende Partnerchip im Implantat eines Regulators synchronisieren kann.

NeuroGaming Systems/NGS

Ein Technologiekonzern, der verdeckt illegale Forschungen betreibt.

Ziel der Firma ist es, ein Produkt zu schaffen, bei dem der Kunde seinen Schlaf unbemerkt im Bewusstsein einer ausgewählten Person verbringen kann.

Konzernspitze:

André Thiemann (Geschäftsführung)

Lennard Sanders (Personalmanagement)

Tom Wegener (Technische Leitung)

Link

Ausgewählte Zielperson. Jeder Link trägt einen Nanochip, dessen Gegenstück in das Implantat eines Regulators eingesetzt werden kann. Im Regelfall bemerkt der Link nichts von der Synchro.

Partnerchip

Enthält das Bewusstseinswellenprofil eines Links. Dieses wird mithilfe des Nanochips erstellt, den der Link unter der Haut trägt. Der Partnerchip wird in das Implantat eines Regulators eingesetzt, um diesen mit dem Link zu synchronisieren.

Regulator

Angestellt bei NGS. Der Regulator trägt ein Implantat, in dem der Partnerchip eines Links eingesetzt werden kann. Er ist in der Lage, den Schlafrhythmus vorzugeben, ohne dass sich der Link dessen bewusst ist.

Man kann nicht alles im Leben kontrollieren …

… aber mit der entsprechenden Unterstützung kann man das kreative Chaos zumindest bändigen.

Deshalb geht mein herzlichster Dank an …

… meinen Mann Martin, der sämtliche Höhenflüge und Zusammenbrüche tapfer erträgt. Wir sind die perfekte Mischung. Du bist der wahre Chef von NGS. Du bist toll. Kauf dir einen Anti-Stress-Ball.
… meine wunderbaren Kinder Mayra, Jano und Darian, die mein Leben mit Glück und Lachen füllen. Ich liebe euch.
… meine Eltern, die immer an mich glauben, aber auch jederzeit dazu bereit sind, die undankbare Aufgabe zu übernehmen, mich auf den Boden der Tatsachen zurückzuholen.
… an meinen Bruder Tobi und die Halbtante Eva für die wertvollen Anregungen und das begeisterte Ausmerzen von Logiklücken. Es gibt ein Krimidinner. Ganz bestimmt.
… meine Schwiegereltern, die mir jederzeit mit Rat und Tat zur Seite stehen und dafür einige Mühe auf sich nehmen.

… meinen Lieblingsschwager Bernhard, den besten Spielleiter aller Zeiten, der meinem Charakter sicher viel Gold und magische Items schenken wird.
… meinen Agenten Thomas Montasser, die graue Eminenz im Hintergrund. Du hast für meine Ideen immer ein offenes Ohr, und ohne dich ist alles doof. ;) Vielen Dank für alles!
… meine Lektorin Sandra Rothmund aka Frederick, mit der auch eigentlich unangenehme Arbeit Spaß macht und die zielsicher den Finger in die Wunde legt. P.P.P.S.: Du bist die Beste.
… Steffi, Sven und mein tolles Patenkind Mira. Aunt Mash grüßt euch. Cordula Grün!
… Christina und Hilke, die trotz der räumlichen Entfernung immer an meiner Seite sind. Ich bin so froh, dass es euch gibt!
… meine WA-Mädels. Eure engagierte und vollkommen spottfreie Beratung bei der Namenswahl sucht ihresgleichen. Kreative Wortfindungsprozesse. Stangenfitness und Superfutter. Jäh erfüllt mich entmutigte Hoffnung. D, S, GVO! He Daten! Ho Daten!
… die Grundkurse Musik und Deutsch der MSS 12 2018/19 für das Ausleihen ihrer Namen und für einen gebrochenen Finger, der die Lektoratsbearbeitung verzögerte. #kuchenfüralle
… die RSH-Schreiber, die als geduldige Trainingspartner zur Verfügung standen und mir die letzten Monate vor der Abgabe versüßt haben: Nadine, Elisabeth, Fanta, Lea und Sharon.

… Yasmin, die sämtliche Experimente tapfer erträgt. Kissen und Durchhaltevermögen. Was ich schon immer mal probieren wollte … #scova #amian #thiron

… Lucy und ihre wunderbar positive Art. Vielen Dank für deine treue und regelmäßige Unterstützung. #nichtaufgeben

… Bianca, die mit Büchern jonglierende Powerfrau mit der tollen Ausstrahlung und dem Prosecco Aperol im Gepäck.

… Anna Lena, die beste Sitznachbarin der Welt. Man kann nicht alles im Leben kontrollieren, aber man kann es versuchen. :)

… meine Musik-Mädels Imke und Karin. Es ist mir eine Freude, mit euch zusammenzuarbeiten. #teammusik #keineblumen

… die gesamte Familie Deeters und insbesondere an den hippen Bass-Player.

… an meine Testleser für ihr wertvolles Feedback: Alina, Christina, Hilke, Jeanne, Katja, Lucy, Milena, Nele, Sandra, Steffi.

… das Team des Thienemann-Esslinger Verlags, das mich auch bei diesem Projekt mit viel Engagement betreut hat.

… den Zeilenspringer-Buchclub, der die gemeinsame Leidenschaft des Lesens teilt und meine Kaffee- und Teevorräte plündert.

… das Leibniz-Gymnasium, nach wie vor die tollste Schule mit den besten Kollegen und den nettesten Schülern. Meistens. ;)